Editora Charme

inspiração

GISELE SOUZA

CB005748

Copyright© 2014 Gisele Souza
Copyright© 2016 Editora Charme

Todos os direitos reservados. Nenhuma parte deste livro pode ser utilizada ou reproduzida sob qualquer meio existente sem autorização por escrito dos editores.

Esta é uma obra de ficção. Nomes, personagens, lugares e acontecimentos descritos são produtos de imaginação do autor. Qualquer semelhança com nomes, datas e acontecimentos reais é mera conhecidência.

1ª Impressão 2016

Produção Editorial: Editora Charme
Capa: Marina Avila
Produção Gráfica: Verônica Góes
Revisão: Ingrid Lopes

Este livro segue as regras da Nova Ortografia da Lingua Portuguesa.

CIP-BRASIL, CATALOGAÇÃO NA PUBLICAÇÃO
SINDICATO NACIONAL DE EDITORES DE LIVROS, RJ

Gisele Souza
Inspiração / Gisele Souza
Editora Charme, 2016.

ISBN: 978-85-68056-21-9
1. Romance Brasileiro - 2. Ficção brasileira

CDD B869.35
CDU 869.8(81)-30

---

www.editoracharme.com.br

inspiração

Editora Charme

GISELE SOUZA

"Viver é acalentar sonhos e esperanças, fazendo da fé a nossa inspiração maior. É buscar nas pequenas coisas um grande motivo para ser feliz!"

Mario Quintana

"Mais que a minha própria vida, além do que eu sonhei pra mim, raio de luz, inspiração, amor você é assim, rima dos versos que eu canto, imenso amor que eu falo tanto."

Roberto Carlos

Prólogo

Todos que passavam por mim expressavam seus sentimentos e ficavam me olhando com cara de pena. Eu não queria que tivessem pena. Estava preocupada. Guiei meu olhar ao redor, procurando por ele. Não conseguia encontrá-lo. Já estava ficando desesperada.

De repente, vi um pezinho saindo por baixo da mesa. Sorri internamente, Lucas sempre se escondia quando estava assustado. Aproximei-me, desviando daqueles estranhos. Levantei a toalha devagar e me agachei; meu irmão estava sentado num cantinho, com os braços envoltos nas pernas e com a carinha mais assustada que eu já tinha visto.

— Lucas, vem cá. — Estendi minha mão, tentando puxá-lo. — Sai daí debaixo.

Ele sacudiu a cabecinha dourada, desesperado.

— Não, Lala. Eu vou ficar aqui. — Tinha lágrimas em seus olhos inchados, já devia ter chorado bastante.

Agachei-me e engatinhei até chegar ao seu lado.

— Por que você está aqui? — Passei a mão por seu rostinho rechonchudo e enxuguei uma lágrima teimosa.

— Eu tô com medo!

Franzi a testa; meu irmão era tão novinho, uma criança de cinco anos não deveria estar numa situação dessas.

— Com medo de que, Luquinha?

— Do papai — sussurrou.

Meu coração afundou nesse momento. Tive que fazer um esforço enorme para segurar as minhas próprias lágrimas. Olhei meu irmãozinho: seus cabelos estavam arrumados e suas roupas engomadas ficaram molhadas de tanto chorar.

— Está tudo bem, Lucas. Eu vou cuidar de você. — Tínhamos sete anos de diferença na idade, então me sentia responsável por seu bem-estar.

Abracei seu corpo gordinho e fiz uma promessa a mim mesma: iria cuidar do meu irmão para sempre. No velório do meu pai, deixei de ser a irmã mais velha para virar a mãe daquele garotinho doce em meus braços.

Afoguei minha própria dor e sorri.

15 anos depois...

— Lala, eu estou morrendo de dor!

Acordei assustada com a voz baixa do Lucas ao meu lado. Ele tinha as mãos espalmadas na barriga e uma expressão sofrida em seu rosto. Sentei-me apressada, espantando a sonolência totalmente.

— O que foi, Lucas?

— Meu estômago está doendo. Não entendo o que pode ter causado isso, é muita dor e não consigo nem pensar.

Claro que ele tentaria encontrar uma causa, Lucas tentava ao máximo não reclamar ou me dar preocupações. Dizia que eu já tinha problemas demais e não precisava de nenhum adicional. Só que o que ele não sabia era que eu o amava acima de todas as coisas e faria tudo pela sua felicidade.

— Larga de ser bobo. Vamos ao hospital agora. Você não vai ficar aí sofrendo.

Levantei-me rapidamente e fui me vestir, estava de pijama e não era uma roupa decente para um hospital, mesmo sendo de manhã tão cedo. Apesar de que não daria tempo para nada. Deixei Lucas se contorcendo de dor e corri para a sala. Pensei em pedir uma ambulância, mas demoraria demais. Acabei optando por um táxi, já que não tínhamos carro, então era melhor do que esperar por um ônibus.

Voltei para o meu quarto e meu irmão estava gemendo baixinho. Típico, tentava a qualquer custo não me preocupar. Para chegar a me chamar no início da manhã era porque devia estar sentindo muita dor. Eu desconfiava que estava há mais tempo e devia estar em seu limite.

Arrumei-me rapidamente, vestindo calça jeans e uma camiseta regata folgada. Corri para o quarto do Lucas, peguei seu cartão do plano de saúde e identidade. Estava no corredor quando a buzina do táxi soou do lado de fora. Meu irmão apareceu na porta, pálido e segurando a barriga.

— Se apoia em mim que te ajudo.

Enlacei sua cintura e tentei aguentar seu peso. Saímos e logo fechei a porta sem me importar em trancá-la; vivíamos num bairro de periferia, porém calmo. Os vizinhos nos conheciam bem e o índice de criminalidade ali era quase inexistente.

Acomodei o Lucas no banco traseiro e entrei, dando instruções ao motorista.

— Por favor, vá o mais rápido possível. Pela dor que ele está demonstrando, deve ser séria a situação. — Minha voz denunciava o que sentia. Estava desesperada!

— Sim, senhora. Não vamos demorar nada, na parte da manhã o trânsito está fraco.

Assenti e observei o Lucas. Estava quieto e tentando se segurar. Droga, odiava me sentir impotente. Ele quase nunca ficava indisposto. Sempre foi um garoto forte e saudável, mesmo porque eu ficava louca nas poucas vezes que ele adoecia.

A emoção me engasgava e fazia meus olhos lacrimejarem; era difícil deixá-la transparecer. Sempre me mantive forte e na linha. Não gostava de sentir demais. A única pessoa que deixei me conhecer realmente era a mesma que estava me preocupando profundamente agora. Nunca dei margem para ninguém mais se aproximar, sempre fomos só nós dois. Às vezes, era um pouco solitário, contudo mais seguro.

Chegamos à porta do hospital e paguei ao motorista a corrida. Ele deu a volta, abrindo a porta do carro para o Lucas sair. Agradeci a Deus por sua alma caridosa, coisa difícil de encontrar nos dias de hoje. O taxista nos acompanhou até a recepção e colocou meu irmão sentado numa cadeira enquanto eu ia ao balcão dar entrada no atendimento.

— Olá, bom dia, em que posso ajudar? — A recepcionista sorriu calorosamente. Era uma garota com vinte e poucos anos, morena e de olhos castanhos simpáticos.

— Meu irmão está com muita dor no estômago e estou assustada. Ele precisa de atendimento urgente.

— Ok. Por favor, a senhora pode me dar o cartão do plano de saúde e a identidade dele?

Peguei na bolsa e entreguei a ela. A mulher digitou os dados do Lucas no computador e observou atentamente a tela. Eu estava em pânico, minha perna não parava quieta e a todo instante observava meu irmão se contorcendo na cadeira. O taxista já havia ido embora.

— Pronto, senhora. Como ele está com muita dor, vai ser encaminhado imediatamente para um clínico enquanto a senhora aguarda aqui.

— O quê? Não, eu preciso acompanhá-lo. — Não conseguiria aguentar esperar por notícias.

— Sinto muito, mas só a menores de idade é permitido acompanhante. Assim que tiver alguma resposta do médico, nós a avisaremos.

— Ok, então que seja rápido.

Ela sorriu e se levantou com uma ficha de atendimento em mãos.

— É só aguardar que o médico já vai chamá-lo.

Assenti a contragosto e peguei os documentos do Lucas. Sentei ao seu lado e murmurei palavras de conforto, que sabia que iriam relaxá-lo. Quando percebi, já estava cantarolando uma música que costumava entoar para ele quando pequeno.

Logo o médico o chamou e fiquei nervosa esperando. Não parei quieta, dei voltas pela sala da recepção, lançando olhares fulminantes para a atendente. Meia hora depois, ela aproximou-se. Acompanhei-a até a mesa e ela se sentou, me olhando com cautela.

— Senhora, pelo que o doutor me disse pelo telefone, seu irmão está com pancreatite, que ocorre quando sofremos de pedra na vesícula biliar e não é descoberto a tempo, então evolui para este estágio. Ele precisa ser operado urgentemente, então já foi encaminhado ao centro cirúrgico. Só tem um probleminha... — Ela torceu a boca, fazendo uma careta sem graça. — O plano de saúde não cobre esse tipo de cirurgia. A senhora vai ter que pagar à parte.

— O quê? Como assim? Eu pago todo mês certinho e sempre usamos sem nenhum problema.

— É, mas, infelizmente, não podemos fazer nada. Seu plano é *standard*, não inclui esse tipo de serviço. Para isso, teria que entrar em contato com a administradora do plano e isso leva tempo, e ele precisa de atendimento urgente.

— Mas eu não tenho nenhum dinheiro, o que vou fazer? Meu irmão precisa ser operado.

A moça franziu a testa e respirou fundo.

— Então, eu vou ter que mandar transferi-lo para um hospital público — disse, já digitando no computador.

— Oh, Deus, isso é um absurdo. Como assim? Se meu irmão não for operado agora, amanhã mesmo eu vou aparecer na imprensa e este hospital vai ser fechado. Eu trabalho num escritório de advocacia.

A mulher me olhou assustada e já ia falar alguma coisa quando o telefone tocou. Ela pediu licença e atendeu. Escutou por um momento e desligou.

— Senhora, temos uma boa notícia. Tem um médico cirurgião que acabou de pegar o plantão do dia e escutou sobre o caso do seu irmão. Eu já havia mandado o pedido de transferência, mas ele decidiu fazer a cirurgia sem custo e arcar com a dívida do hospital.

Fiquei sem palavras e não consegui mais conter as lágrimas que ameaçavam transbordar em meu rosto. Agradeci e fui me sentar, torcendo para que a cirurgia do meu irmão terminasse bem.

Horas de angústia se passaram até que me deram permissão para ver o Lucas. Ele estava deitado na cama do hospital, com um lençol cobrindo o peito, de olhos fechados, dormindo pacificamente. Uma enfermeira estava pendurando seu soro e sorriu para mim quando me avistou no quarto.

— Olá, como ele está? — sussurrei.

— Ótimo, a cirurgia foi um sucesso. Ele foi operado por um dos melhores cirurgiões do hospital.

Assenti e me aproximei, acariciando o rosto do Lucas.

— Onde o doutor está? Gostaria de dizer obrigada. — Nunca fiquei tão agradecida por um estranho existir.

Ela balançou a cabeça, discordando.

— Bom, ele já passou por aqui assim que a anestesia do seu irmão terminou, segundo o próprio paciente, que é estudante de medicina, o qual disse que passaria todas as informações pós-operatórias para a senhora. O doutor ainda tentou argumentar, mas Lucas pode ser bem persuasivo. — Ela sorriu observando o paciente, que estava alheio à conversa em seu sono profundo. — Então, como ele terá o dia cheio, designou o Dr. Vilela para auxiliá-la em qualquer dúvida que venha a ter. Disse que já fica feliz por ter salvado seu irmão. A cirurgia é um pouco complicada, mas graças a Deus deu tudo certo e agora é só aguardar a recuperação. Em algumas semanas, ele vai estar ótimo.

— Mas eu queria tanto lhe dar um abraço. Você pode pelo menos transmitir um recado?

— Claro. — A enfermeira me olhou atentamente.

— Diga que agradeço muito. E que Deus possa recompensá-lo à altura. O que ele fez pelo meu irmão não tem preço.

Ela sorriu e se aproximou, colocando a mão em meu ombro.

— Pode deixar, querida. Ele ficará feliz.

Deixei meu corpo relaxar, já que meu irmão estava bem. O terror que invadiu meu coração com a ameaça de que fosse algo sério quase me sufocou. Se eu o perdesse também, desconfiava que não teria forças para prosseguir, pois doía só de imaginar. E era por esse motivo que não poderia me envolver com ninguém, era arriscado demais.

Havia acabado de começar o plantão quando fui chamado para uma cirurgia de emergência de pancreatite. Um rapaz de vinte anos reclamou de dor no estômago e correu para o hospital. Ainda bem, porque era algo complicado e com risco altíssimo de infecção.

Preparei-me para entrar na sala onde seria realizada a operação — o paciente já estava sendo acomodado — quando meu *bip* soou com a informação de que ele seria transferido para um hospital público por falta de cobertura do plano de saúde. Logo tomei uma atitude que me pareceu a única a ser considerada: arquei com todas as despesas. Reuni uma equipe disposta e nos preparamos para a cirurgia.

Entrei na sala antes de o rapaz ser anestesiado. Seus olhos verdes me observavam, assustados.

— Olá, sou o Dr. Bruno Petri. Vai correr tudo bem com a sua cirurgia, não fique alarmado.

Ele assentiu com a cabeça e olhou em volta.

— Eu sei, mas sou estudante de medicina e sei que a cirurgia é complicada. Tem risco de infecção.

Estudantes de medicina e médicos são os pacientes mais difíceis de tratar porque sabem dos riscos e de como é a recuperação.

— Não se preocupe porque vai dar tudo certo. Sem modéstia, sou o melhor da área.

Ele assentiu e fechou os olhos. Dei o sinal afirmativo para o anestesista e ele aplicou a solução intravenosa no paciente, que logo adormeceu. Gostava de conversar antes do procedimento. Era uma rotina minha, e dava mais segurança para o enfermo.

Comecei a cirurgia complicada e me concentrei totalmente. Com a equipe ótima que havia a meu dispor, o procedimento foi um sucesso. Encaminhei o rapaz para o repouso com todos os cuidados pós-operatórios em mãos e me dirigi à sala onde a burocracia me esperava.

Estava distraído quando Amanda, uma das enfermeiras que acompanhou a intervenção, bateu na porta.

— Dr. Petri, tenho um recado da irmã do paciente que você operou da vesícula.

Levantei os olhos da papelada que estava preenchendo e a observei. Ela tinha um sorriso animado no rosto.

— Ah, é? Qual foi?

Ela se acomodou na cadeira à minha frente; seus olhos estavam brilhando de excitação. Era muito bom encontrar profissionais sérios no seu trabalho.

— Ela disse para o senhor que lhe agradece muito, e que Deus lhe dê a recompensa merecida. A mulher estava muito agradecida, realmente. Tinha lágrimas em seus olhos. Queria lhe dar um abraço.

Meu coração se encheu de felicidade. Esse era um dos motivos pelos quais escolhi a profissão de médico. Sempre quis fazer a diferença. Quando recebi a notícia de que o paciente teria que ser transferido por falta de pagamento, fiquei incomodado. Quando fiz o juramento de *Hipócrates*, não foi de brincadeira: *"A saúde do meu doente será a minha primeira preocupação"*.

Não seria por algum problema financeiro que eu iria deixar um rapaz jovem agonizando de dor. Além do mais, já estávamos todos prontos para a operação. Meu desejo sempre foi salvar vidas e seria assim até o fim da minha carreira.

— Estou feliz que fiz o bem. Só o sucesso da cirurgia já foi agradecimento suficiente. Disse a ela sobre o pós-operatório que informei ao irmão?

— Sim, e avisei também que o Dr. Vilela passaria por lá para tirar suas dúvidas. Bom, doutor, já vou indo, meu turno terminou, só fiquei para te auxiliar na cirurgia. Meu marido já está na recepção. — Se levantou e caminhou para a porta.

— Ok, Amanda. Bom descanso. — Sorri e a olhei agradecido pela ajuda que havia oferecido.

— Obrigada, e parabéns por ser um médico tão bom. O país precisa de mais exemplos como o senhor.

— De você também, afinal, também não cobrou nada do hospital para me ajudar nessa cirurgia. Aliás, a equipe inteira já estava em final de plantão e me acompanhou. — Quando ouviram o caso do paciente e que eu iria fazer tudo por minha conta, reuniram seus equipamentos e fizeram sua parte.

— Claro, doutor. O senhor é um exemplo. Tão jovem e dedicado... Bom, até amanhã.

— Até.

Observei-a sair e fiquei pensando no que disse sobre a irmã do rapaz. Recompensa... Nunca pensei em algo assim, não precisava. Minha retribuição consistia em salvar uma vida e fazer o bem.

Com um sorriso no rosto, voltei minha atenção para a papelada à minha frente. Tinha muitos prontuários para ler e pacientes para visitar o dia todo, fora as várias cirurgias marcadas.

Escutei uma batida na porta.

— Pode entrar — disse e olhei por cima dos papéis.

Alberto enfiou o rosto no vão da porta e sorriu para mim daquele jeito debochado de sempre.

— E aí, senhor bom samaritano? Fiquei sabendo da boa ação do dia.

— Ha-ha... Muito engraçadinho. Como se você não fosse fazer o mesmo.

Eu e Alberto estudamos juntos e fizemos residência no mesmo hospital. Juramos fazer o nosso melhor com o dom que foi colocado em nossas mãos. Salvaríamos o maior número de vidas possíveis.

— Aham, mas não vem ao caso — desconversou e arqueou uma sobrancelha. — Só vim te dizer que a notícia se espalhou por todo o hospital. As enfermeiras estão em polvorosa. Você sabe, adoram um cara de boa índole que as pega no quartinho.

Encostei-me à cadeira, colocando os braços atrás da cabeça, e observei meu amigo atentamente.

— Cara, você é muito idiota. Como se aguenta? Eu não quero ninguém por motivo de fama ou glória. Fiz o que tinha que fazer. A irmã do paciente queria me agradecer, mas eu nem fui lá. Não quero esse tipo de notoriedade.

— Eu sei, mas você pode aproveitar as meninas. Tem umas novatas na área.

— Alberto, você é muito galinha. Sabe que não gosto de me envolver com enfermeiras, porque depois elas ficam no pé. — Arqueei as sobrancelhas, sabendo que ele iria retrucar de alguma maneira.

— É, mas, quando elas te jogam no quartinho, você não foge.

Sorri e balancei a cabeça, meu amigo não tinha jeito. Se ele pegou todas as enfermeiras do hospital era pouco.

— Claro que não. Como recusar quando a mulher vem pegando em você e já tirando a roupa?

— Hum-hum... É disso que estou falando. Porém, você nunca teve nada sério com ninguém. Na verdade, nunca te vi namorando. — Ele inclinou a cabeça de lado me observando e fiquei incomodado com seu escrutínio atento. Apesar de ele ser galinha, às vezes, se envolvia com algumas delas por algum tempo. Não que fosse ser fiel, pois monogamia não era o seu forte.

— Nunca viu porque eu nunca quis. Tô fora. Deus me livre ficar com mulher atrás de mim, querendo saber cada passo que dou.

Não queria relacionamentos, estava muito bem com minha vida de solteiro e minha profissão. Realizado era pouco.

— Rá, quero ver o dia que alguém te pegar de jeito. Acho que vou rir muito. — Coisa que já estava fazendo.

— Para isso acontecer, meu amigo, só se for um anjo enviado por Deus.

— Se você diz... Está pronto para um intervalo? Estou indo à sala de repouso tomar um café.

Olhei aquele monte de papéis e decidi aceitar. Levantei-me e acompanhei Alberto corredor afora. Estávamos numa conversa animada e, quando passamos em frente a um dos quartos de repouso, senti um arrepio na espinha. Olhei de esguelha para dentro do aposento e um par de olhos verdes brilhantes me fez perder o rumo por um segundo. Tive uma sensação de *déjà vu*.

Contudo, logo desviei o olhar e saí do meu estado de transe, indo à cafeteria com Alberto, que já me esperava mais à frente.

Juro que pensei ter visto um anjo.

Capítulo 1
Layla

Já estava atrasada para a minha apresentação. Meu trabalho no escritório de advocacia era até tranquilo, mas aquela não era a minha verdadeira vocação. Eu adoro cantar. Quando pequena, meu pai me deu um violão de presente e comecei a tocar os primeiros acordes só ouvindo *playbacks*. Ele dizia que eu parecia um rouxinol. Meu coração apertava só de lembrar o homem que ele foi. Mesmo depois de tantos anos, ainda sentia sua falta.

Há uma semana, tinha completado vinte e sete anos de idade, mas vinte e cinco de junho era uma data que eu nem fazia questão de comemorar. A única pessoa importante para mim era o meu irmão Lucas. Nossa mãe faleceu há nove anos de um problema no coração: o médico disse que ela se cansou demais. Também pudera, trabalhava em mais de três empregos para poder nos sustentar com o mesmo padrão de quando o meu pai ainda era vivo.

Assumi responsabilidade total por ele, tendo um garoto de onze anos sob meus cuidados. Na época, fiquei assustada, mas nunca recuei. Batalhei muito para o Lucas ter tudo o que merecia. Ele era o orgulho da minha vida. Estava no terceiro período da faculdade de medicina e era brilhante, daí o motivo pelo qual tinha dois empregos.

Mas o que me dava satisfação pessoal — e da qual não abriria mão — era a minha apresentação no bar, para a qual eu já estava atrasada. Atravessei a via principal sem nem olhar para os lados. Estava focada nas músicas que tinha escolhido para a noite. Andava meio melancólica; meu irmão estava tão enfurnado em suas provas e estudos que não tivemos tempo de conversar como sempre fazíamos. Depois da cirurgia que fez há dois meses, tinha muita matéria acumulada. Lucas sempre se esforçava ao máximo para fazer o seu melhor. Eu não tinha muitos amigos, pois, com tanto trabalho, não sobrava tempo. Éramos somente nós dois.

Selecionei um repertório bem romântico, já que na quarta-feira sempre iam pessoas menos exigentes, então, eu podia abusar um pouco das letras mais significativas e me deixar levar. O *Beer at the bar* era bem tranquilo e funcionava todos os dias das seis da noite às duas da manhã. Eu me apresentava de quarta a domingo.

Tirava um bom dinheiro de *couvert* artístico. Não tinha ambição de me lançar como cantora famosa. Para mim, apenas ter pessoas que escutassem a minha voz já estava muito bom.

Entrei no *Beer* e fui recebida por um clima refrescante porque o dono insistia em deixar o sistema de ar-condicionado no nível mais fresco possível. Realmente, quando ele estava lotado, era imprescindível, pois ficava superabafado. E já estava bem cheio para o meio da semana. Tinha uma mesa perto do palco com várias pessoas. Pareciam comemorar alguma coisa, mas nem dei muita atenção. Por certo, viriam pedidos variados, era sempre assim: os que sentavam próximos ao palco se envolviam mais na minha apresentação. Eu gostava, pelo menos sabia que estavam prestando atenção.

O lugar tinha um clima totalmente familiar e dificilmente iam pessoas que queriam fazer baderna. No canto, tinha um balcão enorme, onde ficava Heitor, o *barman*. O palco estava no canto em um lugar estratégico, era forrado de madeira como todo o recinto, dando um ar *country*. E por este motivo já tive inúmeros pedidos de música nesse estilo. Ainda bem que a minha voz era bem eclética.

Passei pelo Heitor e murmurei um "boa-noite". Não conversávamos muito, eu era muito fechada com amizades e ele era bem misterioso pro meu gosto. Apesar de ser muito bonito e ter deixado claro seu interesse quando entrei no *Beer*, eu preferia manter nosso relacionamento apenas profissional, não gostava de misturar as coisas. Mesmo que agora eu não percebesse nenhuma vibração de que ele queria algo mais que amizade, me resguardava.

Segui para o camarim: um quartinho pequeno que transformei para poder me trocar e virar a "estrela" da noite. Meu violão estava encostado na parede. Estiquei a mão e o peguei, dedilhando alguns acordes. Deixei-me levar pelo lindo som que me hipnotizava e me distraí, esquecendo de todo o resto.

Uma batida na porta me tirou do devaneio. Elisa, a garçonete, enfiou a cabeça no vão da porta, sorrindo.

— Ei, gata, já estão à sua espera. Está ficando lotado hoje.

Elisa era linda, tinha cabelos castanhos encaracolados, longos e cheios, e seus olhos pareciam duas amêndoas. Tinha um corpo curvilíneo que toda mulher desejaria e era um amor de pessoa. Nos dávamos muito bem.

— Já vou. Estava só me aquecendo. — Sorri, e ela saiu.

Troquei a roupa rapidamente; não podia me apresentar de terninho.

Coloquei uma calça jeans rasgada e camiseta prata de paetês. A estrela do *Beer* já estava pronta. Joguei meus cabelos castanhos pra frente e bagunceiːos sem pena. Quando voltei, era outra mulher. Esse truque dava um visual sedutor. Parei em frente ao espelho e observei o meu reflexo. Para uma garota que já batalhou muito, até que ainda estava bem.

Meus olhos verdes estavam brilhantes por causa da minha apresentação. Sempre antes de cantar ficava numa excitação sem tamanho. Peguei o meu violão, respirei fundo e fui em direção à única coisa que me dava prazer.

Olhando em volta, percebi novamente o quanto estava cheio. Aproximei-me do palco e arrumei o banquinho para me sentar. Entreguei a lista de músicas ao *DJ* que fazia o acompanhamento. Ele olhou e levantou um polegar para cima. Acomodei-me e testei o microfone, tudo certinho... *Show time*.

— Olá, pessoal, boa noite! Pra quem não me conhece, meu nome é Layla Bonatti, e canto aqui no *Beer* há mais de um ano. Hoje, selecionei umas músicas bem românticas, mas, como sempre, se alguém tiver algum pedido, não hesite em solicitar. — Dedilhei as cordas do violão, fazendo o som que mais amava no mundo. — Vou começar com *Palpite,* da Vanessa Rangel.

Deixei meus dedos fazerem sua mágica. Toquei a introdução e soltei a voz com os olhos fechados:

"Tô com saudade de você
Debaixo do meu cobertor
E te arrancar suspiros
Fazer amor.
Tô com saudade de você
Na varanda em noite quente..."

Cantei com a minha alma, como sempre fazia. Por mais que já tivesse apresentado a música várias vezes, senti algo diferente com aqueles versos. Saudade de uma coisa que não tinha era estranho, assim como a letra da música dizia. Claro que eu gostaria de ter alguém com quem dividir a vida, sentar na varanda num dia frio com cobertores em torno de nós e apenas ver o tempo passar. Sinceramente, o amor era um desejo que eu carregava e ansiava fervorosamente.

Só que meu medo de perder uma pessoa tão importante era bem maior, por isso não me envolvia emocionalmente em meus relacionamentos. Eu queria alguém para amar, mas era muito arriscado.

No meio de toda aquela gente, um cara me chamou a atenção. Era um gato. Seus olhos azuis perfuravam a minha alma e cabelos pretos bem cortados caíam em sua testa. Fiquei com uma vontade louca de ir até lá e tirar aquela mecha teimosa. Olhei dentro de seus olhos e me deixei levar.

> *"Tô com saudade de você,*
> *Do nosso banho de chuva,*
> *Do calor na minha pele*
> *Da língua tua..."*

Naquele momento, eu não me pertencia. De alguma forma, aquele desconhecido capturou a minha atenção como ninguém nunca tinha feito. O jeito como me olhava era intenso, mas ao mesmo tempo suave. Não conseguia entender muito bem, mas ali no palco era como se eu fosse dele; minha imaginação foi a mil com pensamentos do que poderia acontecer se me abrisse para um sentimento tão forte.

Depois daquela situação confusa, cantei mais algumas músicas *MPB* e anunciei minha pausa. Andei em direção ao bar e pedi uma água. Heitor me olhou e piscou. Apesar de ser um cara legal e evidentemente querer aprofundar nossa amizade casual de trabalho, eu era muito fechada e tinha medo de me envolver.

Senti um arrepio na espinha e um hálito soprou em meu ouvido. Olhei para trás e dei de cara com aquele homem maravilhoso; ele estava me observando como se fosse me devorar. Quando abriu a boca, sua voz rouca me deu um frio na barriga.

— Você tem uma bela voz, docinho.

Arqueei uma sobrancelha em descrença. Estava bom demais para ser verdade. Que "apelido" mais batido! Típico de cara galinha que está acostumado a arrasar corações, mas ele se surpreenderia comigo. Não ficava impressionada com esse tipo de cantadas.

— Docinho? Bom, se você não escutou, meu nome é Layla. Nada de docinho pra você.

Ele sorriu de lado e passou os dedos pela minha bochecha.

— Com uma voz como a sua? Só pode ter um gosto doce.

Ok, chega de dar ideia para esse idiota. Que cara mais folgado, me tocando assim sem permissão. Mesmo sendo lindo, não valia meu tempo.

Pedi licença para voltar ao palco, mas ele não se afastou e ainda pegou no meu braço, me parando no meio do caminho. Olhou para mim tão intensamente que as minhas pernas ficaram bambas. Que droga! Onde estava minha força de vontade em lhe dar um pé na bunda?

— Aonde você vai? Ainda estou falando com você!

— Não tenho nada para falar, por favor, me solta.

Ele soltou meu braço e passou as mãos pelos cabelos, exasperado.

— Me desculpe, acho que comecei mal. Podemos voltar ao início? — Estendeu sua mão. — Prazer, meu nome é Bruno Petri. Adorei sua voz, Layla. Eu já não te conheço de algum lugar?

Estreitei os olhos e o observei atentamente, ele parecia envergonhado e perdido. Devia estar acostumado a ter a mulher que quisesse; só acenar que elas vinham como umas idiotas. Como aprendi a ser educada, resolvi devolver o cumprimento, apertei sua mão e levei uma leve descarga de eletricidade. Não podia ser! Olhei em seus olhos. Parecia que ele também havia sentido o que quer que tenha acontecido porque estava com uma expressão confusa em seu rosto.

— Não, eu saberia se tivesse te visto antes. Bom, prazer, Bruno. Agora, se me der licença, tenho que voltar ao palco.

Ele assentiu e se encostou com os cotovelos apoiados no balcão. Senti o peso do seu olhar em minhas costas durante todo o caminho. Acomodei-me no banquinho e voltei a me apresentar.

Enquanto cantava, varria meus olhos à sua procura. Encontrei-o numa mesa com várias pessoas. Tinha uma mulher pendurada em seu braço, que tentava a todo custo chamar sua atenção, mas ele me encarava intensamente, prendendo meu olhar. Fiquei envergonhada, coisa que não acontecia há tempos. Eu sempre fui uma mulher bem resolvida, nunca cheguei ao nível de me envergonhar por uma coisa que fiz ou não.

Contudo, me senti nua em seu escrutínio. A garota pegajosa ao seu lado falou alguma coisa com ele, e só assim Bruno quebrou nossa conexão. Senti-me aliviada, pois já não estava conseguindo raciocinar muito bem. Voltei às minhas músicas e não olhei mais em sua direção.

Depois de várias canções, recolhi meu violão e caminhei para o camarim. Como não tinha tido tempo de ir em casa, tinha duas opções para me vestir: o terno que trabalhei o dia todo ou a roupa de "estrela" que estava vestindo.

Escolhi a roupa de estrela. Apanhei minhas coisas e coloquei numa sacola. Fui até o bar, peguei uma água e caminhei para a saída, sem olhar ao redor. Não queria ter de encarar aqueles olhos azuis de novo.

Dito isso, você pode imaginar o susto que levei ao me deparar com o Bruno em pé do lado de fora, com as mãos nos bolsos e o olhar fixo na porta.

— Estava te esperando, anjo.

Quase cuspi toda a minha água com essa declaração. Franzi a testa.

— Como assim?

Ele desencostou da parede e parou na minha frente.

— Eu tenho um pequeno problema. Quando quero uma mulher, eu a tenho. Não importa quanto tempo demore, e, enquanto você estava naquele palco, tão linda, decidi que você vai ser minha. — Deu de ombros.

Será que eu estava escutando direito? Aquele cara estava achando que, só porque decidiu que me queria, tinha o direito de falar assim comigo? Estreitei meus olhos.

— Querido, senta e espera.

Estava indo em direção à rua quando ele pegou o meu braço, me puxou para junto de si, abaixou a cabeça e cheirou o meu pescoço. Senti um arrepio por todo o corpo, parecia enfeitiçada. Não consegui me obrigar a ir embora.

— Acho que não.

Agarrou minha cintura e assolou meus lábios num beijo delirante. Sua boca era firme e quente. Abri meus lábios e ele me invadiu, tomando tudo de mim. Eu estava caindo num poço sem fundo com aquele desejo que sentia, algo totalmente desconhecido e novo para mim. Mas, de repente, percebi o que estava acontecendo. Nem conhecia o cara e permitia que me tratasse assim? Não!

Empurrei-o com força e me desvencilhei.

— Você está louco? O que pensa que está fazendo?

Ele sorriu e se aproximou perigosamente.

— Vai me dizer que não gostou?

Gostei, mas ele não precisava saber disso.

— Claro que não. Como vou gostar de alguém que me ataca assim do nada? Isso não existe, cara. Se liga. Eu tô fora dessa.

Saí pisando duro, mas não antes de ouvi-lo gritar:

— Te vejo amanhã. Não vou esquecer essa sua boca linda.

Bastardo!

Capítulo 2
Bruno

Fiquei observando Layla se afastar, ela parecia furiosa. Mas era linda até emburradinha. Quando sumiu na esquina, balancei a cabeça com um sorriso no rosto. A mulher era o paraíso. Não resisti, tive que beijar aquela boca vermelhinha. Eu podia me perder naquele corpo. Quando a vi cantando, com aquela voz rouca, parecia um anjo. Fiquei enfeitiçado. Essa insistência de não me querer, sua negação, abanou uma bandeira de desafio na minha frente. Logo eu, um cara que nunca deu as costas para um desafio.

Andei até o estacionamento ao lado do bar. Se havia uma coisa da qual eu tinha ciúmes era do meu carro. Depois de anos estudando e trabalhando como um condenado, merecia uma recompensa. Entrei e dei partida; o ronco baixo do motor era como música para os meus ouvidos. Minha casa ficava afastada da cidade, então o caminho era relativamente longo. Como escolhi viver distante de toda a loucura para ter um pouco de paz, era um preço pequeno a se pagar.

Passei em frente ao hospital e percebi que estava bem cheio; teria bastante trabalho pela manhã. Depois de terminada a minha residência, fui contratado como cirurgião-chefe — era quase impossível isso acontecer com um médico tão jovem, mas sempre me esforcei ao máximo para ocupar este cargo.

Não havia muito trânsito àquela hora da noite, portanto cheguei bem rápido em casa. Ao sair da garagem, quase fui derrubado por Elvis, um *Bull Terrier* chato e lambão. Abaixei-me e acariciei sua cabeça lisa.

— Ei, meu garotão, ficou com saudades, né? — Ele deitou de barriga para cima e colocou a língua para fora. Balancei a cabeça, meu cachorro era um bonachão. Brinquei um pouco com ele e entrei em casa.

Ainda na porta, percebi a secretária eletrônica piscando e suspirei resignado. Isso só significava uma coisa: minhas meninas estavam atrás de mim. Como não havia para onde fugir, me sentei no sofá e apertei o botão. O primeiro *bip* soou:

"Bruno, onde você se enfiou? Estou tentando falar com você há séculos.

Me liga, seu idiota."

Nossa, Sabrina era tão exagerada!

Segundo:

"Cadê você? A Sabrina está te procurando igual a um cachorro perdigueiro, não tô aguentando não."

Larissa sempre explicativa, à sua maneira.

Terceiro:

"Puta merda, cara. Se você não resolver isso, eu juro que mato uma aqui."

Ana Luiza era a mais intolerante.

Quarto:

"Querido, esquece tudo o que você ouviu. Essas meninas são loucas. Mamãe te ama. Beijos."

Balancei a cabeça em descrença. Um cara como eu, independente, bem-sucedido, com vinte e nove anos nas costas, tinha que dar satisfação diariamente para que elas não enlouquecessem. E ainda por cima resolver toda a porcaria que aprontavam. Sou filho único numa casa com quatro mulheres, que se acham no direito de mandar e desmandar em tudo. Eu amo minhas irmãs e minha mãe, mas bem que podiam me dar uma folga, né?

Por esse motivo não queria nada com relacionamentos. Ter mais uma para se meter no que faço ou deixo de fazer? Não, obrigado! Tinha a mulher que queria, quando queria. Não que eu estivesse sendo convencido, mas era um fato. O que eu podia fazer?

Resolvi deixar pra lá. No final de semana, eu resolveria essa merda. Apesar de que, até lá, toda vez que chegasse em casa, teria uma enxurrada dessas para escutar. Tinha que ir para a cama e rápido, pois o plantão seria puxado, pelo que pude ver na porta do hospital. Levantei-me do sofá porque, pelo cansaço que sentia, podia acabar dormindo ali mesmo. Um banho era tudo o que meu corpo pedia.

Minha casa era moderna e confortável. Eu quis tudo o que havia de melhor. Porém, o que dei mais atenção foi ao banheiro. Era espaçoso e bem organizado; tinha contratado uma decoradora só para ele. Sei lá, depois de dividir um banheiro com três irmãs, fiquei traumatizado. Tirei a roupa e joguei no cesto, entrei debaixo do chuveiro e deixei a água lavar meu dia.

De banho tomado, fui para o quarto. Como vivia sozinho, não precisava de modéstia, dormia pelado mesmo. Entre os lençóis, meu último pensamento foi para um anjo doce e raivoso. Um sorriso despontou nos meus lábios.

Como previsto, o hospital estava lotado. Parecia ser um surto de gripe, pois com o tempo mudando constantemente era esperado que muitos adoecessem. Tive até mesmo que atender na clínica. Apesar de ser cirurgião, quando tínhamos muitas pessoas no pronto-socorro, eu dava uma mãozinha.

Peguei as fichas na recepção e chamei o primeiro paciente. O consultório da clínica era simples e prático, tinha a maca para exames e todos os instrumentos necessários. Sentei-me atrás da mesa e aguardei. Entrou um menino gordinho com os olhos inchados, segurava a mão de sua mãe, que tinha um semblante preocupado.

— Bom dia, o que o rapazinho tem?

A mãe acariciou o cabelo do menino com um olhar carinhoso.

— Ele está tossindo muito e o nariz não para de escorrer.

— Ok, sente-o na maca para eu examinar.

O menino ficou olhando para mim com os olhinhos caídos; parecia extremamente cansado.

— Vamos lá, pequeno, respira fundo. — Ele fez o que pedi e auscultei seu pulmão. — Isso mesmo, garotão. Bom, o pulmão está limpo. Abre a boca e coloca a língua pra fora. Isso, a garganta está vermelha, mas é normal por causa da tosse. Está me parecendo um resfriado, estamos tendo muitos casos nesta semana. Vou passar umas vitaminas e remédio para febre e dor. Qualquer problema, a senhora volta, sim?

Ela assentiu e agradeceu. Depois dele, vieram vários com os mesmos sintomas. Íamos ter muito trabalho no hospital por conta desse surto viral.

A caminho da minha pausa, dei de cara com uma das enfermeiras que peguei no quartinho na semana passada. Desviei antes que ela me visse. Não gostava de ter relações no hospital, mas ela estava tão disposta... O único problema era que as mulheres ficavam pegajosas, querendo mais. Se fosse só sexo, seria fácil, porém sempre esperavam mais de mim.

Sem falar na chata da Letícia, que grudou igual um carrapato no meu braço. Cara, que pé no saco! Eu querendo ver o meu anjo cantar e ela me atrapalhando. Quando o Alberto me chamar para beber de novo, vou deixar bem claro para não levar aquela mala.

Na sala de descanso dos médicos, já tinha alguns colegas em seus intervalos. Peguei o café e me sentei, depois senti alguém me observando e olhei por cima da xícara. Andressa, a chefe da UTI, estava me olhando com um brilho que conhecia bem: ela me queria. A mulher era bonita, loira, gostosa, alta e com o adicional que todos da profissão possuíam em comum: não tinha muito tempo para relacionamentos, então seria sexo fácil e descomplicado.

Só que eu não estava sentindo nada por ela. Que merda era aquela?

De súbito, uma imagem surgiu em minha mente: um anjo de olhos verdes cantando no meu ouvido. Prontamente, fiquei excitado, e estava numa sala cheia de médicos distraídos em seus afazeres e mulheres atentas. Droga!

Mexi-me, tentando disfarçar, e terminei meu café. Desviei meu pensamento da cantora que estava me atormentando; não queria passar por nenhum inconveniente. Olhei o relógio e vi que já estava na hora de voltar para o trabalho. Levantei-me e tentei esconder minha furiosa ereção. Droga, andar de pau duro em pleno hospital, cheio de gente doente, era só o que me faltava!

O dia passou arrastado, muitos pacientes, cirurgia marcada... Acabei saindo atrasado e não ia dar para passar no bar, como prometi a Layla. Peguei meu carro e fui dar uma rodada, na esperança de vê-la saindo do trabalho. Passei em frente ao *Beer*, mas já estava fechado.

Mal-humorado era pouco para definir o meu estado de espírito. Não podia imaginar aquela boquinha se mover, era quase um pecado. Droga! Frustrado, bati as mãos no volante. Aquela mulher ia ser minha de qualquer jeito. Iria fodê-la de todas as maneiras possíveis. E alguma coisa me dizia que não ia me contentar com uma vez só.

Um sorriso despontou em meu rosto. Ia fazer com que Layla fosse minha, custe o que custasse. Resignado, parti para casa em busca de um pouco de conforto, nem que fosse com minhas próprias mãos.

Para completar minha noite maravilhosa, tinha um carro bem conhecido na frente de casa. Estacionei ao lado e desci para cumprimentar a visitante indesejada. Ela saiu com seus cabelos negros revoltos e uma cara assassina.

— Porra, Bruno! Estou te esperando há horas. Onde você estava? Com alguma vadia?

Respirei fundo e contei até dez, não podia perder a paciência. Sabrina era quase uma criança: mimada, mas muito jovem para reconhecer o perigo iminente. A vontade que tinha era de lhe dar uma surra para que aprendesse boas maneiras.

— Oi pra você também, maninha. E respondendo ao que você perguntou tão educadamente: não, eu estava atarefado no hospital e, se você não sabe, tenho uma vida, não preciso dar satisfação dos meus passos à minha caçulinha.

Ela arqueou uma sobrancelha.

— Tá, mas vim te dizer uma coisinha.

— O quê? — Já fiquei desconfiado, coisa boa não vinha.

— Eu vou morar com você!

Fiquei confuso. Será que estava ouvindo direito?

— Não entendi. Explica direito. — Sabrina jogou as mãos para o alto, frustrada.

— Não tenho a liberdade que preciso na casa da mamãe, então resolvi vir morar com você, meu irmãozinho querido.

Arregalei os olhos; não acreditava que aquilo estava acontecendo. Só podia ser uma brincadeira de mau gosto. Mas, pela quantidade de tralha que tinha no banco traseiro do seu carro, não era.

Droga, estava ferrado!

Capítulo 3
Layla

A noite de quinta foi bem tumultuada. Minha apresentação foi boa como sempre, mas tinha alguma coisa que eu não conseguia identificar faltando. Meus olhos vagaram por todo o bar à procura de alguém. E como não o encontrei, fiquei com um humor do cão.

Não que eu fosse admitir que a culpa era dele, aquele convencido. Nunca fiquei tão indignada e excitada na minha vida. Confesso que ser arrebatada daquela maneira mexeu comigo. Fazia muito tempo que não sentia o toque de um homem que me desejava, então aquele beijo roubado me deixou alucinada. Por mais louco que pudesse ser, eu queria mais.

Atravessei a cidade, louca para pegar o Lucas em casa, pois morria de saudade das nossas conversas. Andávamos tão atarefados que acabamos perdendo um pouco o contato. Nossa casa era modesta, mas confortável. Graças à mamãe, não precisávamos pagar aluguel. Morávamos num bairro simples da cidade, porém acolhedor.

Passei por meus vizinhos com um sorriso no rosto; eram boas pessoas. Já era tarde, mas estava quente e eles sempre ficavam nos portões de suas casas, olhando o tempo passar. Eles me ajudaram bastante quando era mais nova e tive que virar mãe de um adolescente. Não que Lucas tenha me dado trabalho, mas não foi nada fácil.

Abri a porta de casa à procura do meu irmão. A sala estava arrumada e cheirosa; ele sempre me ajudava nessa parte. Nunca foi um menino bagunceiro, eu ficava até preocupada por não ser um garoto com atitudes normais para a sua idade. Mas sei que nós amadurecemos muito cedo; era de se esperar que fôssemos diferentes.

Fui até a copa e senti um aperto no coração quando vi que Lucas estava com a cabeça deitada em cima de um monte de livros. Era sempre assim: se acabava de tanto estudar e dormia em qualquer lugar. Coitadinho, devia estar morto, o quanto estava se esforçando por essa faculdade não era brincadeira. Apesar de ele ser um homem, ainda o enxergava como o meu irmãozinho gordinho que pedia colo quando tinha saudade do nosso pai.

Cheguei ao seu lado e lhe acariciei o rosto. Era muito engraçado ver como cresceu e amadureceu. Ele estava com a barba de uns dois dias por fazer e tinha círculos de cansaço em volta dos olhos. Ainda me sentia culpada por deixá-lo sozinho, mas era o único meio de conseguir pagar sua faculdade de medicina.

— Luquinha, vai pra cama. — Sacudi seus ombros levemente. Sempre fui muito paciente com ele, acho que para compensar a falta dos nossos pais. Sentia-me na obrigação de tratá-lo da melhor maneira possível. — Você está todo amassado aí, amanhã estuda mais.

Ele abriu os lindos olhos verdes e sorriu sonolento.

— Que horas são, Lala? — Não deixava aquele apelido de lado.

— Já passa da meia-noite, amanhã você tem aula cedo. Vai dormir que eu arrumo seus livros.

Lucas estava bem mais alto do que eu, e era estranho porque, como irmã mais velha, sempre me surpreendia com seu tamanho. Ele me abraçou carinhosamente e me deu um beijo no topo da cabeça.

— Boa noite, Lala.

Ele estava quase na porta do quarto quando deu meia-volta e se virou para mim.

— Podíamos marcar de sair no domingo, o que você acha? Faz tempo que não fazemos nada assim.

Meu irmão sentia tanto a minha falta quanto eu sentia a dele.

— Claro, pode ser à tarde, e depois você vai ao bar comigo. — Sorri entusiasmada.

— Beleza, combinado.

Entrou em seu quarto e fechou a porta levemente. Lucas era tão diferente dos outros garotos da sua idade, sempre tão educado e amoroso... Era até estranho não ter namorada. Estava tão focado nos estudos que não devia ter tempo para pensar nisso.

Arrumei seus livros em uma pilha. Nossa, quanta coisa para estudar! Eu não podia nem imaginar o que seria decorar e aprender todos aqueles termos médicos. Não fiz nenhuma faculdade, pois tive que parar a minha vida para cuidar de um menino de onze anos que tinha acabado de perder a mãe.

Na verdade, anulei-me completamente. A única coisa que continuava a fazer era tocar e cantar. Contudo, aprendi uma coisa aos trancos e barrancos: não adiantava ficar me lamentando pelo que poderia ter sido. Meu irmão precisava de mim, e eu não faria de outra maneira. O negócio era seguir em frente. Nada de ficar remoendo o passado, imaginando como poderia ter sido se o papai não tivesse morrido naquele acidente de carro.

Nem percebi que tinha lágrimas escorrendo pelo meu rosto. Era impossível não me emocionar, meus pais eram pessoas tão boas, não mereciam o fim que tiveram.

Respirei fundo e fui para a cama. Meu coração estava pesado por causa de toda a emoção que estava reprimida dentro de mim.

O escritório de advocacia estava uma baderna, era impressionante a capacidade das pessoas de quererem processar os outros por motivos ínfimos. Ainda mais numa sexta-feira.

Meu chefe, o Dr. André Silva, estava com uma carranca tremenda. Normalmente, era um homem calmo — apesar de ser indiscreto às vezes —, mas, devido aos chatos que passavam por sua mesa, devia estar tendo um dia infernal. Levei seu café quando um dos clientes saiu da sua sala. Ele estava com dois dedos apertando a têmpora. Parecia muito cansado.

— Com licença, doutor, seu café.

Ele olhou por cima de uma montanha de processos e suspirou aliviado.

— Obrigado, Layla. Só esse café para me aliviar, está sendo um dia estressante.

— Não há de quê. — Eu já estava saindo quando ele levantou a mão, parando-me.

— Só um minuto, querida. — Pegou um bolo de papel em cima da mesa e estendeu na minha direção. — Preciso que você examine esses processos e separe os que são mais importantes, mas quero que leia todos atentamente para não haver nenhum engano.

Aquiesci e estendi a mão, imaginando ter visto um olhar estranho nele. Doutor André me avaliava de um modo diferente. Tinha um brilho em seus olhos que me deixou desconfortável. Só podia ser minha imaginação, pois o meu chefe era uns quarenta anos mais velho do que eu. Dei meia-volta e saí de seu escritório antes que pudesse acontecer alguma coisa que me fizesse largar o emprego. Não podia me dar esse luxo.

Caramba, como tinha papel em minhas mãos! Era processo de mau atendimento de telefonia de celular, mau funcionamento de máquina de lavar, troco errado na padaria. Nossa, quanta gente insatisfeita! Porém, também havia assuntos mais sérios.

Depois de analisar toda aquela montanha, entreguei-a ao doutor e fui arrumar as minhas coisas, tinha muito que fazer em casa antes de ir ao bar. Já estava saindo quando fui parada por uma mão enrugada.

— Layla, acho que vou dar uma passada no *Beer* para te ver cantar. — Passou o olhar vidrado de cima a baixo no meu corpo, e esfregou o polegar em meu braço.

Franzi a testa e me desvencilhei.

— Tudo bem, doutor. Te vejo por lá, com licença.

Saí o mais rápido que pude. Não queria nem pensar o que ele podia estar insinuando, dava vontade de vomitar só de imaginar.

Corri pela rua a fim de pegar o ônibus para casa, pois ainda tinha que me arrumar e ter um tempo para fazer o jantar do Lucas. Nas sextas, eu sempre fazia isso; por sair mais cedo do escritório, dava tempo. Mas acabei me atrasando um pouco, então tinha que me apressar.

Quando cheguei ao ponto, meu ônibus já estava parado, então entrei rapidamente e paguei a passagem. Estava um pouco cheio, mas tinha um lugar vago ao lado de uma senhora simpática. Sentei ao seu lado sorrindo e pedi licença. Ela me olhou intensamente.

— Você teve uma vida difícil, menina. Deixou tudo o que queria para cuidar de alguém que ama, mas sua recompensa está chegando, um amor inesperado surgirá. Você terá uma escolha a fazer novamente: confiar ou perder. — A senhora tinha os olhos vidrados e, por um momento, ficou me observando. Logo em seguida, piscou e sorriu, olhando para o outro lado.

Arregalei os olhos e engoli em seco. Eu não era de acreditar em coisas assim, mas como uma mulher que nunca tinha me visto na vida podia saber o que passei com meu irmão?

Fiquei sem me mover o resto do caminho. Nem quis olhar para o lado, estava muito assustada. Dei sinal e desci; a senhora olhava para mim da janela com uma expressão de pena em seu rosto.

Balancei a cabeça, tentando tirar esses pensamentos da minha mente. Entrei em casa e estava tudo em silêncio. A sala era pequena, tinha um sofá de três lugares e uma TV comum. O que mais encontrava ali eram os livros do Lucas. Fui direto para a cozinha, que era espaçosa, tinha armários, fogão e geladeira. Nosso sonho de consumo era um micro-ondas, mas não podíamos nos dar esse luxo, pois tínhamos muitas coisas para pagar.

Preparei um espaguete rápido para dar tempo de me produzir. O bar sempre lotava às sextas, ia gente de todas as idades, e eu fazia questão de estar bem apresentável.

Tomei um banho relaxante e escolhi minha roupa de "estrela": um vestido preto sem alças rendado, que ia até o meio da coxa, e salto alto para dar um ar mais feminino, apesar de preferir uma bela rasteirinha. Às vezes, era preciso usar saltos; tendo 1,60m de altura, não podia me dar ao luxo de recusar dez centímetros a mais.

Olhei o meu reflexo no espelho, e tinha que admitir que eu era bonita. Meus cabelos tinham um volume incrível, e estava realmente com um jeito de mulher fatal, que era longe da realidade. Não havia nada de fatal em mim, a não ser se você contasse com o salto agulha da minha sandália.

Maquiagem feita, fui a caminho do bar com um frio na barriga por causa da possibilidade de ver o Bruno novamente. Droga, já estava animada com a perspectiva. Não podia negar o quão sensual o homem era; ele mexeu comigo de uma maneira fascinante.

Os olhos azuis maliciosos estavam gravados em minha memória e me sentia tão entusiasmada como nunca tinha estado. Às vezes, é bom dar uma chance para o desconhecido. Não que fosse ser fácil pra ele.

Sorri, e caminhei pela porta do bar. Estava me sentindo *sexy*. Era só esperar para ver se iria aparecer o "garanhão" que sacudiu minhas convicções. Brincar de gato e rato seria divertido.

Capítulo 4
Bruno

A minha irmã estava me irritando profundamente, não aguentava mais ouvir a voz da Sabrina tagarelando sobre as maluquices que queria fazer na vida. Um belo dia de folga se transformou num pesadelo. Essa garota não tinha que dormir para ir à faculdade, não?

— Sabrina, está na hora de ir dormir. Amanhã você tem que acordar cedo.

Ela fez uma careta engraçada e apertou os olhos.

— Quantos anos você acha que eu tenho, Bruno? Já sou velha o bastante para decidir a hora que vou dormir.

— Ok, mas com dezenove anos eu ia deitar cedo todos os dias para não ficar dormindo na aula.

— Porque você é um mané. Eu consigo muito bem lidar com tudo, obrigada. Agora que me irritou, tô indo para o quarto. — E saiu pisando duro.

Essa menina é tão mimada! Mesmo assim, não conseguia negar muita coisa para a minha irmãzinha. Quando me olhava com aqueles olhinhos azuis suplicantes, eu cedia como um bobo.

Senti meu celular vibrando no bolso, descolei as costas do sofá e o peguei. Na tela, uma cartinha piscava... Lá vinha merda. A mensagem era do Alberto.

E aí, babá? Tá de boa hoje? Estou indo ao Beer.

Senti um arrepio passar pelo meu corpo só de ouvir o nome do local onde meu anjo estaria. Sem demorar, mandei uma resposta:

Tô dentro. Mas não leva a Letícia, tenho planos.

Um minuto depois:

35

Planos, é? Tudo bem, Letícia está fora, mas depois vai ter que me contar direito essa história. Te encontro lá.

Mal podia esperar, já estava com saudade de ouvir aquela voz de anjo e sentir aquela boca gostosa...

A pequena Layla ia ser minha.

Alberto estava sentado em uma mesa próxima ao palco; parecia ter adivinhado meus pensamentos. Mas, droga, ele era um idiota, a chata da Letícia veio junto. Eu iria bater no meu amigo.

— Ah, a *Senhorita Super Nanny* chegou. — Alberto era um babaca total.

— Eu não estou de babá, seu idiota. Sabrina tem dezenove anos e só está morando comigo porque diz ter uma divergência de opiniões com a nossa mãe.

— Aham, eu sei que sua irmã tá bem grandinha.

Estreitei meus olhos, pois senti uma pontada de malícia em seu comentário.

— Fica longe dela, seu babaca. Sabrina é uma criança pra você. — Me sentei, apontando o dedo na cara dele.

Às vezes, Sabrina era um pé no saco, mas ainda era a minha menina. Alberto me olhou assustado e levantou as mãos.

— Calma, cara. Só estava brincando. Você sabe, não é a Sabrina que mexe comigo. Além do mais, ela é a minha caçulinha.

Eu sabia disso também. Alberto e minha irmã Ana Luiza tiveram um namoro na faculdade, mas alguma coisa aconteceu e se separaram. Nenhum dos dois quis falar sobre o ocorrido. Porém, eu podia sentir a tensão entre eles.

— Ok, não se fala mais nisso. — Inclinei-me em sua direção, falando mais baixo. — E por que você trouxe essa mala? Eu disse que tinha planos.

Ele sorriu amplamente.

— Eu sei, só queria ver a sua cara de tacho. E pelo visto consegui, a careta que fez quando entrou foi impagável. Mas vou te dizer uma coisa, irmão: um dia, vou ver o grande pegador de quatro por uma mulher, e alguma coisa me diz que não está muito longe.

— Ha-ha. Muito engraçado, você sabe que não vai acontecer. Já tenho bastante mulher cuidando da minha vida, não preciso de mais uma.

Ele franziu a testa com uma expressão estranha em seu rosto.

— Cuidado para não deixar coisas importantes passarem por causa dessa sua teimosia.

— Tá sentimental agora, Alberto? O que aconteceu? Alguém te pegou de jeito?

Conhecíamo-nos há dez anos, fizemos faculdade e residência juntos, e agora trabalhamos no mesmo hospital. Ele era um pegador desde o início, as meninas caíam em cima muito fácil. Alberto Brenner era um cara de ótimo humor, loiro, com um sorriso que, segundo nossas amigas, fazia-o parecer um menino. Vai entender cabeça de mulher!

— Não, só quero que fique esperto para as coisas que verdadeiramente importam.

Resolvi deixar aquele papo de lado, pois meu anjo acabara de subir ao palco. Ela estava linda e percebi que tinha pernas grossas e bem torneadas. O vestido preto que usava deixava pouco para a imaginação. O efeito da falta das alças me deixou hipnotizado, queria lamber aquele monte de pele exposta.

Layla se acomodou no banquinho e apoiou o violão na perna. Sorriu para a plateia, e tive a impressão de que não tinha me visto ainda.

— Boa noite! Como todas as sextas, estamos com um público bem eclético. Preparei uma *playlist* diversificada. Vou começar com Cássia Eller, *Malandragem*.

Vê-la cantando era maravilhoso, sua voz encantava todos ao redor, que pareciam hipnotizados pela energia que irradiava. Aquela mulher no palco, que fechava os olhos em êxtase e sentia toda a emoção que a letra transmitia, era o mesmo anjo que eu havia beijado sem sentido na porta do bar. Ela seria a minha perdição. Estava mais do que pronto para me jogar.

Eu queria ouvir sua voz rouca em meu ouvido, gritando meu nome enquanto eu afundava nela uma e outra vez.

— *Quem sabe ainda sou uma garotinha...*

O bar irrompeu em aplausos, e não era por menos, Layla tinha talento.

— Obrigada, pessoal, a música que vou cantar agora vem me tirando o sono há alguns dias... *Eu te devoro,* de Djavan.

"Teus sinais
Me confundem da cabeça aos pés
Mas por dentro eu te devoro...
(...)
Te devoraria a qualquer preço
Porque te ignoro ou te conheço
Quando chove ou quando faz frio..."

Puta merda!

Podia até ser que ela não estivesse cantando para mim, mas seu olhar varreu as mesas até me encontrar. Lindos olhos verdes brilharam, maliciosos, e um pequeno sorriso despontou em seus lábios. Ah, pequena...

"... Mas se quer saber
Se eu quero outra vida...
Não! Não!

Eu quero mesmo é viver
Pra esperar, esperar
Devorar você..."

Layla continuou cantando várias músicas de sua própria lista e também alguns pedidos dos clientes. Pediu uma pausa e foi ao camarim, então vi uma oportunidade de abordá-la. Sem demora, pedi licença aos meus amigos, mas não sem antes receber um aceno conhecedor do Alberto.

Desviei de vários homens que queriam chegar perto dela. Não era por menos, a mulher era uma delícia, porém não teriam a menor chance. Tive um vislumbre de seus cabelos castanhos na esquina de um corredor. Só tinha uma porta por ali, e sequer bati: girei a maçaneta e entrei.

Layla estava de costas para mim, alongando os braços, mas, quando percebeu que não estava mais sozinha, virou e me presenteou com um sorriso irônico.

— Ora, ora. Olha quem resolveu aparecer. Pensei que tivesse dito que vinha ontem, senhor "garanhão". — Fez aspas com os dedos para frisar sua zombaria, mas o que ela não sabia era que os dois podiam jogar.

— Hum, quer dizer que sentiu a minha falta, então? Devo ter dado uma boa impressão com aquele beijo. — Arqueei uma sobrancelha, sorrindo.

Ela comprimiu os lábios, irritada, e estreitou os olhos.

— Você é um idiota. Aquele foi o pior beijo que já tive, se quer saber.

Tive que rir, pois ela não sabia mentir, ficava toda corada. Não conseguia me encarar direito, desviava o olhar, entregando o quanto eu a perturbava.

— Sei... Então, o que foi aquela música lá no palco? Você estava olhando diretamente para mim. — Dei um passo em sua direção.

— Não sei do que você está falando, eu cantei pra todo mundo. Será que você se acha tão gostoso a ponto de pensar que tudo o que as pessoas fazem é alguma indireta pra te pegar?

Dei mais um passo, e ela se encostou à penteadeira com as mãos para trás.

— Tudo não, querida, mas com certeza você me quer. Se meu beijo foi tão ruim como diz, está na hora de um segundo *round*.

— Você não se atreveria! — Ofegou.

— Ah, me atrevo sim.

Fechei a distância que nos separava e enlacei sua cintura com um braço, colando nossos corpos. Ela arregalou os olhos, constrangida.

— Sim, anjo. Já estou duro por você desde que abriu essa boquinha linda e cantou naquele palco. Sabe que me deixou louco com aquela música, né? Agora, eu quero te devorar.

Capturei sua boca num beijo feroz; nunca havia sentido tanta fome por uma mulher. Ela ficou rígida e me empurrou, tentando se afastar, mas não demorou muito e cedeu lentamente, relaxando seu corpo macio contra o meu.

Acariciei sua língua com a minha; seu gosto era sublime. Layla gemeu e enlaçou as mãos no meu pescoço. Eu a levantei e a sentei na penteadeira, derrubando um monte de coisas no chão, mas nem liguei para a bagunça.

Mordi seus lábios com vontade. Não conseguia me controlar. Enquanto assolava sua boca, deslizei minhas mãos por suas coxas. Sua pele era quente e suave; apertei de leve e subi até a calcinha de renda. Afastei-me de seus lábios e ela protestou. Sorri entusiasmado.

— Você não me quer, anjo? Então por que está tão molhada? — Deslizei um dedo por sua calcinha, e ela jogou a cabeça para trás, gemendo. — Será que toda essa excitação é de ódio? — Mordi-lhe o queixo e olhei em seus olhos. — Ou será que é porque eu sou tão irresistível para você quanto você é para mim?

Ela pareceu despertar de um sonho, sacudiu a cabeça e me fuzilou com um olhar malvado. Empurrou-me com força, e dei um passo para trás, deixando-a levantar.

— Não chegue perto de mim novamente, seu... idiota, pretensioso.

Sorri.

— Ah, mas eu vou sim, anjo. Viciei em seu gosto e seu cheiro me levou à loucura. Não tem jeito, você vai ser minha.

— Ha-ha... É o que vamos ver, palhaço.

Virou as costas e saiu batendo a porta. Balancei a cabeça, divertido. Ela gostou tanto quanto eu, só era turrona demais para admitir. Mas não tinha problema. Eu dobraria aquela atitude teimosa assim que colocasse as mãos nela outra vez.

Capítulo 5
Layla

Não podia acreditar na audácia daquele cara. Estúpido! Contudo, eu estava me sentindo mais estúpida ainda. Como me deixei levar? Se fosse sincera comigo mesma, não haveria escapatória. Ele tinha uma energia que me puxava e era impossível me afastar. Muito difícil resistir. Precisei de todas as minhas forças para sair daquele camarim.

Fui castigando o chão com o salto, andando em direção ao bar.

— Heitor, manda uma vodca com limão.

Ele franziu a testa e se virou para pegar a minha bebida.

— Noite difícil, estrela? — Mesmo eu lhe chamando a atenção, insistia em me chamar assim.

— Você nem imagina... — Virei, dando uma golada só, que desceu queimando.

Fechei os olhos e tive certeza de que fiz uma careta horrível. Quando os abri, foram direto para um par de olhos azuis, que me observava fixamente com um ar divertido em seu rosto.

Babaca!

Deixei o copo em cima do balcão e fui terminar a minha apresentação; não queria mais expor o que estava sentindo. Admito que provocá-lo foi legal e, o que veio depois, para lá de excitante. Mas eu estava com medo do que ele me fazia sentir.

Voltei ao palco e atendi aos pedidos dos clientes.

Droga! Só podia ser brincadeira...

Pintura Íntima, do Kid Abelha. Bufei internamente. Não podia ter uma mais explícita?

Em todo o tempo que cantava, não conseguia desviar o olhar de sua mesa. E ele não parava de me encarar com aquele sorriso idiota de quem sabia exatamente o que estava provocando. Tentei me concentrar, desviar a atenção, mas era impossível. O que estava acontecendo comigo? O que aquele homem tinha de diferente? Eu estava apavorada, nunca quis relacionamentos. Não queria perder alguém que amo novamente. Se fosse só fisicamente, tudo bem. Mas não era. Sentia um aperto no peito e milhares de borboletas dançavam em meu estômago. Deus, estava ficando louca.

Finalizei a noite depois de mais duas músicas. Desci do palco em busca das minhas coisas, e rapidamente reuni tudo; não queria nenhuma surpresa no camarim.

Elisa estava servindo uma mesa quando passei e ela me chamou com uma inclinação de cabeça. Sabia que esse era um sinal para que nos afastássemos. Aproximamo-nos do banheiro feminino e ela se virou pra mim, com seus olhos castanhos arregalados.

— Garota, quem era aquele gato que saiu do seu camarim todo desgrenhado?

Merda, achei que não tinham percebido.

— Ninguém, Elisa. Só um cara que queria fazer um pedido especial. — Apesar de sermos quase amigas, não queria que soubesse da minha escapadinha.

— Aham, sei. E por que ele tinha mancha de batom na boca? Na verdade, a mesma cor que faltava na sua. — Colocou as mãos na cintura e me fuzilou com um olhar de "você não me engana". — Ok, não precisa falar nada. Mas não desperdiça aquilo tudo... Gente, fiquei com calor só de ele agradecer a bebida que levei à mesa. Que voz *sexy* é aquela? — Ela tinha uma expressão engraçada no rosto e se abanava com a mão.

Arregalei os olhos e sorri sem jeito.

— Tá, mas eu não estava com ninguém. Vou indo, já está tarde.

Inclinei-me e dei dois beijos em seu rosto. Elisa assentiu e se afastou, voltando ao trabalho.

Despedi-me do pessoal e corri para a saída, nem olhando para a mesa onde ele estava com os amigos. Por um instante, achei que estivesse livre, mas me enganei. Bruno estava parado em frente à porta, encostado num poste e sorrindo como um gato que comeu o canário.

— Achou que podia se livrar de mim?

Estreitei meus olhos e o fuzilei. Que cara irritante!

— O que você quer, Bruno? Eu tenho que ir embora, estou cansada e tenho alguém me esperando.

Seu semblante se fechou e ele pareceu chateado.

— Quem está te esperando? Seu namorado?

Hum... Resolvi brincar um pouco. Ciúme é um sentimento cruel, impulsivo e fácil de detectar. Mesmo não tendo sentido algum, pois não tínhamos nada um com o outro, era o que estava acontecendo, só estava faltando o homem bufar.

— O que você tem com isso? Não é da sua conta. — Dei de ombros.

— Não brinca comigo, Layla.

Ah, que idiota! Quem ele pensava que era para querer saber de alguma coisa sobre a minha vida? Eu sou patética, odeio mentir.

— Ok, é o meu irmão, ele já deve estar em casa, então não posso perder tempo com você.

Ele sorriu, parecendo aliviado.

— Vem, eu te levo.

— Nem pensar, não te conheço pra ir entrando no seu carro.

Sorriu e se aproximou, ficando perigosamente perto demais para o meu juízo suportar.

— Mas vai conhecer, anjo. Não há escapatória, eu sei que você sente o mesmo que eu.

Juro que tentei negar, mas se tem uma coisa que prometi há muito tempo foi ser honesta comigo mesma. E, sendo assim, era verdade, não havia escapatória, porém isso não queria dizer que ele não podia rastejar um pouco; era muito convencido para o meu gosto.

— Tudo bem, você pode me levar em casa, mas nada de ideias idiotas.

— Como quiser. Eu só vou te beijar hoje se você me pedir.

Apertei meus olhos e o observei; esse cara sabia jogar. Nós caminhamos em silêncio até o estacionamento. Ele tirou do bolso a chave e destravou o alarme. Chegamos ao lado de um *Honda Civic* preto, maravilhoso.

— Uau, lindo carro. Parabéns.

— Obrigado, trabalhei bastante pra ter um desse. — Bateu de leve no capô.

— Hum, e o que você faz?

Ele sorriu e abriu a porta para mim. Sério, ele fez isso.

— Sou médico. Cirurgião, para ser exato.

Foi automático olhar suas mãos. Eram grandes e fortes. Um cirurgião era como um artista, e as mãos eram seu instrumento de trabalho mais valioso. Uma imagem piscou em minha mente: aquelas mãos maravilhosas percorrendo todo o meu corpo. Ofeguei sem querer.

Ele olhou para mim com um brilho malicioso, como se soubesse exatamente o que eu estava pensando. Inclinou-se, ficando olho no olho.

— Eu sei o que você está pensando, sua impertinente. E respondendo à sua pergunta silenciosa: sim, elas fazem mágica.

Corei como nunca tinha feito antes. Bruno beliscou a ponta do meu nariz e sorriu. Sentei-me, carrancuda. Ele contornou o carro e entrou, deu partida e o motor roncou levemente, e deslizamos cidade afora. Direcionei-o ao meu bairro e olhei através da janela, vendo a cidade passar.

— Então, Layla... Você só canta no bar ou faz outra coisa?

— Eu trabalho num escritório de advocacia durante o dia, sou secretária.

Percebi que estava me observando e me virei, encarando-o. Tinha a testa franzida e torcia a boca como se estivesse pensando em alguma coisa séria.

— Não é cansativo? Trabalhar em dois lugares?

— Já me acostumei.

Não ia entrar em detalhes da minha vida pessoal. Olhei com calma para seu perfil. Bruno era um cara lindo, maxilar forte, nariz fino, boca desenhada e convidativa, mas eram os seus olhos que me encantavam, o contraste dos cílios escuros com o azul. Era de arrepiar.

Sem falar no corpo, forte e musculoso. A camisa que vestia grudava em seus bíceps, e me imaginei lambendo e mordendo aquela carne dourada. Perdida em meu devaneio, nem notei que ele estava me observando com um sorrisinho no rosto.

— Babaca! — Odiava ser pega em flagrante.

Ele soltou uma gargalhada que fez meu coração pular.

— Entra naquela rua ali, é a terceira casa à direita.

Bruno estacionou o carro e se virou para mim.

— E agora, anjo? Não vai me pedir um beijo de despedida?

— Aham, só em seus sonhos.

Ele sorriu, malicioso.

— Nos meus sonhos, tem muito mais do que beijos. — Levantou a mão, passando pelo meu rosto. Não pude resistir: inclinei-me em direção ao seu toque. — Me dá uma chance, Layla? Por enquanto, só quero te conhecer.

— Como assim? Você está me convidando para sair?

— Eu não faço muito isso, não me recrimine, é a verdade. Mas você é diferente, quero te conhecer melhor. Me dá uma chance?

Sair para me divertir não faria nenhum mal. E depois, a carinha de cachorrinho perdido que ele estava fazendo era de matar.

— Tudo bem, mas tem que ser depois da apresentação. Eu trabalho de quarta a domingo, no bar.

— Hum, ok. Amanhã, eu tenho plantão de vinte e quatro horas, mas, no domingo à noite, tô de boa. Posso passar no bar pra gente se ver?

Eu tinha que sair com o Lucas, mas seria antes. E não faria mal se ele visse meu irmão, pelo menos ia saber que eu não era sozinha.

— Tudo bem, te vejo lá.

Já estava saindo quando ele puxou meu braço e se aproximou perigosamente, sua respiração fazendo cócegas em meu pescoço.

— E o beijo, Layla? Não vai me pedir?

Aproximei-me e encostei nossos lábios. Minha vontade era de travar a mão em seu pescoço e beijá-lo como se não houvesse amanhã, mas seria bom uma brincadeirinha para colocá-lo no lugar.

— Para que um beijo real se você tem seus sonhos? — falei com a boca colada na dele.

Bruno abriu os olhos e se afastou, confuso.

— Você vai ser a minha morte, mulher. Mas eu também sei brincar.

Sorri e me despedi com um aceno. Andei tensa, sabendo que ainda estava parado no mesmo lugar. Virei-me, e ele estava me olhando intensamente.

Bruno também seria minha morte.

Capítulo 6
Bruno

O gosto da Layla não saía da minha boca. Depois de tê-la deixado em casa, andei sem rumo pela cidade. Não conseguia entender o que estava acontecendo, tive várias mulheres na minha vida, mas nenhuma conseguiu mexer assim comigo. Ela era diferente. Apesar de ser quase uma completa estranha, sentia uma energia que nos ligava; era como se a conhecesse há anos.

Não estava gostando nada daquilo, mas como resistir a uma atração tão forte? Não conseguiria, eu era um ser humano fraco. Estava tentado a dar meia-volta e não lhe dar opção de negar o que estava evidente entre nós. Não ser acostumado a esperar era uma merda. Contudo, nada relacionado a ela era normal. Ao mesmo tempo em que queria tomar seu corpo, o impulso de protegê-la estava fortíssimo em mim.

Depois de gastar bastante gasolina, resolvi ir para casa. Não estava nada entusiasmado, pois o que me esperava era uma pentelha que não parava de fazer perguntas. Ainda era cedo para Sabrina estar dormindo; aquela garota parecia um morcego.

Em frente à minha garagem estava estacionado o carro da Larissa, minha irmã mais velha. Só podia vir mais merda daquilo. Quando essas mulheres estavam juntas sempre sobrava para mim.

Desci e fui encontrar as minhas lindas irmãs sufocadoras. Eu as amo, mas que são sufocantes não tenha dúvida! Nem estava na porta ainda quando ela foi aberta de supetão por Larissa. Dizer que ela era a irmã mais velha era brincadeira; tinha trinta e oito anos e era a única loira de olhos verdes da família. Mãe de dois pentelhinhos gêmeos e esposa de um cara casca grossa, se mantinha linda e jovem; poderia até ganhar um troféu de superação.

— Oi, Larissa. A que devo o prazer de sua visita? — Era linda sim, mas a mais intrometida de todas.

— Onde estava, irmão? — Esse açúcar todo não me enganava.

— No bar, com Alberto.

Ela fez uma careta engraçada e colocou as mãos na cintura. Já podia imaginar o que viria: o discurso de como arrumar uma boa moça.

— E você acha que vai encontrar uma garota decente para casar num bar? — Era incansável nesse quesito. Se ela soubesse... Não ia largar do meu pé.

— Em primeiro lugar, eu não estou procurando ninguém para casar, e, em segundo, você não sabe de nada. Está fora do mercado há anos, já vai fazer bodas de diamante.

Larissa me deu um soco no estômago.

— Idiota, eu não estou fora do mercado, me apaixonei e casei, só isso. E ainda falta muito pra fazer bodas de diamante. — Estreitou os olhos e fez uma careta engraçada.

Sorri e a abracei. Larissa sempre se sentiu como a minha mãe; nove anos de diferença na nossa idade fizeram isso. Era apaixonada por tudo o que fazia, e seu marido havia sido seu primeiro namorado.

— Vai, Lari, diz o que a trouxe aqui. Não foi só pra me dar sermão, né?

Ela respirou fundo e encostou a cabeça no meu peito.

— Você sabe o que aconteceu com a Sabrina, o motivo pelo qual saiu de casa?

— Ela me disse que mamãe não a estava deixando sair.

Larissa se afastou, me olhando confusa.

— E você acreditou, Bruno? Quando a mamãe vai proibir alguém de fazer alguma coisa? — Balançou a cabeça, chateada. — Não foi isso. Sabrina estava namorando... O cara insistiu para que dormissem juntos e ela se arrependeu. Deu uma confusão dos infernos, parece que era algum tipo de aposta entre os amigos de que ele conseguiria levá-la para a cama. Ela chorou depois e bateu nele. Foi o maior escândalo, todos os vizinhos ouviram.

— O quê?! — gritei assustado. — Como é que eu não fico sabendo disso? E por que ela não me disse nada? Eu vou matar esse cara!

— Calma, já foi tudo resolvido. Parece-me que ela queria no início e, quando não quis mais, já era tarde. Você tá entendendo? E quando ele disse que era só mais uma na listinha negra, Sabrina enlouqueceu.

— Não interessa, deviam ter me contado! Quando uma mulher não quer realmente, a gente percebe e tem que respeitar. Só um moleque para aprontar uma dessas. E aí, o que aconteceu? Foi punido de algum modo?

Ela negou e suspirou.

— Não, foi consensual, não havia muito que fazer. Ele não a machucou, mas Sabrina quis se mudar lá de casa, disse que não aguenta ficar onde todos sabem da sua vergonha.

— Merda!

Tive que me afastar da Larissa, não conseguia imaginar o que a minha pequena estava passando. E eu, como um idiota, brigando por ela ter vindo morar comigo. Encostei minha testa na moldura da porta e respirei fundo. O que um irmão faz nessas horas? O que meu pai faria se estivesse vivo? Droga.

— Larissa, pode ir. Vou conversar com ela. Fica tranquila, não vou recriminá-la nem nada. Só preciso de um tempo sozinho para me acalmar. — Estava me sentindo péssimo, precisava me afastar.

Ela se aproximou e beijou minhas costas.

— Tá bom, Bruno. Mas não se martirize tanto. Ela está bem, só um pouco chateada. Não é culpa de ninguém, a não ser daquele idiota do Ricardo.

Balancei a cabeça, pois não podia dizer mais nada. Ouvi os passos da minha irmã se afastando, entrando no carro e dando partida. Só assim deixei as lágrimas descerem. Minha bebezinha teve sua primeira experiência de um jeito totalmente errado. Se eu pegasse aquele cara, nem sei o que faria; era melhor mantê-lo bem longe.

Senti uma mão quente em meu rosto. Abri os olhos, e Sabrina estava ali com aquela carinha da qual me lembrava bem; seus olhinhos azuis estavam transbordando de lágrimas. Parecia uma menina quando baixava a guarda, e acabei percebendo que ela era muito frágil, apenas aparentava ser forte.

— Desculpe, Bruno — falou entre soluços.

Eu a puxei em meus braços e a abracei como fazia quando ela era uma garotinha.

— Não tem por que se desculpar, Sá. Você quer falar sobre isso?

Ela negou com a cabeça e continuamos ali, nos abraçando. Tentei ao máximo dar meu aconchego e segurança de irmão. Depois de algum tempo, ela se afastou, enxugou seus olhos e sorriu.

— Onde você estava? Rondando alguma vadia? — E voltou a ser a minha irmã de sempre.

— Não, sua pentelha, saí com o Alberto. Fui ao *Beer*.

— Já ouvi falar desse bar. Tem música ao vivo, né? Me disseram que a cantora é ótima. — Podia perceber que forçava a mudança de assunto, mas não ia deixar por isso mesmo.

— É sim, vou voltar no domingo. Se você quiser ir comigo... — Apesar de querer ver Layla sozinho sem Alberto para me atrapalhar, Sabrina precisava se distrair.

— Eu quero sim, vai ser bom espairecer. Mas nada de levar vadias a tiracolo, hein? Não gosto dessas mulheres com quem você anda.

— Tudo bem, sua danadinha.

Entramos e nos esparramamos no sofá. Apesar de querer transparecer tranquilidade, eu podia sentir que Sabrina estava chateada. Resolvi pressionar um pouco...

— Sabrina, você não quer falar sobre o que aconteceu? Juro que não vou dizer nada, só ouvir.

Ela mordeu os lábios, nervosa. Tinha toda a marra de durona, mas sempre foi a mais chorona das irmãs.

— Como eu vou falar sobre isso com você, Bruno? Você sempre foi minha figura de pai.

Ela tinha razão. Cuidei dela e de nossas irmãs, mas também não era assim. Nosso pai morreu quando ela tinha seis anos, vítima de um ataque cardíaco fulminante. Porém, eu nunca ultrapassei a barreira de irmão.

— Sá, sou seu irmão. Não sou idiota, uma menina linda como você, na sua idade, já poderia ter rolado, não que goste de ouvir, mas eu entendo. Juro que não vou te constranger, só não seja detalhista.

Sabrina me deu um empurrão de brincadeira e fez uma careta.

— Eu namorei esse cara por quatro meses e ele tentou de todo jeito ir pra cama comigo. Porém, eu resisti. Apesar de parecer doidona, queria que fosse com alguém que eu amasse. Até que, depois de muita insistência, acabei cedendo, achei que com o tempo mudaria e, com esse adicional ao relacionamento, o sentimento fosse florescer. Na hora H mesmo, eu fiquei em dúvida, mas já era tarde e me desesperei. E quando ele desdenhou que só estava comigo por causa da maldita aposta, eu me descontrolei, berrei e chorei. — Balançou a cabeça, parecendo esgotada. — Foi a maior vergonha da minha vida quando os vizinhos começaram a bater na porta, preocupados.

Por isso não consegui ficar mais na casa da mamãe, muita gente ficou sabendo.

— Entendi, mas... Sabrina, você tem que saber que eu sou seu irmão, só quero o seu bem. Nunca iria te julgar. E além do mais, você ainda é jovem, vai achar alguém legal.

Ela deu um pulo do sofá, assustada.

— Não, eu vou ser livre agora, nada de relacionamentos. Tô fora, vou me tornar a sua versão feminina.

Sorriu e se virou, indo para o andar de cima. Droga, isso não era uma boa ideia, versão feminina minha queria dizer vadia com V maiúsculo. Eu sabia muito bem o que eu era, mas isso não queria dizer que as pessoas tinham que seguir meu exemplo. Essa vida é solitária.

Por mais que gostasse dos anos de diversão que tive, no fundo, tinha vontade de poder contar com alguém todo o tempo. Não que eu fosse admitir isso. Seria uma passagem só de ida para tormentos sem fim da minha família.

Alguma coisa me dizia que essa minha *la vida loca* estava por um triz. Nem queria pensar muito no assunto para não surtar. Mas, quando um anjo de olhos verdes vinha à minha mente, duas coisas aconteciam: meu coração acelerava como um trem sem freio e meu pau ficava duro.

Puta merda!

Estava perdido da Silva.

Capítulo 7
Layla

Ele mordia o meu pescoço e eu me contorcia em seus braços. Sentia seu corpo quente junto ao meu, sua respiração queimando por onde passava. Seus músculos rígidos me deixavam em êxtase total. Estava me afogando em seus olhos azuis.

Ele me puxou pela cintura, nos encaixando perfeitamente. Eu já estava perdida em sensações. Sua voz rouca me levou até a borda:

— Você também sonha comigo, anjo?

Abri meus olhos subitamente. Droga, era um sonho! Mas que porcaria, não conseguia tirá-lo da cabeça nem pra dormir!

Eu estava num estado deplorável de necessidade. Meu corpo latejava e ainda podia sentir suas mãos pelo meu corpo, passeando como se tivesse liberdade total.

Com um gemido frustrado, afastei as cobertas e levantei emburrada, pressentindo um dia chato e irritante. Fui direto para o banheiro espantar minha excitação em ebulição. Me enfiei debaixo do chuveiro e tomei um banho gelado. Mas que droga, estava parecendo uma adolescente na puberdade.

Na verdade, nem adolescente eu fui, pois não tinha tempo. Devia ser por causa disso que sentia esse desejo desenfreado agora, mas ele estava atrasado. Então, um pensamento me acometeu: eu iria ver o Bruno no domingo e, nesse estado em que me encontrava, seria bem capaz de me jogar em cima dele com tudo; isso é simplesmente humilhante. Porém, meu corpo demonstrava outras ideias. Só de me lembrar daquele sorriso cínico, meu sexo latejava em antecipação.

Droga!

Resolvi usar o sábado para relaxar e arrumar algumas coisas, já que não tinha muito que fazer, visto que o Lucas tinha aula o dia todo. Eu estava de folga do trabalho no escritório e minha apresentação começava às dezenove horas, então, tinha bastante tempo para mim mesma. O que há muito não acontecia.

Depois de arrumar a bagunça na cozinha, fui para o quarto, pois meu armário há tempos não via uma boa organização. Vasculhando algumas caixas, peguei um álbum de fotos antigo e engoli em seco, porque sabia o que havia ali. Tentava mantê-lo longe da minha vista o máximo possível, mas, no fundo, compreendia que estava sendo uma covarde.

Tomando coragem, apertei o álbum contra o peito e sentei na cama. Apoiei-o em meu colo e o abri. Na primeira foto, meu coração quase parou: era um retrato do casamento dos meus pais. Pareciam tão felizes! Mamãe já estava grávida na época, eles disseram que foi a surpresa mais maravilhosa de suas vidas. Eu poderia imaginar só pela alegria que demonstravam em seus rostos.

Virando a página, tinha uma foto minha com o meu pai, quando eu era criança. Já estava dando meus primeiros passos na música. Papai tinha um violão pequeno nas mãos e eu o dedilhava, encantada. Lágrimas silenciosas deslizaram pelo meu rosto enquanto a saudade apertava meu peito a ponto de doer.

A próxima foto era uma com a minha mãe e o Lucas pequeno, devia ter uns três anos, e eu me recordava bem quando meu pai a tirou. Estávamos tão felizes, meu irmão encantava a todos ao redor. Tinha um rostinho angelical e era todo educadinho; eu o amei desde que deram a notícia de que mamãe estava grávida. Ela tinha um sorriso lindo nas fotos, mas não conseguia me lembrar do seu último sorriso. Lutou tanto nos seus últimos anos de vida — após papai falecer — que sua personalidade sumiu totalmente. Parecia que perder o amor da sua vida sugou toda a sua vontade de viver; ela somente existia.

Acho que quando finalmente ela partiu não foi um grande choque, claro que sentimos muito a sua falta, contudo, minha mãe morreu junto com o meu pai, só ficando uma casca. O amor deles era lindo de se ver, aquele companheirismo mútuo; eram verdadeiras almas gêmeas. Pode até soar clichê, mas não havia definição melhor para eles. E o que restou da nossa família se resumia a Lucas e eu.

Percebi que estava chorando desesperadamente quando ouvi um soluço sufocado. Não chorava há muito tempo, tinha que me manter forte para o meu irmão e acabei me acostumando. Meu coração doía e uma saudade asfixiante comprimia minha alma. Não me permitia sentir demais, tinha muita responsabilidade e meu irmão precisava de mim sã. Nunca poderia fraquejar. Meus olhos transbordavam o que estava enchendo o meu peito.

Escutei um barulho na porta e vi Lucas parado lá, com uma expressão confusa. Baixou o olhar até o meu colo e seu rosto bonito se contorceu numa careta triste. Ele se aproximou e sentou ao meu lado, enlaçou meu ombro com um braço e beijou a minha testa.

— Está na hora de deixar alguém cuidar de você, Lala.

Observei-o com cuidado; ele cresceu e se transformou num lindo homem, mas eu ainda não conseguia tirar da cabeça que ele era um menininho assustado. Por isso tanto cuidado em protegê-lo. Enxuguei as lágrimas do meu rosto com os dedos.

— Estou bem, Lucas. Não se preocupe.

Fechei o álbum e me levantei para guardá-lo. Não gostava que ele presenciasse meus momentos de fraqueza. Quando me virei, ele estava me olhando, irritado.

— Layla, eu já sou adulto. Você não precisa mais ser forte por mim. Eu te amo e quero o seu melhor. Não acha que está na hora de ter alguém cuidando de você, para variar?

— Eu não preciso de ninguém — dizendo isso, me virei e o deixei sozinho no quarto. Mas que mentira mais deslavada! Eu queria alguém para mim, só não tinha coragem de admitir.

Acordei cedo no domingo. Com toda a agitação que iria ter naquele dia, tinha que me organizar para não surtar como uma louca. Estava fazendo o café e resmungando comigo mesma passo a passo o nosso itinerário, quando Lucas entrou todo amarrotado de sono.

— Ei, Lala. Levantou cedo. O que foi? — Aproximou-se e me deu um beijo no rosto.

— Nada, precisava pensar no dia. E você? Está de folga da faculdade, mas não dormiu muito.

— Não consigo acordar tarde, você sabe... Já me acostumei.

Balancei a cabeça concordando, ele sempre foi assim, desde o maternal. Caso se acostumasse a acordar num horário, não importava se era feriado ou final de semana, repetia-o como um relógio.

— Senta aí, o café está quentinho, tem torrada no pote e manteiga na geladeira. — Ele se virou e pegou as coisas para se sentar.

— Então, o que vamos fazer hoje? — Lucas tinha uma curiosidade nata, era de família. Não conseguíamos fazer nada sem planejar todos os detalhes.

— Pensei em ir almoçar fora, depois pegar um cinema. À noite, tenho apresentação no *Beer,* então se você quiser vir para casa, sem problemas.

Ele negou, bebericando o café.

— Não, eu vou com você. Quem sabe a gente não faz um dueto?

— O quê? Faz tempo que você não canta. Tem certeza? — Meu irmão cantava tão bem quanto eu, além do fato de tocar piano lindamente, mas não gostava muito de se apresentar em público, foram poucas as vezes que tive o prazer de realizar um dueto com ele.

— Sim, estava querendo fazer isso há algum tempo. Era uma coisa que gostávamos, lembra?

Eu me lembrava. Lucas era mais solto quando adolescente. Não tinha preocupação com nada — eu tomava conta de tudo —, então meu irmão relaxava, deixando seu talento fluir. Minhas melhores apresentações foram com ele. Quando ficou mais velho, parecia se ressentir de algo e ficou mais travado.

Depois de muita conversa, fomos nos arrumar para o almoço. Escolhi um restaurante familiar que ficava perto do cinema, assim não teríamos que andar muito. Uma comidinha caseira que não foi feita por mim era o que eu mais precisava; não ter que enfrentar o fogão era uma fuga que gostava às vezes. Fiquei observando Lucas e resolvi me intrometer um pouco na sua vida, afinal, sempre fomos melhores amigos antes de qualquer coisa.

— Lucas, por que você não tem uma namorada?

Ele franziu a testa e terminou de beber seu refrigerante.

— Por que você está me perguntando isso agora? — Estava surpreendido e divertido com minha súbita curiosidade.

— Nada demais. — Dei de ombros. — Só que você é um cara bonito, educado, gentil, deve ter um monte de meninas correndo atrás de você.

Ele sorriu, envergonhado. Seu rosto realmente corou num vermelho forte.

— Lala, é estranho falar disso com você, mas, para que fique sabendo, as meninas que "correm" atrás de mim não são exatamente o que eu procuro.

— Como assim?

Ele torceu a boca numa careta.

— Bem, já que você quer mesmo saber... Ainda não achei a pessoa certa, não encontrei alguém que fizesse meu coração acelerar e minhas mãos suarem. E pode parar de fazer essa cara de espanto, eu também sonho em amar e ser amado. Só não tenho tido sorte nesse departamento.

— Entendo o que você quer dizer. — Sorte era uma coisa que não acontecia frequentemente em nossas vidas.

Ficamos em silêncio por um tempo, depois Lucas me contou sobre a faculdade. Ele estava adorando e tinha acertado em cheio ao escolher medicina. Não via a hora de começar a residência, que ainda ia demorar alguns anos. Eu só poderia ficar animada com tudo, a felicidade desse menino sempre foi a minha própria.

Fomos ao cinema e nos divertimos bastante. Nós tínhamos gostos praticamente iguais, então escolhemos desenho animado. Eu adorava. Sempre chorava no final, era uma boba.

A caminho do *Beer*, combinamos a música que iríamos cantar. Eu era mais para *MPB*, mas Lucas adorava uma balada internacional. Então, deixei que escolhesse, disse que ia me fazer uma surpresa. Só me restava esperar para ver o que ele iria aprontar.

Não foi de admirar que o bar estivesse lotado, os dias de mais movimento eram sexta e domingo. Era bem legal compartilhar esse pedacinho da minha vida com o meu irmão.

Denunciando minha ansiedade, não pude evitar que meu olhar vagueasse pelas mesas. Bruno disse que viria para combinarmos de sair, mas eu ainda tinha minhas dúvidas. Não o encontrei em lugar algum e fiquei instantaneamente decepcionada. Bem contraditórios os meus sentimentos: em um momento, estava eufórica com nosso encontro, já em outro, queria distância pelo tanto que mexia comigo. Ficava totalmente confusa com qualquer coisa que fosse relacionada a ele.

Disse ao Lucas que ia me trocar e me virei na direção do camarim, trombando em um peito musculoso coberto por uma camisa preta. Reconheci-o pelo cheiro, o homem era muito perfumado.

Olhei para cima e encontrei os olhos azuis que me enlouqueciam.

Maldição, o cara era muito gostoso!

— Oi. Estava me procurando?

— Lá vem você com sua arrogância! Claro que não. Estava indo me trocar.

Ele sorriu e se inclinou perto do meu ouvido.

— Se precisar de ajuda, estou aqui. Ok?

E a imagem de nós dois no camarim me bateu. Ele deu uma risada gostosa e olhou em meus olhos; sabia exatamente o que eu estava pensando.

— Te espero no bar... Quando estiver no seu intervalo, vem falar comigo.

— E por que eu deveria? — Sabia que estava fazendo doce, mas não podia evitar, provocá-lo era muito bom.

— Porque você sabe que vamos ser muito bons juntos.

Apertou minha bochecha, sorriu e foi em direção ao bar. Segui-o com o olhar e vi quando parou ao lado de uma menina jovem. Acariciou seu rosto e deu de ombros para alguma coisa que a garota havia dito; ela fez uma cara engraçada e deu um tapa em seu braço. Como ele podia estar com alguém e vir flertar comigo?

Babaca! Fique esperando, querido.

Saí pisando duro e fui me trocar, pois o meu irmão já devia estar desconfiado de toda aquela cena.

E o pior era que a minha raiva só tinha uma explicação: ciúmes!

Capítulo 8
Bruno

Sabrina não parava de tagarelar um minuto. Desde que entramos no bar, ela fez comentários sobre tudo: "nossa, esse lugar é legal" e "até que enfim não tem vadias à sua volta". Para completar minha noite "maravilhosa", Layla estava lançando punhais em minha direção. Sério, eu não entendia nada do que se passava na cabeça das mulheres. Não fiz nada de errado. Depois que ela voltou do camarim, estava com uma carranca de dar medo.

Avistei seu irmão numa mesa em frente ao palco. Eles não se pareciam muito: enquanto minha Layla era baixinha, o irmão era alto e forte. Mas dava para notar certa semelhança. Tive a impressão de que já o tinha visto em algum lugar, mas não me recordava de onde. Devia ser porque seus olhos lembravam os do meu anjo.

Layla parecia que ia explodir, estava vermelha e irritada. Podia sentir a vibração que emanava dela de onde eu estava sentado. Decidi confrontá-la assim que desse o intervalo.

— Você está caidinho pela cantora. — A voz da minha irmã me assustou. Estava tão concentrado que perdi a noção de onde estava.

Sabrina estava me encarando com uma expressão divertida no rosto. Merda, eu devia estar dando muita bandeira.

— E o que você tem a ver com isso, sua pentelha?

— Nada, é que estou gostando de ver Bruno, o "garanhão", de quatro por alguém. Desde que você a viu, está com essa cara de paspalho, só falta babar.

Balancei a cabeça e sorri. Sabrina sempre foi assim, não tinha nenhuma trava na língua. Porém, quem a conhecia bem poderia dizer que não estava mais tão extrovertida.

— Eu nem ligo de estar de quatro por essa mulher. Ela vale a pena.

Olhei de volta para o palco e apreciei o som suave e rouco da sua voz. Layla mexia comigo como nenhuma outra. A quem estava querendo enganar? Eu estava caidinho por ela desde o primeiro dia. Sorri com essa constatação, só queria saber qual a reação do meu anjo quando soubesse que seria minha.

— Cara, eu sonhei tanto com esse dia. Essa menina deve ser demais — Sabrina estava zoando comigo desde que percebeu meu encantamento pela Layla.

Eu não sabia o que ela tinha de diferente, mas Layla me prendeu sem fazer nenhum esforço. Enfim, seu intervalo chegou. Ela desceu do palco e se sentou ao lado do irmão. Nem se deu ao trabalho de vir falar comigo como tínhamos combinado. A mulher estava brincando com fogo. Peguei na mão da Sabrina e a arrastei comigo, não ia deixá-la sozinha perto daquele monte de tubarões.

— O que você está fazendo, Bruno?

— Eu vou falar com ela. E você vai sentar com o irmão dela como uma boa garota. Nada de aprontar.

Ouvi a risada da minha irmã, mas nem liguei. Cheguei ao lado de sua mesa e bati em seu ombro. Ela continuou conversando e nem ao menos olhou para trás.

Ah, chega dessa porcaria.

Dei a volta e olhei bem em seus olhos, levantando uma sobrancelha questionadora. Sentei Sabrina na cadeira e apontei para o irmão da Layla, que me observava com a boca ligeiramente aberta e os olhos arregalados. Não entendi sua reação, contudo, estava tão ansioso para ter meu anjo que nem liguei.

— Você vigia essa garota. — E me virei para Layla. — E você, vem comigo.

Ela cruzou os braços, desafiando-me. Ficava linda emburradinha, porém eu não estava com humor. Havia uma excitação sem tamanho dentro de mim e a mulher ficava me dando gelo.

— E por que eu deveria? E pode parar de dar ordens, você é um idiota.

— Ha-ha. Alguém que concorda comigo — zombou Sabrina. — Você está certa, ele é um idiota.

— Cala a boca, Sabrina. — Layla estava franzindo o cenho, confusa. — Vem, quero falar com você.

Estendi a mão com medo de ser rejeitado. Layla não estava em seus melhores momentos, ela era linda até fazendo careta, mas pelo pouco que eu a conhecia podia ser teimosa como uma mula.

O pior era que estava maravilhosa. Seu jeans me chamou a atenção desde que subiu no palco, era tão colado em sua bunda perfeita que restava pouco para a imaginação, e aquela regata preta apertada que moldava sua silhueta... Fiquei meio distraído, olhando o par de seios mais bonitos que já tinha visto, até que ouvi um pigarro. Olhei em direção ao ruído e percebi o irmão dela, que estava me olhando com uma cara feroz.

— Desculpe, não posso evitar. — Sorri maliciosamente.

Layla levantou de supetão, derrubando a cadeira. Mostrou a língua para mim e marchou em direção ao banheiro. Arqueei as sobrancelhas. Banheiro? Dei de ombros e a segui.

Entrei e girei o bloqueio da porta. Layla estava de costas, com os braços cruzados e batendo o pé direito constantemente. Podia até imaginar a carinha que estava fazendo. Aproximei-me e baixei a cabeça no nível do seu pescoço, dando-lhe um beijo leve. Pude perceber sua pele se arrepiando.

— O que foi, anjo?

Ela respirou fundo e virou para mim com os olhos estreitos, que pareciam duas fendas verdes.

— Como você pode ser tão idiota?

Dei um passo para trás com as mãos para cima.

— Calma aí, eu sei que sou idiota às vezes, mas não fiz nada de errado.

Ela bufou e começou a andar de um lado para o outro no banheiro.

— Ah, não? E como você explica ter combinado de me encontrar aqui trazendo uma garota tão jovem com você?

Eu fiquei tão chocado que não tive reação, olhava para ela com a boca aberta. Rompeu dentro do meu peito uma gargalhada muito alta. Me curvei e ri tanto que saíram lágrimas dos meus olhos. Layla veio para cima de mim e deu socos no meu braço.

— Idiota, dá pra parar de rir da minha cara? Você acha que uma menina jovem como ela vai ficar com você por muito tempo?

E minha risada só aumentava, não conseguia parar. Voltei à realidade quando notei Layla indo em direção à porta e a agarrei pelos braços, obrigando-a me encarar. Ela começou a lutar, tentando se soltar.

— Para com isso. Deixe-me explicar. Sabrina é minha irmã mais nova, ela está morando comigo e quis conhecer o bar.

Layla arregalou os olhos e corou num vermelho brilhante.

— Oh, Deus.

Sorri e acariciei sua bochecha.

— Você ficou com ciúmes?

Ela mordeu os lábios e desviou o olhar.

— Por que você acha que eu ficaria com ciúmes? Nós não temos nada.

Já bastava de brincadeira, eu ia mostrar àquela mulher o tamanho do meu desejo. Aproximei-me devagar e ela arregalou os olhos, afastando-se um pouco.

— Porque você me quer, Layla. E quando achou que tinha concorrência, não gostou nada.

— Nossa, você se acha demais, né? — desdenhou.

— Não. Na verdade, eu só sigo os fatos, e o fato é que você está tão louca para estar comigo quanto eu.

Dei mais um passo, encurralando-a contra a parede. Coloquei as mãos ao lado de sua cabeça e alinhei meu rosto com o dela.

— Diga olhando nos meus olhos. Admita que você me quer. Porque eu te quero num desespero que chega a doer, pode até parecer loucura, mas é isso. Nenhuma mulher mexeu assim comigo, eu não paro de pensar em você um segundo. Chego a sentir seu corpo quente no meu. Eu morro só de imaginar a minha boca correndo por sua pele.

Layla estava ofegante e com os olhos escuros de desejo. Sorri e baixei minha boca, roçando a dela. Olhei em seus olhos, transmitindo exatamente o que iria fazer. Ela fechou os olhos e entreabriu os lábios.

Nem pensei duas vezes, tomei sua boca feroz e com fome. Aquela mulher era um sonho, seus lábios carnudos eram macios e doces. Não resisti e dei uma mordida gostosa que a fez se contorcer. Tirei minhas mãos da parede e enlacei sua cintura, levantando-a do chão. Ela cruzou as pernas em meus quadris e a levei até a pia, sem soltar sua boca.

Afastei-me um pouco e olhei seu rosto. Seus lábios estavam inchados dos meus beijos e o rosto estava corado. A respiração corria rápida.

— Você é linda!

Ela sorriu e puxou meu pescoço, devorando-me. Acariciei sua língua num movimento quase erótico. Ela gemeu e aumentou o aperto das pernas nos meus quadris, começando a se movimentar sensualmente, levando-me à loucura.

Desci minha boca por seu pescoço e suguei sua pele perfumada. Nossa... Até o cheiro dela tinha o poder de me deixar ereto. Ela inclinou o pescoço, dando-me acesso. Beijei e mordi sua clavícula e orelha; era uma dança em que estávamos sintonizados.

Aproximei-me dos seus seios e os admirei por um momento, eles eram do tamanho exato, fartos e cabiam na minha mão perfeitamente. Massageei levemente, sentindo toda a maciez de seus mamilos, que estavam lutando contra a camiseta, rígidos.

Ela tinha a boca aberta e os olhos brilhantes. Levantei minha mão até a alça da blusa e a abaixei até descobrir um seio.

— Você é uma obra de arte, mulher.

E não era exagero. Sua pele branca contrastava com seu seio macio e o mamilo rosado. Desci minha boca e suguei com reverência. Ela fazia sons de prazer que me deixavam alucinado. Por mim, ficaria ali a noite toda. Passei a língua levemente e raspei os dentes com cuidado. Dei beijos estalados por seu colo e me afastei um pouco, colocando sua blusa no lugar.

Olhei em seus olhos turvos e mordi os lábios. Queria aquela mulher comigo e precisava fazê-la admitir que me desejava também.

— Admita, anjo. Você me quer, não pode negar o que acontece entre a gente.

Ela estreitou os olhos e sorriu de lado. Aproximou-se, colando a boca rosada na minha orelha, e sussurrou.

— Eu admito, Bruno. Quero que você me foda de todas as maneiras possíveis, em todos os lugares imagináveis. Não precisa se preocupar, você será tão meu quanto eu serei sua.

Ok, eu queria uma admissão, mas aquilo quase me deixou de joelhos. Ela empurrou o meu peito e não tive escolha a não ser me afastar. Levantou-se da pia e se virou para o espelho, arrumando o cabelo.

E eu? Estava igual a um idiota: hipnotizado.

Layla se voltou para mim com um sorriso no rosto, levantou-se nas pontas dos pés e me deu um beijo na bochecha. Parecia que nossos encontros tinham um padrão que teria de ser avaliado em breve. Ela sempre saía e eu ficava com uma ereção furiosa e insatisfeita.

Mas sua confissão me deixou com uma feliz perspectiva. Layla podia até parecer um anjo, mas tinha garras dignas de uma tigresa.

E eu estava louco para ser arranhado.

Capítulo 9
Layla

Voltei para a mesa com um sorriso culpado no rosto. Ver a cara do Bruno quando saí do banheiro foi impagável. Mas ele mereceu — mesmo eu sendo atingida no meio da brincadeira, pois estava latejando de necessidade —, podia muito bem ter me dito que a garota era sua irmã desde que veio falar comigo quando cheguei. Então, eu não teria feito papel de ridícula por ter um ciuminho bobo.

Sentei-me e nem olhei para o Lucas, tinha certeza de que estava com um sorriso debochado no rosto. Às vezes, ter irmão caçula era um saco, e nesses momentos ele era um pentelho. Meus lábios estavam formigando por causa do beijo que rolou. Senti meu rosto esquentar e tentei disfarçar.

— Oi, Sabrina. Desculpe-me se fui rude.

Ela era linda. Lembrava muito o irmão, só que seus olhos eram bem mais claros, os cabelos negros longos davam um contraste enorme à sua pele muito branca.

— Sem problema, Layla. Conheço muito bem o Bruno, mas, garota... você canta bem, hein? Adorei a sua voz.

— Obrigada. — Desviei a minha atenção para o corredor que levava ao banheiro. Bruno estava vindo em nossa direção, com o rosto contorcido numa careta dolorosa. Tinhas as mãos nos bolsos e andava meio estranho. Tapei minha boca com a mão para esconder um sorriso.

Naquele instante, Elisa passou por detrás dele e se abanou com uma mão, enquanto levantou o polegar da outra. Balancei a cabeça, arregalando os olhos para ela, que se afastou para atender outra mesa.

Ele se sentou ao lado da Sabrina e estreitou os olhos pra mim. Estava bem zangado. Prendi os lábios e sorri. Observou Lucas e estendeu a mão:

— Oi, sou o Bruno. Desculpa por ter deixado você sozinho, cuidando da pentelha aqui.

— Não tem problema, não foi trabalho nenhum. Sua irmã é muito divertida. — Lucas apertou a mão do Bruno, olhando Sabrina com interesse evidente.

Hum... Meu irmãozinho estava bem interessado. Não era por menos, além de ser linda, Sabrina era muito simpática. Parecia ser daquele tipo espalhafatoso, que não tem papas na língua. Ele precisava de uma pessoa mais divertida ao redor; às vezes achava Lucas sério demais para o seu próprio bem.

Se Bruno captou o interesse do meu irmão, não demonstrou. Ficamos mais uns minutos conversando e depois olhei para o relógio: estava na hora de voltar à apresentação.

— Você vai me esperar?

Bruno me olhou intensamente. Corei percebendo para onde seus pensamentos estavam indo.

— Não tenha dúvida.

Prendi a respiração para não deixar minha reação à sua voz transparecer; já era vergonhosa a minha aparência quando voltei do nosso encontro explosivo. Levantei-me e fui para o palco; o *DJ* já estava ali com tudo pronto. Como Lucas iria cantar comigo, precisávamos de um acompanhamento além do meu violão.

— Bom, pessoal, na segunda parte da minha apresentação, tenho a honra de chamar o meu irmãozinho para cantar em dueto comigo. Ele é demais, vocês vão adorar! Lucas, vem pra cá! — Ele sorriu e se levantou, caminhando em minha direção. Subiu no palco e pegou o microfone reserva na bancada do *DJ*.

— Boa noite, meu nome é Lucas Bonatti. Será uma honra cantar com a minha irmã. Não sou tão bom quanto ela — bufei, e ele sorriu —, mas acho que vai dar pro gasto. Prometi uma surpresa, e já combinei com nosso amigo eletrônico ali. Lala, vamos de *I'm your Angel,* de Celine Dion?

Meus olhos se encheram de lágrimas com a menção dessa música. Eu sempre cantava para ele dormir quando era pequeno. E o danadinho queria me pegar nessa. Balancei a cabeça concordando. A primeira parte era cantada por mim:

"Nenhuma montanha é alta demais para você escalar
Tudo que você tem que fazer é ter um pouco de fé na subida
Nenhum rio é largo demais para você atravessar
Tudo que tem que fazer é acreditar quando orar"

Lucas abriu a boca e soltou sua linda voz, ele era perfeito.

Cantamos juntos numa linda melodia. Eu amava meu irmão com toda a minha alma, e derramei tudo que sentia nessa canção:

"Eu serei sua nuvem acima do céu
Eu serei seu ombro quando você chorar
Eu ouvirei sua voz quando me chamar
Eu sou seu anjo
E quando todas as suas esperanças tiverem ido embora, estarei aqui
Não importa o quanto você esteja longe, estarei próximo..."

Lucas estendeu a mão e pegou a minha, levando-a até seu rosto, acariciei levemente e sorri. Seus olhos estavam marejados. Enxuguei suas lágrimas com o polegar como quando era um menino.

"... Então todos os seus medos
Simplesmente lance-os sobre mim..."

Cantamos de mãos dadas, um olhando para o outro. Fui guardiã do meu irmão por tanto tempo, ele era a minha vida inteira. Lucas cantava com o coração e transmitia em sua voz tudo o que sentia por mim. Terminamos a música com lágrimas rolando livremente. No último refrão, ele sorriu e cantou:

"Eu sou seu anjo."

— Obrigado por tudo, Lala. Eu te amo.

Joguei-me em seus braços, soluçando intensamente. Saber que era ciente de tudo o que passamos e meu amor por ele ser correspondido foi muito importante. Afastei-me e sorri.

— Agora vai sentar, seu danado, tenho que terminar aqui.

Ele acariciou meu rosto e desceu do palco, sendo aplaudido por todos ao redor. Meu olhar encontrou com o do Bruno e ele estava sorrindo, parecia orgulhoso. Corei e continuei a minha apresentação, mas meu coração estava apertado de tanta emoção.

Terminei minha noite com *Na Estrada*, de Marisa Monte.

Voltei para a mesa eufórica. Não costumava ficar assim depois que terminava uma apresentação, mas essa foi diferente, e eu tinha pessoas agradáveis com quem me divertir. Estava na hora de me soltar mais, certo?

Sentei-me, e Bruno logo se inclinou para falar no meu ouvido:

— Acho que estou apaixonado, você roubou o meu coração naquele palco.

Minha respiração parou. Olhei para ele a fim de ver se estava brincando, mas era meio impossível saber. Bruno estava sério e me olhava com uma expressão estranha, parecia tão confuso quanto eu. Ao mesmo tempo, tinha um olhar ardente; devia ser sempre assim, o homem era testosterona ambulante.

— Você tem certeza disso? Não sou de compartilhar — brinquei para desanuviar o clima.

Bruno sorriu e levou a mão até o meu queixo.

— Nem ousaria pensar em outra mulher quando tenho você ao meu lado. — Me beijou de leve, e era como um sopro de frescor em meu peito. Nunca tinha percebido que era tão insegura quanto naquele instante. Por mais que fosse cedo e repentino, havia sentimentos por ele em mim.

Então, constatei algo que desde o primeiro momento que o vi devia ter sacado: ele era a recompensa. Minha pele se arrepiou com a previsão da senhorinha no ônibus. Ainda havia uma escolha a ser feita, mas naquele momento eu já tinha tomado a minha decisão.

Puxei seu pescoço, intensificando o beijo. Ele arregalou os olhos e sorriu, com a boca colada na minha. Meu Deus, eu precisava devorar aquele homem. Sua boca era puro pecado, carnuda e firme. Deslizei em luxúria total.

Uma tosse seguida de risada chamou a nossa atenção. Viramos juntos, com as bocas ainda coladas, e olhamos para nossos irmãos. Lucas tinha as sobrancelhas arqueadas e os lábios presos, tentando segurar o riso. Sabrina era menos discreta, sorria abertamente e previ sarcasmo vindo em nossa direção.

— Ora, ora. Os pombinhos já acabaram? Estou ficando incomodada aqui.

Bruno se afastou e... Estava corando? Oh, Deus. Ele estava vermelho como um pimentão. Murmurou uns xingamentos para a irmã e se sentou ereto, com o braço em volta da minha cadeira.

— Por que você tem que ser tão pentelha, Sabrina?

— Ué, essa é a função da irmã mais nova. Mas eu aprovo isso aí. — Ela apontou para nós dois, e quem corou dessa vez fui eu.

— Você tem razão, Lucas. Sua irmã é um anjo. — Bruno direcionou o olhar pro meu irmão, que só balançou a cabeça e sorriu para mim.

Conversamos e nos conhecemos mais. Apesar de ser arrogante, Bruno era incrível, dedicado ao trabalho e à família. Quem o conhecia não imaginava essa faceta dele, pois você logo o imaginaria um conquistador sem noção. Porém, isso estava longe da verdade, e eu estava disposta a conhecê-lo de todas as maneiras, mesmo que isso estivesse me assustando. Depois de conversarmos mais um pouco, Bruno disse que tinha que ir embora porque teria plantão cedo no outro dia. Ofereceu-nos uma carona até em casa; sentei na frente com ele e Lucas atrás com Sabrina.

Conseguia ver de esguelha, eles estavam com as cabeças muito próximas e cochichando. Meu irmão parecia comigo mais do que imaginava: se encantou pelo gene moreno muito fácil. Senti uma mão na minha coxa e olhei para o Bruno.

Ele tinha um olhar estranho em seu rosto. Parecia temeroso de alguma coisa. Não entendia o que poderia ser; aproveitar aquela noite ao seu lado foi ótimo. Principalmente se contar com nosso encontro nada inocente no banheiro. E o que eu tinha dito a ele martelava em minha cabeça, só de imaginar tudo o que ele podia fazer comigo ficava sem fôlego. Senti o desejo percorrendo as minhas veias.

Bruno percebeu o meu desconforto. Olhou pelo espelho retrovisor e subiu um pouco mais a mão nas minhas coxas, mas não muito. Inclinou-se um pouco e sussurrou:

— Em breve, vou te provar todinha.

Arregalei os olhos e mordi os lábios. Ele sorriu e voltou sua atenção para a estrada, afastando sua mão sem-vergonha. Muito cedo pro meu gosto, estacionou em frente à minha casa. Descemos e Lucas se despediu, dizendo que tinha que dormir para ir à faculdade cedo.

Bruno me acompanhou até a porta e me abraçou, apoiando o queixo na minha cabeça.

— Eu não sei o que fazer com você, vou acabar ficando louco.

Afastei-me para olhar em seus olhos.

— Como assim?

— Eu nunca senti isso por ninguém, Layla. Nenhuma mulher mexeu assim comigo. — Balançou a cabeça, mordendo os lábios, seu olhar azul estava brilhante e percebi que era por minha causa.

Peguei sua mão e levei até meus lábios, dando-lhe um beijo suave.

— Não se preocupe, também sinto isso que você está falando. Eu tenho medo de estar indo rápido demais. — Respirei fundo, observando seus olhos azuis. — Não vamos ficar preocupados com o futuro, só vamos curtir o que está rolando.

Ele assentiu e suspirou.

— Vamos sair na terça? Eu estou de folga à noite e você não tem apresentação. O que acha?

— Pra mim está ótimo. Me pega às 20h?

Ele assentiu, sorrindo malicioso.

— Não vejo a hora de te ter só pra mim.

Deu um selinho na minha boca e foi para o carro. Sabrina já estava no banco da frente e me deu um aceno rápido. Antes de entrar, ele parou e olhou pra mim, sorriu e sentou, dando partida.

Meu coração afundou e senti um frio na barriga.

Droga! Estava me apaixonando sem nenhuma escapatória.

Capítulo 10
Bruno

Depois de deixar Layla em casa, fiquei refletindo sobre tudo o que estava acontecendo. Quando falei com ela sobre os meus sentimentos e como mexia comigo foi o momento que realmente caiu a ficha: era verdade. Não foi uma coisa que você diz a fim de ganhar a garota, mas um sentimento que crescia e me deixava confuso. Não estava acostumado a ficar tão ligado a uma mulher assim. Sentia um frio na barriga cada vez que me lembrava do seu sorriso doce, da sua voz angelical.

Sabrina ficou quieta durante toda a volta para casa, apesar de não ser do seu feitio. Tinha um sorriso sonhador no rosto. Alguma coisa me dizia que Lucas tinha algo a ver com aquilo. Fiquei preocupado, pois ela estava passando por tanta coisa desde o problema com o antigo namorado... Podia acabar magoando o irmão da Layla e isso não era nada bom, pois, além de o cara ser super gente boa, meu anjo não ficaria feliz em vê-lo sofrendo.

Lucas era um estudante de medicina aplicado, lembrava muito eu mesmo na época da faculdade. Seria um ótimo profissional, eu podia ver a paixão em seus olhos quando falava sobre o assunto. O país precisava de bons médicos. Ele terá muito sucesso em sua carreira, tenho certeza.

Estacionei o carro e, antes de sair, resolvi tirar satisfação com Sabrina.

— Sá, o que tá rolando entre você e o Lucas? — Ela parou e olhou pra mim, franzindo a testa.

— Por que você quer saber? Vai bancar o irmão superprotetor?

Respirei fundo e olhei para frente. Não queria magoá-la, mas se o que ela me disse no outro dia for verdade — que estava querendo ser uma cópia feminina minha —, não podia deixá-la ir adiante. Não que eu seja um hipócrita, mas Lucas não parecia ser um cara qualquer, merecia mais do que ser o brinquedinho de alguém.

— Não é com você que estou preocupado. Se só estiver a fim de brincar, fica longe dele, não o magoe a toa.

Olhei para ela, que tinha uma expressão triste em seu rosto.

— Eu sei. — Suspirou. — Acho melhor ser só amiga dele. Não quero nada sério por muito tempo. No momento, é tudo o que posso dar.

Sabrina me deu um sorriso amarelo e abriu a porta, indo em direção à casa. Fiquei ali mais algum tempo. Minha irmã era sempre tão alegre, mas não consegui ver animação naquele comentário de ser só amiga do Lucas. Parecia forçada a negar algo que poderia ser legal.

Eu só esperava que não se arrependesse de ter deixado escapar um ótimo partido.

O hospital estava uma bagunça. Teve um acidente de carro na via principal da cidade que envolveu várias pessoas. Havia muitos feridos na emergência e casos graves na cirurgia. Apesar de já estar acostumado, ficava temeroso, atendimentos de emergência sempre precisavam de atenção extra, pois a vida das pessoas é uma responsabilidade gigantesca. Mas aquele era o meu trabalho e fazia o melhor que podia.

Fiquei com um caso delicado para cuidar: um dos envolvidos tinha hemorragia interna e, se não achássemos a causa logo, seria fatal. Era uma mulher de aparentemente trinta e cinco anos. A batida tinha sido tão forte que seu corpo ficou preso entre as ferragens.

Depois de horas na cirurgia, consegui encontrar a causa. Após ter estancado o sangramento, só dependia de como seria a recuperação da paciente. Era hora de dar notícias à família. Deviam estar preocupados, como sempre. Ainda bem que eram novidades boas. A pior parte dessa profissão é perder paciente; eu ficava inconformado por dias.

Fui à sala de descanso tomar um café para conseguir encarar mais uma rodada de trabalho, pois minha jornada era até o outro dia. Mesmo estando vazia, a máquina estava sempre funcionando. Era raro algum médico parar; sempre tínhamos muito que fazer.

Estava de costas para a porta, com a xícara na mão, quando senti mãos finas em minhas costas. Dei um pulo de susto e olhei para trás. Andressa, a chefe da UTI, estava me olhando como se quisesse um pedaço de mim. A mulher era bonita: loira, alta e olhos claros, mas tinha uma coisa nela que disparava um alarme de perigo na minha cabeça. Era como um letreiro gigante que avisava insistentemente para me afastar.

Além do mais, eu não precisava de outra mulher, estava bem ocupado correndo atrás de uma garota que iria me deixar louco. Andressa tinha um jeito meio estranho, seus olhos vidrados brilhavam, e eu estava ficando incomodado com o modo como me olhava.

— Er... Dra. Andressa, posso te ajudar? — Abanei a mão na frente do seu rosto.

— Hum, não sei. Será que pode, Bruno?

Arqueei uma sobrancelha. Ela estava querendo que eu tomasse a iniciativa, porém não iria acontecer.

— Não sei o que você quer, doutora, mas eu não estou interessado, tenho muito trabalho a fazer. Dá licença. — Dei a volta para sair e voltar ao trabalho, mas não antes de receber um olhar sinistro da doutora louca.

Senti um calafrio; não queria meu passado voltando para me assombrar. Apesar de sempre dizer que não queria nada sério com ninguém e de pegar todas as mulheres disponíveis, Layla tinha uma coisa que me cativou desde o início. Acho que, enfim, seria realizada a previsão do meu amigo Alberto: eu estava de quatro por uma mulher. Só faltava colocar a língua para fora e babar.

Sorri com esse pensamento. Quando Alberto descobrisse, ia me zoar até o fim dos tempos. E como dizem que pensamento tem força, ele estava numa esquina do corredor flertando com uma enfermeira. Típico, não desperdiçava um rabo de saia. Cheguei ao seu lado e pigarreei.

Alberto me olhou carrancudo e a enfermeira fugiu envergonhada. Ele colocou as mãos nos quadris, balançando a cabeça.

— Sempre empatando, Bruno. Não está na hora de correr atrás das enfermeiras e me deixar em paz?

— Você sabe que eu fiquei com poucas enfermeiras, não é legal quando elas querem alguma coisa diferente e nem todas são dessas coisas. Você sabe muito bem disso!

Ele balançou a cabeça, concordando.

— Mas o que eu posso fazer se elas vêm a mim tão facilmente? — Deu de ombros.

Alberto era pediatra, tinha um sorriso fácil e lidava muito bem com as crianças. As mulheres em geral ficavam encantadas com esse lado do cara, e claro que no hospital rolava alguns relacionamentos mais íntimos. Mesmo não sendo permitido, ainda assim acontecia, mas nem todos tinham essa conduta. Algumas pessoas, tanto médicos quanto enfermeiras, estavam ali somente para trabalhar. Porém, como em todo lugar, tinha exceções.

Apesar de algumas mulheres se apaixonarem por ele, nunca passava de um namoro casual ou apenas uma transa sem importância. Alberto tinha o coração dilacerado. Sofrer por amor o deixou um pouco traumatizado, então não podia pensar em compromisso sem ter um ataque de urticária. Eu era semelhante, porém tinha outros pensamentos agora.

— Ok, mas eu não quero mais nenhuma enfermeira. Só consigo pensar em uma mulher, caí direitinho.

Ele arregalou os olhos e balançou a cabeça.

— O quê? Você só pode estar brincando! Bruno, o "garanhão", foi pego? — Ele caiu na gargalhada e eu fiquei esperando que terminasse a sua sessão de idiotice.

Contudo, meu amigo era um idiota e não perderia a chance de se acabar de tanto zoar com a minha cara.

— Acabou? — Ele levantou a cabeça, enxugando os olhos. — Ótimo, porque é sério. Eu estou preocupado, amanhã vou sair com ela e não sei o que fazer. Não estou acostumado a ter que impressionar alguém.

— Ainda não consigo acreditar, mas vamos ao que interessa. Primeiro, quem é ela? — Ele sorria abertamente, demonstrando sua diversão.

— A cantora do *Beer*.

Alberto deu um longo assobio.

— Uau, até eu cairia. Ela é linda. Bem, você tem que ser gentil e nada de ficar se achando na frente dela. Mulheres do tipo da cantora não gostam de caras convencidos.

— E como você sabe?

— Porque eu já errei com alguém que tem a personalidade parecida. Pelo menos, foi a impressão que tive sobre a moça do *Beer*, e sei tudo sobre isso. Aonde você vai levá-la?

Torci a boca para os dois lados e bati o dedo no queixo, pensativo. Não era acostumado a ter que impressionar alguém.

— Estava pensando num restaurante italiano? — Saiu mais como uma pergunta do que como uma afirmação.

— Ótimo, massas são sempre a melhor escolha, porque, se ela for vegetariana, não tem como você errar horrorizando a coitada com uma picanha sangrenta.

— Dá pra ser menos idiota? Eu estou morrendo aqui.

— Relaxa, cara, é só você ser natural, mas não muito... — Ele sorriu e olhou o seu *bip*. — Me deixa ir, emergência na pediatria. Depois me conta como foi e, claro, com todos os detalhes sórdidos.

Fiz um gesto mal-educado para ele e fui para a minha próxima cirurgia. A expectativa de estar com ela outra vez me deixava nervoso. Ainda mais pelo meu estado de excitação; estava pegando fogo.

Depois de um plantão de vinte e quatro horas, queria cama, mas, como eram cinco horas da tarde de uma terça-feira, eu só tinha tempo de tomar banho e me preparar para o encontro com a Layla.

Você pode imaginar a merda que foi encontrar Sabrina, Ana Luiza e Larissa na minha sala, com vidros de esmalte espalhados por todo lado e cacarejando como galinhas? Elas falam demais. Imagina aguentar aquilo na adolescência? Era um pesadelo.

— Cheguei, suas loucas, podem parar de falar de mim.

Ana Luiza levantou a cabeça e me mostrou a língua.

— Como se a gente fosse perder tempo falando de você, idiota.

Ela parecia tanto comigo, não tinha medo nenhum de falar o que queria. Ana era diferente das meninas, a única de olhos escuros. Tinha um rosto doce, mas a língua era puro veneno. Nós tínhamos pouca diferença de idade, apenas dois anos nos separavam de sermos quase gêmeos na personalidade.

— Tá, falar de mim é sempre muito bom, querida. Mas deixa isso para quando eu estiver presente, adoro ouvir elogios.

Ela arqueou uma sobrancelha e levantou-se para me dar um abraço. Apesar de brigarmos como cão e gato, nos amávamos muito.

— Como foi o seu plantão? Pegou muita enfermeira sem cérebro?

Ana conhecia bem a rotina das enfermeiras atrás dos médicos; ela era a chefe da enfermagem de um hospital mais afastado da cidade.

— Não, sua boba. Isso eu deixei para o Alberto. — Quando vi sua cara se fechando, percebi que tinha falado besteira. — Desculpe, Ana.

— Quem é a sortuda, então? — mudou de assunto prontamente.

Antes que pudesse dizer qualquer coisa, Sabrina se adiantou, fofocando.

— É a cantora do *Beer*, ela é linda e simpática.

— Oh, alguém que vale a pena, então. Não a deixe escapar. — Ana me olhava com as sobrancelhas arqueadas e uma expressão séria em seu rosto.

— Não pretendo. Sabrina, você tratou do cachorro? Por que não para de fofocar e vai cuidar dele? — Ela me mostrou a língua e voltou a conversar com a Larissa. — Vem cá, quero falar com você um minuto. — Puxei Ana para o canto da sala, sob os olhares atentos das outras duas. — Será que você poderia levar a Sabrina para a sua casa?

— Hum, meio convencido, não? Está achando que vai se dar bem no primeiro encontro?

— Não é ser convencido, Ana. Temos uma química incontrolável, só quero trazê-la para uma bebida e quem sabe talvez...

Ela tapou os ouvidos com as duas mãos.

— Ok, informação demais. Não quero saber da sua química. Mas, tudo bem, eu levo a pentelha.

Agradeci com um abraço e fui para o quarto me preparar. Tinha uma noite maravilhosa pela frente e mal podia esperar para sentir o gosto daquela boca de novo. E seu corpo quente junto ao meu, de preferência, sem roupa nenhuma.

Capítulo 11
Layla

O dia do meu encontro com o Bruno demorou muito a chegar; o tempo parecia se arrastar lentamente. Meu chefe estava estranho. Nunca fui de conversar muito com ele, apenas assuntos profissionais, mas ultimamente o Dr. André vinha se mostrando agradável demais. Não gostava nada daquilo.

Já estava com tudo preparado para ir embora — nem tinha tirado horário de almoço para poder compensar e sair mais cedo —, quando ele me parou, dizendo que tinha me visto sexta no *Beer*, mas não pôde se aproximar porque estava muito cheio.

Dei uma desculpa qualquer e nem respondi ao seu comentário, pois não queria encorajar qualquer coisa que estivesse insinuando. Murmurei uma despedida e saí o mais rápido possível daquele escritório. Era melhor começar a procurar outro emprego, pois não gostava de assédio de nenhum tipo.

Corri para casa a fim de me aprontar para a noite. Quando entrei na sala, percebi que estava tudo em silêncio; Lucas chegava só depois das dezoito horas. Fui até a cozinha preparar um lanche rápido. Quando ficava nervosa, me dava uma fome sem limites. Enquanto estava saboreando um sanduíche de presunto e queijo, ficava pensando em como seria estar com o Bruno fora do bar. Nossos encontros no camarim e no banheiro tinham sido explosivos. Em território neutro, então, só poderia aguardar um terremoto de proporções épicas.

Um sorriso despontou dos meus lábios no momento em que me lembrei da cara dele quando o deixei sozinho. Eu sabia que estava cutucando a onça, mas era exatamente isso o que eu queria. Fazer com que ele me desejasse da mesma maneira louca que eu o queria. Já tinha passado muito tempo desde que tive um encontro e até mesmo um namorado. Na verdade, nem me lembrava se algum dia tive um namorado. Eles eram mais um meio para um fim, sexo casual e pronto.

Contudo, Bruno era diferente. Eu o queria totalmente, de todas as maneiras. Tanto físicas — que, diga-se de passagem, seriam de arrepiar

— quanto emocionais. Apesar de ainda ter muito medo de me apaixonar, estava sendo inevitável. Quando estava ao seu lado, me sentia uma mulher desejável, não alguém cheia de responsabilidades e deveres.

Fiz minhas unhas cuidadosamente, escolhendo uma cor de esmalte clarinha. Para dar uma realçada, fiz diagonal em preto e branco nas mãos. Retoquei minha depilação profissional, que havia feito há algumas semanas. Estava tudo lisinho, adorava assim, nada para ficar me incomodando.

Nos cabelos, fiz uma hidratação pesada. Apesar de deixá-los naturais, precisava de cuidados de vez em quando. Tomei um banho demorado e esfoliei toda a minha pele. Adorava ficar macia e perfumada. Enquanto lavava meus cabelos, tentava lembrar se já havia me esforçado tanto para sair com alguém, mas não vinha nada à minha mente. Bruno mexia de um jeito novo comigo e me deixava totalmente vulnerável; era assustador.

Desliguei o chuveiro e enrolei a toalha em volta do corpo. Caminhando lentamente para o meu quarto, parecia que estava em transe; aquela Layla triste, sem nenhuma perspectiva de realização própria, parecia muito distante da mulher ansiosa para encontrar um cara lindo e gostoso. Sem falar na expectativa de sexo alucinante.

Meu corpo todo esquentou com a aproximação da noite. Não que estivesse sendo uma mulher fácil, nunca fui, tive apenas três homens na vida. Mas era como um imã que me puxava na direção dele. Nós nos encaixávamos de uma maneira ímpar, como se nos conhecêssemos há muito tempo. Simplesmente, não parecia errado.

Escolhi uma roupa que com certeza o faria babar. Mesmo imaginando nunca poder usar, dei a mim mesma um presente de aniversário: um vestido de renda vermelho com manga comprida, que acabava um pouco acima do joelho. Na frente, era muito comportado, apesar de ter um caimento perfeito no meu corpo, mas nas costas... tinha um decote que terminava em cima do bumbum, deixando toda a parte de trás exposta. Era perfeito para abalar as estruturas daquele moreno lindo, sem modéstia.

Sequei o cabelo e o deixei volumoso e brilhante. Fiz uma maquiagem leve, nada muito forte: delineador e rímel nos olhos, e *gloss* nos lábios. Calcei minha sandália vermelha de salto agulha e ganhei uns dez centímetros a mais. Mesmo assim, Bruno ficaria um tanto mais alto ainda; adorava homens altos.

Faltavam quinze minutos para as vinte horas e eu já estava pronta e ansiosa. O que faria durante todo esse tempo de espera? Oh, Deus, eu estava muito nervosa. Andei pela casa inteira, procurando uma coisa aqui ou ali para arrumar. Às oito em ponto, a campainha tocou e eu tropecei. Droga, não podia estragar a minha noite.

Caminhei devagar na direção da porta da frente, respirei fundo e abri. Quase caí para trás. Bruno estava totalmente comestível: vestia uma calça branca e uma camisa azul, enrolada até o cotovelo. Uau! Imaginei-o logo de cara vestido de médico, ou melhor, só com o jaleco e mais nada. Devia ser uma bela visão a se apreciar.

Bruno me olhou de cima a baixo e lambeu os lábios. Resolvi deixar a surpresa das costas para quando caminhasse à sua frente.

— Pronta? — disse sem nem olhar nos meus olhos, pois encarava as minhas pernas expostas sem nenhum pudor.

Sorri e murmurei um sim. Fechei a porta sem me virar, e ele deu um passo para o lado a fim de me deixar passar. Prendi a respiração e caminhei à sua frente. Escutei um gemido bastante alto e olhei por cima do ombro.

— O que foi? Alguma coisa errada?

Ele tinha os olhos escuros e famintos.

— Não, nada errado. Só um anjo que está querendo me matar.

Franzi a testa, fingindo não entender.

— Querendo te matar? Essa não era a minha intenção.

Ele sorriu e sussurrou no meu ouvido, encostando o peito nas minhas costas nuas:

— Eu sei bem qual foi a sua intenção. — Mordiscou o lóbulo da minha orelha. — E, só para que fique sabendo, conseguiu. O foda vai ser esperar esse tempo todo para poder tocar em você.

Para provar o que disse, roçou sua ereção na minha bunda. Droga, o feitiço virou contra o feiticeiro! Quem estava incomodada e com calor agora era eu. Calcinha molhada era eufemismo para o que havia acontecido comigo. Estava excitada a nível máximo.

Ele riu gostoso e se afastou para abrir a porta do carro. Deu-me um olhar malicioso, que me deixou um pouco envergonhada. Contornou o carro, entrou e deu partida. Eu estava curiosa para saber aonde iríamos.

— Aonde vamos? — Conversar não era a minha vontade no momento, mas tinha que quebrar o gelo.

— Pensei num restaurante italiano que abriu há alguns meses. Tudo bem para você?

— Claro, adoro massa.

E era verdade, minha mãe era descendente de italiano, então sempre tínhamos muito macarrão, lasanha e todo tipo de gostosura que ela mesma fazia. Afastei logo aquelas lembranças, não era hora de sentir saudades, queria me divertir.

O caminho até o restaurante foi tranquilo, não nos provocamos, mas não pude deixar de notar os olhares que ele lançava para as minhas pernas. Minha intenção havia sido alcançada afinal, Bruno parecia faminto.

Chegamos ao *Delizie d'Italia*, um lugar acolhedor. A frente era em estilo colonial e uma porta de madeira ocupava toda a entrada. O *maître*, vestido formalmente e com aquele jeito afetado de garçom internacional, se aproximou e nos cumprimentou em italiano. Entendi muito pouco, mas Bruno parecia falar fluentemente. Só para que conste, era muito *sexy* ouvi-lo falar aquele idioma.

Acompanhou-nos até uma mesa aconchegante num canto ao lado de uma janela enorme. Você poderia achar que era um lugar esnobe olhando por fora, mas não. Era totalmente familiar. Toalhas xadrez verde cobriam as mesas num padrão adorável. Estava bem cheio para uma terça-feira e o cheiro que vinha da cozinha era de dar água na boca.

Sentamo-nos e o garçom trouxe os cardápios. Tinha uma infinidade de delícias para escolher.

— Então, anjo, o que vai ser?

— Hum... Acho que vou querer espaguete à carbonara.

— Boa escolha, eu quero uma lasanha bolonhesa... E pode trazer o melhor vinho que você tiver.

Bruno entregou os cardápios ao garçom, que se afastou com nossos pedidos anotados, e olhou para mim, ansioso.

— Não tive a oportunidade de dizer o quanto você está linda, Layla. Meio que engoli a minha língua quando te vi.

Dei uma risada e corei um pouco.

— Sei, você também me impressionou, tive até uma pequena fantasia.

Ele levantou uma sobrancelha, curioso.

— Fantasia? Será que é algo que eu posso realizar?

Abri um sorriso grande e malicioso.

— Com certeza. — Mordi o lábio inferior, observando sua reação. Seus olhos azuis estavam arregalados e com um brilho sedutor. — Aliás, adorei ouvir você falando essa língua. Apesar de eu ser descendente, entendo muito pouco. Seu sobrenome é italiano, certo?

— Sim, minha avó paterna nasceu em Roma, então ela nunca deixou a sua língua natal morrer, sempre nos ensinou um pouco da cultura e de como falar corretamente. Engraçado, nós dois somos descendentes de italianos. Esse povo tem sangue quente, por isso notei logo de cara que teria trabalho com você.

Arqueei uma sobrancelha e sorri, concordando.

— Idem, querido. Acho que somos explosivos.

Bruno iria retrucar alguma coisa, mas o garçom voltou com o nosso jantar, e saboreamos uma verdadeira comida italiana, com direito a muito parmesão. Todo o tempo ao seu lado foi bem proveitoso, e conversamos muito. Ele era uma das únicas pessoas que me fazia sorrir com vontade, não que eu fosse amarga, mas diversão não era muito a minha praia. Bruno me contou do seu dia a dia e pude perceber o amor dele pela profissão e o admirei ainda mais.

Ele questionou se o meu trabalho no escritório era satisfatório e não consegui disfarçar, parecia que não podia esconder nada. Bruno ficou tenso quando contei como meu chefe estava estranho. Disse-me para tomar cuidado e procurar outro emprego logo. Que não era bom facilitar com situações assim.

Mudei de assunto rapidamente, pois não queria me preocupar com isso no nosso encontro. Conversamos sobre a sua família, e ele me contou como as irmãs o atormentaram durante toda a sua vida. Único homem no meio de muita mulher devia ser difícil de lidar, elas tomavam conta mesmo. Mas pude perceber o quanto Bruno as amava, principalmente os sobrinhos, filhos da Larissa. Prometeu me apresentar a todas em breve.

Arregalei os olhos com essa afirmação.

— O que foi? Você achou que eu te queria por uma noite apenas?

— E não é assim com você?

— Era! — Deu de ombros. — Mas fique certa de uma coisa: uma noite não vai ser o suficiente. Para nenhum dos dois.

Senti um enorme frio na barriga. Eu já tinha cogitado essa possibilidade, mas a confirmação de que ele me queria por mais do que alguns encontros me deixou temerosa.

Ele sorriu e pegou a minha mão por cima da mesa, dando um beijo em meus dedos.

— Não fique assustada, Layla. Para mim é novo também. Que tal se combinarmos de darmos um passo de cada vez?

Assenti, concordando. Não podia forçar minha mente, ou então surtaria totalmente. Ele pediu a conta e caminhamos para a saída. Minha pele se arrepiou com o toque de seus dedos nas minhas costas nuas.

Se eu ficava assim apenas com um contato tão leve, nem podia imaginar como seria quando estivéssemos pele com pele.

Já próximos ao carro, ele se inclinou e enlaçou a minha cintura, ficando perto demais.

— Vamos pra minha casa?

Oh, Deus. Era agora. Será que eu teria coragem de dar esse passo, tão cedo? Mesmo tendo insinuado todo o tempo, falar era diferente de agir.

Olhei em seus olhos e vi desejo e paixão. Eram o espelho exato do que refletiam os meus.

— Mostre-me o caminho.

Ele sorriu e deu um beijo no meu rosto.

Estava na hora de seguir com a minha vida sem medo do que poderia acontecer. E eu iria aproveitar cada segundo.

Capítulo 12
Bruno

Eu estava nervoso!

Parecia um garotinho em seu primeiro encontro. Desde a hora que saí de casa, estava com os nervos à flor da pele, meu coração acelerou e não diminuiu mais. Layla permanecia em silêncio e aquilo estava me incomodando. Será que se arrependeu de ter vindo para casa comigo? Eu estava indo rápido demais? Afinal, nem nos conhecíamos direito, mas não era o que parecia. Sentia como se fosse a coisa certa a fazer, ela mexia comigo de um jeito totalmente novo. Era assustador, mas irresistível.

Layla estava de tirar o fôlego com aquele vestido vermelho, o ar de anjo dando lugar à mulher que ia me fazer arrastar no chão. Na verdade, já estava me arrastando. Sabe aqueles desenhos animados em que o indivíduo fica com a cara no chão e babando como um idiota? Era quase isso, só estava faltando uivar.

Enfim, chegamos e minha ansiedade estava quase me deixando louco. O que eu iria fazer? Como agir? Era um terreno totalmente inexplorado. Não queria assustá-la de jeito nenhum. Respirei fundo e saí do carro sem olhar em sua direção, dei a volta e abri a porta. Ela me olhou seriamente e saiu, ficando ao meu lado. Peguei sua mão sem dizer nada, e caminhamos para a casa.

Meu coração parecia querer sair do peito. Parei na entrada com Layla atrás de mim. Respirei fundo para não entrar em pânico, não podia fazer nada errado. Merda, eu estava surtando!

— Bruno? — Fiquei tenso ao som doce de sua voz. — O que foi? Você não me quer aqui? Mudou de ideia?

Arregalei os olhos, não podia deixá-la pensar assim, estava quase morrendo tentando me conter. Virei e a encarei, mostrando toda a paixão que sentia transparecer em meus olhos. Segurei seu queixo e o puxei para cima.

— Claro que eu te quero aqui. Só estou com medo de fazer alguma coisa errada e estragar tudo. Sempre faço alguma merda quando o assunto é você.

Ela me deu um sorriso doce e se aproximou lentamente.

— Não fique, foi tudo perfeito.

Sorri e acariciei seu rosto. Sua pele macia fazia minha mente voar, e estava louco para pular o jogo de sedução.

— Você quer beber alguma coisa?

— Claro.

— Ok, vamos entrar.

Abri a porta e a deixei passar. Ela se aproximou da minha estante de livros e sorriu, passando a mão pelos exemplares.

— Lucas tem uma coleção interminável também, seu vício no momento é colecionar livros de termos médicos, tem de vários tipos. São todos de medicina?

— Não, alguns são dos meus autores preferidos. Eu gosto de diversificar.

Ela balançou a cabeça e andou até o braço do sofá, se encostando.

— Você tem uma ótima casa.

— Obrigado. Vou buscar um drinque. O que você prefere? — Eu ainda estava parado em frente à porta, só observando-a no meu espaço. Ela era tão certa ali que senti um nó na garganta.

— Um refrigerante está ótimo, não estou acostumada a beber. — Sorriu.

Assenti e fui à cozinha; eu tinha que beber algo mais forte. Preparei uma dose de *whisky* e peguei uma latinha de refrigerante para ela. Quando voltei, Layla tinha ligado o som, e uma música suave estava tocando. Percebi que era uma das mais românticas e intensas que havia na minha *playlist. Unbreak my heart,* de Tony Braxton.

Engoli em seco, mas que droga! Eu que tinha que seduzir a garota e não o contrário. Resolvi jogar a insegurança de lado e conquistar aquela mulher que estava me deixando louco.

Coloquei as bebidas na mesinha de centro e me aproximei, enlaçando-a pela cintura. Colei minha boca em seu pescoço e sussurrei:

— Dança comigo, Anjo?

Ela gemeu baixinho e olhou em meus olhos.

— Me conduza.

Movimentamo-nos pelo tapete da sala, e encostei o rosto em seus cabelos cheirosos. Ter Layla em meus braços era uma sensação maravilhosa. O movimento de seus quadris me levava ao patamar de excitação mais elevado que já tinha experimentado.

— Bruno, estou tão confusa com o que estou sentindo... Não estou me reconhecendo — falou baixinho com a voz embargada.

Afastei-me um pouco para poder olhar em seus olhos.

— E isso é bom ou ruim?

— Definitivamente bom. — Sorriu, passando a mão em meu rosto.

Meu desejo só aumentou. Queria aquela mulher de todas as maneiras. Não podia esperar mais.

— Você quer isso, Layla? Porque estou morrendo para ter você. Mas, se você não quiser, eu respeito. — Mesmo que me matasse no caminho.

— Pode parecer loucura, mas nunca quis tanto estar com alguém como quero estar com você. — Riu maliciosa.

Cara, ela era perfeita. Peguei-a pela cintura e a levantei do chão. Layla prendeu as pernas no meu quadril e gemeu com o contato dos nossos sexos, loucos um pelo outro. Seu vestido subiu, ficando enrolado nas coxas exuberantes.

Caminhei a passos largos até o meu quarto. O tempo todo em que subia as escadas fantasiava com mil maneiras de tê-la em meus braços. Layla mordiscava meu pescoço, me deixando louco. Depois de um caminho que pareceu longo demais, depositei-a no tapete macio ao lado da cama.

Meu quarto era simples, mas confortável. A única coisa que me dei ao luxo foi ter uma cama *king size* enorme, pois adorava poder me esparramar. Agora, parecia bem propício para o que eu queria fazer. Nunca tinha levado uma mulher para a minha casa. Mais uma pista de como Layla era especial.

Ela tinha os olhos fixos em mim, não prestava atenção em onde estávamos. Estava faminto e ela também, pois me devorava só pelo olhar. Levei minha mão até sua garganta, sentindo a pulsação acelerada que o desejo que sentia provocava. Deslizei por toda a pele macia, e Layla inclinou a cabeça de lado, me dando acesso total. Enlacei os dedos em seus cabelos cheirosos e aproximei as nossas bocas, com os olhos abertos.

— Você é deliciosa — sussurrei.

Colei meus lábios nos seus num beijo terno, sua boca era quente e tinha um gosto doce. Ela gemeu baixinho e se aproximou, encostando seu peito no meu. Apertei sua cintura com as duas mãos e intensifiquei o beijo. Mordi seu lábio inferior um pouco mais forte do que pretendia, e isso aparentemente a levou à beira da loucura. Layla enlaçou as mãos em meu pescoço e lambeu minha boca todinha.

Acariciei sua língua num movimento sensual, da forma que eu sabia que ia levá-la à loucura; ela era gostosa e macia. Desgrudei nossas bocas e olhei em seus olhos turvos de desejo, percebendo que Layla estava tão ofegante quanto eu.

Passei meu polegar em seus lábios inchados pelos meus beijos, e meu peito se encheu de orgulho por ter deixado aquela mulher maravilhosa ainda mais linda. Ela ficava perfeita excitada; o rosto estava corado, a boca vermelha e os olhos brilhavam de desejo.

Acariciei seu pescoço com a ponta do nariz e inalei seu perfume: ela cheirava levemente a rosas. Era um afrodisíaco para mim, e queria saber se seu corpo todo exalava aquele aroma delicioso.

— Bruno, você vai me torturar por muito tempo? — murmurou com a voz rouca.

Eu pretendia provar cada pedacinho dela. Sorri e beijei todo o caminho até o seu ombro, levando minha mão até a alça do vestido, baixando-a lentamente. Descobri toda a lateral de seu braço, e ela puxou a mão para me ajudar a tirar completamente. Entre mordidas leves e lambidas, passei para o outro lado e fiz o mesmo.

Afastei-me um pouco para observar a obra de arte que era aquela mulher.

— Você é linda. Muito mais do que eu imaginava.

Era a mais pura verdade. Em nenhum dos meus sonhos pude chegar perto da mulher real. Layla não vestia nada por baixo do vestido, deixando seus seios fartos e volumosos expostos, exigindo meu toque urgentemente. Lambi os lábios.

Abaixei a minha cabeça e vi sua pele se arrepiando. Levantei o olhar e sorri. Seus olhos verdes estavam escuros de pura paixão. Lambi seu colo de cima a baixo, e ela gemeu em apreciação. Levei uma mão até um seio e massageei, beliscando um bico túrgido levemente; eram como duas esculturas feitas por um artista habilidoso.

Sua pele era clara e macia, e os mamilos estavam rígidos de excitação.

A aréola em volta era redonda e rosada, combinando perfeitamente com a cor de seu corpo no momento. Layla estava toda coradinha. Gostosa demais!

— Você tem os seios mais lindos que eu já vi. Vamos ver se o gosto é tão delicioso quanto a visão.

Tomei um seio na boca e o suguei lentamente, passando a língua por um mamilo túrgido. Layla gemeu e se contorceu contra o meu corpo. Enlacei sua cintura, prendendo-a no lugar, enquanto me esbaldava naquele botão do paraíso.

— Oh, Bruno. Por favor...

Soltei seu seio com os lábios formigando, querendo mais.

— O que foi, Anjo? Do que você precisa?

Ela estreitou os olhos em duas fendas verdes brilhantes. Percebi que estava muito excitada, e quase não me contive. Tinha uma ereção furiosa querendo alívio.

— Eu preciso sentir a sua pele na minha.

Sorri de lado.

— Seu desejo é uma ordem, princesa.

Afastei-me e a observei, era uma visão a se apreciar, poderia tirar uma foto se tivesse uma câmera em mãos. Layla tinha os cabelos revoltos, o seu rosto estava vermelho, e o vestido pendurado na sua cintura me deixou completamente excitado, era quase doloroso o tesão que sentia.

Desabotoei a camisa lentamente, prendendo seu olhar no meu. Dei de ombros e a deixei cair no chão. Ela ofegou e levantou uma mão, passando-a em meu peito. Seus dedos estavam quentes e minha pele pegou fogo por onde eles passavam. Fechei os olhos em êxtase, nunca tinha sentido tanto com um toque de uma mulher. Layla desceu até a minha barriga e passou as unhas levemente. Gemi alto. Ouvi sua risada e abri os olhos, que com certeza tinham um brilho predador.

— O que você está achando engraçado? — Eu estava morrendo e a mulher ria.

Ela balançou a cabeça e lambeu os lábios; aquela língua rosada encheu a minha mente de ideias maravilhosas.

— Nada engraçado. Apenas é interessante vê-lo entregue dessa maneira. — Mordeu a boca, me deixando louco.

Layla levou as mãozinhas até o zíper da minha calça e o abriu, expondo a barra da minha cueca.

— Oh, Deus. Você está de cueca branca, quer me matar?

— E por que minha cueca te mataria?

— Porque é o sonho molhado de toda mulher, um médico gostoso de cueca branca.

Achei graça, pois nunca tinha ouvido alguma coisa assim. Mulheres!

— Então, deixe-me realizar o seu sonho.

Deslizei a calça pelo restante do caminho, tirei os sapatos e as meias, ficando apenas de cueca *boxer*. Ela ofegou e me olhou com desejo.

— Minha vez. — Mordeu os lábios.

Layla sorriu e desceu o vestido até ficar esparramado no chão. Quase morri do coração, pois a calcinha que ela usava era vermelho vibrante, e não escondia nada do que tinha por baixo. Podia ver seu sexo molhado e depilado.

— Mulher... você vai me levar à loucura.

Ela sorriu e se aproximou, ficando pele com pele.

— Seremos loucos, então...

Grunhi e a agarrei pelas nádegas, encostando a minha ereção em seu sexo e me esfregando; mesmo aquilo me matando, era bom demais sentir seu calor. Ela jogou a cabeça para trás e gemeu profundamente. Era uma linda visão. Sua boca fazia um "O" perfeito. Baixei meus lábios para o seu pescoço e lambi até chegar aos seios fartos. Movi uma mão até a frente do seu corpo, massageando o clitóris por cima da calcinha.

— Está louco o suficiente para você?

Ela não disse nada, só gemeu, balançando a cabeça concordando. Continuei torturando-a com os dedos enquanto ela se movia sedutoramente. Capturei um mamilo e o suguei com força. Layla teve um orgasmo um minuto depois.

Levantou a cabeça com um brilho feroz no olhar. Levou a mão até a minha ereção e a circulou com os dedos macios. Afastei-me de seu toque, do contrário iria me envergonhar. O desejo por ela era grande demais. Com um sopro daquela boca gostosa eu gozaria como um adolescente.

Levei-a até a cama e a deitei devagar. Passei as mãos por suas coxas torneadas, chegando até a calcinha. Olhei para ela e sorri descaradamente, antecipando o que ia fazer a seguir. Puxei a calcinha pelas laterais, rasgando-a de seu corpo. Ela arregalou os olhos e mordeu a boca. Adorava essa reação, eu podia ser gentil, mas também gostava de ser bruto às vezes. Além de me fazer sentir sem controle.

Seu sexo parecia latejar à minha espera; estava brilhante por causa do seu orgasmo anterior. Lambi os lábios, louco para provar. Resolvi torturá-la um pouco mais. Beijei sua coxa esquerda, chegando perto da sua vagina, mas não o suficiente. Era uma delícia massagear seu corpo, sentir seu cheiro. Passei para a coxa direita e mordisquei toda a sua pele.

Layla pegou meus cabelos, puxando-os para cima.

— Você está brincando comigo? — Seu rosto estava transformado de desejo, era uma expressão feroz.

— Não, só apreciando esse corpo maravilhoso. Agora vou me banquetear de você.

Desci a boca de uma vez só. Tive que me segurar quando o gosto dela de vários sabores inundou a minha boca. Era doce e salgado, quente e picante. Um manjar dos deuses. Suguei seu clitóris até ela gritar. Levei meu dedo à sua entrada e a invadi vagarosamente. Uau, Layla era apertada! Movimentei meu dedo no ritmo em que a minha língua assolava sua vagina molhada.

Levantei os olhos e vi a coisa mais linda de toda a minha vida: ela tinha a coluna arqueada e se segurava nos lençóis. Seus olhos estavam fechados e sua boca aberta em êxtase total. Pude sentir o momento exato em que ela teve um orgasmo; espasmos afligiram seu corpo todo, fazendo-a tremer.

Sentei-me, lambendo os lábios, e a olhei intensamente. Afastei-me da cama e tirei a cueca. Estendi a mão para a cabeceira, retirando um preservativo que guardava ali. Sem desgrudar os olhos dos seus, coloquei a camisinha e me acomodei entre suas pernas.

— Está pronta, Anjo?

Ela sorriu, maliciosa.

— Está esperando o quê?

Não precisava repetir. Entrei em seu corpo delicioso e foi como o céu. Ela era o meu paraíso. Estaquei neste pensamento, era isso. Ninguém mais me satisfaria a não ser aquela mulher com sua voz doce. Movi-me lentamente, saboreando cada segundo daquele ato que chegava a ser surreal de tão perfeito.

Olhei em seus olhos enquanto fazia amor com ela. Não era um sexo gostoso sem sentido, mas amor com a mulher que mexeu comigo. Ela enlaçou as pernas na minha cintura e as mãos no meu pescoço, me puxando, colando nossos corpos.

— Mais forte, Bruno. Quero gritar seu nome o mais alto que puder — sussurrou.

Rosnei e apoiei os meus cotovelos e joelhos na cama. Impulsionei-me, quase retirando totalmente, e desci com tudo em seu corpo. Ela gritou e jogou a cabeça para trás.

Layla acompanhou meus movimentos com a mesma fome e intensidade. Nossos corpos suados eram como uma sinfonia à medida que nos encaixávamos perfeitamente. Amei aquela mulher com tudo o que tinha. Chegamos ao clímax juntos, e, enfim, consegui o que queria: ouvir sua voz rouca de anjo gritando o meu nome com prazer absoluto.

Capítulo 13
Layla

Sentir o peso do seu corpo, sua respiração em meu pescoço e a pele suada junto à minha era uma sensação indescritível. Meu peito subia e descia freneticamente; foi incrível. Bruno era um amante habilidoso e nada egoísta. Foi o paraíso estar em seus braços, mas alguma coisa aconteceu comigo. Meu coração estava apertado e senti meus olhos se enchendo de lágrimas. Não conseguia entender por quê. Tinha sido tudo tão bom, ele foi gentil e atencioso. Não havia motivos para tristeza ou arrependimentos.

Bruno começou a se mover e levantou a cabeça, que estava encostada em meu ombro. Ele respirava rapidamente.

— Oi. — Sorriu ofegante.

— Oi.

Ele se apoiou nos cotovelos e fez uma cara engraçada.

— Devo estar te esmagando, você é tão pequena que fico com medo de te quebrar. — Saiu devagar de mim e deitou ao meu lado. Observou-me intensamente, e eu me perdi naquele céu azul. — Dorme comigo, Layla?

Fiquei surpresa com aquele pedido repentino. Bruno virou o rosto e focou os olhos no teto, com uma expressão cautelosa no rosto, mordendo o lábio inferior em nervosismo. Tive que rir. Um pegador como ele, nervoso por pedir para uma garota dormir em sua casa?

— Eu não posso, amanhã trabalho cedo. Não dá para andar por aí com um vestido de noite.

— Eu te levo em casa. — Suspirou. — Só fique comigo esta noite.

Bruno me olhou fixamente com expectativa. Eu tinha sentimentos contraditórios guerreando em meu peito. Queria tanto deixar rolar, ser totalmente livre com aquele cara gostoso ao meu lado. Mas, ao mesmo tempo, ficava temerosa com o que poderia acontecer se eu me apaixonasse. Os fantasmas do passado, as perdas e as decepções insistiam em não me deixar.

Porém, ao olhar aquele corpo delicioso, não havia dúvida do que eu realmente queria: pular de cabeça.

— Ok. Mas você vai ter que me levar ao escritório também.

Ele sorriu amplamente e levantou a mão, acariciando o meu rosto.

— Claro, com muito prazer. Adorei estar com você, Layla. Não consigo me lembrar de alguém me fazendo tão bem como você me faz.

Aquele homem ainda iria me levar à loucura. Lindo, bom de cama, educado, gentil e ainda por cima falava as coisas certas. Só me deixava numa situação ainda mais complicada. Tinha muita coisa dentro de mim, sentimentos desconhecidos e assustadores.

— Você também não é nada mal. — Balancei as sobrancelhas.

Com os olhos brilhando, Bruno virou e subiu em meu corpo. Encaixou o peito sobre mim e circulou minha cabeça entre seus braços.

— Nada mal? Acho que tenho que provar alguns pontos aqui.

— Oh, feri seus sentimentos masculinos Neandertais? — Fiz um biquinho divertido.

Ele respirou fundo e passou os dedos pelos meus cabelos numa carícia maravilhosa.

— Você sabe que eu vou ficar louco, certo? Tudo isso entre a gente é como uma avalanche. Vai desabar tudo de uma vez; não estou acostumado a isso, Layla. — Seus lindos olhos azuis estavam preocupados.

— Eu também não, Bruno. Tenho muito medo de me envolver e perder. A vida é muito frágil, já perdi demais.

— Como assim? O que você perdeu?

Olhando em seus olhos, percebi que, acontecesse o que fosse, Bruno seria um bom amigo. Eu não tinha muitos. Na verdade, eu passava mais tempo na companhia de mim mesma do que de outra pessoa qualquer.

— Meu pai morreu quando eu tinha doze anos, Lucas tinha cinco. Minha mãe teve que trabalhar duro para sustentar a gente. — Suspirei, tentando segurar a emoção. — Ele sofreu um acidente de carro e não tinha seguro algum. Acabou que virei guardiã de uma criança.

— Mas você também era criança, não devia carregar esse tipo de responsabilidade.

— Se não fosse eu, quem seria? Minha mãe se desdobrou em três empregos para pagar a nossa escola, para termos comida na mesa. Quando meu pai era vivo, tínhamos um padrão de vida alto, então tudo baixou drasticamente. Mamãe vendeu nossa casa e comprou aquela onde vivo com o Lucas. Nada mais justo do que ajudá-la cuidando do meu irmão.

Bruno olhava para mim com admiração. Levou a mão até minha bochecha e acariciou levemente.

— E sua mãe? Você não me disse nada. Onde ela está?

Engoli em seco e virei o rosto, olhando para o seu guarda-roupa escuro e masculino. Era muito difícil falar da minha mãe.

— Ela também faleceu, de insuficiência cardíaca. O coração cansou de tanto trabalhar.

Ele ficou muito quieto, nem me arrisquei a olhá-lo nos olhos. Sabia o que tinha ali: pena. Estava cansada daquilo, não precisava deste sentimento. Lutei muito na minha vida. Mesmo porque minha mãe só viveu para que eu tivesse idade suficiente para cuidar de tudo, então ela foi para junto do seu amor. Ainda que achasse egoísta da sua parte, não iria ficar me lamentando. Existem pessoas fracas demais e eu não era uma dessas.

Senti uma mão forte em meu queixo e pisquei, fazendo lágrimas grossas escorrerem pelo meu rosto. Bruno enxugou com o polegar e puxou o meu rosto para junto do seu.

— Eu te admiro muito, Layla. Você enfrentou a perda dos seus pais em um espaço relativamente pequeno e conseguiu seguir em frente, criar seu irmão sem pestanejar. Muitas pessoas, no seu lugar, teriam jogado tudo pro alto e vivido a própria vida. Quantos anos Lucas tinha quando sua mãe morreu?

— Onze.

Ele sorriu triste, passando o polegar por meu rosto numa carícia leve e carinhosa.

— Aguentou toda a adolescência de um menino, sendo que você ainda era muito jovem. Fico até sem graça, sabia?

Arqueei as sobrancelhas, surpresa.

— Por quê?

— Meu pai faleceu quando eu tinha dezesseis anos, e minha mãe lutou sozinha com quatro crianças. Eu não ajudei em nada, na verdade, só atrapalhei. Com Sabrina é que foi diferente, por ser a mais nova e mais pentelha, eu não tive escolha... Ela ficava grudada em mim como um carrapato. — Sorri com a imagem dela pequena, devia ser uma graça grudada nele o tempo todo.

— Mas ele deixou a nossa situação boa financeiramente. Tinha uns bons investimentos, então mantivemos nosso padrão de vida. Não foi nada como você. Eu não tive que assumir responsabilidades por ninguém.

— Mas pelo menos você ajudou no que podia. Eu fiz o que era necessário. Minha mãe era uma casca vazia, Bruno. No pouco tempo que mamãe passava em casa só conseguia dormir, não tinha nenhuma perspectiva de seguir em frente, se fechou dentro de si e não tinha espaço para o meu irmão e eu. Quando meu pai se foi, ela enterrou com ele toda a sua personalidade e vontade de viver. Eu não quero ficar dependente de uma pessoa como ela era dele.

Bruno acariciou meu rosto ternamente, colocou uma mecha de cabelo atrás da minha orelha e me deu um beijo na testa.

— Eu entendo o que você quer dizer. Também não quero apressar nada. O que rolou entre a gente foi bom demais para estragar com promessas e medos, mas não quero ficar sem te ver.

Sorri e me movi embaixo do seu corpo.

— O que você está sugerindo? Uma amizade colorida?

— Não chega a isso. Não quero ninguém rondando enquanto estou no território.

Dei um tapa em seu braço.

— Credo, falando assim parece que sou uma propriedade. Você tem uma maneira muito eficaz de me brochar, sabia? — Ele teve a audácia de rir da minha cara.

— Não foi isso o que eu quis dizer, é porque, se for só amizade, há a possibilidade de algum malandro querer se aproveitar. Quero você só pra mim, Anjo.

Agora parou a brincadeira. Se ele não queria apressar e também não queria ser só meu amigo, o que estava sugerindo?

— Seja claro, Bruno. — Arqueei uma sobrancelha; meu temperamento já estava se alterando.

— Que tal um tipo de relacionamento sem neuras? A gente deixa rolar, mas com exclusividade.

Esse cara... era muito esperto. Queria ser exclusivo, mas sem o compromisso de um namoro?!

— E como isso iria funcionar? Você pega o telefone, me liga, marcamos e nos encontramos quando você quiser? Tipo foda *delivery*?

Ok, eu estava irritada. Ele me deixava confusa.

— Calma, Layla. Quem disse ter medo foi você, só achei que se sentiria melhor assim, sem compromisso e sem medo de perder. Por mim, eu te prendo na minha cama e não deixo sair mais — Bruno falou num fôlego só. Pareceu alarmado com a minha reação.

Eu era complicada mesmo. Mas não queria ser estepe de ninguém. Se ele queria ficar comigo, teria que ser de verdade, meio termo não funcionava. Empurrei seu peito para me sentar. Ele se afastou, e agarrei a ponta do lençol para cobrir meu corpo.

— Olha, vou deixar claro e só vou falar uma vez: o que aconteceu entre nós dois foi um evento novo para mim, não costumo sair com o cara e logo na primeira noite dormir com ele. Alguma coisa me fez fazer essa loucura, eu não sou assim. — Ele estava me olhando sério. Nem liguei, continuei a falar tudo o que queria: — E outra, se você quiser ficar comigo, vai ter que ser pra valer, ou então pode caçar sua turma. Meu medo que se foda! Você não é homem o suficiente para tirar isso de mim, não?

Ele sorriu amplamente e se aproximou, colando nossos corpos novamente. O homem era uma enorme distração.

— Acabou? Mulher, você é confusa. Vou te mostrar quão homem eu sou para tirar seu medo. A pergunta é: *Está preparada para isso?* — Mordeu meu queixo enquanto falava. — Porque, a partir do momento em que você falar que é minha, não vai ter volta.

Engoli em seco. Por essa eu não esperava. Respirei fundo e segui o meu coração, mesmo que meu cérebro gritasse que estava indo rápido demais. Não tinha jeito, eu seria dele. Mandei minha mente calar a boca e fiz o que queria pela primeira vez na vida.

Dei de ombros e torci a boca.

— Mostra, então, o quanto você pode espantar o meu medo.

Bruno se acomodou e mordeu a minha orelha.

— Se prepara, eu vou abalar as suas estruturas.

Disso eu não tinha dúvida.

Capítulo 14
Bruno

Estava deslizando entre o sonho e a realidade, sentia um corpo quente e macio ao meu lado, e um perfume leve de rosas confundia meus sentidos. Era surpreendente como me sentia bem.

Uma mãozinha subiu pela minha barriga, fazendo cócegas. Abri os olhos prontamente. A primeira coisa que pude reparar foram cabelos castanhos esparramados pelo meu peito. Sorri ao perceber que não era um sonho.

Passar a noite ao lado da Layla foi extraordinário. Conversamos tanto quanto fizemos amor, e ela passou a conhecer mais da minha vida do que meus amigos antigos. Pude perceber que meu anjo não era só um rosto bonito, mas uma lutadora, a mulher passou por tanta coisa e ainda assim dizia não se arrepender de nada. Eu particularmente não conseguia imaginar uma vida sem poder errar, fazer minhas loucuras da juventude.

Layla perdeu toda a sua infância e adolescência para cuidar do irmão. Podia até ser cruel da minha parte culpar a sua mãe, mas, apesar de ela ter perdido o marido e ter que trabalhar tanto, não podia ter colocado uma carga tão grande nas costas de uma menina. Afinal, ela era a adulta e não o contrário. Porém, não havia nada a ser feito, ela cresceu e virou uma mulher incrível.

Meus sentimentos encontravam-se em conflito, pois eu não queria admitir que estava irremediavelmente caído por alguém que mal conhecia. Mas, do mesmo modo, não conseguia imaginar ficar muito tempo sem vê-la ou ouvir sua voz doce. Já tinha me viciado, não havia escapatória.

Layla se mexeu e resmungou alguma coisa. Sorri, ela era linda até dormindo. Não havia preocupação em seu rosto, estava serena. Moveu uma perna, entrelaçando na minha, e parecia que fazíamos isso há anos, pois nos encaixávamos perfeitamente. Era tão natural tê-la em meus braços que fiquei realmente surpreso por não estar surtando.

Senti sua respiração mudando, e vi lindos olhos verdes como o mar me observando, sonolentos.

— Bom dia, Anjo. Dormiu bem?

Ela sorriu sonolenta e se espreguiçou como uma gatinha.

— Mais do que bem. Tive um sonho engraçado.

— Ah, é? E como foi? — Eu tinha certa desconfiança do que poderia ser. Layla tinha um olhar malicioso direcionado para o meu peito e barriga.

— Não sei bem, era uma coisa engraçada mesmo. Tinha a ver com chuveiro... — Batia o dedo no queixo, pensativa.

— Hum, sei. E é algo que podemos realizar? — Balancei as sobrancelhas.

— Acho que sim... Talvez. — Fez uma cara de paisagem.

Olhei seu corpo delicioso, sem nenhum pudor. Tinha um lençol cobrindo sua bunda perfeita, e seus seios estavam colados em meu peito, pele com pele. Fiquei duro instantaneamente com a percepção — antes ignorada — de que tinha uma mulher gostosa ao meu lado pronta para um banho quente, em todos os sentidos.

— Acho que seu sonho está prestes a se tornar realidade.

Estreitei meus olhos, ela sorriu e se afastou, deixando à vista toda aquela maravilha.

— Então acho que vou adiantando.

Andou nua sem nenhuma vergonha em direção ao banheiro. Fiquei meio hipnotizado com o balanço dos seus quadris. A mulher sabia provocar. Na porta, se virou e me olhou por cima do ombro.

— Você vem ou vai ficar aí só olhando?

Levantei devagar e sorri. Eu iria me perder naquele corpo.

Layla estava frenética, morrendo de medo de encontrar Lucas em casa. Eu não entendia todo aquele alvoroço.

— Calma, Anjo. Seu irmão é adulto, não vai ficar escandalizado por saber que você passou a noite fora, aliás, ele já deve ter percebido. — Arqueei uma sobrancelha, divertido.

Ela me olhou carrancuda, mordendo o dedo em nervosismo. Depois do nosso maravilhoso banho juntos, tomamos café e nos preparamos para o dia. Layla morreu de vergonha ao sair com um vestido de noite; nunca havia feito aquilo. Eu acreditava, meu anjo era muito responsável para confundir a cabeça do irmão adolescente com casos de uma noite.

— Ai, Deus. Na próxima vez, você vai dormir na minha casa — soltou subitamente.

Quase bati o carro, essa era uma declaração importante. Fiquei meio sem graça de perguntar se haveria uma próxima vez e estava apreensivo; apesar da discussão que tivemos, mulher é sempre complicada. Vai que ela mudou de ideia?

— Por que essa cara, Bruno? Nós conversamos sobre isso ontem, é tudo ou nada.

Layla me intimidava, era decidida, sabia o que queria e, se eu não fosse de acordo com tudo, que me danasse. Que escolha eu tinha?

— Não foi nada. Só fiquei surpreso que você queira deixar claro pro seu irmão o que a gente tem.

Franziu a testa.

— Ele é adulto, lembra? Você mesmo disse isso.

Bingo... Eu sabia que estava protelando, mas fiquei assustado com a velocidade de tudo aquilo.

Chegamos em frente à sua casa, e ela se virou para mim.

— Você me espera aqui, vou me trocar e volto rápido — ordenou e saiu do carro.

— Sim, senhora. — Observei-a se afastar. — Mais uma para mandar em mim. Acho que é a minha sina... E agora tô falando sozinho. — Suspirei resignado.

Depois de vários minutos — que não foram rápidos —, Layla apareceu na porta com um terninho preto e blusa de seda azul.

— Você vai cantar assim no *Beer*? — Ela olhou para baixo e arqueou as sobrancelhas, sentando no banco do carro.

— Qual é o problema?

Medi todo aquele corpo maravilhoso que conheci muito bem.

— Nada, é que há uma fantasia no universo masculino.

— Hum. E qual é?

— A secretária gostosa. E, meu anjo, você faz esse papel perfeitamente. — Minha voz já tinha se aprofundado num tom rouco.

Layla estreitou os olhos e balançou a cabeça.

— Não tem jeito, os homens são uns idiotas. Para sua informação, eu tenho uma roupa diferente para me apresentar no bar.

— Muito bom, minha garota não pode provocar ereção alheia.

— Cala a boca, Bruno. Você só fala besteira, vamos embora que já estou atrasada.

Eu não estava brincando. Pensar em caras ficando de pau duro por causa da minha garota me deixava num estado furioso. Se eu visse um mané dando em cima dela, nem sabia o que era capaz de fazer. Eu nunca havia me sentido possessivo — não era agradável. Também, as mulheres com quem andei não chegavam aos pés de Layla.

Ficamos em silêncio durante todo o trajeto até seu trabalho. Em frente ao escritório, ela pegou o meu celular e começou a discar.

— O que você está fazendo?

— Agora você tem o meu número. E não seja convencido quanto a isso; me liga se for ao *Beer*.

— Uma pena... Não vou poder, tenho um plantão enorme. Só vou estar livre no sábado, mas, em compensação, no final de semana inteiro, serei todo seu.

Ela sorriu e se aproximou, colando a boca na minha.

— Vou sentir saudades. Acho que vou ter que me contentar com as lembranças do chuveiro e cuidar de mim mesma.

Fechei os olhos e gemi com a imagem que piscou na minha cabeça.

— Mulher, você vai ser o meu fim.

Sorriu safada.

— Espero que seja um bom fim, então.

Enlacei a mão em seu pescoço e fechei a distância que nos separava com um beijo arrebatador. Invadi sua boca com a minha língua, morrendo de fome por seu gosto doce. Layla gemeu e se aproximou; estávamos desesperados um pelo outro. A única coisa que nos impedia ir às vias de fato era o fato de estarmos em público, e, ainda por cima, era de manhã. Do contrário, tinha certeza de que estaríamos rasgando a roupa um do outro.

Afastamo-nos ofegantes, e seus olhos verdes estavam escuros de desejo.

— Até mais... Realmente vou ter que demorar no chuveiro à noite depois desse beijo. Espero que esteja feliz.

— Com certeza. — Sorri satisfeito por ela estar tão perturbada quanto eu.

Abriu a porta, saiu do carro, e foi rebolando até o outro lado, me hipnotizando com seu gingado. Em frente ao escritório, tinha um senhor de aparentemente sessenta anos, baixinho, gordinho, vestido de terno. Olhava Layla de um jeito que não gostei nem um pouco.

Ela se aproximou e o cumprimentou. Ele ficou observando a sua bunda e disfarçou quando me viu dentro do carro. Eu ia ter uma conversa séria com meu anjo, aquele patrão dela era muito estranho. Não gostei daquele brilho em seus olhos, parecia um maníaco possessivo.

Olhei seu número em meu celular e gravei. Ligaria para Layla assim que tivesse uma folga no hospital.

Seria o mais longo plantão da minha vida.

Capítulo 15
Layla

— Layla, quem era aquele sujeito que te trouxe?

Levei um susto com a pergunta do meu chefe, ele estava parado na porta da sua sala, com as mãos nos bolsos e uma carranca no rosto. Desde que Bruno me deixou no trabalho, eu estava sentindo uma vibração estranha vinda do Dr. Silva.

— Não estou entendendo, doutor.

Ele tirou as mãos dos bolsos e se aproximou da minha mesa.

— Quem era aquele cara?

Fiquei assustada com a aspereza em sua pergunta. Nunca dei espaço para o meu patrão se envolver em minha vida pessoal. Não entendi o porquê disso agora.

— Não acho que seja da sua conta, doutor.

O Dr. André estreitou os olhos e levantou o dedo em riste.

— Olha aqui, mocinha, eu não gosto de namorados ciumentos rondando o meu escritório. Não sou a favor de você ter um relacionamento.

Fiquei de boca aberta, indignada. Quem aquele velho pensava que era para falar daquele jeito comigo? Sempre fiz questão de manter a linha profissional com ele. Nunca demonstrei nem ao menos amizade; sempre fui educada e atenciosa como uma boa secretária. Nada mais do que isso.

— Senhor, com todo respeito, o que eu faço ou deixo de fazer fora do escritório é problema meu. O senhor não tem que ser a favor ou não. Eu só trabalho aqui, o senhor não é meu dono.

— Bom, se você não seguir as regras da empresa, serei forçado a mandá-la embora. — Colocou as mãos enrugadas na cintura e ficou me observando com a cara fechada.

— Regras? Não me lembro de ter lido isso no contrato. Mas se o senhor continuar se metendo onde não deve, quem vai pedir demissão sou eu.

Nunca permiti que ninguém interferisse na minha vida. O senhor não será o primeiro.

Ele ia abrir a boca para falar mais alguma coisa quando a porta se abriu, e entrou um cliente. O doutor disfarçou e foi para seu escritório, mas não antes de me lançar um olhar estranho.

Não estava gostando nada daquilo; ele tinha sido sempre muito educado. Eu nunca tinha dado motivos para ele me questionar daquela maneira, nunca o tratei diferente do que manda a boa educação.

Em breve, iria procurar outro emprego, aquele já tinha me levado ao limite. Nem pensar em ficar num lugar que me incomodava, e tinha que ficar na defensiva o tempo todo.

Depois de horas em meio a arquivos e processos, chegou enfim meu horário de almoço. Já estava de saída quando o doutor me chamou em sua sala. Fui relutante, assustada com o que ele poderia fazer. Estávamos sozinhos no escritório.

Bati na porta e a abri; ele estava sentado atrás da mesa com a cabeça encostada no encosto da cadeira.

— Com licença, o senhor queria falar comigo?

Abriu os olhos e me olhou de cima a baixo, me deixando incomodada. Seus olhos vidrados fixaram-se na abertura da minha blusa de seda.

— Você está indo almoçar? — Assenti. — Quando voltar, quero ter uma conversa séria com você. Desmarque meus primeiros horários para que possamos conversar sem sermos interrompidos.

Todos os meus alarmes dispararam; não gostei nada do tom que usou. Mas como não tinha escapatória, por enquanto, assenti e pedi licença. Já na rua, peguei meu celular a fim de ligar para o meu irmão, pois não o via desde segunda à noite, já que não dormi em casa.

Disquei o número do Lucas e aguardei. Naquela hora, ele devia estar indo para o refeitório. Era tão corrida sua vida de estudos que eu ficava um pouco confusa com os seus horários.

— Fala, Lala.

— Você está ocupado?

— Não, estou almoçando.

— Ah, queria saber se você está bem. Não te vi desde segunda-feira.

Pude ouvir seu sorriso e uma tosse, como se estivesse tentando disfarçar.

— É, eu sei. Você dormiu fora ontem.

Droga, tudo o que não queria! Podia até parecer idiotice minha, mas não gostava de falar sobre aquilo com Lucas.

— É, saí com o Bruno ontem, eu te falei.

— Eu sei, Lala. Não estou te recriminando, estava na hora de você arrumar um namorado.

— Ah, mas não sei se estamos namorando.

Ok, eu sou confusa.

— Lala, tudo bem. Eu sei que você passou a noite com ele e estou feliz. Bruno parece um cara legal.

Se meu irmão me visse agora, não iria me reconhecer. Eu estava sentindo o meu rosto pegar fogo. Nunca tinha conversado sobre essas coisas com ele. Não quis nenhum relacionamento sério, e agora lá estava eu, falando sobre meu namorado. Devo ter ficado muito tempo em silêncio, porque Lucas estava me chamando preocupado do outro lado da linha.

— Oi, tô aqui. Distraí-me um pouco, desculpa. Bom, eu tenho que ir. Só queria falar contigo, hoje tenho apresentação, então não devemos nos encontrar.

— Ok. Amanhã vou dar um pulo no *Beer*. Combinei com Sabrina, ela está meio perdida nessa parte da cidade e pediu para acompanhá-la. Bruno vai estar de plantão até sábado.

— Hum, sei... Ok, te vejo no bar amanhã, então. Tenha um bom dia, irmão, estou morrendo de saudades.

— Bom dia pra você também, Lala. Te amo muito. Você sabe, né?

Não podia evitar que meus olhos se enchessem de lágrimas cada vez que ele dizia que me amava.

— Eu sei, Luquinha. Beijo, tchau.

Desliguei o celular e voltei minha atenção para a rua. Ainda estava em frente ao escritório, e percebi que tinha pouco tempo para voltar ao trabalho. Corri até uma lanchonete perto e sentei, esperando para fazer o meu pedido. Tinha certeza que o que me esperava essa tarde era só porcaria.

Deixei minha mente vagar um pouco do estresse que havia sido aquela manhã. Um sorriso despontou em meu rosto com a lembrança do beijo no carro. Eu estava sendo um pouco diferente com Bruno. Talvez, essa fosse realmente a minha personalidade. Uma mulher despreocupada e sensual? Não tinha como afirmar com certeza, pois sempre fui cheia de responsabilidades e não havia tido tempo para me conhecer.

Mas era muito bom me soltar ao lado dele. Tive poucos amantes na vida, mas nenhum mexeu comigo a ponto de eu querer um relacionamento. Na verdade, sempre fugi deste tipo de atração. Quando percebia um interesse maior, logo me afastava. Porém, com ele foi inevitável. Foi um trem descarrilado que me atropelou e nem vi de onde veio.

E quando Bruno disse para irmos devagar, "um relacionamento sem neuras", logo abanou a bandeira vermelha do ciúme na minha frente. Morri de raiva só de imaginar a quantidade de médicas e enfermeiras que deviam cair aos seus pés. E não me iludia quanto a isso, ele era lindo. Não tinha como passar despercebido.

Então, decidi arriscar mesmo. Era tudo ou nada, mesmo sendo tão cedo. Nem queria pensar no que passava dentro do meu peito, ou se era capaz de me assustar e fugir como uma louca. Meu maior medo era amar e perder.

Sacudi esses pensamentos da minha cabeça e foquei em meu almoço. Não podia me distrair.

Tinha um confronto com o meu chefe me esperando.

Voltei ao escritório tensa, não gostava nada da ideia de estar com ele sozinha num questionamento chato sem cabimento.

Estava tudo em silêncio, mas pude perceber o movimento dele em sua sala por debaixo da porta. Mal me sentei e ele apareceu, me chamando com um movimento no dedo. Que droga de atitude era aquela?!

Entrei e me sentei, rígida. O doutor permaneceu de pé ao lado da mesa.

— Bom, o que eu quero te falar é o seguinte: você não vai poder se encontrar mais com esse sujeitinho que te trouxe aqui.

Arqueei as sobrancelhas e me deu uma vontade louca de rir. Só podia ser brincadeira, mas não. Meu chefe estava estranho, descabelado e com cara de louco. Tentei soar o mais calma possível, afinal, a gente nunca sabe do que os outros são capazes.

— Senhor, eu não entendo o porquê deste drama todo. O que eu faço fora daqui não influencia no meu trabalho.

— Não me interessa. Você não vai mais sair com ele — esbravejou, parecendo que perderia o controle a qualquer minuto.

Acabou a graça para mim. Levantei-me, pronta para sair e nunca mais pisar naquele escritório.

— Senhor, eu não admito que se envolva em minha vida pessoal. Peço demissão. Acertarei as contas diretamente com o setor de contabilidade.

Virei-me e tentei sair, mas ele me puxou forte pelo braço, me fazendo cambalear. Doeu bastante, pois seus dedos apertavam minha pele. Olhei o seu rosto, e vi que ele tinha os olhos esbugalhados e turvos. Parecia um pouco louco.

— O quê? Você não pode me deixar, Layla. A gente tem muito o que viver, não posso ficar sem te ver — ele soava louco e desesperado.

— Do que está falando? Eu trabalho para o senhor, só isso. Não há nada para vivermos. Solta meu braço que está me machucando.

Ele se aproximou e pude sentir cheiro de álcool em seu hálito. Merda, não era um bom sinal.

— Não vou deixá-la ir — falou entre os dentes. Tentou forçar meu rosto para me beijar e desceu uma mão por meu corpo, tocando onde não lhe era permitido.

Eu me apavorei; educação não era mais uma opção. Cravei minhas unhas em seu braço, forçando-o a me soltar. Ele deu um grito e tentou se aproximar. Prevendo o seu movimento, levantei o pé e afundei meu salto em cima do seu sapato.

— Se afaste de mim, senhor, senão vou gritar tão alto que vão chamar a polícia. Eu nunca dei nenhum motivo para que tivesse expectativas a meu respeito.

— Você me encantou com a sua voz. E agora fica se fazendo de santa?

— Se o senhor apareceu no bar, foi porque quis, nunca cantei para você. Agora, não me siga. Eu vou embora e nunca mais quero vê-lo na minha frente. E não se atreva a aparecer no bar, já vou deixar avisado com os seguranças.

Tentei me manter calma, não podia demonstrar fraqueza. Apesar de ele ser um velho, com certeza tinha mais força do que eu. Peguei a bolsa e saí o mais depressa possível daquele lugar. Minhas mãos tremiam enquanto eu ia para o ponto de ônibus. Nunca havia passado por algo semelhante.

Ainda podia sentir as mãos daquele homem asqueroso em mim. Meu braço iria ficar roxo, com certeza. Ele era um louco varrido. Merda, que situação horrível. Estava envergonhada por imaginar que poderia, sem querer, ter provocado aquela atitude.

Quase tive um ataque de ansiedade. Minha respiração saía forte e estava com uma sensação de sufocamento. A única coisa que me acalmava um pouco era saber que em três dias poderia ver o Bruno outra vez, e com certeza me sentiria mais segura em seus braços.

Porém, ainda tentaria esconder de todos; era humilhante demais o que passei.

Capítulo 16
Bruno

As horas pareciam se arrastar. Era impressionante, toda vez que eu tinha um plantão prolongado, o hospital ficava um caos. Havia gente por todo lado, e eu estava há doze horas sem descanso. Dei até uma mãozinha na clínica. Muitos acidentes, cirurgias de emergência... Eu estava exausto. Olhei no relógio, e estava na hora de dar uma pausa; tinha duas horas antes de voltar à ativa.

A caminho da sala para o meu intervalo — mais do que merecido —, quase trombei com uma das enfermeiras da UTI. Tivemos um rolo há alguns meses e ela ficava no meu pé querendo mais. Por este motivo, evitava relacionamentos dentro do hospital, porém, às vezes, era impossível.

No caso daquela enfermeira, não tive escapatória, ela se atirou em mim num desses plantões prolongados e não me deu chance de rejeitar — não que na época tenha ficado indignado com seu "ataque" —, mas agora não era confortável o jeito como me olhava.

— Ora, ora. Se não é o doutor Bruno "garanhão". Está indo para o intervalo?

Que merda!

— Estou sim. Foram doze horas direto. Estou cansado.

Ela colocou o dedo na boca, me olhando descaradamente. Franzi o cenho. Há algum tempo, uma atitude como aquela me colocaria em alerta de excitação. Estaria pronto para atacar. Mas agora era meio ridículo esse dedo na boca, muito infantil para o meu gosto.

— Também entrei na minha pausa. Posso te fazer companhia?

Eu teria aceitado num piscar de olhos, ela era boa de cama. Mas eu não queria mais isso, tinha uma mulher na minha vida. Estava em meu primeiro relacionamento sério e eu não ia estragar tudo fodendo num quartinho qualquer.

— Sinto muito, querida. Estou cansado, vou ficar sozinho. Dá licença.

Ela ficou chocada. Eu tinha uma porcaria de fama, que, na maioria dos casos, era exagerada. Levava meu trabalho muito a sério, não gostava de sair me relacionando dentro do hospital. Não que todas as enfermeiras fossem fáceis, mas, como em todo lugar, havia as que não tinham nenhum problema em tirar a calcinha em qualquer ambiente.

Estava quase chegando à porta da sala quando vi Alberto vindo em minha direção. Ele tinha diversão estampada em seu rosto. Já sabia que dali não vinha boa coisa.

— Então, eu soube que o "garanhão" negou a enfermeira gostosa da UTI.

Poxa, as notícias correm rápido nesse hospital! Pelo jeito, ele viu a ceninha no corredor.

— É, não estava interessado.

Ele franziu a testa, surpreso.

— Você caiu mesmo pela cantora? Não quer mais ninguém? — Levantou uma sobrancelha, sarcástico.

— Cara, deixa de ser enxerido. Eu estou num relacionamento com a Layla. Não preciso estragar tudo com uma rapidinha qualquer.

Ele comprimiu os lábios, segurando um sorriso.

— Você sabe que aqui não tem muitas enfermeiras dispostas, né? A maioria só vem trabalhar, e as que gostam de um "rala e rola" você está dispensando. Como vai ficar depois que você cansar da cantora?

— E quem disse que vou me cansar dela, seu idiota? Nunca conheci alguém como a Layla. A mulher é incrível! — Será que era tão difícil para ele entender?

Alberto arregalou os olhos, abismado.

— Você está dizendo que ela é "a certa"?

Era isso que eu estava dizendo? Por mais que eu insistisse em não pensar muito sobre tudo, ainda assim não podia imaginar alguém melhor para me relacionar do que a Layla.

— Não sei. Vamos viver um dia após o outro, mas se eu sei alguma coisa sobre relacionamentos é que exige fidelidade. Coisa que você não sabe o que é.

Seu semblante se fechou, e ele se aproximou, me encarando chateado.

— Como assim? O que ela te disse?

— Quem, cara? Só estou dizendo isso por você estar me questionando sobre foder ou não com outra pessoa.

Ele respirou fundo e balançou a cabeça, mas eu pude perceber que ficou mexido com minha declaração.

— Agora eu vou descansar, tenho mais uma maratona pela frente. Você termina hoje o plantão?

— Sim, saio em três horas. Boa sorte com a sua cantora, Bruno.

Ele andou com os ombros arriados e olhando para o chão. O que quer que tenha acontecido em seu passado ainda o machucava profundamente. Seu sorriso descontraído não me enganava. Alberto era um cara triste e solitário.

Entrei na sala para, enfim, descansar. Peguei no armário o meu celular, e vi que era uma e meia da madrugada, então Layla já devia estar em casa. Disquei ansiosamente o telefone que havia gravado; soou três vezes antes de ela atender:

— Alô. — Sua voz sonolenta era um bálsamo para os meus ouvidos.

— Olá, meu anjo. Como passou a noite?

— Bruno? Aconteceu alguma coisa? — Escutei um farfalhar de cobertas sendo afastadas.

— Não, só queria ouvir a sua voz. Você já estava dormindo?

Ela suspirou.

— Sim, terminei no bar mais cedo. Não estava me sentindo bem.

Empertiguei-me, preocupado. Não podia pensar nela passando mal sozinha.

— O que foi? Está com alguma dor? Corre para cá que eu te examino.

Pude ouvir sua risadinha baixa.

— Calma, doutor. Estou bem fisicamente, só com a cabeça cheia.

— Hum, e tem alguma coisa a ver com a gente?

— Não. Está tudo bem neste departamento.

Respirei aliviado. Não percebi que estava tão tenso até ter a confirmação de que não tinha nada a incomodando em relação a nós dois.

— Ok, Anjo. Vou deixar você dormir. Não vejo a hora de te ver, estou com saudades.

Layla ficou um pouco em silêncio, até pensei que tinha dormido ao telefone.

— Eu também estou com saudades. Beijo. — Desligou.

Estranhei sua atitude, Layla estava diferente. Parecia tensa e preocupada. Porém, era normal este tipo de sentimento, ela estava em constante inquietação.

Ainda com o telefone na mão, percebi que tinha uma mensagem de texto da minha mãe.

"Querido, fiquei sabendo pelas suas irmãs que você está namorando. Por que não disse pra mim? Quero conhecer essa garota, ela deve ser incrível para você deixar essa atitude de mulherengo. Vou fazer um almoço no domingo e quero que você a traga. Sem desculpas!"

Agora sim eu estava ferrado. Quando a minha mãe e as minhas irmãs colocassem os olhos sobre Layla, iriam exigir logo que eu a pedisse em casamento.

Só o pensamento me dava um arrepio na espinha. Sempre fui um mulherengo assumido. Acho que, para compensar os anos estudando, extravasei quando a faculdade terminou. Minha mãe ficava louca comigo, dizia que a vida de pegador era muito solitária — e eu concordava em parte —, mas até então eu não tinha encontrado nenhuma mulher à qual valesse a pena me prender.

Layla era tudo o que uma mãe podia sonhar para seu filho. Doce, linda, gentil, educada, responsável e vários outros adjetivos que eu poderia enumerar eternamente. Sorri ao imaginar como ela ficaria quando se reunisse com a minha família. Éramos tão loucos e barulhentos que Layla ficaria desesperada para fugir em dez segundos. Minha mãe era daquelas que adotam todos como seus filhos; era um pouco sufocante, na verdade.

Pensando bem, seria bom para ela ter uma figura tão maternal. Tomou como filho seu irmão com apenas doze anos. Não devia ter muita noção do que era ser coberta pelo amor de mãe.

Resolvi descansar, pois tinha dois dias de trabalho antes da folga. E eu iria passar todo o meu tempo livre ao lado da mulher que estava bagunçando a minha cabeça.

Fechei os olhos para sonhar com meu lindo anjo de olhos verdes.

Capítulo 17
Layla

Meu dia começou num marasmo só. Ainda não havia dito ao Lucas que tinha saído do emprego, ainda não podia falar sobre o que aconteceu. Estava assustada e chocada com tudo. Como uma pessoa que parecia amável se transformava num louco que se achava no direito de me agarrar daquele jeito? Sentia-me muito mal só de lembrar. Meu braço estava roxo e com marcas de dedos. Tentei esconder ao máximo com maquiagem, pois não queria alarmar ninguém; também estava extremamente envergonhada. Já tinha resolvido tudo sozinha.

A única coisa que tinha conseguido me fazer relaxar na noite anterior foi a ligação do Bruno. Sua voz conseguiu me acalmar e pude descansar tranquila. Só que não estava acostumada a ficar em casa, e tinha um problema nas mãos: falta do que fazer. Estava acostumada a passar o dia e a noite fora, essa era a minha rotina há anos. Às vezes, mudava o roteiro e os horários, mas sempre tinha o meu tempo preenchido. Então, resolvi fazer uma limpeza geral. Arrumar tudo o que vinha adiando há alguns meses.

Fui até o quarto do Lucas. Apesar de ele ser relativamente organizado, um quarto de um garoto é sempre uma caixinha de surpresas. E não foi nenhum espanto quando abri a porta e parecia que um furacão havia passado por ali. Ele tentava manter sua bagunça escondida, não deixava nada espalhado pela casa, mas o quarto estava uma confusão sem fim.

Tinha livros abertos espalhados pelo chão, roupas jogadas em qualquer lugar — que não deviam estar limpas —, e sua cama estava um fuzuê. Eu tentava dar privacidade a ele não entrando em seu quarto, pois imaginava que cuidaria de suas próprias coisas. Mas me enganei, teria de fazer uma faxina geral para que ficasse habitável.

Recolhi todos os livros do chão e arrumei-os numa pilha ao lado do computador. Não queria me intrometer demais. As roupas realmente não estavam limpas. Seria tão difícil colocar no cesto de roupa suja do banheiro? Fiquei surpresa com a bagunça do Lucas. Parecia tão certinho! Precisava passar mais tempo com ele, devia ter mudado muito ao longo daqueles anos e eu não percebi. Tirei também os lençóis e troquei por limpos. Depois de aspirar e esfregar, a desordem já não existia mais.

Deixei aquela enorme trouxa no banheiro; iria cuidar das roupas mais tarde. Já era um horário razoável para entrar em contato com a contabilidade. Sentei-me no sofá ao lado do telefone e disquei o número que sabia de cor.

— CED Contabilidade, bom dia — a voz estridente da secretária guinchou em meu ouvido no primeiro toque.

— Olá, Juliana. É a Layla, eu gostaria de falar com a Patrícia, por favor.

— Oi, querida. Só um minuto, vou passar pra ela.

Ficou tocando aquela musiquinha chata por uns bons três minutos antes de a Patrícia atender.

— Oi, Layla, no que posso ajudar?

— Patrícia, preciso da sua ajuda. Eu saí do escritório e preciso acertar as minhas contas. Não quero mais entrar em contato com o doutor. Podemos resolver tudo diretamente, certo?

— Sabe o que é, querida... O doutor André ligou e disse que você foi demitida por justa causa. Como você não tem férias vencidas, é só o salário do mês. Pode vir buscar na segunda que deixo tudo arrumadinho.

Eu não consegui responder de imediato. Tinha um bolo enganchado na minha garganta. Como aquele velho safado teve coragem de fazer uma coisa daquelas? Justa causa? Eu era que devia denunciá-lo por assédio sexual, ainda tinha as marcas no meu braço para provar. Mas não queria nenhum escândalo, seria uma confusão dos infernos.

Droga, perder o restante do meu dinheiro faria uma falta danada. Antes de entrar em desespero, me despedi e disse que iria entrar em contato em breve. Encostei a cabeça no sofá e fechei os olhos, cansada. Pelo visto, aquele pesadelo não iria acabar tão cedo.

Minha recompensa seria à noite, pois sempre relaxava com a música. E teria o adicional de Lucas e Sabrina aparecerem no bar. Seria bom conversar com gente jovem e descontraída.

Ser responsável era desgastante.

Tinha terminado a faxina cedo, lavei toda a roupa suja e dei uma geral na sala e na cozinha. Acabei indo mais cedo ao bar, pois poderia ajudar no balcão enquanto minha apresentação não começava. Apesar de Heitor ser atiradinho, nunca havia passado do limite.

Elisa estava servindo as mesas quando cheguei e franziu a testa por me ver tão cedo. Nem me dei ao trabalho de explicar, a porcaria do meu braço exposto ainda ia dar muito pano pra manga. Quando alguém visse, ia ser uma droga. Ainda bem que só veria Bruno no sábado, até lá era provável que a marca estivesse quase imperceptível.

Olhei de novo e amaldiçoei baixinho, estava roxo, quase preto. Mesmo com a maquiagem, era possível identificar os dedos daquele velho. Sentia meu peito comprimido e ficava assustada quando me lembrava da cena. Balancei a cabeça para dispersar.

Aproximei-me do balcão e olhei Heitor atolado com os pedidos; o bar já estava lotado. Sentindo a minha presença, levantou o olhar da pilha de cervejas que tirava do freezer.

— E aí, gatinha! Chegou cedo hoje, o que foi?

No dia anterior, fiz o possível para não ser vista por nenhum funcionário, pois iria acabar desabafando e fazendo a maior bagunça.

— Nada não. Queria saber se você precisa de ajuda antes de eu começar a me apresentar.

Ele bufou, olhando em volta.

— Toda ajuda é bem-vinda. — Pegou um avental debaixo do balcão e o estendeu para mim.

Peguei sorrindo, adorava ajudar. Ainda mais num ambiente ótimo como o *Beer*. Passei por debaixo da portinhola no canto e comecei a pegar os pedidos de bebidas.

Era até engraçado trabalhar com o Heitor; acho que não dei muita chance de ele ser legal. Sempre chegava em cima da hora e saía correndo depois. Ele era bem-humorado e fazia caretas engraçadas, imitando os clientes chatos. Eu não parava de rir das suas bobeiras.

— Ei, gata, até que você é legal. Apesar de estar aqui no *Beer* há mais de um ano, não tínhamos tido a chance de conversar. — Heitor Teles era lindo: cabeça raspada, moreno, tatuado, musculoso e ainda por cima tinha covinhas em seu rosto bonito. Quebrava toda a onda de *bad boy*.

— Culpada! Eu sou um pouco fechada às vezes, mas ultimamente tem acontecido algumas coisas comigo que me fizeram refletir um pouco. Tenho que aproveitar mais a vida.

Ele sorriu, mostrando todos os seus dentes brancos e alinhados. E que lindo ficava quando sorria relaxado.

— Isso tem a ver com aquele cara que você anda se agarrando pelo banheiro?

Arregalei os olhos, corando como um tomate.

— Como você sabe sobre isso?

Heitor balançou a cabeça, divertido.

— Eu sei de tudo, gata. Só não conta pra ninguém. — Piscou.

Assenti, envergonhada, e voltamos ao trabalho. Mais um amigo para adicionar à lista recém-iniciada. Se eu parasse para pensar, minha falta de vida social era exclusivamente por minha culpa. Apesar de não ter tempo, podia muito bem ter feito amizades dentro do meu círculo de trabalho.

Depois de muitas cervejas e bebidas que nem lembrava o nome, já era hora do show e me despedi do meu mais novo amigo. Fui em direção ao palco. Já estava tudo arrumado. Sentei-me, preparando-me para começar, e vi Lucas e Sabrina entrando. Eles estavam muito próximos.

Lucas levantou os olhos e me viu observando. Corou, envergonhado, e acenou com a cabeça. Sorri em resposta, voltando a minha atenção para o violão em meus braços. Dedilhei algumas notas e peguei a lista de pedidos que já havia se acumulado com o *DJ*.

Não pude evitar um frio na barriga ao perceber, entre muitas, a música que toquei quando vi Bruno pela primeira vez. *Palpite.* Para mim, aquela canção ficaria gravada na minha vida.

Comecei com *Ainda Lembro,* da Marisa Monte. Era uma das músicas que eu mais gostava de tocar. E, com tudo que eu estava passando, era simplesmente perfeita. Sempre quis ser tudo para alguém.

Fechei os olhos e me deixei levar. Toda vez que cantava, me emocionava com as letras doces e românticas. Terminei a música e abri os olhos; as pessoas estavam embasbacadas, olhando-me admiradas. Aplausos explodiram do nada. Sorri satisfeita, adorava fazer um bom trabalho.

— Obrigada, pessoal. É um prazer estar aqui com vocês. Hoje, estou atendendo aos pedidos, mas tenho uma especial que queria cantar. *A lua que eu te dei,* da Ivete Sangalo.

"Posso te falar dos sonhos
Das flores
De como a cidade mudou
Posso te falar do medo
Do meu desejo, do meu amor...

Posso falar da tarde que cai
E aos poucos deixa ver
No céu a Lua
Que um dia eu te dei..."

O restante da apresentação correu maravilhosamente. Não tirei intervalo para poder acabar cedo e sentar com Lucas e Sabrina. Deixei o resto da noite a cargo do *DJ*, que não deixava a desejar. Na verdade, todo o atendimento e serviço do bar era excelente.

Guardei todo o meu equipamento, que se resumia somente ao meu violão, e fui à mesa me distrair um pouco. Tomei cuidado de me sentar com o braço escondido do Lucas.

Acomodei-me em frente a eles e os observei. Formavam um lindo casal. Lucas tinha os cabelos castanho-claros e os olhos verde-escuros, já Sabrina tinha os cabelos negros e seus olhos azuis eram tão claros que pareciam duas piscinas límpidas.

— Bom, pombinhos... A que devo a honra da visita? — Não que eu fosse reclamar, ver Sabrina me fazia lembrar muito do Bruno. Além do fato de ela ser uma graça.

— Ah, você não sabe? O louco do meu irmão, que não cabe em si de tanta ansiedade, exigiu que eu viesse te ver.

Não conseguia acreditar, ele era terrível. Mas não pude evitar um sorriso satisfeito em meu rosto.

— Sério?

— Rá... Gostou, né? É verdade, mas eu queria vir me distrair um pouco. Não estou acostumada a ficar numa casa tão grande sozinha.

Lucas fechou a cara e olhou pra mim. Pareceu realmente chateado.

— Eu disse a ela, Layla. Convidei-a para ficar lá em casa enquanto Bruno estivesse trabalhando, mas é muito teimosa para aceitar.

Arqueei as sobrancelhas. Ok, era uma ideia legal, mas onde ela iria dormir? Alguma coisa me dizia que era no quarto dele...

— Sim, Sabrina. Não há problema.

Sabrina me dispensou com a mão, distraída.

— Imagina se vou dar este trabalho. Está tudo bem, passo a maior parte do tempo na faculdade mesmo.

Sabrina tinha um olhar estranho e, de repente, ficou tensa.

— Ok, mas se precisar pode ir lá pra casa. — Lucas assentiu, olhando pela janela com os lábios comprimidos.

Apesar do clima pesado, nos divertimos bastante. Era bom ver o Lucas sorrindo. Só estranhei a atitude de Sabrina, que subitamente mudou seu jeito antes caloroso, e era óbvio que se forçava em manter certa distância do meu irmão, depois que ele a pressionou. Iria perguntar ao Bruno se ele sabia alguma coisa a respeito.

Conversamos sobre muitas coisas, e gostei de conhecer melhor a irmã do meu namorado. Lucas nos contou da quantidade de *nerds* que tinha na sua turma na faculdade, e que era difícil fazer amizade.

Fiquei feliz de ele ter pelo menos alguém para se distrair, apesar de eu perceber um interesse diferente de ambas as partes. Mesmo que Sabrina tenha tentado disfarçar, a energia era palpável.

Já estávamos de saída, rindo horrores da desenvoltura de Sabrina, quando recebi uma mensagem de texto do Bruno.

"Não vejo a hora de te ver, Anjo. Faltam só mais dois dias para te ter em meus braços outra vez."

Sorri como uma colegial apaixonada. Levantei a cabeça e olhei para o céu estrelado, era bom demais o que eu estava sentindo. Meu coração pulsava diferente desde que comecei a me envolver com ele. Respondi a sua mensagem com um frio na barriga, em antecipação.

"Já estou contando as horas."

Capítulo 18
Bruno

Não podia acreditar que meu plantão havia chegado ao fim e tinha todo o fim de semana para ficar com a Layla. Como ainda era manhã de sábado, resolvi ir para casa descansar e só encontrá-la à noite, mesmo que me matasse esperar tanto.

A jornada de trabalho no hospital não foi nada fácil, ainda mais se contasse com as vezes em que me distraí, pensando em como ela poderia estar, o que estava fazendo... Enfim, foram os dias mais compridos da minha vida.

Exigi que Sabrina fosse vê-la no bar; na verdade, não tive que fazer muito esforço para persuadi-la. Foi só falar que podia convidar o Lucas para ir junto, e sem demora ela aceitou. Depois, veio a recompensa: ouvir a minha irmã falar sem parar de como Layla era legal, simpática e inteligente. Isso eu já sabia, não havia mulher igual a ela. Fiquei encantado com o modo como tratou a pentelha da Sabrina, eram poucas as pessoas que gostavam dela logo de cara.

Estacionei o carro na garagem e me arrastei para casa, estava morto em pé. Estava tudo em silêncio. Graças a Deus, não me achava no humor de ouvir as loucuras da minha irmã.

Subi direto para o banheiro, pois precisava de uma chuveirada urgente. Sempre fazia esse ritual depois de um plantão; mal podia esperar para tirar todo o cheiro de hospital do corpo. Estava tão cansado que não iria aguentar ficar de pé muito tempo. Sentei na bancada ao lado da pia e fui arrancando a roupa devagar. Entrei na ducha e esvaziei a minha mente, mas ela não se desligava de uma pessoa em particular.

Parecia fazer uma eternidade que não a via. Layla tinha entrado em minha vida tão subitamente que eu não tive escapatória. Na verdade, nunca me senti tão bem, nem quando terminei a faculdade de medicina.

Um sorriso despontou em meu rosto quando me lembrei do seu gosto doce. A mulher tinha jeito de anjo, mas era um fogo na cama. Insaciável, perfeita. Não via a hora de ter seu corpo quente junto ao meu outra vez.

O engraçado era que eu sempre enjoava das mulheres. Depois da primeira vez, não sentia vontade de repetir. Com ela era diferente, nunca seria suficiente.

Estava extremamente excitado. Recusava-me a buscar alívio com as mãos; era um substituto muito fraco para o corpo delicioso do meu anjo.

Em consequência, permaneceria de pau duro e dolorido. Terminei o banho e corri para o quarto, sequei o meu corpo e caí na cama de qualquer jeito. Mesmo tendo a Sabrina em casa, me sentia à vontade para dormir nu, pois sempre respeitamos a privacidade um do outro.

Fechei os olhos para ter o meu descanso merecido.

Tive um sono nada tranquilo. Eles estavam povoados por olhos verdes que me tiravam do sério. Já tinha anoitecido quando me levantei. Arrumei-me rapidamente e corri ao seu encontro.

Percorri o caminho até o bar numa velocidade que nem me atrevi a conferir, pois estava enlouquecendo com a saudade. Estacionei de qualquer jeito e corri para a entrada, uma atitude nada típica; antes, tinha a maior cautela em deixar meu carro em lugar estratégico e seguro. Agora, nada mais era importante do que meu anjo.

Ainda do lado de fora, percebi que estava cheio, como já era previsto, pois o *Beer* era bastante movimentado. Da porta, ouvi sua voz doce e meu coração começou a pular no peito, frenético. Comecei a suar frio e um arrepio passou pelo meu corpo ao vê-la tão linda.

Layla estava deslumbrante. Seus olhos estavam fechados e ela balançava o corpo no ritmo da música. Não usava o violão, pois tinha acompanhamento do *DJ*. Demorei um pouco para perceber, mas a música que cantava mexeu comigo completamente: *Spanish Guitar,* de Toni Braxton.

Quase tive um infarto. Uma lembrança de seu corpo arqueado embaixo do meu piscou em minha mente, me deixando excitado no meio daquela gente. Porra, Layla era incrível. Sentindo minha presença, ela abriu os olhos e me prendeu com sua voz rouca e toda aquela energia que emanava.

Fui andando sem olhar para os lados, estava focado. Encantado! Ela parecia como o flautista de Hamelin, e eu iria me afogar em pura luxúria. Tinha que ter aquela mulher em meus braços logo, sentir sua boca, seu corpo maravilhoso. Não poderia esperar demais ou iria explodir.

Ela sorria, maliciosa, e cantava pra mim aquela música cheia de significados, que eu entendia muito bem:

> *"Eu queria estar nos seus braços*
> *Como aquele violão espanhol*
> *E você me tocaria a noite toda*
> *Até o amanhecer*
> *Eu queria que você me tivesse em seus braços (...)"*

Eu não tinha ideia de como todas as suas canções pareciam ser diretamente para mim. Mas era o que sentia desde o momento em que a vi pela primeira vez. Acomodei-me em uma mesa vazia e fiquei observando meu anjo. Ela não parava de sorrir, nem mesmo quando a música trocou. Layla estava na minha tanto quanto eu estava na dela.

E, naquele momento, percebi: não podia conceber a ideia de estar longe daquela mulher que havia mexido tanto com a minha cabeça e com o meu coração. Não estava na hora de admitir certas coisas. Apesar de ter sido um mulherengo filho da puta, tinha medo de me machucar, e estava muito assustado com tudo.

Sentia um aperto no peito só com a possibilidade de não poder vê-la ou tocá-la. Era muito difícil só de pensar.

Percebi uma mão forte no meu ombro e olhei para trás. O barman tatuado estava em pé, olhando pra mim com cara de poucos amigos.

— Posso sentar?

Arqueei uma sobrancelha, surpreso, mas concordei com a cabeça. Ele se sentou e olhou Layla por um minuto antes de voltar sua atenção para mim.

— O que você está fazendo com ela?

— Como assim? E o que você tem a ver com isso?

— Muita coisa. A menina é muito boa, não quero vê-la sendo feita de boba por um mauricinho metido a garanhão. Já vi muitos caras aqui babando por seu jeito meigo e sua voz doce, mas é a primeira vez que ela retribui o interesse.

Não pude evitar do meu peito se encher de orgulho. Se eu era o primeiro a tirar essa reação da minha pequena, isso queria dizer algo bom, certo? Mas não ignorei o brutamontes que estava na minha frente pronto para atacar, dependendo da minha reposta.

— Olha, cara... Não sei o que você quer com isso. Eu não preciso me explicar, não estou fazendo nada de errado. Porém, vou falar assim mesmo. — Suspirei e olhei para o palco. Layla tinha o cenho franzido, preocupada. — Eu nunca me senti assim. Admito que só queria levá-la para a cama no início, mas agora é diferente. Não existe uma única mulher igual a este anjo.

— Então, você está apaixonado?

— Sim. — Estava tão distraído com meus pensamentos e sentimentos que nem prestei atenção ao que estava dizendo. Quando percebi, já era tarde.

O barman sorriu e balançou a cabeça.

— Resposta correta, doutor. Se fosse outra, eu teria que te bater. Não fique se martirizando, fazendo essa cara de quem comeu algo azedo. É muito fácil se apaixonar por uma mulher como ela. A propósito, meu nome é Heitor Teles, sou barman e, recentemente, sócio do bar. — Ele se inclinou e sussurrou: — Só não conta pra ninguém, estou tentando manter segredo. Deixe-me voltar ao trabalho. Afinal, sou um mero funcionário.

Piscou e se levantou, dando tapinhas no meu ombro. Eu estava um pouco embasbacado com tudo.

Primeiramente, eu admiti algo que nem a mim mesmo eu tinha colocado em perspectiva. Foi tão rápido o raciocínio que o que saiu foi nada mais do que a pura verdade. E o cara era chefe escondido e um bom rapaz. Apesar da aparência de *bad boy*, notei sua boa intenção em protegê-la. Era bom saber que o meu anjo não estava desprotegido em seu local de trabalho. Porque, se eu soubesse que algum engraçadinho a machucou ou insinuou alguma coisa indecente, ficaria louco. Nessas horas, nem sabia o que faria.

Olhei em volta, e a clientela ia desde jovens imaturos a executivos de terno. O bar era bem frequentado, mas nunca se sabe onde pode haver um louco apaixonado.

Meu telefone tocou naquele momento. Levantei e fui para o lado de fora atender. Era a Ana Luiza.

— Fala, sua chata.

— Dá para você ser um pouco educado? Estou ligando a pedido da mamãe, ela quer saber se você vai vir amanhã e trazer o seu rouxinol. — Bufou.

Eu tinha que ter uma conversa com a minha irmã, ficar colocando apelido na Layla não era legal. Ela era o meu anjo e ponto.

— Eu vou falar com ela assim que terminar a apresentação. Mas diz para mamãe não se preocupar, eu tenho uma carta na manga.

— Rá... Convencido. Mas nem quero saber que porcaria de carta é essa. Te espero amanhã. E nem pense em convidar aquele mala do seu amigo.

— Se você quer dizer o Alberto, pode ficar tranquila, não pretendo constrangê-lo com sua má educação, irmãzinha.

Ela ficou em silêncio por pouco tempo.

— Ok. — Desligou.

Que merda! Por que eu esquecia que eles tiveram um rolo? Sempre fazia o favor de espezinhar um ou outro, mas como poderia agir? Gostava de irritar ambos, eles que resolvessem seus problemas.

Eu tinha um anjo lindo me esperando, por quem eu tinha caído de amores em segredo. Não diria a ela ainda. Era muito poder para colocar nas mãos de uma pessoa. Estava um pouco inseguro com relação a tudo o que estava acontecendo.

Senti um frio na barriga quando voltei ao bar. Ela estava parada no meio do palco e me olhava intensamente.

Oh, Deus. Era certo: eu estava apaixonado!

Capítulo 19
Layla

Meu coração estava disparado! Quando Bruno veio caminhando por entre as mesas, me olhando tão intensamente. Foi como naqueles filmes em que você não ouve ou vê nada ao redor. Parecia que tinha um holofote iluminando o meu caminho até aquele delicioso homem maravilhoso. Ele era meu para apreciar e tocar quando e onde bem quisesse.

Pareceu certa ironia que, quando ele chegou, a música que eu cantava ser tão cheia de significados para o que estava acontecendo entre nós. Depois de ficar sem vê-lo por três longos dias, só pensava em sentir o seu toque.

Ele estava na porta do bar, embasbacado. Sorri e caminhei em sua direção. Ignorei todos que tentavam me parar, tinha uma missão a cumprir. Parei na sua frente e o olhei descaradamente. A boca daquele homem era a minha perdição. Poderia começar a explorar por ali. Aproximei-me e sussurrei:

— Nunca senti tanta falta do gosto e do cheiro de alguém como senti a sua. Preciso de você!

Ele gemeu e fechou os olhos por um segundo, jogando a cabeça para trás. Quando os abriu, seu olhar era azul-escuro, quase negro. Suas pupilas estavam dilatadas de desejo. Bruno me enlaçou pela cintura, colando seu corpo ao meu, tomando a minha boca num beijo faminto. Sua língua se movia numa dança erótica, estávamos tão sintonizados um no outro que esquecemos totalmente das pessoas ao redor. Enlacei seu pescoço e mordi seus lábios, ele gemeu um som rouco e me apertou um pouco mais. Eu estava ficando louca, precisava daquele homem de todas as maneiras.

Bruno rosnou em frustração e se afastou um pouco. A boca estava vermelha, inchada e deliciosa. Lambi os lábios e olhei em seus olhos. Ele sorriu e levantou a mão, acariciando o meu rosto levemente.

— Senti sua falta, Anjo. Eu já te disse que você vai ser a minha perdição?

— Que bom, porque eu já estou perdida.

Ele arregalou os olhos aturdidos, levantou a vista e me puxou em direção ao camarim. As pessoas nos olhavam, surpresas com a nossa pequena demonstração de afeto. Bruno entrou e fechou a porta atrás de si, enlaçou a minha cintura e me sentou na penteadeira, ficando entre as minhas pernas.

— Aqui está perfeito para poder te apreciar como se deve. — Passou as mãos pelos meus braços, apertando de leve, e dei um grito involuntário. Foi então que me lembrei da porcaria da marca que tinha ali.

Bruno franziu a testa.

— O que foi? Te machuquei?

Droga, se eu mentisse, não ia ser legal, tínhamos começado agora o nosso relacionamento. Mas aparentemente não precisaria dizer muita coisa. Ele estava levantando o meu braço e olhando a marca roxa estampada em minha pele.

— O que é isso, Layla? São dedos. O que aconteceu?

Desviei o olhar e tentei pensar numa coisa que fosse convincente o bastante.

— Layla? Olha pra mim. — Voltei minha atenção para o seu rosto. — O que aconteceu? E não se atreva a mentir.

Respirei fundo e decidi contar, seria bom desabafar... Estava com tudo entalado em minha garganta.

— É... — Suspirei e decidi contar tudo de uma vez, como tirar um *band-aid*. — Foi o Doutor André... Segurou-me pelo braço e me machucou. Ele disse que eu não podia ficar com você e que eu o encantei com minha voz, que o provoquei. Tentou me beijar, me assediou.

Baixei os olhos, chateada. Fiquei observando o peito do Bruno subindo e descendo com a respiração forte. Ele levou a mão até o meu queixo e o ergueu.

— Esse velho é louco ou o quê? Como se atreve a colocar a mão em você e ainda por cima te proibir de alguma coisa? Aconteceu mais alguma coisa que não está me contando?

Torci a boca para o lado e fiz uma careta.

— Ele me demitiu por justa causa.

— O quê?! — Se afastou com os olhos arregalados, era visível a sua raiva. — Mas que porra! Como ele conseguiu isso depois de você prestar queixa?

Corei, envergonhada pela minha covardia.

— Eu não o fiz — sussurrei.

Bruno se aproximou, abaixando-se um pouco e encontrando meus olhos; os dele queimavam de raiva, e eu esperava que não fosse direcionada a mim.

— Como assim não fez, Layla?

Joguei as mãos para o alto em frustração.

— Eu não queria fazer escândalo, ok? Resolvi por mim mesma e, aliás, não aconteceu nada demais, a não ser o meu braço ficar roxo. Eu não deixei que chegasse a tanto, sei me defender.

Ele passou as mãos pelos cabelos, exasperado.

— Não sei o que fazer com você, mulher. Dá vontade de te colocar no meu colo e bater na sua bunda até clarear a sua mente. Como você pode deixar isso impune? É assédio sexual! Você saiu do escritório? Beleza. Mas e a próxima funcionária? E se acontece alguma coisa pior com ela?

Arregalei os olhos e levei uma mão à boca.

— Oh, Deus. Eu nem pensei nisso! Só não queria fazer nenhum escândalo. Meu irmão não ia gostar de uma coisa assim. Não seria bom para os seus estudos.

Bruno estacou sua caminhada pelo meu pequeno camarim e olhou em meus olhos. Aproximou-se e pegou as minhas mãos, fazendo círculos com o polegar. Aquilo me acalmava.

— Eu vou falar isso só uma vez, Anjo, e espero que você me entenda. Lucas não é mais um menino sozinho. Você não tem que protegê-lo. — Eu ia abrir a boca para retrucar, mas ele levantou a mão, me interrompendo. — Você acha que ele ficaria feliz de saber que sua irmã escondeu um abuso por medo de que um escândalo possa afetá-lo? Eu acho que não.

Baixei a cabeça, tentando esconder as lágrimas que se formaram em meus olhos.

— Eu não estou acostumada com essas coisas, Bruno. Sempre cuidei de mim mesma, não queria dar trabalho para ninguém. — Não me sentia confortável falando dos meus problemas e sentimentos.

Ele se aproximou e me abraçou, acariciando os meus cabelos. Era um mimo que poucas vezes recebi.

— Agora tem alguém para cuidar de você, Anjo. Nunca mais vai precisar fazer tudo sozinha. E começando por agora, tira essa maquiagem do seu braço, que não está adiantando de nada, e vem comigo.

Franzi a testa, confusa. Aonde ele iria me levar depois de todo esse alvoroço?

— Aonde nós vamos?

— Para a delegacia, prestar queixa contra esse palhaço — esbravejou, irritado.

— Bruno...

— Sem Bruno, Anjo. Você vem andando sozinha ou vou ter que te carregar?

Suspirei, resignada. Era bem capaz de ele fazer isso mesmo. Parecia um homem das cavernas às vezes.

— Ok, estou indo.

— Ótimo, vou te esperar do lado de fora.

Esperei-o sair da sala e desabei contra a parede. Ia ser um inferno prestar queixa e ainda ter que me explicar por ter demorado tanto. Eu estava acostumada a resolver os meus problemas sozinha, sem ninguém para ajudar.

Levantei e fui ao encontro do Bruno; era melhor resolver tudo de uma vez. Do lado de fora do bar, ele estava encostado no carro, com as mãos nos bolsos e de cabeça baixa. Ao ouvir minha aproximação, levantou os olhos e se afastou, ficando na minha frente. Segurou o meu queixo e aproximou a sua boca da minha. Seus olhos não desgrudavam dos meus.

— Nunca mais esconda nada de mim. Se nós vamos fazer isso, tem que ser direito. Você não sabe o que foi descobrir que ficou três malditos dias segurando isso sozinha. — Sacudiu a cabeça, chateado. Afastou-se e pegou a minha mão. — Vem, vamos logo.

Abriu a porta do carro e eu entrei. Fiquei observando-o contornar e sentar no banco do motorista. Tinha uma expressão zangada em seu rosto e um músculo pulsava em seu maxilar. Senti-me culpada por causar todo aquele desconforto. Percorremos todo o caminho em silêncio. Eu estava meio anestesiada com tudo o que iria acontecer.

O ambiente da delegacia não era nada acolhedor, tinha todos os tipos de casos. Desde bandidos à briga familiar. Bruno enlaçou sua mão na minha e me senti mais segura; não gostava de depender de ninguém, mas aquilo era diferente. Tínhamos um companheirismo.

Ele pediu informação e o atendente nos mandou para uma sala separada do prédio principal. Parecia ser destinada apenas para crimes sexuais, e a maioria das pessoas eram mulheres naquele setor. Sentamos e esperamos.

Bruno ainda não havia dito nada, estava tenso e olhava para frente com o olhar perdido. Estava começando a ficar nervosa com seu silêncio. E eu nervosa não era uma coisa boa, pois vinham vários cenários na minha cabeça. Então, decidi esperar tudo terminar para confrontá-lo.

Um policial fardado saiu da sala e nos convidou a entrar. Levantamo-nos e sentamos. O oficial era simpático e tinha uma aparência acolhedora: senhor de meia-idade, cabelos grisalhos, baixinho, e uma barriga proeminente esticava os botões do seu uniforme.

— Então, crianças, o que posso fazer por vocês?

Bruno olhou para mim e sinalizou para que eu falasse. Comecei a explicar tudo o que aconteceu, desde ter notado os olhares estranhos do meu chefe ao fato em si. E depois a audácia de me demitir por justa causa, sendo que o errado havia sido ele. Disse sobre não ter prestado queixa logo depois do ocorrido, e que só tinha vindo por insistência do meu namorado.

O policial franziu a testa e coçou a cabeça, que estava começando a ficar calva.

— Você devia ter dado queixa logo após o ocorrido, querida. Os casos de abusos sexuais e assédios são cada vez mais frequentes, e na maioria dos casos não são nem denunciados. Às vezes, mesmo entrando com uma queixa formal, não é levado adiante por falta de provas. E você ainda ter demorado três dias para resolver se entrava com um processo... Não acredito que tenham êxito. — Suspirou, chateado. Toda a situação de assédio realmente mexia com o emocional de todo mundo. — Mas vale a pena tentar, pelo menos ele vai ter a ficha suja. Não é bom para um advogado este tipo de acusação. Vamos fazer todo o procedimento necessário. Registraremos um boletim de ocorrência e você pode exigir que ele retire a demissão por justa causa.

Assenti, e ele me encaminhou para uma sala ao lado. Tiraram fotos de vários ângulos do meu braço; a marca tinha enfraquecido um pouco, mas eram bem visíveis seus dedos nojentos em minha pele.

Saímos da delegacia com o BO em mãos, e eu não sabia o que fazer dali para frente. Antes de chegarmos ao carro, parei e puxei o Bruno para mim.

— O que houve com você? Está chateado comigo? — Não aguentava mais a dúvida.

Ele franziu o cenho, confuso.

— Claro que não. Por que você diz isso?

— Você ficou quieto o caminho todo. — Estava preocupada com o fato de ele estar pensando mal de mim. Afinal, segundo o Doutor André, eu era a provocadora.

— Layla, é porque eu não me aguento de tanta raiva. Só de pensar no que você passou, e no que aquele velho te disse... No que ele tentou fazer e insinuou, me deixa louco. Só estava pensando no que eu vou fazer para que ele pague por isso como se deve.

— Como assim? Já não fizemos tudo o que era necessário?

— Não, Anjo. Você sabe onde aquele filho da puta mora? — Assenti. — Ótimo, nós vamos lá agora.

Arregalei os olhos, surpresa com a sua declaração. Ficava enjoada só de pensar em ver aquele homem asqueroso outra vez.

— O quê? Por quê?

— Esse cara vai aprender a não mexer com mulher nenhuma. Você vai ver... Vem, vamos logo para não ficar muito tarde.

Continuei parada, olhando aquele homem maravilhoso. Bruno estava disposto a ir atrás do velho nojento e tirar satisfações por ter mexido comigo. Logo eu, que sempre cuidei dos outros e nunca me preocupei comigo.

Ele se virou e estendeu a mão, ainda sério, mas seu rosto relaxou um pouco.

— Vem, Layla.

Segurei a sua mão, enlaçando nossos dedos. Levantei nas pontas dos pés e lhe dei um selinho nos lábios.

— É muito fácil se apaixonar por você, sabia?

Bruno engoliu em seco e segurou meu queixo com os dedos.

— Digo o mesmo. — Sorriu e acariciou o meu rosto. — Agora vamos, quero acabar logo com isso.

Entrei no carro e me acomodei, encostando a cabeça no banco.

Eu não estava mais sozinha.

Capítulo 20
Bruno

Tentei ao máximo me acalmar. Minha vontade era de chegar às vias de fato, mas não podia. Fui ensinado a respeitar os mais velhos, mesmo que o ser em questão não merecesse um pingo da minha consideração.

O braço da Layla estava roxo, e já tinham se passado três dias, ou seja, ele usou muita força para segurá-la. Eu não conseguia desviar meu pensamento de tudo o que ela devia ter sentido na hora e eu não fiquei sabendo, não podendo consolá-la nem protegê-la.

Layla tinha os olhos fechados e parecia chateada, e não era por menos, foi muito chata a situação na delegacia. Tanta gente com problemas; o índice de violência doméstica só fazia aumentar. Eu não me conformo com esses caras que dizem amar suas parceiras e as machucam, às vezes até matam. E o pior é que muitas mulheres não dão queixa contra seus agressores, por medo, ou até mesmo porque amam demais e acreditam que tudo pode mudar. Grande ilusão, um homem que bate uma vez não para por aí.

Isso não existia no meu modo de entender o amor. Amar é cuidar, respeitar, ser amigo e companheiro, ouvir quando necessário, enfrentar os problemas com inteligência e calma, sorrir nos momentos de alegria e chorar nos de tristeza. Enfim, quando se ama alguém, não se deve maltratar ou humilhar, mas sim dar carinho e proteção, apoiar em todas as escolhas.

Eu não podia imaginar como alguém podia machucar uma mulher, era incompreensível para mim.

Olhei para Layla. Parecia que estava nervosa, pois roía as unhas e tinha os olhos arregalados. Estiquei a mão e enlacei os meus dedos nos dela, dando um aperto de conforto. Ela me lançou um olhar agradecido e suspirou. Minha mulher estava amedrontada, e a vontade que tinha era de socar o causador da sua angústia.

Segui todas as instruções e chegamos em frente à casa do velho nojento.

— Vem, Anjo. Vamos resolver isso tudo de uma vez. — Ela assentiu, estendi a mão e peguei o BO no porta-luvas.

Saímos do carro e a aguardei para que chegasse ao meu lado. Agarrei sua mão e entrelacei os meus dedos nos seus. Tinha certeza de que ela estava assustada com o que poderia acontecer. Queria passar a Layla a maior segurança possível.

A casa do filho da puta era bem esbanjadora, tinha até um chafariz no meio do quintal e um portão de ferro circulava toda a residência. Provavelmente gastou muito dinheiro na propriedade, devia roubar muito dinheiro dos clientes. Um cara que chega ao ponto de atacar uma jovem que poderia ser sua filha não tinha boa índole, e devia ser capaz de fazer todo tipo de falcatrua.

Apertei o interfone e aguardei:

— Olá — uma voz infantil de um menino respondeu no segundo toque.

— Oi, pequeno, eu queria falar com o Doutor André. Ele se encontra? — falei calmamente, tentando não transparecer o estresse que sentia.

Layla estava ao meu lado, apreensiva, pois eram evidentes sua respiração acelerada e seu corpo tenso.

— Hum-hum, o vovô está no escritório. Você quer entrar?

— Claro! Você pode abrir pra mim?

Um zumbido ecoou e entramos. Layla estava com as duas mãos agarrando o meu braço. Ela não disse nada desde que saímos da delegacia. Seu silêncio já começava a me incomodar. Chegamos à porta e eu bati, não iria invadir a casa de ninguém. Ainda mais com uma criança presente. Ouvi a voz de uma mulher repreendendo o menino por deixar estranhos entrarem.

A porta se abriu, e uma senhora de uns sessenta anos e os olhos arregalados nos encarou, receosa. Quando ela viu Layla atrás de mim, abriu um sorriso aliviado, colocando a mão sobre o peito.

— Oh, Layla. Por que não disse que era você? Já ia colocar o Netinho de castigo por deixar estranhos entrarem. Veio falar com o André?

Layla sacudiu a cabeça e deu um sorriso amarelo para a esposa do cafajeste. Admito que aquela situação não seria nada confortável, e eu odiava a ideia de magoar uma mulher tão simpática como aquela.

— Entrem, vou chamá-lo.

Ela foi em direção a um longo corredor. Observei ao redor, a casa do homem era muito bonita. Toda decorada com móveis planejados e cores neutras, típico de quem paga decorador e não tem o trabalho de se envolver com a construção do seu lar. Na verdade, aquilo parecia um hotel de tão impessoal.

Escutei um burburinho de vozes um pouco alteradas vindas de dentro da residência, e vi o ex-chefe da Layla caminhando em nossa direção. Não saímos de perto da porta, pois não tínhamos vindo para uma visita social. Quando ele a viu, deu um sorriso amarelo e se aproximou.

— Olá, querida. A que devo o prazer da sua visita? — O filho da puta estava tentando ser cordial por causa da esposa. Mas aquele advogado mexeu com a mulher errada.

— Não a chame assim — falei entre os dentes. — Nós não viemos fazer uma visita. Eu vim aqui porque sou namorado dessa moça linda e o senhor abusou fisicamente e moralmente da sua integridade. E isso não vai ficar assim. — Eu estava me segurando para não partir pra cima, que era o que cada osso protetor do meu corpo gritava para fazer.

O doutor arregalou os olhos e sua esposa franziu o cenho, confusa.

— Como assim? Abusou?

Olhei para ela com pena, mas infelizmente a vida é cruel. Quando se faz escolhas ruins, pode acabar se decepcionando gravemente, isso se porventura não acontecesse coisa pior.

— Sinto muito, senhora. — Puxei Layla de trás de mim e levantei seu braço, deixando exposta a marca roxa. — Ele a assediou quando viu que nós estávamos juntos. Disse que ela não poderia ter um namorado, pois estava obcecado por ela, e a machucou quando tentou sair. Como se não bastasse todo o absurdo, demitiu-a por justa causa, alegando não se sabe o quê.

A senhora se aproximou e olhou o braço de Layla. A mulher estava pálida e tinha uma mão na boca. Virou-se para o marido, desconsolada.

— André, por que você fez isso? Olha o braço da menina, tem até a marca dos seus dedos aqui. — Virou-se para nós com lágrimas nos olhos. — Querida, ele fez mais alguma coisa?

Layla engoliu em seco e negou com a cabeça.

— Não, senhora. Eu não deixei, saí de lá correndo e não voltei mais.

— Oh, Deus. Como você pôde fazer isso? — Sua voz estava rouca e ela parecia à beira de um colapso.

O velho estava pálido e com os olhos arregalados. Fez uma cara feia para a esposa e olhou para Layla.

— Você, sua putinha, fica encantando os outros com sua voz, dando ideias de que podemos tê-la e depois se faz de coitadinha... — Ele deu um passo ameaçador na direção dela e eu entrei na frente; iria protegê-la até o último minuto.

— O senhor não se atreva a chegar perto dela. Eu não vim fazer fofoca, dedurando-o para sua esposa, mas foi bom que a senhora estivesse presente. — Olhei para ela com pena. — Pelo menos não continua sendo enganada por um velho que fica atrás de meninas. — Estendi o envelope que estava na minha mão e ele pegou com grosseria. — Essa é a cópia do BO que fizemos. Eu sei que, como advogado, você vai tentar contestar por ter passado dias do ocorrido, mas fique ciente de que, se você se aproximar do meu anjo de novo, eu vou fazer um puta de um escândalo. O senhor vai perder toda a credibilidade entre seus clientes. Exijo que retire a demissão por justa causa e pague todos os direitos que ela tem.

Ele olhou por cima do documento, com os olhos brilhando de raiva.

— Você não teria coragem de ir à mídia, seria um escândalo.

Estreitei os olhos e me aproximei. Ele não sabia que comigo a situação era mais séria.

— Tente! Se aproxime dela de novo... Ah, eu acho melhor você contratar um assistente, porque eu vou passar pelo seu escritório todos os dias. Se tiver uma garota e não um homem lá, eu vou arrumar uma confusão dos infernos. Teste a minha paciência, Sr. Silva! Você não me conhece...

Layla apertava a minha mão, estava nervosa com tudo aquilo. Com certeza procurando amparo. Ela era, na verdade, o meu ponto de apoio para não fazer nenhuma loucura.

— Como você teve coragem, André? E ainda por cima ficar se justificando dessa maneira, chamando a coitada da Layla desses nomes horríveis? — A esposa do idiota era uma senhora legal. Coitada, só teve um mau casamento.

Ele desviou o olhar de nós e encarou a esposa, com a raiva evidente em seu rosto.

— O que você queria, Délia? Você envelheceu e ficou horrorosa, eu tinha que procurar carne nova por aí. — Acenou com as mãos para os lados. — Esta idiota que não quis nada comigo. Mas não me faltam opções, é só acenar o talão de cheque que me encho de mulheres facinho.

Puta merda! Agora ferrou tudo.

— O quê? Você me trai? Com meninas que têm idade para serem suas filhas? Com que espécie de monstro eu me casei? Todos esses anos que me dediquei somente a você e à nossa família! E é isso que ganho em troca? Não pensa em nossos filhos? — gritou exasperada. A esposa do advogado olhou para nós e fez uma careta. — Me desculpe por tudo, eu vou obrigá-lo a te ressarcir, Layla. E espero que o processo tenha validade. Agora, se vocês me dão licença, esse é um assunto particular.

Fiquei receoso. O homem era violento, poderia machucar aquela doce senhora. Tirei do bolso meu cartão e o coloquei na mão dela.

— Se ele tentar machucá-la, por favor, entre em contato comigo a qualquer hora. — Ela pegou o cartão e agradeceu com um aceno.

— Não se preocupe, eu sei lidar com ele. Mil perdões por tudo.

Assenti e puxei Layla. Ainda estava muito chateado com tudo. O cara era um filho da puta total, como pode falar com a esposa que estava há anos com ele daquele jeito? Merecia todo o tipo de merda que provavelmente iria ouvir.

Passei o braço nos ombros do meu anjo e a puxei de encontro ao meu corpo. Caminhamos para o carro em silêncio. Eu estava meio anestesiado. Abri a porta e a deixei entrar; ela não olhava pra mim. Agachei-me e estendi a mão, segurando seu queixo. Ela estava chorando.

— O que foi, Anjo?

Sacudiu a cabeça e enxugou as lágrimas com o dorso da mão.

— Eu fiquei triste pela dona Délia, ela é uma pessoa legal — falou num fio de voz, entre soluços.

Inclinei-me e dei um selinho em seus lábios doces.

— Layla, eu também, mas é melhor que fique sabendo de tudo do que viver uma vida de mentiras. Não se sinta culpada por nada disso.

Ela olhou para mim com seus olhos verdes tristes, parecia uma menina perdida. Me deu uma vontade louca de embalá-la no meu peito e cantar uma canção de ninar para espantar a sua dor.

— Eu sei, mas mesmo assim é muito ruim. — Colocou sua pequena mão em meu rosto, e me inclinei para sentir o seu toque. — Dorme comigo esta noite?

Olhei em seus olhos e amaldiçoei o que tinha que dizer a seguir. Estávamos tanto tempo longe um do outro e acontecia uma merda daquelas...

— Anjo, eu adoraria... Mas não estou no clima. Minha animação foi por água abaixo depois de toda essa merda, estou muito chateado por não ter te protegido como deveria.

Ela riu baixinho e me abraçou apertado.

— Bruno, você é muito convencido. Eu também não estou no clima para isso, mas quero que você me abrace a noite toda. E você me protegeu muito mais do que eu mesma! Depois de tudo o que fez, queria ficar em seus braços.

Meu coração afundou com tudo o que disse agarrada ao meu pescoço. Layla era uma parte importante da minha vida agora. Não tinha nenhuma intenção de me separar do meu anjo lindo. E depois de nossas "quase declarações", a única coisa que queria era abraçá-la a noite toda. Afastei-me um pouco e beijei seus lábios com ternura.

— Vamos para casa, então. — Sorri satisfeito por ter minha mulher comigo.

Ela assentiu e se encostou ao banco. Contornei o carro e sentei, dando partida. Percorremos todo o caminho num silêncio confortável. Foi só na entrada da sua casa que me lembrei do almoço de domingo.

— Ah... Minha mãe nos convidou para almoçar na casa dela amanhã. E não me deu chance de recusar. Você não se importa, não é?

Layla arregalou os olhos, parecendo apavorada, e encostou a testa no painel do carro.

— Oh, Deus. Por que você não me disse antes? — Levantou a cabeça, me olhando com os olhos arregalados. — Caramba, e se sua mãe não gostar de mim? Porcaria, Bruno! Agora fiquei nervosa.

Franzi a testa, era impossível minha mãe não gostar da Layla. Ela encantava todos que a conheciam. Coloquei a mão em suas costas, massageando levemente.

— Não há uma pessoa que não goste de você. É impossível não se apaixonar. — Era a mais pura verdade, Layla era uma daquelas pessoas raras de se encontrar.

Ela sacudiu a cabeça, concordando, e deu um sorriso presunçoso.

— Eu sei. — Saiu do carro rebolando.

Fiquei olhando de boca aberta até ela entrar na casa. Droga, ela sabia me manipular como ninguém havia conseguido.

Capítulo 21
Layla

Aquele aconchego era o melhor calmante que poderia existir. Fazia três dias que eu não dormia direito. Bruno estando ao meu lado, me embalando, protegendo, era mais do que me atrevia a sonhar. Consegui dormir sem pesadelos, ou acordar assustada procurando por alguém que pudesse estar espreitando o meu quarto. Poderia até parecer neurose da minha cabeça, já que, na verdade, não foi tão sério como acontecia com muitas pessoas. Mas poderia ter sido. A loucura que vi nos olhos daquele homem foi além de assustador.

Abri os olhos a contragosto, a luz do sol banhava o meu quarto, iluminando todo o ambiente. Lancei meu olhar para o homem deitado ao meu lado. Bruno tinha um braço esticado para cima e o outro cobria seus olhos. Ele roncava suavemente com a boca entreaberta, seus lábios carnudos pedindo beijos e mordidas. Poderia até parecer idiotice minha, mas era uma linda visão a ser contemplada.

Aproximei-me devagar e espalhei beijos molhados por sua barriga. Ele se moveu, tentando se afastar. Devia sentir cócegas. Sorri maliciosamente, eram muitas as opções do que eu poderia fazer com aquilo... Torturá-lo seria bom demais. Mas por enquanto eu só queria me aproveitar do homem maravilhoso que tinha na minha frente.

Arrastei-me pelo seu corpo, esfregando a minha pele nua contra ele, que estava sensível, e me arrepiei toda. Apesar de não termos transado na noite anterior, preferimos dormir sem roupa, pois era mais confortável. Bruno era muito sereno de manhã; seu corpo todo estava relaxado e seu rosto não mostrava mais a tensão do dia anterior. Não queria nem me lembrar do que aconteceu, me dava um calafrio toda vez que os olhos raivosos do meu ex-chefe apareciam na minha mente.

A atitude que Bruno tomou foi algo que nunca me esqueceria. Eu sempre fui a forte, tinha que tomar as decisões importantes, dar consolo. Foi muito mais significativo ele ter cuidado de mim do que poderia imaginar. Estava realmente grata por tê-lo em minha vida.

Coloquei as mãos espalmadas em seu peito e senti seu coração bater. Estava calmo, muito diferente de quando ficava irritado ou excitado. Demorei-me apreciando todo aquele tórax de músculos rígidos. Era raro eu ter a oportunidade de apreciar alguma coisa, estava sempre correndo contra o tempo.

Subi meus olhos e observei seu pescoço forte. Eu tinha uma tara estranha por essa parte do corpo, dava água na boca. Mordi os lábios. Bruno tinha uma pele deliciosa: dourada pelo sol. Dava vontade de lambê-lo todinho.

Decidi não ficar na vontade e passei a minha língua da sua clavícula até a orelha. Observei sua pele se arrepiando, e um gemido rouco saiu de seus lábios entreabertos. Tinha certeza de que ele já não dormia mais.

Cheguei perto da sua bochecha, enchendo-o de beijos. Um sorriso sonolento despontou de seus lábios. Sua barba já estava crescendo e arranhava a minha pele; era uma sensação gostosa. Ele tirou o braço que estava cobrindo seus olhos e o levou até a minha cintura, me prendendo ao seu corpo.

Um par azul me encarou com aquele brilho maravilhoso que eu aprendi a amar tão rapidamente. Bruno apertou minha cintura com a mão direita e levou a outra ao meu rosto, deslizando de leve numa carícia terna.

— Bom dia, Anjo. Dormiu bem? — Sua voz rouca pelo sono provocava coisas gostosas em meu corpo.

Apoiei meu queixo em seu peito, e brinquei com as sombras que as veias faziam em seu pescoço largo.

— Sim, muito bem. Poderia até me acostumar. — Senti sua respiração parar por um instante. Levantei meus olhos e o observei: Bruno tinha a boca aberta num espanto engraçado. — O que foi, Doutor Pegador, falei alguma coisa errada?

Ele soltou um suspiro longo e apertou os olhos, me avaliando.

— Claro que não, mas eu acho que você não devia dar esperanças a alguém se não deseja cumprir.

— Hum... — Dei de ombros. — Eu gosto de dormir e acordar com você, acho que não faria mal se passássemos algumas noites juntos. — Desviei o olhar. Falar aquilo tudo era fácil, mas observar sua reação era complicado. Podia ver uma rejeição que não estava preparada. Afinal, ele era um mulherengo.

Bruno estendeu a mão e levantou o meu queixo. Acariciou o meu rosto com o polegar e sorriu como um menino feliz.

— Eu adoraria acordar com você todas as manhãs.

Meu coração afundou, e senti um frio na barriga como se fosse uma adolescente ao ouvir a sua primeira declaração de amor. Havia uma insinuação no que ele dizia, mas ainda era cedo para pensar naquelas coisas. Nem queria cogitar para não ter falsas esperanças.

— Vamos levantar, sua mãe nos espera e você ainda tem que passar em casa. — Me desvencilhei de seus braços, tentando disfarçar a minha insegurança.

— Sim, senhora. — Bufou, se sentando e me abraçando por trás com sua ereção cutucando as minhas costas. — Se tivéssemos tempo, eu ia te pegar agora, Layla. Mas à noite você não me escapa.

Ofeguei, minha excitação subindo a mil. Aquele homem me deixava louca muito rapidamente. Numa hora, estava preocupada, insegura; em outra, excitada e alucinada por ele. Eu iria surtar com as variações de humor que sofria constantemente.

Virei meu rosto e beijei a sua boca; até mesmo de manhã ele tinha um gosto bom.

— Vamos, então, *Don Juan*. Vou tomar um banho e não me siga. Quero deixar um suspense para mais tarde.

Saí de seus braços e parei na porta. Olhei por cima do ombro e apreciei aquele homem delicioso sentado na minha cama só com um lençol em volta da cintura. Ele sorriu de lado e arqueou uma sobrancelha, corando. Que bonitinho, fiz o pegador ficar envergonhado.

— E só para te avisar, desta vez, vou lamber a sua pele todinha. — Medi todo seu corpo com os olhos, me demorando em seu abdômen sarado. — Parte por parte.

Bruno gemeu e se jogou na cama com um braço estendido acima da cabeça e o outro em cima do seu peito.

— Como um médico consegue evitar um ataque cardíaco?

Tive que rir, ele tinha um senso de humor incrível. Admito que no início me irritou bastante, mas agora percebia que era uma parte dele. Antes do Bruno, eu era uma pessoa travada sentimentalmente, contudo, me descobri alguém diferente ao seu lado.

Deixei-o ali no quarto com seu pequeno "probleminha" matinal e fui tomar banho. Ainda tínhamos que tomar café para ir à casa da sua mãe. Eu estava um pouco receosa por conhecer sua família. Era acostumada com poucas pessoas, sempre fomos só eu e meu irmão desde que perdemos nossos pais.

Entrei debaixo do chuveiro e lavei meus cabelos cuidadosamente. Adorava ficar cheirosa, por isso me ensaboei e esfoliei o meu corpo. Ouvi o barulho da porta do banheiro abrindo e fechando. Fiz uma bola no vidro com a mão, tirando o embaçado do vapor. Bruno estava segurando uma toalha em volta da cintura, me observando através do *boxe*.

— Quer companhia? — falou com um sorriso de lado.

Não pude deixar de apreciar aquele corpo maravilhoso. Toda vez que o olhava, parecia a primeira vez. Surpreendia-me o quão gostoso ele era. Sorri e deslizei a porta, convidando-o a entrar com uma inclinação da cabeça. Logo, ele soltou a toalha e pude perceber que ainda estava excitado. Entrou no *boxe* e parou ao meu lado, segurando meus quadris com ambas as mãos e abaixando a cabeça para sussurrar no meu ouvido:

— Você sabia que eu não podia resistir te imaginando debaixo do chuveiro toda molhadinha, né? — Mordiscou o lóbulo da minha orelha e esfregou a barba na área sensível do meu pescoço. — Você fez isso de propósito, não é mesmo, meu anjo?

Ofeguei ao sentir sua ereção pulsando contra a minha barriga. Bruno estava pronto para me possuir. Eu devo ter feito algum ruído ou gemido, porque pude sentir seu sorriso na minha pele. Ele desceu, beijando o meu pescoço e o meu colo.

— Você gosta de me provocar, não é, Layla? — Balancei a cabeça automaticamente. — Está brincando com fogo, pequena.

Senti-me totalmente *sexy* com aquela delícia sussurrando em meu ouvido; eu era uma mulher poderosa com ele. Levá-lo à loucura era o afrodisíaco mais potente que poderia existir.

Bruno me encostou à parede e prendeu seu corpo musculoso no meu, encaixando uma coxa entre as minhas pernas e roçando em meu sexo.

— Oh, Deus. Assim você vai me matar, Bruno. O bom é que você é médico, pode me ressuscitar.

Ele sorriu e se afastou para olhar em meus olhos. Seu olhar me devorava, e ele tinha um sorriso cínico em seus lábios. A reação que eu tinha quando ele me observava daquela maneira era desesperadora. Ficava louca para tê-lo dentro de mim.

— Anjo, não tenho a mínima intenção de te matar de maneira alguma. Apenas quero ter seu corpo delicioso em volta de mim, sentir seu calor, seu cheiro... — Respirou fundo em meu pescoço, passando a língua e capturando a água que escorria em minha pele. — Seu gosto é como um manjar dos deuses, mulher. Acho que muito não é o bastante para a vontade que eu tenho de você.

Levantei uma perna e a encaixei em seu quadril, colando nossos sexos molhados e me esfregando sem vergonha na sua ereção rígida. Bruno gemeu e jogou a cabeça para trás. Era maravilhoso vê-lo se contorcendo de tesão. Intensifiquei meus movimentos e esfreguei meu clitóris em seu pau, sentindo todo o prazer que aquilo me proporcionava.

E aparentemente não era só a mim que estava afetando. Bruno mordia os lábios e segurava forte a minha cintura, seus olhos fechados em êxtase. A impressão que tive foi de que ele precisava se segurar em alguma coisa para não perder o controle.

Porém, eu o queria feroz. Inclinei-me e mordi seu queixo, provocando espasmos por todo o seu corpo. Ele abriu os olhos azuis, que estavam escuros de desejo por mim. Senti meu coração inchar de orgulho.

— Acho bom você estar se cuidando. Porque eu vou te foder agora.

Balancei a cabeça e, num impulso, entrelacei as minhas pernas em sua cintura.

— Pode vir com tudo. Estou me cuidando, fica tranquilo porque tomo anticoncepcional há anos. Também estou limpa, nunca transei sem camisinha.

— Graças a Deus, eu também não. É somente com você que tenho essa vontade louca de sentir pele com pele. Se segura no meu pescoço, isso não vai ser gentil.

Entrelacei minhas pernas com força e fiz o que pediu. Ele me apertou contra o azulejo do banheiro e colocou a mão entre nós, posicionando seu pênis na minha entrada. Olhou em meus olhos e sorriu. Tomou a minha boca num beijo faminto e, num impulso, entrou em mim. Gemi de prazer, pois senti-lo invadindo o meu corpo era maravilhoso.

Nunca tive esses sentimentos no sexo antes, era como se fosse apenas um alívio momentâneo. Com o Bruno era diferente, tinha muita coisa envolvida: corpo, alma e coração. Poderia até ser clichê, mas aquele homem me possuía por inteiro.

Ele levantou uma mão e segurou meu pescoço, mordeu o meu queixo e lábios, enquanto estocava em meu corpo, dentro e fora. Balançamos sintonizados, não queríamos fazer amor. Às vezes, precisamos de um sexo selvagem e molhado.

— Layla, você é deliciosa. Nunca tive uma mulher como você, quente e doce ao mesmo tempo. Quero te comer todinha!

Achei que iria morrer. Já não bastava a sensação do seu corpo sem nenhuma barreira dentro de mim, ele ainda falava sujo. Levou a mão livre até a minha bunda e a puxou, me apertando mais. Meu sexo estava latejando de prazer, e eu podia sentir o clímax surgindo em meu ventre. Minha barriga tremia em antecipação ao orgasmo que viria.

— Bruno, eu vou gozar.

— Porra, eu também — falou alto e rouco.

Explodi em êxtase com um grito alto. Meu corpo todo latejava em satisfação. Senti-o se derramar em mim. Era maravilhoso tê-lo pulsando no seu ápice. Nossa respiração estava acelerada, e meu coração batia muito rápido. Bruno estava ofegando com o corpo colado ao meu. Tinha a cabeça encostada ao meu ombro e dava beijinhos ternos na minha pele. Sua mão, que estava anteriormente em meu pescoço, deslizou, prendendo-se em meu seio, onde ele fazia círculos deliciosos em meu mamilo.

— Você vai acabar comigo, Layla.

Eu ia abrir a boca para falar algo engraçado, ou o que quer fosse, quando ouvimos uma batida na porta. A voz de Lucas invadiu o banheiro.

— Aê, eu quero fazer xixi. Se vocês já acabaram com a sessão, eu agradeceria! Só tem um banheiro e estou a ponto de estourar a bexiga.

Merda! Esqueci que o meu irmão estava em casa. Gritei como uma louca no cio. Bruno começou a rir e gritou:

— Já estamos saindo, seu mala.

Pude ouvir Lucas rindo do lado de fora e se afastando. Escondi o meu rosto corado no pescoço do Bruno. Ele levou a mão ao meu queixo e o levantou. Aproximando sua boca da minha, deu um beijo terno e mordeu o meu lábio inferior.

— Não precisa se envergonhar, Anjo. Lucas sabe o que um casal de namorados com tesão faz quando está sozinho.

— Que droga, Bruno. Informações demais... Não gosto de pensar no meu irmão assim.

Ele balançou a cabeça, divertido, e se afastou, saindo de mim. Protestei sem querer; me sentia tão bem em volta do seu corpo.

— Layla, ele é homem, tenho certeza de que sabe dessas coisas há muito mais tempo do que você pode imaginar. Eu, por exemplo, comecei cedo.

Eu poderia imaginar. Com todo esse desempenho, devia ter muita experiência.

— OK... Mas isso não quer dizer que eu tenha que ficar falando disso.

Ele sorriu maliciosamente e se aproximou, colando nossos corpos molhados novamente.

— Claro que não. Eu prefiro mil vezes falar do sexo maravilhoso que fazemos juntos.

Minha pele se arrepiou todinha, eu era massa de modelar em suas mãos.

— Mas que droga, você já é convencido por natureza e eu, tendo essa atitude tresloucada, te deixo se sentindo ainda mais.

Bruno deu um sorriso cínico e entrou debaixo do chuveiro, se ensaboando.

— Eu não sou convencido. É que os fatos não mentem. Com a altura dos seus gritos de prazer, dá pra saber que eu sou muito bom de cama.

Cara, teria que me controlar mais, ele se achava muito bom pro meu gosto.

— Hum, acaba logo com isso pra eu terminar o meu banho. Já devemos estar atrasados. Sua mãe é paciente?

Bufou, fazendo uma careta engraçada.

— Não, já deve ter umas mil ligações perdidas no meu celular.

Assenti e o observei. Se pecado tinha um nome, ele se chamava Bruno Petri. Era deliciosamente musculoso.

— Podemos levar o Lucas? — falei meio hipnotizada.

Ele me olhou, surpreso.

— Layla, Sabrina já o convidou. Você não percebeu nada entre os dois?

Era a oportunidade de dizer o que eu achava.

— Sim, percebi. E aproveitando a deixa, notei que ela é um pouco confusa. Às vezes, pego-a olhando-o, mas aí ele percebe e dá em cima. Sabrina tenta desviar, e é até um pouco ríspida. — Franzi a testa, me lembrando da atitude dela no outro dia.

Bruno suspirou e saiu do chuveiro, me dando passagem. Entrei e aguardei o que ele diria. Saiu do *boxe* e se enrolou na toalha.

— Layla, minha irmã passou por algumas coisas há um tempo e está um pouco confusa. Mas de uma coisa tenho certeza: ela gosta do Lucas. Porém, acho que não está pronta para um relacionamento.

Torci a boca para os lados, pensativa. Com o coração quebrado, era melhor se curar primeiro. Só tinha o problema de que poderia machucar outra pessoa no caminho.

— Espero que ela resolva isso logo, porque deixar alguém legal passar por conta de uma decepção do passado não é bom.

Ele sorriu e me olhou intensamente.

— Não mesmo! — Piscou e saiu do banheiro, me deixando com o coração acelerado.

Como esse cara mexeu comigo tão rápido?

Uma piscadela e eu já estava pronta para outra, droga. Não havia salvação para mim. Estava caidinha por ele.

Capítulo 22
Bruno

Era muito engraçado ver a Layla toda envergonhada. Desde que saímos do banheiro, se refugiou no quarto até que Lucas parou de zombar e fazer brincadeiras sobre estarmos como adolescentes. Na mesa do café, ficou vermelha como um pimentão e se recusava a olhar o irmão nos olhos até que ele disse que não era tão inocente quanto ela imaginava. Ficou horrorizada, abria e fechava a boca com um peixe fora d'água. Foi divertido vê-la tão embasbacada.

Estávamos no carro a caminho da casa da minha mãe. Layla ainda não tinha dito muita coisa, parecia meio nervosa em conhecer a minha família. Lucas estava no banco de trás, mandando mensagens de texto com um sorriso no rosto. Eu já imaginava para quem poderia ser... Ainda tinha receio do envolvimento dos dois. Sabrina andava muito inconstante, poderia machucá-lo sem querer.

Observei Layla enquanto dirigia; era a mulher mais linda que eu já tinha visto. Seu rosto era sereno e doce, e ela tinha um olhar meigo e misterioso. Quando a conheci, pensei que seria uma gatinha manhosa. Grande ilusão, a mulher era uma fera tanto fisicamente quanto emocionalmente. Não havia pessoa mais forte do que ela. Meu anjo enfrentou tanta merda ao longo da sua jovem vida que era incrível que continuasse feliz e sorrindo.

Layla virou o rosto na minha direção e sorriu. Senti um frio na barriga e meu coração parou por um segundo. O que aquele lindo brilho em seus olhos verdes tinha que me deixava como um idiota?

— Tá nervosa?

Ela revirou os olhos e prendeu o lábio inferior entre os dentes.

— Nem fale, não consigo nem pensar direito.

— Fica tranquila, meu anjo, minha mãe vai te adorar. Ana Luiza é um pouco chatinha, mas você se acostuma. — Esse adjetivo para a minha irmã do meio era sacanagem. Ela era uma versão feminina de mim, só que muito mais inconveniente e sarcástica.

— Ok, pelo menos tem alguém que está confortável com tudo isso, né? — Meu anjo sinalizou com o polegar para trás, onde Lucas estava rindo das mensagens que recebia.

Não queria nem pensar o que eles poderiam estar conversando, ter uma suspeita já era ruim o bastante.

— Layla, vai dar tudo certo. Prometo não sair do seu lado, não vou te jogar às lobas. — Resolvi acalmá-la um pouco, pois ela estava parecendo que iria explodir a qualquer momento.

Layla arregalou os olhos e abriu a boca, estupefata.

— Lobas? Oh, Deus. Vou morrer. — Tapou o rosto com as duas mãos e balançou a cabeça.

Droga! Quis dizer aquilo para ela relaxar e rir. Não deu certo, obviamente.

— Eu estava brincando. São todas diferentes uma da outra, mas são civilizadas. Só vão te encher de perguntas e querer saber o que você tem de especial, pois eu nunca trouxe uma menina pra casa. Provavelmente vão querer que você toque alguma coisa, Ana também canta um pouquinho. Meu pai tocava violão e ela acompanhava com a voz. Quando ele morreu, ela disse que não cantaria mais. Mas faz tanto tempo que pode ser que mude de ideia.

Ela tirou as mãos do rosto e me olhou com o cenho franzido.

— Como assim, não trouxe ninguém para casa?

— Eu nunca namorei sério. Você é a primeira.

— Mas... não entendo. Olhe pra você, como conseguiu ficar sozinho?

Prendi minha atenção na estrada. Precisava escolher as palavras certas, não queria parecer nenhum filho da puta presunçoso.

— As mulheres sempre vieram muito fácil, Layla. Não precisava me preocupar em conquistar nenhuma delas. Antes de você, nunca tinha saído para jantar com alguém em quem estava interessado. Sabe aquele ditado 'o que vem fácil, vai fácil'? Era assim, nenhuma delas me interessou o suficiente para ficar mais do que uma noite ou duas. — Balancei a cabeça. — Eram mulheres vazias, só queriam dar uma rapidinha e acabou. Não vou ser hipócrita e dizer que eu não queria isso também.

Prendi a respiração. Temia que ela começasse a me bater e me chamar de idiota, babaca. Eu realmente fui, mas não com ela. Desde o início, tinha a noção de que uma noite não era o bastante para nós dois. Arrisquei olhar de esguelha e me surpreendi.

Layla tinha um sorriso lindo no rosto, e seus olhos brilhavam, maliciosos.

— Então... eu fiz o garanhão suar um pouquinho? Isso quer dizer que eu sou especial? — Seu tom de voz demonstrava brincadeira, mas ao mesmo tempo percebi que perguntava sério.

Eu não podia acreditar. Uma mulher forte, linda e deliciosa, não sabia o quanto era especial? Crime inafiançável; eu tinha que deixar bem claro sem sombra de dúvida que me importava.

— Nunca conheci ninguém como você. Já disse isso, você é mais do que especial, é única. — Estacionei ao lado da calçada da minha mãe. Nem percebemos o quanto demorou porque nos entretemos com a nossa conversa. Estendi a mão e peguei seu queixo, me aproximando da sua boca. — Nunca duvide disso, não importa o que possa acontecer. Você é perfeita.

Ela corou num rosa brilhante. Aproximou-se e me beijou com tanto carinho que meu peito doeu de emoção. Afastou-se, dando-me um selinho estalado.

— Você também é especial, mesmo que tenha sido tão safado. Mas olha a boa notícia... Pode continuar sendo, só comigo. — Me lançou um sorriso cínico e abriu a porta, saindo do carro, me deixando ali mais do que surpreso com a sua possessividade. Dei de ombros. Também era ciumento com relação ao meu anjo.

Olhei para trás e Lucas já tinha saído. Ficava tão distraído com aquela mulher que perdia a noção de tudo ao meu redor. Os dois estavam na calçada, rindo. Layla abraçava a cintura do irmão, ela amava aquele garoto e era evidente a reciprocidade do sentimento.

Fechei o carro, ativei o alarme e fui ao encontro deles. Antes mesmo de poder falar qualquer coisa, minha mãe abriu a porta da casa e veio em nossa direção. Marisa Petri era linda, tinha os cabelos ruivos, olhos verdes e uma vivacidade de dar inveja em muitas meninas. Para uma mulher que teve quatro filhos, e ainda os criou com tanto afinco, ela estava com tudo. Não se envolveu com ninguém após ficar viúva, pois dizia que o amor de sua vida era o meu pai, mas mesmo assim não deixou de viver cada dia alegremente.

Aproximei-me da Layla e entrelacei meus dedos nos dela, já que sabia o quanto estava nervosa. Mamãe olhou nossas mãos juntas e sorriu. Sabia o que ela estava pensando, devia estar ouvindo os sinos da igreja. E pensar nisso surpreendentemente não me dava um ataque de pânico, mesmo sendo tão cedo.

— Olá, querido. — Minha mãe se aproximou, dando-me um abraço de lado. Beijou o meu rosto e se afastou, prendendo sua atenção em Layla. — Me apresenta a esta menina linda.

Olhei Layla, que estava corada, e eu realmente não cansava de reparar como era linda.

— Mãe, essa é a Layla, minha namorada. — Ela olhou para mim com seus olhinhos verdes brilhando. — Anjo, essa é a minha mãezinha, espero que se deem bem, pois amo as duas e não quero ter que escolher uma só.

Não escutei mais nenhum ruído. Layla estava séria, parecia surpresa, então percebi o que tinha dito. Fiquei assustado com como meus sentimentos estavam expostos sem eu ter controle; não ficava confortável com aquilo, mas não iria voltar atrás e me desculpar, pois era a verdade.

Lucas pigarreou, tentando chamar atenção, e notei que não a tinha apresentado a ele ainda.

— Mãe, este garoto bonito aqui é o irmão da Layla. Lucas, conheça a sua futura sogra. — Ele corou e se aproximou da mamãe.

— Prazer, senhora. Bruno é meio engraçadinho às vezes, Sabrina e eu somos só amigos.

Mamãe bufou e balançou a mão em frente ao rosto antes de abraçá-lo.

— E eu não sei? Mas não se preocupe, você me parece um bom menino para a minha caçula. — Ela sorriu e sinalizou para a porta. — Vamos entrar, crianças, tenho um frango assando no forno. As meninas estão loucas para te conhecer, Layla. E os gêmeos estão aí... Maurício chega mais tarde, está trabalhando, coitado.

Seguimos dona Marisa até a porta. Dei um aperto reconfortante na mão de Layla e entramos na bagunça que nos esperava. E, cara, aquela manada de malucas tinha se superado. Estava tudo de pernas para o ar, e eu podia escutar a falação e a gritaria na cozinha a quilômetros de distância. Os gêmeos da Larissa, de três anos, estavam fazendo uma bagunça na sala: tinha macarrão e farinha por todo lado.

Quando me viram, largaram tudo e correram em minha direção com suas perninhas gordinhas. Eram dois meninos bagunceiros e pentelhos. Soltei a mão da Layla e me agachei, abrindo os braços. Menos de um segundo depois, eles se jogaram em mim, quase me derrubando.

— Ei, como estão os meus pestinhas preferidos? — Eles riram baixinho e se afastaram. Artur e Gabriel eram idênticos, loirinhos como a mãe, e com os olhos castanhos do pai. Eu os comparava a um furacão: por onde passavam deixavam sua destruição para trás.

— Tio, o senhor demorou a nos visitar, estamos esperando... — Gabriel interrompeu o irmão, completando a frase:

— Aquela pista de corrida que o senhor prometeu!

Eles faziam aquilo desde que começaram a falar, devia ser coisa de gêmeos.

— Ah, meninos, eu estou trabalhando muito, mas prometo levá-los à pista assim que tiver outra folga. — Olhei para Layla e sorri. — Quero apresentar a vocês uma pessoa muito especial. Essa moça bonita é a minha namorada, tratem-na bem, não façam nada que a assuste, pois o tio gosta muito dela.

Artur fez uma careta engraçada, que lembrou muito o seu pai.

— Tem namorada agora? Papai disse que o senhor é um galinha.

Que droga, eu ia matar o meu cunhado. Layla riu e se abaixou.

— Vejo que a sua fama o persegue. Olá, meninos, é um prazer conhecê-los, mas seu tio não é mais galinha. Se ele for, eu o coloco de castigo. — Bateu em meu ombro para frisar sua declaração. — Agora, será que eu ganho um abraço de boas-vindas?

Eles a olharam desconfiados, mas logo sorriram cheios de dentes, e se jogaram em cima dela, derrubando-a de bunda no chão. Ela ria e acariciava suas cabecinhas. Layla era uma mulher totalmente maternal. Vê-la com eles me deu um aperto no peito por um motivo que não consegui identificar na hora.

Percebi um movimento no canto da sala e levantei o meu olhar. Minhas irmãs estavam enfileiradas, olhando Layla interagir com as crianças. Sorri para elas e me levantei. Apesar de serem um pé no saco em proporções diferentes, eu as amava com todo o meu coração.

Abracei as três e dei um beijo na cabeça de cada uma — eram todas baixinhas perto de mim. Elas se afastaram e olharam para trás, onde Layla estava com os meninos. Ela chegou ao meu lado e encostou a mão nas minhas costas. Enlacei seu ombro e a puxei, colando nossos quadris.

— Meninas, conheçam a Layla, ela é o meu anjo. — Observei minhas irmãs e pude perceber que aprovaram a minha namorada, pois estavam sorrindo felizes. — A Sabrina você já conhece, Layla, e esta morena de olhos cor de mel é a Ana Luiza. A loirinha chata e mandona é a Larissa.

Todas sorriram, animadas.

— Não ligue para ele, Layla. Bruno me chama de chata porque eu peguei em seu pé a vida toda, sou a irmã mais velha... Aliás, você é linda! É um prazer conhecer a garota que derrubou o meu irmão.

— Sim, muito obrigada. Agora ele não tem tempo de nos importunar. — Ana Luiza abraçou Layla, seguida por Larissa.

Olhei para o lado, e Sabrina tinha sumido. Procurei-a pela sala e a achei na cozinha, ao lado de Lucas. Eles sorriam e faziam brincadeiras com os rostos muito próximos. Nunca vi a minha irmã tão à vontade ao lado de um cara na vida. Era sempre um pouco retraída, apesar de aparentar espevitada, o que deve ser seu mecanismo de defesa.

— E cadê o seu irmão? Sabrina nos falou muito dele. — Larissa era a que tinha mais intimidade com a caçulinha. Portanto, ouvia mais suas ladainhas.

— Oh, é mesmo. Ele estava ao meu lado... — Ela sorriu quando o viu, mas pude perceber certa relutância em relação à amizade dos dois. Eu também estava com receio. — Lucas, vem conhecer as meninas.

Quando ouviu a irmã lhe chamar, ele se virou, corando, e se aproximou. O garoto era tão alto quanto eu, e já tinha o corpo forte. Lucas sorriu e as meninas se derreteram um pouco, até mesmo Larissa, que era casada. Então, eu notei, aquele era uma merda de um sorriso matador. Balancei a cabeça, Sabrina estava perdida.

— Olá, meninas, prazer. — Pegou as mãos das minhas irmãs e beijou cada uma no rosto.

Porra! Como eu não percebi? Ele já tinha todo o charme de galanteador, só estava um pouco verde ainda. Olhei Sabrina na cozinha, que tinha os olhos vidrados nele. Parecia que iria babar a qualquer momento.

Mamãe apareceu de onde tinha sumido com um álbum enorme nas mãos. Gemi de frustração, sabendo o que se escondia debaixo daquela capa dura. Nosso álbum de infância. O que tinha nas mães para mostrar fotos nossas a todo mundo que chegava à nossa casa pela primeira vez?

— Layla, querida... Vem, antes de começarmos os preparativos para o almoço. Quero te mostrar como Bruno era fofo quando bebê. Assim você tem uma noção de como vai ser o filhinho de vocês.

Cara, que porcaria! Minha mãe ia assustar a Layla, tinha certeza de que a qualquer minuto ela iria sair correndo pela porta e não voltaria mais.

Layla se desvencilhou dos meus braços e foi se juntar à mamãe no sofá. Senti alguém se aproximando e olhei para o lado. Ana Luiza tinha os braços cruzados e uma expressão cúmplice no rosto.

— Espero que você não estrague as coisas com ela.

Franzi a testa e olhei para a Layla. Nunca faria nada de propósito para atrapalhar o que tínhamos.

— Por que eu estragaria? Ela é ótima, não há motivo para fazer a saída de emergência. — Bati meu ombro no dela de brincadeira.

— Ok, só não faça burrada, tá? — Se afastou e foi se juntar à Sabrina e à Larissa, que já estavam rindo das nossas fotos.

Ana era muito misteriosa com relação ao amor, teve namorados, mas nenhum ficou tempo suficiente para esquentar o lugar.

Layla havia ficado muito à vontade com a minha família, e o Lucas também se enturmou bem. Os meninos o pegaram para cobaia, mas ele levou numa boa. Era uma adição à nossa bagunça.

Meu coração acelerou quando Layla levantou o olhar e sorriu docemente, dando uma piscadinha, e voltou sua atenção ao que minha mãe dizia.

Ela estava feliz, e era isso o que mais importava.

Uma coisa me fez quase cair de joelhos: percebi que a minha vida não teria mais nenhuma graça sem aqueles dois fazendo parte dos meus dias. Mesmo sendo tão rápido, tinha encontrado o complemento que faltava para a minha felicidade plena.

Capítulo 23
Layla

A família do Bruno era muito barulhenta. Não estava acostumada a uma reunião tão grande. Primeiramente, eram somente as meninas e as crianças, depois, foram chegando os vizinhos, que queriam ver a mulher que tinha colocado a coleira no grande "pulador", como eles o chamavam.

Ainda tinha uns primos e tios, que não perderam a chance de zoar com a cara do Bruno. Ele até levou numa boa e aceitou os tapinhas nas costas com um sorriso no rosto. Como prometido, não saiu do meu lado, parecia não conseguir tirar as mãos de mim. O tempo todo me acariciava enquanto escutava qualquer besteira que o cunhado dizia. O marido da Larissa tinha aparecido exatamente na hora do almoço. Ele disse que sentia o cheiro do frango assado da dona Marisa de longe.

Maurício parecia um cara casca grossa por fora, mas era muito brincalhão. Tinha os cabelos espetados, era forte e musculoso. A irmã mais velha do Bruno parecia miúda perto dele, pois para mim ele era comparado a um urso. Mas o que me encantou na relação do casal era que você podia ver o amor que tinham um pelo outro, a devoção que demonstravam era linda de se ver. Mesmo com o tempo longo de relacionamento, pareciam dois namorados.

Lucas se enturmou com todos, o que me surpreendeu. Parecia sempre tímido e retraído, porém se mostrou um verdadeiro galanteador. As meninas que moravam nas casas vizinhas vieram e não foram mais embora. Tinha um círculo de garotas em volta dele. Sabrina estava com uma tromba do tamanho do mundo e fuzilava todas com o seu olhar azul mortal.

Então, subitamente, uma garota se aproximou demais e Sabrina agiu. Se foi por impulso, eu não soube dizer, mas ela se levantou de sua cadeira ao lado da piscina e caminhou vagarosamente, com os olhos grudados na loirinha que flertava descaradamente com o Lucas.

Chegou ao lado dela e se abaixou, sussurrando no ouvido da menina, que deu de ombros e voltou a se esfregar no meu irmão. Sabrina estreitou os olhos e empurrou a garota com cadeira e tudo dentro da piscina. Quando ela emergiu, começou a gritar e xingar feito uma louca desvairada.

Sabrina colocou as mãos no quadril e gritou de volta para que ficasse bem longe do Lucas, depois se virou para ele e, com o dedo em riste, disse para que se danasse. Saiu pisando duro em direção à casa, batendo portas no caminho. Após o episódio, todos ficaram de boca aberta, sem saber o que fazer. A garota saiu da piscina molhada até a alma e foi embora, fumegando.

E o meu irmão? Ele estava com um sorriso estúpido no rosto, e seus olhos verdes estavam brilhando. Levantei-me e fui ao encontro daquele paspalho. Eu estava bem na sua frente, mas Lucas parecia não perceber. Tinha o olhar vidrado em onde Sabrina tinha sumido. Tanto para criá-lo bem e ele ficava como um bobo, parado quando a menina que ele gostava tinha a crise de ciúmes do século.

— O que você ainda está fazendo aqui?

Ele piscou e me olhou como se fosse a primeira vez que me via. Bufei, homens são todos uns idiotas.

— Como assim, Lala? — Parecia realmente confuso.

— A garota faz uma cena de ciúmes por sua causa e você fica parado aqui igual a um mané? Vai atrás dela! Será que não te ensinei nada sobre meninas?

Lucas arregalou os olhos e balançou a cabeça, sorrindo. Levantou-se e correu para a casa. Apesar de toda a minha relutância em relação aos dois, acabei percebendo que o meu irmão não era mais uma criança. E, como adulto, poderia resolver suas coisas sem a minha interferência. Já estava na hora de deixá-lo voar, mesmo que me doesse vê-lo se machucando no caminho.

Bruno sorria e balançava a cabeça em descrença. Sabrina era um foguetinho. Caminhei até ele e sentei no meio das suas pernas abertas, enlaçando meus dedos em seu pescoço. Não cansava de admirar seus olhos azuis tão lindos. Aproximei-me e beijei sua boca levemente, nunca me fartaria de seus lábios firmes e macios. Afastei-me e abri os olhos.

Ele tinha uma expressão de contentamento puro por estar no meio das pessoas que amava. Desde que chegamos, percebi o carinho que rolava entre a sua família. Fiquei orgulhosa ao perceber que meu namorado era lindo por dentro e por fora. Pensar naqueles sentimentos que havia dentro de mim me dava um frio na barriga. Quando ele disse à sua mãe que nos amava, quase morri, podia ser que tivesse saído sem querer, apenas um modo de falar, mas o meu coração disparou e não voltou ao seu ritmo normal. Depois de observá-lo interagindo com tanta gente e sendo tão simpático, ver o sorriso em seu rosto quando brincava com os sobrinhos, constatei uma coisa que devia ter desconfiado: eu o amava!

E tinha muito medo de tudo o que isso acarretava. Não gostaria de perder algo tão bonito como o que estava sentindo.

— Por que está franzindo a testa desse jeito, Anjo? — Bruno acariciou o meu rosto com o dorso da mão. Inclinei-me na direção do seu toque automaticamente; era como uma droga no meu sistema, não podia recusar.

— Estou feliz, nunca tinha interagido com tanta gente assim. Obrigada, Bruno. — Estava emocionada com a receptividade da sua família.

Ele sorriu lindamente e deu um selinho na ponta do meu nariz.

— Você é incrível, Anjo. Estão todos encantados contigo, e ainda me agradece? — Me puxou pela nuca e me beijou deliciosamente, sua língua quente acariciando a minha num movimento sensual. Afastou-se e me olhou com os olhos brilhando de desejo. Eu já o conhecia bem. — Eu que devo agradecer por ter ido ao bar naquele dia. Não queria sair de casa, tinha terminado um plantão prolongado e chato, mas, quando o Alberto insistiu para que eu fosse, pensei em apenas aproveitar uma noite com os meus amigos. Acabei encontrando o anjo da minha vida.

Engoli em seco. Se o meu coração estava disparado antes, agora parecia que tinha uma escola de samba dentro de mim. Já no meu estômago, havia mil borboletas batendo suas asinhas. Resolvi brincar um pouco para me distrair da reação; era muito insegura para admitir qualquer coisa ainda.

— Sei, você foi só por seus amigos... E aquela loira siliconada que eu vi grudada no seu braço? — Levantei uma sobrancelha, e ele riu.

— Hum, você reparou bastante em mim, né? — Revirei os olhos e sorri. — Letícia é alguém com quem saí há algum tempo e que é chata demais. Quando Alberto quer me irritar, ele a chama para grudar em mim.

— É, ela parecia um pouco íntima mesmo.

Bruno me lançou um sorriso presunçoso e apertou a minha bochecha.

— Você ficou com ciúmes? — Ele se inclinou e sussurrou em meu ouvido: — Eu fiquei louco com aquela música que você estava cantando. Não conseguia desgrudar os olhos dessa sua boca linda e sua voz rouca me levou ao delírio. — Mordiscou o lóbulo da minha orelha e lambeu o meu pescoço. — Você sabe? Naquele dia, tive uma fantasia: você sentada num banquinho, nua, com um violão em seu colo, tocando uma música *sexy* só pra mim.

Eu tive que apertar as coxas juntas para aliviar a dor que sentia; aquela fantasia me pegou em cheio. Virei o rosto e encostei a boca em seu pescoço, raspei os meus dentes e vi a sua pele se arrepiando.

— Hum, posso pensar em realizar essa sua fantasia. Nada seria mais prazeroso do que ver você se contorcendo de tesão com a minha voz. Acho que seria uma via de mão dupla.

Ele se afastou e encostou sua testa na minha. Seus olhos estavam escuros, era o primeiro sinal de que estava ligado.

— Você vai me matar, mulher. Se não fosse por essa gente toda, eu ia te levar pro meu antigo quarto e te foder até amanhã.

Ficamos tão ligados um no outro que perdemos a noção de onde estávamos. Quando percebi, já estava quase sentada no colo dele e provavelmente as pessoas nos observavam.

— Fica calmo, garanhão. Temos muito tempo para realizar essa sua fantasia. — Sorri e o beijei de forma estalada.

Virei e me encostei em seu peito musculoso. Ele me abraçou, apoiando o queixo na minha cabeça. Ficamos ali um tempo, apenas curtindo a companhia um do outro. Avistei Ana Luiza vindo em nossa direção com um violão na mão. Senti os meus dedos formigando com a vontade de tocar.

Ela parou em frente à espreguiçadeira com um sorriso no rosto.

— Canta pra gente?

Sorri e balancei a cabeça.

— Só se me acompanhar, fiquei sabendo que você canta também.

Ana estreitou os olhos e fuzilou Bruno, sabendo quem a tinha delatado.

— Ok, não canto tão bem quanto você... Mas posso escolher a música?

— Claro. Qual você quer?

— Shania Twain, *Man! I Feel Like a Woman*, porque é uma música especial para mim. Marcou uma fase na qual me libertei de certos pré-conceitos...

Levantei uma sobrancelha e concordei na hora. Dei um tchauzinho para o Bruno e a acompanhei enquanto ela reunia o pessoal.

Sentei-me em uma cadeira em frente à piscina e afinei o instrumento. Pelo tempo que estava parado, até que fazia um bom som. Ana reuniu os vizinhos e parentes, sentou ao meu lado e sorriu. Bruno estava encostado numa pilastra ao lado da varanda, nos observando atentamente.

— Eu começo a primeira estrofe e cantamos o refrão juntas, a segunda parte é sua.

Comecei a introdução. Aquela música era muito legal, falava de uma mulher se divertindo e se deixando levar no ritmo que queria. Então, relaxei e cantei com tudo.

Quando chegou sua vez, sinalizei para que ela me acompanhasse no refrão, e, cara, quando abriu a boca e soltou sua voz, quase perdi o ritmo. Era maravilhosa, rouca no timbre certo e totalmente afinada para o estilo country de Shania Twain.

Ana cantou a segunda parte sorrindo, e a deixei se levar pela emoção, parecia se divertir cantando aquela música. Ela era como o Bruno: sarcástica e brincalhona, mas tinha certeza de que por dentro era doce. Só não gostava de demonstrar. Derramava todo o seu sentimento enquanto cantava, e senti que queria mandar um recado a alguém. Talvez fosse o tal pré-conceito que ela mencionou. Não saberia dizer para quem, mas estava arrasando.

Finalizamos, e eu a abracei. Foi um pouco impulsivo da minha parte. Não costumava demonstrar meus sentimentos em público, mas me sentia alguém diferente junto com essas pessoas, parecia parte da família.

— Garota, você canta muito! Espero que se apresente no *Beer* comigo algum dia.

— Que é isso, só dou uma arranhada. Mas quem sabe um dia me animo de ir ao bar? Muito obrigada, Layla. Eu estava precisando cantar um pouco. — Me deu um beijo no rosto e se afastou. Dona Marisa tinha lágrimas nos olhos e sorriu para mim, agradecida.

Peguei um vislumbre do Bruno com os braços cruzados, me olhando intensamente. Não podia esconder a minha reação a ele: era sempre muito intenso o que sentia quando via seus olhos azuis grudados em mim.

Depois de atender a alguns pedidos, me levantei e fui em direção ao meu médico delicioso. Já estava na hora de ir para casa, pois ainda tinha apresentação no bar.

Ele levantou e veio ao meu encontro. Enlaçou a minha cintura e segurou o meu queixo com uma mão.

— Você é linda, Layla. Eu não sei o que fiz para merecer alguém como você, mas vou fazer o possível para não te perder. — Se aproximou e me deu um beijo molhado nos lábios.

Olhei em seus olhos e me perdi. Se havia algum lugar onde eu pertencia, era ao lado dele.

— Você me leva em casa? Preciso me trocar para ir ao *Beer*.

Ele assentiu, e sua expressão ficou estranha. Parecia decepcionado com alguma coisa que eu disse, ou deixei de dizer. Não podia expor os meus sentimentos, não ainda. Tinha medo demais.

Fomos à cozinha para nos despedirmos da mãe do Bruno. Eu tinha me apaixonado por ela, porque, além de ser simpática, era carinhosa. Ela estava mexendo em suas panelas, devia estar preparando o jantar. Quando nos ouviu, sorriu amplamente.

— Mãe, nós já estamos indo. Layla tem que se aprontar para cantar no bar.

— Ah, mas que pena! Querida, apareça mais vezes, adoramos te conhecer.

Assenti e a abracei, realmente tinha apreciado conhecer todo mundo, fazer parte daquela família seria muito legal. Me despedi do resto do pessoal e procurei por Lucas, que havia sumido desde o episódio com Sabrina. Ana disse que ela tinha saído com ele de carro. Nem me preocupei, afinal, ele não era inocente, certo?

Acompanhei Bruno até o carro, com as nossas mãos entrelaçadas. Ele estava silencioso e estranho. Não estava acostumada a vê-lo daquele jeito. Ainda tinha umas três horas antes de ir ao bar, então ia convidá-lo para entrar e aproveitar que estávamos sozinhos.

Ele percorreu, tenso e arredio, todo o caminho; eu podia ver um músculo saltando em sua mandíbula. Seus olhos estavam presos na estrada, e ele segurava o volante com força. Quando chegamos em frente à minha casa, Bruno nem olhou para mim.

— O que está acontecendo, Bruno? Você vai entrar?

Ele negou e continuou com o olhar fixo num ponto do painel. Para mim, já bastava daquela merda. Aproximei-me e segurei o seu queixo, forçando-o a olhar para mim. Bruno tinha os olhos azuis frios e tristes.

— Me fala o que foi, porra! Eu não posso adivinhar. O que eu fiz? — Nunca havia me descontrolado daquela maneira, mas sua indiferença me machucava demais.

Prendeu os lábios numa linha fina e soltou o volante, me abraçando forte.

— Merda, estou parecendo a garotinha aqui. Desculpe, Anjo. Não vou continuar sendo um otário.

Empurrei seu peito, me afastando do seu abraço.

— Não venha me distrair, você vai me dizer o que está acontecendo.

Bruno suspirou e apoiou a cabeça no encosto do banco.

— É idiotice minha... Mas, quando eu digo o que estou sentindo, na maioria das vezes, você desconversa, muda de assunto. Estou inseguro, ok? Nunca aconteceram essas coisas comigo, não quero pressionar, porém não me sinto muito bem falando o que há no meu coração e você não dizendo nada.

Engoli em seco e olhei pela janela. Se eu não dissesse o que sentia, corria o risco de ele ficar chateado. Passamos dias sem nos ver, só queria aproveitar os momentos em que estávamos juntos.

Mas, antes de qualquer coisa, ele não tinha sido totalmente claro sobre o que sentia. Algumas insinuações sim, mas não a coisa real.

— E o que você sente, Bruno?

Virei o rosto e encontrei um par de olhos azuis brilhantes. Ele estava sério como eu nunca tinha visto.

— Eu amo você, porra!

Capítulo 24
Bruno

Foi um pouco grosseira a declaração, mas aquilo estava me matando. Sabe quando você tem uma coisa que parece que vai estourar no seu peito se não botar pra fora? Era assim que estava me sentindo desde que a vi cantando com a Ana. Senti todo o seu amor pela música, o prazer que sentia ao derramar aquelas palavras que sempre significavam alguma coisa. Eu amava aquela garota e ela não falava nada de volta. Estava inseguro. Que merda, parecia uma menininha reclamona!

Layla tinha os olhos arregalados e respirava apressadamente, parecia não acreditar que eu tinha dito aquilo. Na verdade, me sentia como se estivesse sonhando, nunca imaginei dizer isso a ninguém, exceto à minha família. Como já havia dito: é muito poder na mão de alguém.

— Você está falando sério? — Sua voz estava rouca, e ela tinha lágrimas escorrendo pelo rosto.

Aproximei-me e passei a mão por sua bochecha, olhando intensamente em seus olhos para que ficassem bem claros os meus sentimentos. Como não podia amar uma mulher como aquela? Era impossível.

— Layla, eu nunca senti isso por ninguém. Já te disse isso. E em nenhum momento da minha vida falei tão sério. Eu sei que nos conhecemos há pouco tempo, mas não é o que parece. Sei que você sente isso também, tem alguma coisa que nos une e nos aproxima, não há um segundo do meu dia em que eu não pense em você. Esse plantão em que ficamos longe foi a pior merda pela qual tive que passar. Então, agora vou dizer com todas as letras, e espero que você acredite. — Suspirei e beijei seus lábios levemente, capturando uma lágrima salgada que descia por seu rosto. — Eu te amo, Anjo.

Layla me presenteou com um sorriso lindo, daqueles que alegram seu dia e fazem tudo valer a pena. Eu não precisava de mais nada para ser feliz, só daquela mulher linda na minha vida.

— Oh, Deus... eu... — Ela estava nervosa, desviou o olhar e baixou os olhos, triste. — Vou me vestir para o *Beer*. Você vai me esperar?

Mas que merda! Era isso que estava me incomodando. Ela não conseguia expressar seus sentimentos por mim. Tentava mudar de assunto.

Olhei em seus lindos olhos verdes, percebendo amor e medo. Então, entendi o motivo de não conseguir se abrir: Layla tinha receio de me perder.

Lógico, como não tinha percebido aquilo antes? Ficou tão sozinha, sem depender de ninguém a não ser dela mesma. Quando percebeu que se importava com alguém, já era tarde demais. Foi muito intenso o nosso encontro, para os dois. Eu também estava muito assustado.

Sorri ternamente e acariciei o seu queixo pequeno.

— Eu vou te esperar...

Layla me olhou com os olhos marejados novamente. E sorriu, assentindo, percebendo o duplo sentido do que eu disse. Aproximou-se e beijou os meus lábios como jamais havia feito. Pude sentir todo o seu amor naquele gesto simples.

Ela se afastou e sussurrou um obrigada que eu poderia ter perdido se não estivesse tão próximo. Layla se virou e abriu a porta. Do lado de fora do carro, se abaixou na janela e me lançou um sorriso de menina.

— Vem.

Não havia outra resposta. Desliguei o carro e saí, e a abracei. Encaixávamo-nos perfeitamente. Em todos os sentidos.

O *Beer* já estava cheio quando chegamos. Ficamos tão distraídos curtindo a companhia um do outro na casa da Layla que quase perdemos a hora. Meu anjo correu para o camarim enquanto eu me sentava no bar para pedir uma cerveja. Não tinha nenhuma mesa desocupada. Layla estava estranha, parecia ansiosa com alguma coisa.

— E aí, sócio secreto? Tá cheio o bar, né?

Heitor levantou a cabeça e me olhou carrancudo, não entendia o porquê de querer esconder que era um dos chefes. Será que queria vigiar os funcionários? Dei de ombros, cada um com a sua maluquice.

— E aí, doutor? — Me cumprimentou com a cabeça e observou a multidão que estava se amontoando no bar. — Eles vieram por causa da sua namorada, pelo que fiquei sabendo.

Franzi a testa, confuso. Tudo bem que Layla era boa, mas já cantava no bar há mais de um ano. Por que esse repentino sucesso, agora?

— Então, bom para os negócios, já que ela canta só aqui. — Ele concordou com um aceno; estava tenso e com uma cara feia. — O que foi, Heitor? Aconteceu alguma coisa?

— Nada que eu não possa consertar, cara. Mas obrigado por perguntar. Então, o que vai querer?

— Só uma cerveja. Vou tentar encontrar uma mesa.

Um burburinho chamou a minha atenção. Layla estava caminhando para o palco. Linda, num vestido bege curto e decotado. O monstro do ciúme deu as caras. Algumas semanas atrás, eu estaria babando igual aos outros imbecis pelo bar, mas agora só queria esconder o seu corpo maravilhoso daqueles olhares esfomeados.

— Ela é linda, cara. Não a deixe escapar — Heitor falou atrás de mim. Só concordei com a cabeça e caminhei em direção ao palco.

Estava enfeitiçado, sua energia era como um imã. Eu estava sedento, precisava dela por inteiro, cada pedacinho. Cheguei próximo o suficiente para capturar cada palavra que diria. Não perderia a chance de vê-la tocar de perto. Layla brilhava no palco.

— Olá, pessoal. Nossa, como está cheio hoje! Devo estar fazendo sucesso. — Ela sorriu, linda, era incrível a desenvoltura que tinha naquele palco. — Bom, acho que todos já me conhecem, mas para quem está aqui pela primeira vez... sou Layla Bonatti, e espero que gostem das canções e voltem sempre. O chefe agradece. — As pessoas ao redor estavam encantadas, e era assim: ela falava e você ficava perdido. — Eu uso a música para expressar os meus sentimentos, foi assim desde que eu era uma menina. Hoje, quero cantar para alguém especial que está presente, e espero que seja clara o bastante. *Preciso dizer que te amo*, do Cazuza.

Meu coração parou por um segundo. Senti um frio na barriga como nunca havia sentido. Nem quando dei meu primeiro beijo fiquei tão nervoso.

Quando ela começou a cantar com sua voz doce, meu corpo todo se arrepiou, todas as outras músicas eram insinuações, mas não esta. Meu anjo estava se declarando através daquela canção.

Layla me localizou no canto e sorriu. Eu estava encostado numa pilastra, olhando-a se derramar no palco. Quando cantou o verso que eu tanto precisava ouvir, estava pleno:

> *"E eu não sei em que hora dizer*
> *Me dá um medo, que medo*
>
> *É que eu preciso dizer que eu te amo*
> *Te ganhar ou perder sem engano*
> *Eu preciso dizer que eu te amo tanto"*

Não conseguia desgrudar meus olhos dos dela. Abri um sorriso que chegou a doer as minhas bochechas. Ela sorriu de leve e piscou, fazendo meu peito se comprimir. Meu coração estava apertado de tanto amor que sentia.

Layla terminou a música e passou para outras. Eu continuei onde estava, admirando-a.

De repente, senti uma mão em meu braço e olhei para o lado, curioso. Andressa, a chefe da UTI, estava me olhando com aquele brilho vidrado novamente. Dali vinham problemas.

— Que surpresa te encontrar aqui, Bruno.

Achei que ela não estava tão surpresa assim como dizia.

— O que você está fazendo aqui, Andressa? — Estava tenso por antecipação. Por toda a tensão que passamos naquele dia, Layla poderia ter uma crise de ciúmes.

Ela passou o dedo pela extensão do meu braço, me dando asco. Só uma mulher podia me tocar daquele jeito.

— Eu vim ouvir essa gracinha cantar. Você não achou fofa a declaração que fez?

— Ela é linda, e minha.

Franziu o cenho, confusa.

— Sua? Como assim? Irmã?

Balancei a cabeça e bufei, já tinha a minha cota de irmãs.

— Não, Layla é a minha namorada. Agora, se me der licença, ela está começando o intervalo.

Saí de perto dela o mais rápido que pude. A mulher ficou meio louca, começou a contorcer o rosto num ângulo estranho. Ainda bem que não a peguei, ia ser outra grudenta no meu pé. Agora só tinha olhos para uma mulher.

Layla já tinha saído do palco, e vinha em minha direção com um sorriso contido. Parecia com receio do que eu poderia dizer. Confesso que, quando me declarei e ela não disse nada, fiquei frustrado. Mas não chateado. Entendia seus motivos. Porém, ao ouvir aquela música, meu coração se acalmou e se encheu de felicidade.

Encontramo-nos a meio caminho um do outro. Ela parou na minha frente com o pescoço inclinado para cima. Eu era uns bons centímetros mais alto. Levei a mão até o seu rosto e acariciei a pele macia, escorreguei os dedos pelos seus cabelos cheirosos e os prendi num punho, guiando o meu rosto até o dela.

— Você é a mulher mais linda que poderia existir. Obrigado pela música.

Ela sorriu e seus olhos verdes tinham um brilho diferente. Ela parecia completa.

— Parece que tirei um peso das costas, me julgava forte, mas era uma covarde. Tinha medo de admitir o que sentia e por fim acabar perdendo, mas percebi que a minha recusa era o maior empecilho. Pensei muito sobre isso, Bruno. Resolvi abrir os meus braços e pular.

— Eu estou aqui para te segurar, Anjo.

Desci a minha boca num beijo apaixonado. Seu gosto era delicioso. Layla se aproximou, colando seu corpo quente no meu. Segurei a sua cintura e a prendi, ela era minha. Mordi seus lábios e passei a língua por sua carne macia, nunca me cansaria de provar daquela boca. Nossa aproximação deixava tudo em suspenso.

Perdia totalmente a noção de onde estava e que tinha pessoas à nossa volta. Ela enlaçou meu pescoço e aumentou o ritmo do nosso beijo. Eu tinha que dizer, essa doçura angelical era também uma fera pronta para atacar. Gemi em frustração. Se continuássemos naquele ritmo, eu iria me envergonhar publicamente.

Afastamo-nos, ofegantes, mas não era para menos. No arrebatamento em que nos envolvíamos, perdíamos toda a nossa força, só faltava os meus joelhos fraquejarem. Layla tinha os lábios inchados e vermelhos. Adorava ver as marcas dos meus beijos em sua boca. Era um sentimento de homem das cavernas que inevitavelmente carregava comigo.

— Quando eu era criança, sonhava com príncipes encantados... Algum cara maravilhoso e perfeito, coisas de menininha. — Sorriu e abanou com a mão. — Mas, quando meu pai morreu, perdi todo o sonho de encontrar alguém pra mim, estava ocupada demais sendo responsável. Hoje, eu percebi uma coisa: eu não quero nenhum príncipe, homens perfeitos, porque eles não existem, simplesmente. São impossíveis de encontrar. Prefiro os cafajestes, *bad boys,* esses sim são reais, pessoas com defeitos e que erram muito. Contudo, fazem o possível para serem melhores e amam apesar de todas as imperfeições. Eu encontrei meu médico garanhão e vou ficar com ele, custe o que custar. O que me diz?

Perdi a fala, minha respiração parou e acelerou ao mesmo tempo. O que ela estava dizendo era muito mais sério do que admitir seus sentimentos. Era uma promessa. Sorri e encostei a testa na dela, olhando em seus olhos, que estavam brilhando de excitação.

— Eu digo que encontrei o meu anjo. E também não vou abrir mão de você, nunca. Você é a minha luz, Layla.

Sabe quando você fica orgulhoso de si mesmo? O sorriso que ela estampou no rosto encheu o meu peito de amor por ter feito aquilo, minha vontade era de virar para aquela gente toda e bater no peito dizendo: eu fiz isso, eu coloquei esse lindo sorriso em seus lábios, eu deixei seus olhos lindos brilhantes. Meio Neandertal, mas o que poderia fazer? Era a minha vontade.

Layla se aproximou e sussurrou no meu ouvido:

— Eu te amo. Não tenho mais medo, pode me levar.

Eu a levaria aonde ela quisesse.

Capítulo 25
Layla

Sempre tive a música como uma via de escape, podia expor meus sentimentos sem me machucar, ou demonstrar descaradamente o que se passava dentro de mim. Quando eu vi a decepção nos olhos do Bruno por causa da minha recusa em admitir o que sentia, percebi uma oportunidade de deixar as inseguranças de lado.

Aquela música deixou bem claro o que eu sentia, meu medo e amor. Ele tinha um sorriso estúpido no rosto desde aquele momento, parecia muito satisfeito consigo mesmo.

Encontramos uns amigos dele do hospital e sentamos para tomar uma cerveja. Já que eu não tinha nada para fazer na manhã de segunda, poderia ficar sossegada e curtir a noite.

Bruno me apresentou ao Alberto, seu amigo desde a faculdade. O cara era um safado nato, percebi assim que o conheci. Tinha um sorriso de menino no rosto, olhos azuis, loiro e fofo. Mas boba era aquela que caía na sua lábia, ele encarava qualquer mulher bonita com uma malícia evidente, não fazia cerimônia em tentar disfarçar. Sabia do seu poder de sedução e o usava na maior cara de pau.

Bruno grunhiu e deu um soco no braço dele.

— Tira o olho, cara.

Alberto sorriu, descarado, e balançou a cabeça.

— Layla, tenho que te parabenizar. Enlaçar esse idiota e o transformar num cara apaixonado foi uma missão, mas não o culpo, você é maravilhosa.

Nunca havia ficado tão envergonhada na vida. Alberto tinha uma maneira de falar que deixaria até a mais sem-vergonha das mulheres coradas como uma total inexperiente. Ele era um caçador.

Agradeci com um murmúrio e desviei a minha atenção para o bar. Heitor estava estranho, parecia tenso e chateado. Desde que conversamos, firmamos uma amizade legal, e eu não gostava de vê-lo daquele jeito. Era sempre alegre e brincalhão.

Toquei no braço do Bruno, que tinha engatado um papo sobre medicina com Alberto, e pedi licença por um minuto.

— Aonde você vai? Quer ir pra casa?

— Não, vou ter uma palavrinha com o Heitor. Ele está estranho, quero saber se posso ajudar em alguma coisa.

Bruno olhou em direção ao balcão e assentiu. Deu um beijo na minha testa e me lançou um sorriso carinhoso. Como pude me apaixonar tão rápido? Era inevitável um frio na barriga cada vez que ele olhava pra mim.

Levantei-me e fui ao balcão. Sentei num banquinho e chamei a atenção dele. Heitor parecia tão aéreo que tinha certeza de que estava trabalhando no automático.

— Ei, *barman* tatuado. Manda uma *marguerita* para a estrela do bar, estou sedenta.

Ele levantou a cabeça e sorriu. Puta merda, aquele moreno sorrindo era quase um pecado. Dentes brancos e alinhados eram coroados com uma covinha em cada lado de sua bochecha.

— E aí, estrela? Veio aqui beber ou só papear? Já sei, veio fugir da manada de médicos que baixou aqui hoje?

Sorri com a sua brincadeira. Realmente, ficar em meio a vários médicos não era tão legal, tinham termos e outras coisas que eu não conseguia entender muito bem. Fiquei totalmente deslocada.

— Papear, quero saber o motivo dessa sua carranca. Estou te achando muito triste, isso não é normal em você, meu amigo.

Ele torceu a boca e fez uma careta bonitinha.

— Hoje é um dia meio triste. Aniversário de uma coisa que aconteceu na minha vida, não gosto muito de falar sobre isso. Mas amanhã já fico legal, eu juro.

— Então, apesar de não ter que vir aqui amanhã, vou dar uma passada só pra te conferir. — Arqueei uma sobrancelha em desafio, claro que ele iria recusar.

Heitor virou para pegar umas cervejas no refrigerador antes de voltar e me olhar com seus olhos cor de chocolate.

— Claro, adoro conversar contigo. Mas não seria melhor você aproveitar seu doutor? — Acenou com a cabeça na direção da mesa que Bruno ocupava com seus amigos. — Ele está caidinho. Você sabe disso, né?

Olhei para trás: Bruno estava me olhando com a testa franzida. Tinha o rosto preocupado. Quando ele havia ficado tão territorial? Era até bonitinho, um ex-garanhão todo possessivo e ciumento.

— Eu sei, e é recíproco.

Heitor pegou a minha mão em cima do balcão, e voltei a observá-lo com surpresa. Ele tinha um olhar estranho, cauteloso.

— Só não se machuca, ok? Ele tem muita mulher ao redor, mas só tem olhos para você. Não fica colocando minhocas na cabeça.

Eu sabia o que Heitor estava querendo dizer. Tinha notado a vaca que estava flertando com o Bruno enquanto eu me apresentava. Mas ele logo se desvencilhou, deixando-a chupando o dedo. Adorei, claro.

— Ok, amigo. E você, ninguém especial? Notei a Elisa te olhando outro dia. — Heitor se desvencilhou da minha mão e pigarreou.

— E... Elisa? Não, que é isso! Somos só amigos. — Caramba, ele estava corando.

— Hum-hum, sei. Tudo bem, não quer falar. Mas, se não tiveram nada ainda, está meio caminho andado. Ela é uma garota legal, e parece muito a fim de você.

Heitor desviou o olhar para onde Elisa estava servindo algumas mesas e conversava com os clientes.

— Eu sei disso, por esse motivo que não posso me envolver. Mas nada me impede de ter uma noite totalmente louca e molhada. — Sorriu, balançando as sobrancelhas.

— Ah, informação demais, cara! Cadê o Bruno? Quero ir embora depois dessa declaração, nossa, tem que manter os detalhes pra você. — Heitor sorriu e inclinou a cabeça para a mesa do meu namorado.

Bruno se despediu do pessoal e veio em minha direção, seus olhos azuis me encantando. Nunca me cansaria daquele brilho malicioso que era destinado somente a mim, assim eu desejava. Chegou ao meu lado, e se abaixou para falar no meu ouvido.

— Está pronta pra ir?

Ficava um pouco preocupada com a minha reação a ele. Às vezes, enlouquecia, pronta para pular em seu pescoço, e, em outras, perdia a fala. Por este motivo, assenti e peguei na sua mão; se tornou automático entrelaçarmos nossos dedos, parecia algo essencial a fazer. O sentimento de ter sua mão forte na minha era deliciosamente inexplicável, fazia eu me sentir segura e protegida. Acenei para o Heitor e fui para casa com meu namorado.

Estava planejando fazer uma surpresa para a noite seguinte, mas teria que me segurar e manter segredo. Um suspense seria ideal para o que tinha em mente. Chegamos ao carro e nos acomodamos.

Bruno tinha um sorriso no rosto que estava me incomodando.

— Qual é a desse sorriso? Está me deixando curiosa.

Ele balançou a cabeça e me olhou de soslaio.

— É uma coisa que o Alberto disse.

— Lá vem bomba. O que foi?

Lançou um sorriso sedutor para mim e voltou sua atenção para a estrada.

— Ele disse que eu sou um filho da puta sortudo por ter encontrado você. — Deu de ombros. — Também falou para tomar cuidado porque sua voz encanta todos ao redor, tem muito gavião à espreita e ele se candidatou a ser o primeiro da fila. Babaca!

Fiquei tensa, não gostava de causar nenhuma inimizade. Estava acostumada a ser assediada às vezes, mas agora era diferente, eu tinha um namorado. Não queria que a minha profissão atrapalhasse o nosso relacionamento.

— E isso te incomodou?

Bruno franziu a testa e olhou pra mim, confuso.

— Claro que não. Eu sei o quanto cantar é importante para você. E não culpo ninguém por te admirar, Anjo. Você é simplesmente magnífica.

Corei, nunca me acostumaria com aquilo. Eu não era daquele tipo de mulher que ficava pescando elogios do namorado.

— Hum, ok. — Olhei para o lado de fora da janela, tentando disfarçar minha ansiedade com o que diria a seguir. — Você vai fazer alguma coisa amanhã à noite?

Ele negou com a cabeça, com a atenção ainda na estrada.

— Amanhã tenho plantão de doze horas. À noite, estou de boa. Por quê?

— Quero fazer um jantar especial lá em casa, para comemorar tudo o que tem acontecido conosco. Você vem? — Tentei não transparecer ansiedade no pedido.

Ele riu e me olhou engraçado.

— Você ainda pergunta? Não vou perder nem um minuto da sua companhia. Só não me convido a dormir com você hoje porque amanhã levanto cedo e não trouxe nada para me trocar, mas na próxima não serei tão idiota. Minha vontade é de passar todos os dias e as noites ao seu lado.

Concordei com um aceno, eu também tinha esse desejo dentro de mim. Era inevitável, pensava nele durante todo o tempo que estávamos separados.

— Melhor assim, você sente a minha falta.

Ele pegou o meu queixo e o acariciou com o polegar, com seus olhos ainda atentos ao trajeto que percorríamos.

— Eu penso em você a cada minuto do meu dia, Layla. Não há como esquecer.

Meu coração dava um solavanco cada vez que ele dizia algo assim. Chegamos ao lado da minha casa e olhei para o Bruno. Aproximei-me e dei um beijo leve. Saí sem dizer mais nada, sabia que ele viria atrás. Não deu outra. Escutei o barulho da porta fechando e parei no caminho. Virei-me, e ele vinha correndo, com a testa franzida.

— Você achou que iria se safar com um beijinho assim? Não mesmo! — Enlaçou minha cintura e se aproximou, colando seu quadril em mim. — Eu quero te beijar até tirar seu fôlego, Anjo. Seu gosto é o meu alimento mais saboroso.

Beijou-me deliciosamente. Bruno tinha um jeito com a boca que era extremamente pecaminoso. Gemi e grudei a mão no seu pescoço. Lambi seus lábios carnudos e me esbaldei em sua língua macia.

Fiquei desnorteada, aquele homem tinha o poder de me colocar no céu e me jogar no inferno. Afastou-se sem fôlego e sorriu maliciosamente.

— Agora ficou bom... Estou com calor e de pau duro. Amanhã você vai se ver comigo, mulher.

Tive que rir, ele tinha toda a desenvoltura de brincar com uma coisa séria. Eu estava excitada, e não tinha nada para apaziguar a minha situação.

— Acho que vou ter que fazer você pagar por me deixar assim. Como vou fazer para dormir? Agora estou extremamente excitada.

Ele arqueou uma sobrancelha e andou de costas até o carro, com um sorriso cínico grudado em seu rosto bonito.

— Mal posso esperar pelo meu castigo — gritou, entrando no carro e dando partida.

Fiquei esperando-o sumir na rua e abri a porta de casa. Meu coração transbordava de tanto amor. Sentia-me como se fosse a minha primeira vez, o que na verdade era. Nunca havia me apaixonado antes.

A primeira coisa que notei quando pisei na sala foi o Lucas esparramado no sofá com um sorriso idiota no rosto. Muito estranho, àquela hora ele estaria dormindo para a faculdade na manhã seguinte. Fora a expressão em seu rosto, o que chegava a ser um pouco assustador.

Joguei a chave em cima da mesa e me esparramei ao lado dele. Automaticamente, enlaçou o meu ombro com o braço, encostando a cabeça na minha. Meu irmão ainda tinha o mesmo cheiro de quando era menino. Iria sentir muita falta daquilo, pois já previa que ele se distanciaria, pouco a pouco. Precisaria de seu espaço para crescer e amadurecer.

— Eu estou apaixonada, Lucas.

— Rá... E você percebeu isso só agora? Lala, eu já sabia. E se não soubesse que o idiota está caidinho por você, eu o mataria. — Franzi a testa, confusa.

— Como assim? Por que mataria?

Ele olhou pra mim e sorriu, brincalhão.

— Depois daquele episódio no banheiro, você acha que, se eu não soubesse que vocês se gostam, eu iria aceitar numa boa ter meus tímpanos agredidos pelos gritos da minha irmã?

Empurrei-o para o lado e corei, envergonhada. Nunca falamos sobre essas coisas. Na verdade, não tinha por que, pois eu nunca tive nada sério na minha vida. Tentei ao máximo manter minhas relações longe do meu irmão.

— Para de me lembrar que você escutou aquilo. Já foi embaraçoso o suficiente de manhã.

— Lala, tá tranquilo. Eu sei o que acontece quando se está apaixonado.

Franzi a testa e meu coração deu um solavanco. Estava muito preocupada com o tamanho do sentimento dele por Sabrina. Se fosse um pouco parecido com o que eu e Bruno tínhamos, meu irmão estava em apuros.

— Você está apaixonado?

Ele sorriu tímido e olhou para mim pela primeira vez. Seus olhos verdes eram puro contentamento.

— Tô sim, Layla. E é demais, nunca me senti assim, pleno.

— Lucas, toma cuidado. Não vá se machucar. Sabrina não é fácil, tem muitos problemas naquela cabecinha. — Droga, eu estava muito preocupada com o que poderia acontecer, e já não tinha volta. Lucas estava caidinho.

— Eu sei, Lala, mas eu consigo contornar numa boa. Você já percebeu que, com tudo isso, não existe mais só nós dois?

Engoli em seco e assenti, reprimindo o nó que estava agarrado à minha garganta. Nós éramos muito solitários, deve ter sido um mecanismo de defesa nos afastarmos das pessoas.

— Sim, Lucas. Não estamos mais sozinhos. E isso é bom, né?

Ele assentiu e deu um sorriso amarelo.

— Lembra-se do primeiro natal que passamos depois que mamãe morreu? Eu chorei a noite toda no quarto e você foi cantar pra mim. Dormi ao som da sua voz. — Seu rosto bonito se contorceu numa careta triste.

— Eu me lembro... Depois, fui para o quarto e chorei a minha própria tristeza. Mas sabe? O que mais me doía era vê-lo sofrer. Porque para mim, mamãe já tinha se extinguido junto com o papai. Ela perdeu todo o brilho, só ficou uma casca vazia.

— Uma pena, né? Você viu a mãe do Bruno? Perdeu o marido e ainda assim seguiu com a sua vida.

Fiquei pensativa por alguns minutos, mas logo levantei e sacudi a poeira. Não adiantava me lamentar pela minha mãe. Ela era muito fraca e perdeu a vontade de viver. Sorri e acariciei seu braço.

— Bom, irmão, espero que dê tudo certo com você e a Sabrina. Eu te amo demais. Vou dormir, tenho uns planos para fazer. Ah, e antes que eu me esqueça: você pode chegar mais tarde amanhã?

Lucas ficou pensativo por um instante e assentiu, sorrindo.

— Claro, vou chamar Sabrina para ir ao cinema, depois comemos alguma coisa. Meia-noite está bom pra você?

— Perfeito!

Virei-me com um sorriso malicioso no rosto; o que eu estava planejando para o jantar ia deixar Bruno de joelhos.

Literalmente.

Capítulo 26
Bruno

Cirurgia de apêndice supurado é complicadíssima, tem que ser feita rapidamente, mas com eficiência. Quando não é retirado a tempo, ele se rompe e acaba derramando fluídos inflamatórios com bactérias na cavidade abdominal e o risco de infecção é altíssimo.

Essa paciente em questão sentia dor na região do umbigo, que se deslocava para o lado direito do abdômen. Demorou muito a procurar um hospital, pois confundiu o sintoma com uma dor de estômago qualquer. Mas, graças a Deus, a cirurgia de apendicectomia foi um sucesso, porém a moça iria ficar com uma baita cicatriz na barriga.

Após tanta tensão, saí da sala me despedindo e parabenizando a equipe que participou do procedimento. Já estava no final do plantão, por isso segui para o vestiário. Iria tomar um banho e correr para os braços do meu anjo. Alguma coisa me dizia que ela estava aprontando. Mal podia esperar para descobrir o que era.

Os chuveiros estavam vazios; era raro o pessoal parar por ali. Retirei o jaleco e toda a roupa, deixando no banco para guardar depois. Entrei na ducha fria; gostava de tomar banho gelado depois de uma jornada de trabalho, era relaxante.

Deixei a água lavar todo o meu cansaço. Inclinei a cabeça para trás e pensei na minha Layla. Como eu tinha gostado de tomar banho com ela... E era no mínimo engraçada toda a nossa situação. Antes, não gostava de nenhum tipo de intimidade a não ser sexo. Mas não se comparava a nada com outros relacionamentos que tive; meu anjo mexia comigo de um jeito especial.

— Hum, eu sabia que você era gostoso. Mas, uau... Superou todas as minhas expectativas.

Pulei de susto ao ouvir uma voz feminina atrás de mim. Olhei por sobre o ombro e vi Andressa, parada ali com os olhos vidrados em meu corpo. Cara, o que aquela mulher queria? Eu já não havia explicado que tinha uma namorada e não estava interessado?

— Porra, o que você quer? Estou tomando banho, se você não notou. — Fui ríspido de propósito. Quem sabe assim não entendia melhor?

— Poxa, ouvi tanto falar do seu material... Queria conferir com os meus próprios olhos.

Prendi os lábios, com raiva, e continuei de costas.

— Andressa, me dá licença, tenho que terminar o meu banho. Minha namorada está me esperando para jantar, não quero me atrasar.

Ela fez uma cara feia e se aproximou, ficando na entrada do *boxe*.

— Agora que chegou a minha vez, você não me quer? Eu não vou permitir, tenho que ter um pedaço seu também. Ouvi dizer que é muito bom. — Sua voz soava desesperada.

Como uma mulher daquela podia estar trabalhando como médica? Ela tinha que ser medicada, isso sim. Era louca de pedra.

— Não me interessa o que você vai permitir ou não. Eu não te quero! Estou muito bem com a minha namorada, não preciso de você. Agora, se me dá licença... Não quero ter que chamar o segurança. Você sabe? Não seria bom para a sua carreira ficar invadindo o vestiário masculino.

Andressa estreitou os olhos e mordeu a boca. Eu sabia que ela estava com raiva, mas pouco me importava. Ela era uma doida se achava que podia me dar ordens, fala sério, "a vez dela"...

— Isso não vai ficar assim, Bruno. Me aguarde, o seu conto de fadas não é tão inalcançável quanto pensa. — Deu uma risadinha sinistra. Que louca!

Virou-se e foi pisando duro até a saída. Bufei, que mulher maluca! Não imaginava o que ela poderia fazer para atrapalhar a minha relação com a Layla. Nada conseguiria abalar o nosso relacionamento, tínhamos uma conexão que poucos encontravam na vida.

Vesti-me e corri para o estacionamento. Estava louco para chegar à casa dela e beijar aquela boca vermelha e deliciosa. O episódio com a Andressa ficou para trás na minha mente. Nem me lembrava mais daquela merda.

Estava a caminho quando recebi uma mensagem de texto da Layla dizendo que a chave da porta estava no registro de luz, na varanda, e que era para eu entrar sem bater.

Estava me corroendo, querendo saber o que ela estava aprontando. Nunca corri tanto para chegar a um lugar, e devo ter burlado umas cinco leis de trânsito. Estacionei o carro na calçada e o tranquei, ativando o alarme. A casa estava silenciosa. Podia perceber apenas uma luz fraca do lado de dentro, o resto estava na penumbra; interessante.

Localizei a chave e abri a porta. Assim que entrei, senti um cheiro maravilhoso vindo da cozinha, mas o que mais me impressionou foi a decoração totalmente diferente na sala. Tinha velas espalhadas pelos cantos, dando um ar romântico ao ambiente. No sofá, havia uma manta vermelha jogada e almofadas de cetim pelo tapete; parecia que alguém queria insinuar algo com todo aquele vermelho.

Continuei minha inspeção e, então, meu coração parou. Sério, pensei que ia morrer de ataque cardíaco!

No centro da sala, sentada num banquinho, Layla estava linda. Nua. Apenas com o violão cobrindo o corpo que eu tanto ansiei para ter de novo. Seus cabelos estavam revoltos e cheios, e minhas mãos coçaram para tocar e acariciar a sua pele macia. Os lábios vermelhos estavam abertos num sorriso malicioso.

— Então, meu garanhão... Essa foi a fantasia que você teve?

Porra, a fantasia! Estava melhor do que a minha imaginação. Não podia encontrar palavras para dizer o quanto estava encantado, então decidi agir. Dei um passo à frente, mas ela me interrompeu, levantando uma mão.

— Espera, eu queria tocar alguma coisa. Aproveitar que estou com o violão na mão. O que você acha?

Assenti com a cabeça como um boneco. Ia ser a gota d'água para me deixar maluco: aquela voz rouca, combinada com sua nudez maravilhosa, naquele clima perfeito. Eu entraria em combustão instantânea.

Ela começou a dedilhar uma música que identifiquei na hora. *Garganta*, de Ana Carolina. Layla sorriu e começou a cantar, e eu me contorci de tanto tesão. Não conseguia olhar aquela mulher sem sentir desejo. A voz dela era uma delícia, mexia comigo, me deixava de joelhos.

Nosso relacionamento sempre seria assim, a música nos envolvia numa sensualidade alucinante.

A letra era muito expressiva. Contudo, o que me deixava realmente excitado era o jeito como ela sorria quando cantava a estrofe: *"Sei que não sou santa, às vezes vou na cara dura, às vezes ajo com candura pra te conquistar"*.

Não aguentei. Andei até ela e tirei o violão da sua mão. Layla estava maravilhosa, mas não nua totalmente. Claro que não. Ela queria fazer meu cérebro entrar em pane. Tinha uma calcinha preta mínima tapando seu sexo. Na verdade, não cobria, pois era transparente e eu conseguia ver tudo.

Rosnei e olhei em seus olhos verdes, que estavam escurecidos de desejo. Layla me queria na mesma intensidade louca que eu a necessitava. Ela sorriu e passou a mão pelo meu braço, causando arrepios pelo meu corpo.

— E o jantar? Não está com fome?

Meu anjo queria brincar? Beleza! Inclinei-me e sussurrei em seu ouvido:

— Tô sim, com muita fome, mas de outra coisa. — Inalei seu perfume e a senti ofegar. Era assim mesmo que a queria. Entregue.

Puxei-a, colocando-a de pé. Levantei Layla pelos quadris, encaixando-os em mim. Ela enlaçou as pernas na minha cintura e agarrou o meu pescoço. Seus seios estavam na altura da minha boca, era só baixar a cabeça e pronto. Foi o que fiz. Capturei um mamilo túrgido e suguei com força. Estava me sentindo muito bruto.

Tem uma coisa quando suas fantasias são realizadas: é impossível ir devagar, fazer amor. Não, eu iria fodê-la em todos os sentidos. E me parecia que ela não estava nem um pouco preocupada, na verdade, nunca a vi tão entregue ao desejo como naquele momento.

No caminho até seu quarto, enquanto eu sugava seu seio com fome, ela jogou a cabeça para trás e gemeu o meu nome, quase me derrubando de tão excitado que estava.

Chutei a porta para abri-la e fechei logo atrás de mim. Aproximei-me da cama e percebi que também estava diferente: tinha uma manta vermelha jogada por cima, igual à que estava no sofá. Parecia que queria exaltar a paixão que sentíamos.

Depositei-a na cama e me afastei, notando que sua pele macia já estava corada de excitação. Layla mordia os lábios, ansiosa, me olhando com desejo descarado no rosto. Desabotoei a camisa preta que usava enquanto olhava em seus olhos.

— Você sabe que quase me matou quando entrei, né? Era essa a sua intenção, a reação que queria de mim? Me deixar louco a ponto de não conseguir nem pensar?

Layla se apoiou nos cotovelos, me brindando com a visão dos seus seios fartos maravilhosos. Sorriu cínica, e me olhou de cima a baixo. Já havia retirado a camisa.

— Essa era a sua fantasia! Só queria te agradar. E você sabe que está me matando ficando aí todo gostoso, só de calça jeans e sem camisa, né? — Estreitou os olhos. — Isso é muito *sexy*.

O quê? Um homem de calça sem camisa é *sexy*? Mulheres...

— Sim, era a minha fantasia. — Desabotoei a calça e desci-a pelas pernas, chutando-a para qualquer canto. — E agora eu tenho outra.

— Ah, é? — Levantou uma sobrancelha, curiosa. — E qual seria?

— Você coberta de chocolate para que eu possa lamber, pedaço por pedaço, esse corpo maravilhoso.

Layla ofegou e se contorceu um pouco. Eu já estava duro há muito tempo, mas, com essa minha declaração, fiquei mais ainda, se fosse possível.

— Acho que posso ter um substituto à altura: fiz um creme para a sobremesa.

Sorri de lado, nós éramos conectados até naquilo.

— Hum, acho que creme de chocolate está ótimo. — Lambi os lábios em antecipação, que combinação seria... — Deixa para depois, agora quero sentir somente o seu gosto maravilhoso.

Livrei-me da cueca azul-marinho que usava e desci rastejando pelo corpo da minha gata safada.

— Você sabe, Layla? Além de amar seu gosto e tocar em você, eu fico inebriado com o seu cheiro. É como afrodisíaco, me deixa totalmente louco.

Ela gemeu e pegou meu rosto com as mãos em concha. Encarou-me com olhos verdes flamejantes.

— Eu acho que você está falando demais. Fiquei o dia todo esperando para ter você. Cala a boca e me beija.

Uma gargalhada explodiu em meu peito; ela era perfeita para mim. Tomei sua boca num beijo esfomeado, parecia que poderia morrer se não tivesse o suficiente daquela boca deliciosa.

Layla agarrou o meu pescoço e me puxou, e quase caí por cima dela, tamanha era a sua euforia. Assaltei sua língua e a acariciei. Como ela gostava! Mordi seus lábios, deixando-os mais inchados do que eram. Eu estava com a barba por fazer, e devia estar arranhando sua pele macia. Nem liguei, era bom para o meu orgulho masculino ver a minha marca nela.

Desci minha mão para o seu seio enquanto a beijava com toda vontade. Massageei um mamilo, e ela gemeu, se esfregando em mim. Um arrepio ao ouvir sua doce voz subiu pela minha espinha. Ela ainda estava de calcinha, mas eu podia sentir o quanto estava molhada de excitação. Peguei seus cabelos num punho e intensifiquei o beijo. Eu estava ferozmente excitado.

Separei-me da sua boca para buscar ar. Era uma linda visão que guardaria para sempre em minha mente: ela tinha a boca inchada e vermelha, como previ.

— Eu não aguento mais. Tenho que estar dentro de você, agora.

Ela se inclinou para a minha mão em seu cabelo e fechou os olhos, gemendo.

— O que você está esperando?

Grunhi e soltei seu cabelo. Levei as minhas mãos até a sua calcinha e dei um puxão. Ela sorriu e balançou a cabeça. Eu sabia que ela gostava me ver bruto assim.

Seu sexo depilado e brilhante me chamava, mas eu não conseguiria aguentar. Tinha que tê-la ou então gozaria só de sentir seu gosto na minha boca.

Posicionei-me em cima dela e olhei em seus olhos enquanto invadia o seu corpo quente.

— Oh, cara. Nunca vou me acostumar com o quanto você é apertada. Meu anjo, parece que você vai me esmagar, eu amo isso.

Ela não disse nada, só gemeu. Eu não era pequeno ou fino. Abrir espaço não era uma tarefa fácil. Chegando até o final, olhei em seus lindos olhos verdes e desci a minha boca no mesmo ritmo em que me movimentava dentro dela.

Seu corpo havia sido feito para mim. Era macio demais e me levava à loucura. Desci a mão e apertei sua cintura, prendendo-a ao colchão. Não seria muito fácil para mim se ela começasse a se contorcer. Beijei seus lábios com intensidade e desejo.

Desgrudei nossas bocas para olhar em seus olhos, e podia sentir que ela estava perto. Seu sexo dava espasmos em volta do meu pau. Layla estava com os olhos num tom de verde turvo, como o mar após uma tempestade. Seus lábios brilhavam, convidativos.

— Goza para mim, Anjo.

Ela teve um orgasmo intenso e longo. O legal de transar sem camisinha era que eu sentia toda a contração que ela fazia. E foi o meu fim: ao vê-la em êxtase, cheguei ao meu clímax numa intensidade alucinante. Pela primeira vez, gritei de satisfação. Nunca havia tido alguém que me deixasse tão sem controle.

Layla era minha para o resto da vida.

Capítulo 27
Layla

Depois do sexo alucinante que tivemos, Bruno ficou igual a um leão com fome. Fiz um jantar maravilhoso para nós, que tive que reaquecer, pois ficamos muito tempo no quarto e a comida esfriou. Mas valeu a pena cada segundo, estar em seus braços sempre compensava cada atraso.

Bruno estava sentado no banquinho da cozinha só com a bendita calça jeans. Ele disse que, se eu gostava tanto de vê-lo daquele jeito, iria colocar de volta e ficar me provocando. Mas o pior era que eu já sabia o que tinha por baixo: o maldito não colocou cueca. E aquilo estava me deixando em expectativa. Será normal ficar constantemente excitada? Imaginei que, com aquele deus ao meu lado, a resposta seria: sim!

Terminamos o jantar e fui buscar a sobremesa, um creme de chocolate. Quando a coloquei em cima do balcão, Bruno levantou os olhos e sorriu maliciosamente. Levantou o dedo indicador e me chamou. Aproximei-me lentamente, me sentindo poderosa por ter aquele efeito sobre ele.

— Então, anjo, acho que quero minha sobremesa agora.

Ofeguei em antecipação. Já estava excitada ao extremo, e ele falando com aquela voz rouca fazia-me subir a um estado de frenesi que não imaginei ser possível.

— Você quer que eu coloque na taça? — Tentei me fazer de desentendida, mas não deu certo. Aqueles olhos azuis brilhavam safados e divertidos.

— Não, tenho outra ideia sobre onde vou comer minha sobremesa.

Bruno levou a mão ao laço do meu robe de seda e o desamarrou. Como o tecido era leve, se esparramou no chão prontamente e fiquei nua à sua frente. Ele acariciou meu pescoço e desceu até meu colo, passou o dedo sobre as marcas das veias em minha pele, me olhando com desejo descarado no rosto.

— Eu nunca vou me cansar de observar o seu corpo, Layla. — Desviou sua atenção para a travessa de doce que havia em cima da bancada e voltou seu olhar para os meus seios. — Acho que já sei por onde começar...

Puxou meu braço, me posicionando no meio das suas pernas; aproximou sua boca do meu pescoço e lambeu, dando uma mordida.

— Vou me lambuzar, chocolate e você é a combinação perfeita.

Ele passou o dedo no doce e espalhou nos meus seios. A temperatura gelada do creme fez um arrepio percorrer todo o meu corpo. Bruno olhou em meus olhos e baixou a cabeça, varrendo a língua e capturando todo o chocolate. Gemi e joguei a cabeça para trás; nunca pensei que ser a sobremesa de alguém seria tão gostoso.

Mas acreditava que o motivo de ser bom era o homem que estava à minha frente.

— Hum, delicioso. Você é uma ótima sobremesa. Quero mais. — Sugou meu mamilo, fazendo irromper espasmos em minha barriga.

Bruno grunhiu e me levantou pelos quadris, sentando-me em cima do balcão da cozinha. Espalhou mais chocolate pela minha barriga e continuou lambendo, enquanto eu morria de prazer. Será que isso era possível? Achava que sim, porque estava em puro desespero. A excitação havia se elevado a um nível doloroso.

De súbito, levantou a cabeça e seus olhos estavam escuros — eu já sabia o que isso queria dizer: ele me queria com muita intensidade.

— Porra, não consigo continuar. Tenho que ter você agora.

Puxou-me pela nuca, se aproximou e me beijou ferozmente. Sua língua invadiu minha boca num frenesi apaixonado. Eu não tinha ideia de como consegui viver sem esse homem, era impossível cogitar ter meus dias sem a possibilidade de ter a boca dele sobre mim.

Mordi seus lábios e passei a língua pela extensão de sua boca gostosa. Abri os olhos enquanto o beijava. Deparei-me com um par azul escurecido me observando. Bruno entrelaçou a mão em meus cabelos, prendendo-me no lugar, e continuou me olhando daquele jeito tão intenso; vi amor e paixão em seu rosto.

Com a boca grudada na dele, levei minha mão até o cinto da sua calça e desci o zíper, e ele manobrou com as pernas até elas estarem esparramadas no chão, ficando lindo na minha frente. Peguei sua ereção e acariciei toda a extensão.

Bruno fechou os olhos e rosnou, fazendo um eco dentro de mim. Suguei sua língua avidamente, posicionei seu membro na minha entrada e dei um impulso pra frente. Sentada no balcão era fácil ter liberdade de movimento.

Ele entrou de uma vez só, e gememos em uníssono do quão gostoso era. Senti-lo dentro de mim sem nenhuma proteção era inacreditável. Os sons que ele fazia enquanto me tomava eram maravilhosos e deixavam-me mais molhada do que estava.

Bruno desceu as mãos até minha cintura, acariciando-a, e desgrudou a boca da minha. Seu rosto demonstrava exatamente o que sentia: prazer absoluto. Naquele momento, não dissemos nada. Não precisávamos. Tudo o que sentíamos era demais. Observamos um ao outro por minutos que pareceram uma eternidade.

Meu garanhão era tudo o que pedi e ainda mais, minha recompensa real, meu cafajeste *bad boy*, tudo em um só pacote. Ele levou o polegar até meu clitóris e o massageou em círculos. Senti o clímax surgindo e sabia que não demoraria muito.

Aproximei-me do seu ouvido e sussurrei:

— Vem comigo. — Ele rosnou e baixou a boca no meu ombro, dando uma mordida gostosa. Gozei logo depois, e o prazer que senti com seus dentes em minha carne foi indescritível. Algo diferente e intenso.

Mas Bruno ainda não estava pronto, não tinha acabado comigo. Puxou-me da bancada, segurando meus quadris, e se separou de mim. Jogou-me nas costas do sofá, me colocando de quatro. Senti seu hálito quente em meu pescoço e sua voz grossa e rouca me atingiu.

— Eu vou te foder gostoso. Você é minha, mulher.

Entrou em mim e pude senti-lo mais profundo do que alguma vez havia estado. Ele deve ter ficado meio louco, porque foi intenso. Suas estocadas eram fortes, e balançavam o sofá, fazendo-o sair um pouco do lugar. Bruno se inclinou e colou seu peito em minhas costas. Levou a mão até meu sexo e circulou meu clitóris, fazendo meu prazer se intensificar.

— Vem pra mim de novo, Layla.

Achei ser impossível ter outro orgasmo àquela altura do campeonato, mas não foi. Gozei forte e ruidosamente. Gritei de prazer, sem inibição alguma. Bruno gemeu e se afundou em mim, chegando ao seu ápice, e caiu sobre minhas costas; estávamos ofegantes e cansados.

— Porra, você acabou comigo, mulher.

— Está reclamando, senhor garanhão?

— De maneira alguma. Só preciso me recuperar um pouco. Uns dois minutinhos e estou pronto pra próxima. — Deu um beijo estalado no meu ombro e acariciou a marca da mordida. — Nunca tive impulsos possessivos como tenho contigo. Ver a marca dos meus dentes na sua pele deliciosa me deixa orgulhoso. Isso é ruim?

Sorri. Bruno às vezes era muito inseguro para um pegador nato.

— Não, eu gosto. Por incrível que pareça, a ideia de pertencer a alguém me agrada. Deve ser porque eu sempre tive que ter responsabilidades, e a sensação de ser "marcada" é muito gostosa. — Dei de ombros. — Devo ser meio louca, né?

Ele se afastou e nos separamos; era uma perda que não me agradava. Gostava de sentir-me tão unida a ele quanto fosse possível. Aquela era uma das formas em que nossa paixão explodia intensamente. Virou-me e se encostou, colocando seu peito musculoso em meus seios sensíveis.

— Foi difícil, anjo? Passar por tudo sozinha, e ainda ter que cuidar de uma criança? — Seus olhos estavam carinhosos, e senti minha garganta apertar de emoção.

Ninguém havia se preocupado o bastante para perguntar se eu precisava de ajuda; meus tios e primos sumiram desde que meu pai faleceu. Nunca tivemos ajuda de ninguém, era como se tivessem medo de oferecer uma mão e nos aproveitarmos.

Suspirei chateada, lembrar-me daquele tempo não era confortável. Nunca fui de lamentar, mas, em segredo, quando ia dormir, pensava se minha vida não poderia ter sido mais tranquila, se eu poderia ter tido uma juventude "normal".

— Não foi fácil, isso posso afirmar, mas eu tinha que fazer. Meu irmão era pequeno e só tinha a mim. E, quando minha mãe faleceu, se eu não tomasse a dianteira totalmente, ele acabaria num abrigo. Nunca iria querer isso para o Lucas, prometi cuidar dele e foi o que fiz.

Bruno levou a mão até meu rosto e o acariciou. Inclinei a cabeça, me aconchegando em seu carinho. Sentir-me amada e protegida era tudo o que sempre sonhei, mas nunca me atrevi a acreditar que seria possível acontecer.

— Eu me orgulho de você, Layla. Tão jovem e tão responsável. Fico até envergonhado de tanta merda que fiz.

Balancei a cabeça e acariciei seu ombro distraidamente.

— Não fique, você aproveitou sua juventude como devia. Eu fui que tive uma carga grande nas costas.

— Posso falar uma coisa? Você jura não ficar chateada? — Seus olhos estavam desconfiados e ele parecia um pouco desconcertado.

— Claro, pode falar.

— Às vezes, eu tenho raiva da sua mãe. Ela era a adulta e tinha a obrigação de cuidar de vocês.

Desviei os olhos e observei um ponto da parede; minha casa tinha sido totalmente mudada quando comecei a ganhar dinheiro suficiente para arcar com tudo. Queria dar um ar novo ao ambiente para que Lucas parasse de chorar toda vez que visse as coisas da mamãe.

— Eu também fico, Bruno. Mas minha mãe morreu junto com o meu pai, eu já te falei sobre isso... Mas concordo com você, ela tinha que ter sido mais forte, era o que meu pai teria desejado. — Falar do meu pai era muito difícil, ele tinha sido um grande homem. — Sabe, ele foi a primeira pessoa que me incentivou a tocar e cantar, e me presenteou com um violão quando eu tinha seis anos. E, a partir daí, não parei mais. Antes de ele falecer, eu imaginava ser uma cantora famosa... E...

Não pude continuar, já estava chorando, emocionada. Todos os meus sonhos foram deixados para trás.

Bruno segurou meu queixo e se aproximou, capturando com os lábios uma lágrima que descia pelo meu rosto.

— Você não precisa mais aguentar tudo sozinha, estarei sempre te apoiando. Aliás, eu estava pensando. Por que você não fica só com o *Beer*, Layla? Diminui essa sua carga, eu te ajudo.

Balancei a cabeça negando.

— Não posso, tem a faculdade do Lucas. Preciso arrumar outro emprego logo.

Bruno respirou fundo e ficou sério.

— Layla, deixa-me te ajudar? Eu quero fazer alguma coisa por você. Eu tenho influência na faculdade de medicina, posso tentar uma bolsa parcial para o Lucas... E você pode se dedicar ao que gosta. Por favor?

Ele estava sendo sincero em sua preocupação, mas depender de alguém era muito complicado pra mim. Porém, se eu fosse analisar, eu não estaria dependendo dele, ele só estava me dando uma mãozinha. Precisava me acostumar a contar com outra pessoa que não fosse eu mesma.

— Se você conseguir a bolsa, eu aceito, mas não vou aguentar ficar o dia todo em casa. Já estou acostumada a trabalhar.

Ele colocou o dedo no queixo, pensativo. Se alguém nos visse, seria no mínimo cômico. Estávamos nus no meio da sala, abraçados e conversando normalmente. Tinha que ter muita intimidade para eu ficar tão à vontade daquela maneira; era sinal que estava muito ligada ao que construímos. Confiança era a chave do nosso relacionamento, mesmo sendo recente.

— Por que você não pede para o Heitor te dar um trabalho extra no bar?

Franzi a testa, confusa. Como assim pedir ao Heitor? Bruno arregalou os olhos e bateu com a mão na testa.

— Droga, entreguei o tatuado. — Suspirou e me olhou cauteloso. — Anjo, Heitor é seu chefe agora.

— O quê?! — gritei surpresa. — Como assim meu chefe? Ele é o *barman*.

— Ele entrou como sócio no bar. Só não queria que os funcionários ficassem sabendo. Só não me pergunte o motivo, pois eu não sei.

Estreitei os olhos e fumeguei de raiva. Por que aquele idiota escondeu de mim que era o chefe? Mas, ao mesmo tempo, pensei que poderia usar aquilo contra ele, chantageá-lo para que me desse outro cargo, não que eu tivesse que insistir muito. Ele poderia parecer durão, mas era um docinho.

— Ótimo, vou conseguir outro emprego.

Captando meus pensamentos, Bruno riu e beijou minha testa. Ficamos abraçados e em silêncio por um tempo. Era bom ficar ao seu lado de todas as maneiras.

De repente, ouvimos uma batida na porta. Lucas gritou do lado de fora:

— Vocês estão decentes? Não quero ter que lavar meus olhos com soda cáustica por ver minha irmã pelada.

Arregalei os olhos, assustada. Perdi totalmente a noção do tempo. Bruno gargalhou e gritou de volta.

— Calma aí, garoto. Se não quer ver coisas que podem te dar pesadelos, espera um pouco.

Bati no braço do Bruno e corei, envergonhada. Pude ouvir a risada do meu irmão do lado de fora. Corremos e pegamos nossas coisas espalhadas pelo chão. Retirei a toalha da bancada da cozinha e coloquei no cesto de roupa suja, resmungando o quanto eu estava ficando terrivelmente viciada naquele homem. Como pude esquecer o Lucas?

Bruno já me esperava na porta do quarto com um sorriso divertido no rosto. Quando passei por ele, gritou para que Lucas entrasse e fechou a porta.

Sentei-me na cama e fiquei observando aquele cara gostoso que eu me atrevia a dizer ser somente meu.

— Você vai ficar hoje?

Ele sorriu malicioso e se agachou, ficando na altura dos meus olhos.

— Não vou te deixar tão cedo, minha linda. Pode se acostumar.

Ah, mas eu já estava acostumada. Só rogava aos céus para que eu não perdesse essa coisa maravilhosa que tinha acontecido na minha vida.

Capítulo 28
Bruno

Droga de despertador! Peguei o celular e o desativei. Eram cinco da madrugada, e eu tinha que levantar para ir ao hospital. Esse plantão diurno era legal porque eu ficava com a noite livre, porém, não gostava da ideia de me separar do aconchego no qual estava.

Dormimos de conchinha a noite toda; nunca pensei que dormir com alguém seria tão prazeroso. Não queria nem um pouco desgrudar do seu corpo quente. Observei Layla dormindo, ela era linda de todas as maneiras. Tracei o dedo por seu braço e alcancei seu seio macio. Acariciei a curva da sua cintura e do quadril perfeito. Minha mulher era maravilhosa.

E essa sensação gostosa de contentamento que tinha no peito era nova e surpreendente, porque nunca imaginei ficar feliz por estar enlaçado a alguém.

Seu rosto estava relaxado, era muito bom vê-la bem e tranquila, um sorriso suave repousava em seus lábios. Inclinei-me e dei um beijo carinhoso em sua boca gostosa. O cheiro doce do meu anjo invadiu meus sentidos e fiquei pronto para tê-la novamente, mas me obriguei a levantar, tinha que trabalhar. Havia trazido uma mochila com minhas coisas para que pudesse passar a noite com ela. O problema era que estava no carro do lado de fora. Não queria vestir calça jeans, estava com o corpo cansado da noite anterior e precisava de um banho antes de colocar qualquer roupa.

Levantei-me devagar — para não despertar a Layla — e enrolei uma toalha na cintura, abri a porta e espiei o corredor. Lucas ainda não tinha levantado, mas provavelmente em breve estaria de pé, pois sua aula na faculdade começaria cedo. Eu conhecia muito bem a rotina de um estudante de medicina, e não era fácil.

O clima estava fresco, mas pude sentir um friozinho pela falta de roupa. Desativei o alarme e abri a porta, peguei a mochila no banco do carona e tranquei o carro novamente. Quando me virei, vi uma senhora idosa na casa vizinha, que tinha um sorriso no rosto.

— Bom dia, meu filho. Puxa, faz tempo que não vejo uma coisa dessas. — Apontou para meu peito despido. — Obrigada pela bela visão de manhã.

— Sorriu e seguiu com o crochê que estava em suas mãos

Assenti sem graça e segui meu caminho, corando superenvergonhado. Droga, tinha esquecido que Layla tinha vizinhos idosos. Situação embaraçosa no mínimo... Entrei e fui direto para o banheiro, tomei um banho rápido e escovei os dentes.

Voltei para o quarto e meu anjo continuava dormindo, chegava a ressonar. Pela noite maravilhosa que tivemos, também devia estar cansada, mas eu me sentia revigorado. Tê-la em meus braços me dava uma satisfação sem limites e muita energia.

Vesti minha calça e camisa branca e sentei na beirada da cama para calçar o sapato. Resolvi não acordá-la, estava tão linda dormindo, ela merecia um descanso. Depois de tantos anos trabalhando duro, ficando tensa o tempo todo, cheia de responsabilidades e deveres, necessitava de um tempo para si mesma. Se eu pudesse — e ela deixasse —, a manteria sempre protegida.

Inclinei-me e depositei um beijo em sua boca doce. Layla resmungou e sorriu. Eu estava completamente apaixonado. Aproximei-me da cabeceira e encontrei papel e caneta, decidi deixar uma nota para que ela visse assim que abrisse seus lindos olhos verdes. Era bom deixar bem claro o tamanho dos meus sentimentos para que não houvesse nenhuma dúvida.

Saí do quarto e me deparei com um aroma de café fresco. Lucas já devia ter se levantado. Ele estava sentado na bancada que servia de mesa na cozinha com uma xícara na mão. Levantou os olhos e sorriu.

— E aí, cunhado? Vai um café?

Sentei-me e o observei. Lucas era um bom garoto e seria um ótimo médico. Eu gostava de ver futuros profissionais dedicados. Nos dias atuais, era muito importante encontrar alguém focado no verdadeiro trabalho que é exercer a medicina e salvar as pessoas.

Peguei meu café e dei uma golada, estava forte do jeito que eu gostava. Era ótimo para despertar e começar um dia de muito trabalho.

— Então, Lucas, qual especialização você vai escolher?

Ele sorriu, parecia muito satisfeito consigo mesmo.

— Quero ser ortopedista. Gosto de toda a complexidade dos ossos, e consertar as coisas sempre foi comigo, então sempre me vi fascinado por essa parte do corpo humano.

Assenti, ser um ortopedista não queria dizer só enfaixar membros quebrados. Mas quando um bom profissional pega um caso quase impossível, como uma coluna quebrada e faz alguém, que não tinha nenhuma chance ou esperança de andar, caminhar com seus próprios pés, era inacreditável. Mas também necessitava de muito jogo de cintura e uma mente muito focada, porque qualquer erro mínimo poderia colocar alguém saudável numa cama permanentemente.

— Legal, você vai ser um bom profissional, aproveite e estude bastante nesses quatro anos que faltam para a residência. — Coloquei a xícara em cima da bancada. — Eu queria falar uma coisa com você, Lucas. Layla saiu do emprego no escritório e eu sugeri que ficasse somente no bar e, claro, ela relutou. Mas eu fiz uma proposta que vou tentar com o reitor da sua faculdade uma bolsa parcial, para que fique mais leve pra ela. Porém, eu queria falar com você primeiro.

Lucas baixou a cabeça e parecia envergonhado.

— Eu fico muito chateado com o tanto que Layla teve que trabalhar para poder me criar, Bruno. Por isso, ficaria feliz se pudesse diminuir sua carga. Ela nunca se divertiu, só cuidou de mim. Com isso, eu sempre me senti na obrigação de ser o melhor em tudo e não arrumar mais problemas do que ela já tinha.

Eu já sabia que Lucas era um garoto legal, mas depois dessa afirmação de que não foi só meu anjo que se esforçou, mas ele também, admirei ainda mais aqueles dois.

— Ok, hoje mesmo vou ligar para o reitor e indicar uma vaga para a bolsa. Mas, provavelmente, ele vai querer que você faça algum trabalho ou atividade, que nem sempre é muito fácil, eu sei disso. Deixa o número do seu celular comigo que eu repasso pra ele. — Estendi meu telefone em sua direção.

Lucas assentiu e pegou o aparelho, digitando na tela, e devolvendo-o em seguida.

— Fico grato com o que vier. Eu iria desistir da medicina e trabalhar um tempo atrás. — Sorriu tristemente. — Mas Layla quase me bateu, disse que eu não desistiria de ser o que sempre quis. Eu continuei por ela, mas me sinto menos homem por ter que ser sustentado por minha irmã e não poder ajudar em nada.

Olhei pra ele e tentei soar o mais claro possível. Como era um garoto inteligente, eu tinha certeza de que compreenderia o que iria lhe dizer.

— Lucas, não se lamente, sua irmã fez a escolha dela. Você não é menos homem por isso, mas melhor do que muitos por aí. O que queria? Estar vadiando, dando preocupação a ela? Eu acho que não, Layla é muito orgulhosa do irmão que tem e te ama muito. Não dê o desgosto de se sentir menos por algo que ela lutou tanto. Mostre a todos que você faz por merecer, nunca se lamente.

Lucas baixou a cabeça e assentiu. Levantei-me e passei por ele, colocando a xícara na pia, dei um tapa em suas costas, encorajando-o. Apesar de dizer tudo aquilo, eu entendia muito bem o que sentia. Não era legal se sentir pra baixo, mas eu não iria deixá-lo diminuir o esforço da Layla por vergonha.

Peguei minha mochila e saí pronto para mais um dia de trabalho, mas louco pra voltar para os braços da Layla novamente.

Assim que estacionei na garagem do hospital, encontrei Alberto à minha espera. Ele tinha uma expressão nada amistosa em seu rosto, e parecia muito nervoso.

Nem bem saí de dentro do carro, ele já veio em minha direção, pisando duro e bufando como um touro encarcerado enquanto passava as mãos pelos cabelos num estado de inquietação evidente.

— Cara, vou te dizer, sua irmã ainda vai me matar — disse logo que me alcançou.

Franzi a testa em confusão.

— Qual delas, Alberto? Fica meio difícil adivinhar, sendo que as três são capazes dessa proeza.

— Ana Luiza, claro. — Bufou e jogou as mãos para o alto em frustração. — Você acredita que ela veio trazer um paciente transferido e fingiu que não me conhecia? Fui falar com ela no corredor e Ana começou a gritar que não me conhecia, que devia ser louco por falar com ela achando que era fácil de pegar igual às "vadias" que eu andava.

Eu juro que tentei segurar minha gargalhada, mas foi impossível. A risada explodiu em meu peito e eu tive que me curvar de tanto que doeu minha barriga. Mas, pela cara do meu amigo, ele não estava achando nenhuma graça. Era bem a cara da Ana fazer aquilo. Ela não aceitava nenhum tipo de desaforo e, depois de tanto tempo, ainda guardava mágoas sobre o que quer que tenha acontecido entre os dois.

— Desculpe, cara, mas não pude evitar. Só fiquei imaginando sua cara de panaca quando ela começou a gritar.

Ele balançou a cabeça, chateado.

— O pior que acertou em cheio, Bruno. Eu senti tudo de novo o que aconteceu. Exatamente como quando ela terminou tudo comigo; voltou tudo de uma vez e quase me pôs de joelhos. — Sua expressão era de sofrimento, e era verdade, meu amigo sofreu muito com o rompimento do seu relacionamento com Ana.

Parei de rir e o observei, Alberto estava desesperado. Seu rosto estava contorcido num ângulo estranho e os olhos baixos e tristes.

— E o que foi que aconteceu? Se eu não souber, não tenho como ajudar.

Ele balançou a cabeça e cobriu o rosto com as duas mãos, em sinal de desânimo.

— Eu não posso te contar, é uma coisa que prometi manter em segredo. Mas eu não aguento, Bruno. Estava pensando em ir embora, me mudar. Não consigo ficar tão próximo a ela desse jeito e não poder ser ao menos seu amigo.

As coisas eram muito difíceis para os dois, mas eu achava que fugir não era a melhor solução.

— Acho que vocês devem conversar, tentar resolver essa coisa toda. Não pode ter sido tão grave.

— Você nem imagina... Mas eu queria saber se você pode conversar com ela. Eu queria só uma chance de explicar tudo, tentar resolver nem que seja um pouco do problema. Não aguento essa merda, já se passaram sete anos. Eu preciso de um pouco de paz.

Engoli em seco, poderia até ser covardia, mas enfrentar Ana Luiza não era uma coisa boa a fazer. E, pelo desespero do Alberto, ele também tinha um pouquinho de medo.

— Vou tentar, mas não prometo nada. Aquela mulher é mais teimosa do que uma mula empacada.

Ele assentiu e baixou a cabeça, derrotado. Conhecia minha irmã muito bem, sabia que era quase impossível que ela voltasse atrás na sua decisão. Qualquer quer que tenha sido.

Entramos e fui direto para o vestiário deixar minhas coisas. No meio do caminho, peguei um jornal na recepção, pois sempre dava uma olhada antes de começar o dia. Na primeira página, tinha uma notícia que quase me fez cair pra trás.

Um escândalo envolvendo o ex-chefe da Layla: sua esposa pediu divórcio e descobriu um monte de falcatruas dele envolvendo clientes e prostitutas que bancava. Parecia que mantinha até mesmo uma boate para que tivesse acesso livre. A mulher arrancou tudo que o advogado tinha e ainda o estava processando por danos morais, fora o monte de clientes que estavam querendo explicações. Dizia na nota que ele recebia os honorários e não dava entrada nos processos, assim, enriqueceu facilmente às custas dos outros.

Soltei um longo assovio, não pude evitar uma satisfação em meu peito, a justiça era feita de um modo ou outro. O velho teria o que merecia. Guardei o jornal no armário para levar para Layla ver. Ela ficaria tranquila quando soubesse que o advogado não faria nada de mal para mais nenhuma garota inocente.

Capítulo 29
Layla

Assim que abri os olhos, vi um bilhete de papel dobrado em cima do travesseiro ao meu lado. Instantaneamente, procurei por Bruno no quarto, mas me dei conta de que já era tarde e ele deveria ter ido para o hospital. Fiquei um pouco triste por não ter acordado e vê-lo partir, porém, estava precisando de um sono rejuvenescedor.

Estendi a mão e peguei o bilhete. Sentei na cama e o abri, meu coração dando um salto quando vi meu nome com sua letra de médico; eu parecia uma menina com sua primeira cartinha de amor.

Layla,

Adoro cada minuto que passo ao seu lado.

Vou, mas já estou louco para voltar para os seus braços. Só pra você não esquecer, irei te lembrar mais uma vez...

Amo você, anjo.

Sorri como uma boba, pois suas palavras simples refletiam exatamente o que eu sentia. Adorava passar o tempo ao seu lado.

Levantei-me e previ um dia maravilhoso. Ultimamente, estava muito animada, e desconfiei que essa alegria toda tivesse nome e sobrenome. Bruno era muito carinhoso e atencioso, gostava de estar ao redor, cuidando de mim. E se preocupava com o meu bem-estar; apesar de eu não estar acostumada, eu gostava da sensação.

Iria ao bar pedir para o Heitor me dar mais uma função. Naquela hora da manhã, ele devia estar fazendo o balanço da noite passada. Ainda não entendi o porquê de ele esconder ter se tornado sócio no *Beer*, mas devia ter seus motivos.

Vesti um pijama e fui à cozinha tomar café, pois Lucas sempre o fazia quando levantava primeiro. Peguei torradas e manteiga e me sentei.

Lembrando-me do que fizemos na noite passada em cima daquela bancada, senti meu rosto esquentando, mas não saberia dizer se era de vergonha ou excitação. Provavelmente os dois.

Estava meio receosa com tudo o que Bruno me propôs, mas arrumar uma bolsa para o Lucas seria muito bom. A faculdade de medicina não era barata. Se conseguisse diminuir minhas contas a pagar, eu poderia ficar só com o que gostava de fazer. Por mais que eu só cantasse à noite, adorava estar no bar, então, um trabalho regular num local em que me sentia bem seria gratificante. Nunca tive pretensão de ser famosa ou gravar algum disco, na verdade, nem iria querer se uma oportunidade aparecesse. Era muita pressão e eu já estava saturada de responsabilidades e prazos. Não queria essas coisas para me estressar ainda mais.

Tomei um banho e vesti uma roupa casual — *short* e regata. Era raro eu sair à vontade, mas poderia me dar esse luxo, já que não estava mais trabalhando num escritório de advocacia. A essa hora da manhã, fora o "chefe", o *Beer* estaria vazio, então não correria o risco de ser assediada por nenhum bêbado sem noção por causa da minha vestimenta escassa.

O dia estava ensolarado e saí de casa animada, minha vizinha idosa estava com seu crochê habitual, sentada na varanda numa cadeira de balanço. Quando ela me viu, abriu um sorriso amistoso.

— Bom dia, minha filha. Hoje vi seu namorado andando no quintal, aí entendi o motivo desse brilho novo em seus olhinhos. Com tudo aquilo, até eu estaria assim... — Ela parecia sonhadora, suspirou e voltou para o crochê.

Franzi a testa, confusa. Como assim, viu? Mas decidi nem entrar em detalhes, morria de vergonha por saberem que Bruno estava dormindo comigo. Eu sabia que era idiotice, porque sou uma mulher independente de vinte e sete anos, mas, mesmo assim, não estava acostumada com tudo aquilo.

Despedi-me com um aceno e caminhei para o ponto de ônibus. O bar era relativamente longe, já que eu morava no subúrbio da cidade. Pensei em comprar um carro num futuro próximo, se Lucas conseguisse a bolsa, claro. Seria um conforto que eu adoraria.

Já a caminho do *Beer*, puxei o celular da bolsa e enviei uma mensagem de texto para Bruno. Sorri ao imaginar sua cara quando a visse; provavelmente seria após o plantão. Ele disse que tentava não olhar o telefone no trabalho, pois não gostava de ficar distraído, a não ser quando tinha um plantão prolongado. Então, não havia escapatória, ficar três dias isolado não era relaxante.

Notei um casal adolescente se atracando no fundo do ônibus, e achei graça porque nunca fui assim. Não tinha tempo, era sempre da escola para casa para cuidar do Lucas. Porém, não lamentava a vida que tive, talvez, se fosse diferente, não teria conhecido meu médico garanhão. Começava a achar que nada era por acaso, tudo tinha seu tempo e lugar para acontecer.

Desci do ônibus e parei em frente ao *Beer*; adorava trabalhar naquele lugar. Sentia uma paz desde que comecei lá um ano e meio atrás, parecia ser o lugar certo para mim.

Do lado de dentro, estava tudo vazio e em silêncio, era engraçado ver aquele local tão badalado daquele jeito. Era muito difícil eu estar ali de dia, mas sabia da rotina: se Heitor era mesmo o chefe, deveria estar nos fundos vendo arquivos e toda a porcaria burocrática.

Encontrei-o mergulhado em papéis, e não parecia muito confortável, mas era engraçado ver o *bad boy* todo responsável. Bati com os dedos na porta de leve. Heitor olhou para cima e pareceu confuso ao me ver ali.

— Ei, estrela, o que está fazendo aqui a essa hora? — Encostou-se na cadeira e colocou as mãos atrás da cabeça, deixando à mostra uma tatuagem no lado de dentro do braço. Não consegui identificar, mas parecia um nome em meio a linhas celtas.

— Eu vim pedir um emprego ao chefe. Um mosquitinho me contou que você é o tal, e eu quero trabalhar aqui um tempo a mais do que o normal. Já que meu amigo escondeu isso de mim, tenho certeza de que não irá me negar.

Sorri perspicaz, eu sabia que era um pouquinho de chantagem, mas gostava de brincar com ele. Heitor torceu a boca e balançou a cabeça.

— Aquele médico idiota deu com a língua nos dentes, né? — Se levantou e andou até a frente da mesa, se encostando. — Mas por que você quer outro emprego aqui no bar? E o escritório?

— Eu saí. Não era pra mim, resolvi fazer o que eu gosto e, além de cantar, adoro trabalhar no *Beer*. — Tentei disfarçar meu desconforto ao me explicar.

— Hum, entendi. Mas eu só tenho vaga de *barman*, estou ficando louco sozinho naquele balcão. Até o horário em que você se apresenta seria uma ótima ajuda. Vamos ter que modificar seus horários, você vai continuar trabalhando nos mesmos dias, pois não quero exceder sua carga de trabalho. Só que não vai cantar quarta e quinta, somente aos finais de semana.

Não gostei muito, mas concordei, mesmo porque eu poderia convencê-lo depois. Cantar não me cansava; era o que eu tinha mais prazer em fazer.

— Tudo bem, até amanhã, então. Ah, e como você está? Passou a ressaca de domingo?

Seu rosto ficou duro de repente, e me arrependi de perguntar. Não queria ser intrometida, só estava preocupada. Ele era sempre tão alegre, então vê-lo naquele estado me deixou chateada, mesmo sem saber o que aconteceu.

— Sim, foi só aquele dia mesmo. Coisas que prefiro não ficar lembrando, mas obrigado por perguntar. Agora vai embora, mulher. Não quero ser processado por trabalho escravo. — Se afastou da mesa, me enxotando com a mão.

— Ok, mas se precisar conversar pode contar comigo.

Ele baixou a cabeça e mordeu os lábios.

— Layla, existem coisas na vida sobre as quais não temos nenhum controle. Às vezes, não damos importância a coisas pequenas e, quando percebemos, já se foi, simplesmente sumiu. — Suspirou pesadamente e fechou os olhos por um segundo. — Mas não vamos ficar remoendo o passado. Vai logo antes que eu te arraste porta afora.

Sorri preocupada e me despedi com um aceno. Heitor era um cara tão legal que me admirava o fato de ele não ter ninguém. Porém, podia perceber certo mistério e tristeza em seus olhos cor de chocolate. Nossa amizade ainda era recente, mas eu pretendia ajudá-lo num futuro breve. Aprendi uma coisa com o passar dos anos: estar sozinha com seus problemas é muito mais complicado do que dividi-lo com alguém, mesmo que seja somente para desabafar. Às vezes, só precisamos ser ouvidos.

Eu não tinha nenhuma amiga para conversar. As meninas com as quais fazia amizade na adolescência logo que viam que eu tinha uma criança para criar se afastavam mais do que depressa. Como se eu fosse pedir para que me ajudassem de alguma forma. Lucas sempre foi minha responsabilidade. Fazia tudo sozinha e muito bem.

Dei de ombros; antes só do que mal acompanhada. Tinha amigas agora, me dei muito bem com a família do Bruno. Dali sairiam boas amizades, com certeza. Suas irmãs eram encantadoras, cada uma do seu jeito.

Resolvi dar uma volta no shopping e passar numa loja de lingerie; seria bom renovar meu estoque de calcinhas, e ver algo especial, já que minhas noites não eram mais solitárias e meu namorado garanhão teimava em rasgar algumas das que eu tinha.

Uma vendedora simpática veio me atender na loja e disse que, se eu precisasse de alguma coisa, era só chamar. Agradeci e ela voltou para seu posto em frente à porta. Dei uma volta e observei minhas opções. Peguei algumas calcinhas avulsas de várias estampas, modelo e cores. E uns sutiãs confortáveis para o dia. Mas estava à procura de algo *sexy*.

Avistei algo que me deixou muito animada. Um espartilho preto com uma cinta-liga e uma calcinha fio dental chamou minha atenção, e logo imaginei a reação do Bruno ao me ver naquela roupa íntima. Um sorriso travesso se abriu em meu rosto e me aproximei do manequim, observando atentamente. Só estava indecisa quanto à cor, preto ou vermelho, e até o branco me parecia promissor. Na verdade, eu gostava mais da imagem dele a tirando, ofegante e excitado.

Notei uma presença ao meu lado e me virei. Uma mulher bonita estava parada observando a mesma peça que eu. Ela virou o olhar pra mim e sorriu: era loira, olhos escuros, corpo curvilíneo e bem vestida.

— Olá.

Cumprimentei-a com um sorriso e um aceno de cabeça, e voltei minha atenção para a peça que estava em minhas mãos.

— Está pensando em comprar? — Apontou para o manequim.

— É, estava querendo fazer uma surpresa para o meu namorado.

Ela sorriu e se virou de lado me observando.

— É legal inovar. Eu conheço você de algum lugar... Você canta no *Beer*, né?

Assenti e sorri educada, já estava acostumada a algumas pessoas me reconhecerem. Porém, o entusiasmo daquela mulher estava me incomodando, não sabia por que, mas não era confortável estar ao seu lado.

— Sim, você já foi lá?

— É, estive por lá com alguns amigos. Um cara com quem estou tendo um rolo estava lá e resolvi dar uma sondada.

Murmurei um som de compreensão e virei para continuar observando a lingerie. Mas ela parecia não ter percebido que eu queria encerrar a conversa. Por mais simpática que parecesse, eu não costumava ficar falando muito com estranhos. Às vezes, aparecia alguém que valia a pena conversar, o que não era o caso.

— Tive um dia tão excitante ontem à tarde. Peguei o cara no vestiário do trabalho. Nossa, menina, ele é delicioso. Nunca tive tantos orgasmos na vida.

Eu estava desinteressada, não gostava de ficar escutando sobre a vida sexual dos outros — não que eu fosse chata com essas coisas, mas ficava envergonhada. Ainda mais a de quem eu não conhecia.

— Naquele hospital, ele é um dos mais comentados entre as enfermeiras, elas sempre me diziam que o Dr. Bruno Petri era muito gostoso. Não podia perder minha oportunidade quando o vi no chuveiro deliciosamente nu.

Eu parei com minha mão a meio caminho de uma calcinha vermelha. Quando ouvi aquele nome, meu coração afundou. Não conseguia respirar, e meus ouvidos estavam zumbindo com tudo que aquela mulher disse. Mas eu tinha que ter certeza, estávamos juntos na noite anterior. Foi maravilhoso. Não podia ser verdade. Eu me recusava a acreditar.

— Você é médica? — falei num fio de voz.

— Sim, eu trabalho no hospital. Sou chefe da UTI. Sempre quis pegar esse cara, então deixei rolar. Valeu a pena cada segundo presa naquele azulejo do vestiário enquanto ele estocava em mim. Pretendo fazer de novo várias vezes. — Arregalou os olhos e sorriu maliciosa. Parecia muito feliz consigo mesma.

Larguei a calcinha e murmurei uma despedida. Saí daquela loja antes que me envergonhasse; não conseguia conceber a ideia de aquilo estar acontecendo. Por que ele faria isso depois de jurar me amar? Por quê? Eu já tinha minha resposta antes mesmo de me questionar mais. Ele era uma porra de um médico garanhão!

Era por esse motivo que eu não gostava de relacionamentos; meu coração estava partido. Nem quando perdi meus pais doeu tanto. Sentia-me vazia. Não conseguia respirar direito. Minha visão estava escurecendo e meu peito estava comprimido.

Andei pelo shopping em transe total, à beira de um ataque de pânico. Lágrimas escorriam pelo meu rosto e não fiz nada para impedi-las. O caminho até minha casa era longo. Estava desesperada. Queria gritar, socar alguém. Percebia as pessoas que passavam e me olhavam, mas não estava nem aí para o que poderiam estar pensando. Só sentia muita dor.

Como fui idiota ao acreditar que um mulherengo seria fiel? Que ficaria comigo com o mesmo compromisso que eu me dispunha?

Nunca tive nada meu na vida, até que ele apareceu. Eu realmente acreditei que seria feliz, que meus sonhos se tornariam realidade. Doce ilusão!

Eu aparentemente era muito ingênua no julgamento das pessoas. Tinha que ficar seca e sozinha. Não deveria ter me envolvido sentimentalmente; o resultado era só sofrimento.

Senti uma pontada na cabeça e nem dei atenção, a dor que sentia no peito era muito mais intensa. Meu coração batia muito acelerado e me senti hiperventilando. Minha visão embaçou e ficou tudo escuro. A última coisa que pensei foi em nunca mais querer ver Bruno, nem que fosse para se explicar; ele não merecia chance alguma.

Capítulo 30
Bruno

Tinha um sorriso no rosto desde a hora em que recebi SMS da Layla. Ela dizia que estava louca para provar o creme de chocolate em mim, e não via a hora de lamber cada pedacinho do meu corpo. Já estava ansioso para que chegasse a noite e eu a encontrasse em casa. E essa perspectiva me deixou com a adrenalina elevada.

Fui chamado na emergência para atender uma paciente que teve um colapso nervoso no shopping e desmaiou. Quando cheguei à sala, um dos médicos me olhou agradecido, já que eles estavam sem pessoal e precisavam de toda a ajuda possível. Eu nunca me importei em auxiliar.

— Qual o prognóstico, Sandro?

— Parece que a garota teve o ataque no meio de um shopping. Algumas pessoas viram e disseram que ela saiu de uma loja chorando. Estava soluçando alto e parecia nem perceber, e do nada ela caiu e apagou. Chamaram a ambulância e ela despertou enlouquecida porque iriam trazê-la para o hospital, disse que queria ir pra casa e ninguém ia obrigá-la a vir. Eles a sedaram por medo de outro colapso. Ah, e ela bateu a cabeça na queda, tem que fazer uma checagem. Por favor, quebra esse galho pra mim? Vão chegar pacientes com traumas de acidentes e eu tenho que ir vê-los.

— Claro, sem problemas, vou verificar a paciente.

Ele se afastou e eu fui para o lado de fora aguardar a ambulância. Podia ouvir a sirene de longe. O problema de fazer os "bicos" nas outras áreas do hospital era que tomava meu tempo, e poderia me atrasar para chegar em casa e ver a Layla. Mas era por uma boa causa, e eu não recusava quando alguém precisava de mim.

A ambulância estacionou e me posicionei ao lado para verificar, em primeiro lugar, os sinais vitais. Os paramédicos saltaram, puxando a maca com eles. Tive um vislumbre de um cabelo castanho que eu conhecia muito bem, e, quando vi seu rosto, meu coração parou. Fiquei sem reação por um minuto, não podia acreditar que era Layla quem teve o colapso nervoso.

Sacudi a cabeça, saindo do transe, quando os paramédicos chamaram para que me aproximasse. Corri e parei ao seu lado.

— Como estão os sinais vitais? — Ajudei a empurrar a maca para a sala de emergência, pois assim seria mais rápido o atendimento.

— Ela está bem, doutor, até já acordou. Queria ir pra casa e se desesperou. Ficamos com medo de que tivesse outro colapso, então a sedamos. Está com um galo no lado direito da cabeça, porque, quando caiu no chão, bateu forte, mas não creio que tenha concussão.

— Ok, obrigado. Podem voltar ao trabalho — tentei soar o mais profissional possível.

Quando eles saíram, deixei transparecer meu desespero por ver meu anjo ali naquela maca, desacordada. Se eles descobrissem que ela era minha namorada, iriam tirá-la dos meus cuidados — por estar envolvido emocionalmente — e eu não permitiria. Naquele caso especifico, só confiava em mim mesmo.

Verifiquei tudo e ela estava bem, então apliquei um remédio para dor de cabeça em seu soro. Mas não havia nenhum sinal de que havia ocorrido algo sério, como uma concussão. Mas o que estava me incomodando era o que a fez ter um colapso no meio do shopping. Eu sabia que tinha muito estresse em sua vida, muita preocupação. Poderia ser que a mente não tenha aguentado, e esse era um dos meios de o corpo pedir ajuda.

Iria demorar mais ou menos meia hora para que ela despertasse, então resolvi avisar que não atenderia mais ninguém; não arredaria o pé do seu lado até que ela acordasse e eu tivesse certeza de que estava bem.

Eu sabia que ela não corria nenhum risco, mas era muito ruim vê-la daquele jeito. Agora entendia o que os familiares dos pacientes sentiam quando seus entes queridos estavam adoentados. Nunca me senti tão oprimido e impotente na vida.

Depois de quase vinte e cinco minutos contados em aflição, Layla começou a despertar. Primeiramente, abriu os olhos, confusa. Varreu o olhar pelo quarto com a testa franzida e os lábios comprimidos. Levantei-me e me aproximei da cama. Tinha transferido-a para um quarto particular, pois queria privacidade para que pudesse ficar esperando-a acordar.

Quando ela me viu, seu rosto congelou numa expressão de muita tristeza e dor. Não entendi de onde vinha aquilo. Ela fechou os olhos e lágrimas correram por seu rosto bonito.

— O que foi, anjo? O que aconteceu com você?

— Fica longe de mim — pediu num fio de voz.

Franzi a testa, confuso. Por que eu deveria me afastar? Estava preocupado. Tentei segurar sua mão, mas ela a puxou, se apartando. Não queria olhar em meus olhos.

— Por que, Layla? O que está acontecendo?

Ela comprimiu os lábios e balançou a cabeça.

— Eu quero ir embora. Não posso ficar perto de você.

Estava cada vez mais complicado para eu entender, pois tivemos uma noite maravilhosa. Só queria estar ao seu lado, estava preocupado. E ela não podia ficar perto de mim?

— Como assim? Eu não fiz nada, não estou entendendo...

Ela virou subitamente em minha direção com os olhos flamejantes de raiva.

— Não fez? O que me diz do vestiário?

Layla devia ter batido a cabeça muito forte; eu deveria fazer um *check-up* novamente pra conferir se estava realmente bem. Ela não estava sendo coerente. Que história era essa agora?

— Não sei do que você está falando.

— Eu encontrei uma amiga sua de profissão, e ela nem sabia que éramos namorados. Foi falando das peripécias que fizeram no vestiário ontem à tarde. Porra, Bruno! Como você teve coragem? Depois, ainda foi para a minha casa... Nós transamos! E antes disso você estava fodendo médicas por aí? Pelo menos, usou camisinha?

Merda, Andressa. Mas não era nada daquilo, eu rejeitei a vadia. Ela disse que iria ter volta, que não deixaria assim. Devia ter dado mais atenção, pois pessoas loucas não têm muita noção. Isso atingiu diretamente o meu calcanhar de Aquiles. Mexer com meu anjo foi seu maior erro.

— Eu não fiz nada disso, Layla. Ela mentiu pra você.

Layla endureceu o corpo e se sentou, parecia não estar nada confortável com tudo aquilo. Na verdade, eu estava um pouco chateado com a pouca fé que a minha mulher tinha em mim.

— Você é um babaca total, Bruno. Por que ela ia mentir? Nem sabe quem sou eu. Encontramo-nos por acaso.

— Foi por isso que você desmaiou?

Ela fez uma careta e baixou a cabeça, corando.

— O que, está querendo se vangloriar?

— Nada disso, parece até que você não me conhece. — Aumentei a voz, estava ficando realmente aborrecido. — Eu sei quem ela é, seu nome é Andressa, chefe da UTI. Ela me abordou ontem no vestiário mesmo, só que a rejeitei. Não ficou muito conformada, disse que teria volta, que não deixaria barato. Então, Layla... você vai acreditar nela? Alguém que você nem conhece?

Sorriu tristemente e levantou seus lindos olhos verdes, que estavam vazios.

— Eu também não conheço você.

Aquilo doeu, pois tínhamos uma conexão desde o primeiro momento. Apesar do pouco tempo, eu confiava nela plenamente. Mas, pelo jeito, não era recíproco.

— Entendi. Mas você tem que acreditar, anjo. Eu não fiz nada. — Eu soava patético e desesperado, mesmo para mim.

— Não me chame mais assim, eu não sou um anjo. E por que eu deveria acreditar? Como ela me conhecia? Eu nunca a vi. O que ela ganharia ao mentir para uma estranha?

— Porque ela foi na porra do *Beer* e te viu cantando. Ela está atrás de mim faz tempo. Eu não quero nada com ela e deixei isso bem claro. Porque eu só tenho olhos para você, caralho. Dá pra entender? — gritei exasperado. Estava ficando nervoso com toda a situação.

Layla nem olhou pra mim, continuou sentada e virou de costas em silêncio. Percebi que o único jeito era trazer a vagabunda da Andressa para que se explicasse. Eu acharia aquela vadia nem que fosse a última coisa que faria na vida.

Saí do quarto e passei na recepção; queria ter certeza de que Layla estaria ali quando eu voltasse. Ela teria alta em breve. Dei ordens expressas para que só eu pudesse liberá-la. A enfermeira concordou assustada, já que nunca fui grosseiro ou autoritário. Mas não estava no humor de ser educado.

Dirigi-me à UTI porque sabia que ela estava de folga, já que aprontou merda, mas lá eu pegaria o seu endereço e a traria nem que fosse arrastada pelos cabelos.

Fiquei como um louco varrendo o computador da UTI e finalmente encontrei. Fui direto para o meu carro; nem via as pessoas me chamando, tentando me parar, querendo saber o que estava acontecendo. Meu desespero se mesclava ao ódio e tristeza por Layla não acreditar em mim.

Saí em disparada cantando pneu; a casa dela não era longe do hospital. Estacionei na calçada de qualquer jeito. Caminhei a passos largos e bati na porta. Não esperei muito e esmurrei mais uma vez. Estava a ponto de derrubar, quando foi aberta por uma Andressa de olhos arregalados.

— O que você está fazendo aqui, Bruno?

— Você está de brincadeira, né, vadia? — Nem dei chance de ela falar mais nada, apenas peguei-a pelo braço, arrastando-a para o carro. — Eu não quero ouvir nenhum pio seu no caminho para o hospital. Você vai desmentir toda a merda que disse para a minha namorada, vai dizer a ela que a viu no bar outro dia e que decidiu se vingar porque eu não te quis. — Parei no meio do caminho e olhei em seus olhos. A mulher era bonita, mas alguém que se rebaixava assim não merecia nenhuma consideração. — E sabe do que mais? Mesmo se eu não tivesse a Layla, nunca iria pegar você; de gente do seu tipo eu quero distância.

— O quê? Como eu vou voltar para casa? Estou sem sapatos, Bruno. — Aquela voz estava me irritando.

— Não é problema meu; você se meteu com a pessoa errada. Fui ensinado a proteger o que é meu. E cala a boca, não quero ouvir sua voz grasnada até chegarmos ao hospital.

Joguei-a no banco traseiro e dei a volta; não queria ficar nem ao lado daquela maluca. Dei partida e corri como um louco, ignorando os seus protestos.

Em frente ao hospital, as pessoas nos olhavam abismadas com a cena. Eu estava literalmente arrastando Andressa. Ela iria dizer a Layla toda a verdade, nem que eu tivesse que arrancar daquela boca nojenta.

— Bruno, espera. Eu não posso entrar assim, é meu local de trabalho, não vai ficar legal.

— Deveria ter pensado nisso antes de fazer merda com a minha namorada. Eu não quero nem saber, por mim seria expulsa daqui; um hospital bom como esse não pode ter víboras como você.

Ignorei o restante dos seus protestos. E me apressei pelo corredor. Todos os colegas de trabalho, enfermeiras e pacientes nos olhavam assustados. Eu estava pouco me lixando. Tinha muita raiva em meu peito.

Invadi o quarto da Layla e entrei sem nem ao menos bater. Ela estava deitada de lado, chorando desconsolada. Meu coração apertou com a cena. E fiquei triste por tudo o que ainda iríamos passar. Estávamos tão bem até uma vadia vir e se intrometer.

Empurrei Andressa pra frente e Layla se sentou em alerta.

— Agora conta toda a verdade, Andressa. Confessa a ela a mentira que você disse.

Capítulo 31
Layla

Eu estava deitada chorando desde a hora em que Bruno saiu. Tentei ir embora porque estava bem e não precisava ficar internada, mas não deixaram. Segundo a enfermeira, só poderia sair com ordens do médico. Fiquei ainda mais indignada; pelo jeito, Bruno queria me manter ao seu alcance.

De repente, ouvi uma gritaria no corredor e a porta foi aberta por um Bruno raivoso empurrando a loira da loja para dentro do quarto. Ela tropeçou nos próprios pés e arregalou os olhos, ofegante.

— Agora conta toda a verdade, Andressa. Confessa a ela a mentira que você disse — gritou Bruno, fazendo a médica se encolher.

Ela olhou pra trás e fez uma careta.

— Para de gritar, esse é o meu local de trabalho também, já basta você ter me arrastado nesses trajes. — Ela estava de *short* e camiseta, sem sapatos.

Bruno estreitou os olhos e se aproximou, ficando de pé ao lado da cama.

— Foda-se, eu vou gritar o quanto eu quiser. Você fez a merda, agora conserta. Fala logo, senão eu termino de te envergonhar — ameaçou num tom de voz que me assustou.

Fiquei surpresa com a ferocidade com que Bruno a tratava. Se eles tinham tido alguma coisa, ele seria pelo menos educado. A loira suspirou entediada.

— Tá... — Se virou para mim. — Eu te vi no bar no dia em que fui tentar sair com esse idiota. Eu não entendo por que ele ficaria com uma sem sal como você e deixaria uma deusa pra escanteio? — ela falava na maior naturalidade, observando as unhas pintadas. Quem se chamava de deusa assim? — Aí, foi um golpe de sorte estar passando em frente àquela loja. Entrei e fui diretamente acabar com a sua vidinha medíocre.

Eu tinha a leve impressão de que ela era louca. Aqueles olhos estavam vidrados e olhavam Bruno como se fosse um doce. Ele estava tenso e prendia o maxilar, fazendo aquele músculo hipnotizante pulsar.

— Agora diz, Andressa, fala que você mentiu, que eu te rejeitei.

— É, foi isso aí. — Acenou com a mão em desdém. — Ele não me quis porque a namorada estava esperando em casa. Foi ele quem perdeu. — Deu de ombros.

Oh, Deus. Eu não podia acreditar, eu duvidei dele, quando essa vadia é que era a culpada de tudo. Como pude acreditar em alguém que nem mesmo conhecia. E ainda por cima o comparei a ela no momento em que disse que ele também era um estranho. Porra, insegurança é um veneno; não confiava em mim mesma e acabei fazendo besteira.

Virei meu olhar para a mulher louca que ainda observava meu namorado e me levantei; não ia ameaçar nem nada. Não era desse tipo, mas ela iria aprender com quantos paus se faz uma canoa.

— Então, você inventou tudo. Por quê? Eu não entendo... — Dei mais um passo em sua direção. Bruno estava tão chateado que nem percebeu que eu estava me movimentando.

— Porque eu o quero. E o melhor jeito é te tirar de cena, o que foi muito fácil, ainda mais quando te vi desmaiando no meio do shopping, soluçando como uma perdedora. — Sorriu diabolicamente.

— Você a viu desmaiar e não prestou socorro? — Bruno parecia chocado.

— Claro que não, poderia ter tido uma convulsão que eu não estava nem aí. — Deu de ombros.

Eu me aproximei mais um pouco. Ela estava um pouco distante da cama, então tive que dar uns três passos para ficar próxima o bastante.

— Eu vou te denunciar, Andressa, não se recusa atendimento quando alguém precisa, ainda mais porque você foi a causadora — gritou Bruno.

Ela ofegou e olhou pra ele com desdém, seu olhar ferino destilando veneno.

— Você é um idiota. Acha mesmo que vai conseguir alguma coisa com suposições? Ninguém vai acreditar que uma médica respeitável recusou atendimento.

Eu estava em silêncio quando cheguei ao lado dela. Olhei bem em seus olhos e vi uma mulher rejeitada e mimada. Provavelmente teve tudo o que queria e precisava da infelicidade alheia para ser feliz. Seu ego era muito grande, pois sempre se referia a si mesma como melhor em tudo.

Levantei a mão e desferi um tapa bem estalado em seu rosto odioso. Ela virou-se com a força, surpresa pelo meu ataque. Puxei seu cabelo, igualando seu rosto ao meu, já que ela era mais alta. Deve ter doído porque Andressa reclamou, gemendo baixo de dor, mas eu nem liguei, e falei com os dentes cerrados.

— Fique longe de mim e do Bruno, sua puta. Se eu te vir ao nosso redor outra vez, acabo contigo. Entendeu?! — Soltei seus cabelos de supetão, fazendo-a tropeçar.

A louca estreitou os olhos e colocou a mão por cima da marca dos meus dedos; parecia que ficaria vermelho por um bom tempo. Eu podia ser baixinha, mas tinha a mão bem pesada.

— Eu vou te processar, sua coisinha. Você arrancou meus cabelos. — Realmente tinha bastante cabelo arrebentado na minha mão.

Bruno se adiantou, ficando ao meu lado, e estendeu o braço em meus ombros.

— Você não vai fazer nada, Andressa, porque eu vou te denunciar ao conselho do hospital. Você não pode ser chefe de um lugar que precisa de atendimento contínuo sendo assim. E não ouse se aproximar dela de novo, esse tapa foi merecido e você sabe. Acho até que ela tinha que ter batido mais.

Ela bufou, estreitando os olhos, e saiu pisando duro do quarto. Prontamente, Bruno me soltou e colocou as mãos nos bolsos, andando até a janela e observando o lado de fora com uma expressão triste em seu rosto. Eu teria que me desculpar por ter sido tão idiota e também por tê-lo magoado.

Aproximei-me e coloquei a mão em suas costas, sentindo o calor que emanava do seu corpo. Até seu perfume acalmava meus sentidos.

— Eu sinto muito, Bruno — sussurrei.

Ele tensionou os músculos e baixou a cabeça, pesaroso.

— Eu não posso fazer isso, Layla. Você não confia em mim, toda vez que alguém fizer alguma insinuação de que dormiu comigo, você vai agir desse jeito.

— Não, foi burrice minha... Mas é que eu não acredito que alguém como você ficaria com uma mulher tão sem graça, não sou tão interessante assim.

Bruno virou e seu rosto era pura tristeza. Senti um aperto no peito; me deu até vontade de esfregar com a mão pra ver se passava.

— Você não é sem graça, Layla. Já disse isso mil vezes, é a mulher mais linda, delicada e maravilhosa que eu tive a felicidade de conhecer. Mas aí está o problema: você não acredita em si. Luta por todos à sua volta, porém se acostumou demais a se anular. E enquanto você for assim, não dá pra gente ficar junto. — Passou a mão pelos cabelos, nervoso. — Doeu demais você não acreditar em mim e ainda me rotular como um estranho. Sei que não fui nenhum santo, mas nunca dei motivos para duvidar do que sinto por você. Pelo contrário.

Meu coração já cansado se partiu e lágrimas queimaram em meus olhos. Seu olhar azul estava triste e me observava, atentamente.

— Você está terminando comigo? — Minha voz estava rouca de tentar segurar o choro.

Ele fechou os olhos e suspirou.

— Não sei, Layla. Nós dois precisamos pensar. Eu vou assinar sua alta e te levar pra casa, pois meu plantão acabou mesmo.

Eu o vi sair pela porta e senti meu corpo todo dormente, não sabia que a sensação de incerteza em perdê-lo seria tão dolorosa. Até mais do que quando eu achei que ele tinha me traído, porque dessa vez a culpa era só minha.

Caminhei até a cabeceira e peguei minha bolsa. Não tinha conseguido comprar a lingerie, mas agora também nem precisaria. Bruno voltou com os papéis na mão e uma sacolinha plástica, que imaginei ter medicamentos. Ele não estava nada bem, tinha os olhos cansados e vermelhos.

— Assina aqui para você poder ter alta e entrega na recepção, esses remédios são para dor de cabeça e, se sentir ansiedade ou qualquer sintoma de depressão, toma antes de ter um colapso, por favor.

— Eu não vou ter, foi um episódio isolado. — Fiquei envergonhada por ter sido tão fraca a ponto de ter um ataque de nervos.

Ele assentiu, mas ainda não tinha olhado em minha direção um minuto sequer. Estava tentando se afastar.

— Eu já estou saindo e vou te levar, só tenho que pegar minhas coisas no vestiário e passar no conselho do hospital. Espera por mim no estacionamento.

Deixou tudo em cima da cama e saiu. Fiquei ali parada tentando entender o porquê de tudo aquilo acontecer comigo. Eu deixei alguém se intrometer em algo que tanto almejei e finalmente havia conseguido.

Peguei a bolsa e saí do quarto; tinha certeza de que não precisava estar ali. Bruno deve ter arrumado para que eu ficasse confortável. Passei pela recepção para deixar a alta com a enfermeira. Fui caminhando para o estacionamento e percebi alguns curiosos me observando atentamente por causa do escândalo envolvendo uma das médicas.

Localizei o carro do Bruno e me encostei, aguardando-o voltar. Se eu fosse seguir meu orgulho, iria pegar um táxi ou um ônibus, mas estava cansada, e a errada nessa história toda era eu por não ter confiado nele. Então, qualquer tempo que pudesse ter ao seu lado até que resolvêssemos tudo era indispensável.

Avistei Bruno vindo em minha direção, tinha os ombros curvados e as mãos nos bolsos. Ele estava tão chateado quanto eu. Destravou o alarme e deu a volta sem me lançar um único olhar. Respirei fundo, engolindo minha vontade de gritar. Abri a porta e me sentei. Ele deu partida e deslizamos pela cidade num silêncio apavorante.

Eu não gostava nada daquela situação, era pior do que quando nos conhecemos e não sabia o que dizer. Agora não tinha nada a dizer. E aquilo me incomodava muito.

Observei seu rosto e Bruno tinha os olhos focados na rua, suas mãos apertavam o volante como se estivesse se segurando para não fazer nada, como me tocar. Eu já sabia que ele era teimoso, mas aquilo estava machucando a nós dois.

Não demorou muito e chegamos à minha casa. Ele estacionou e esperou sem falar nada.

— Você não vai entrar? — tentei falar normalmente, mas minha garganta estava fechada de tristeza.

Ele balançou a cabeça e encostou a testa no volante.

— Não piora ainda mais isso, anjo. Eu tenho que ir, preciso pensar. E ficar com você neste momento não é a melhor opção.

Assenti e saí do carro, nem olhei pra trás ou então explodiria em lágrimas. Parei na porta e me virei levemente, ele ainda estava estacionado no mesmo lugar me observando. Fechei os olhos e entrei.

Segundos depois, escutei o carro partir. Caminhei até o sofá que ainda estava com a manta vermelha e me joguei, encostando a cabeça no seu encosto; a noite maravilhosa que tivemos parecia ter sido anos atrás e não na anterior.

Deixei meus olhos transbordarem, pois meu coração estava pesado.

Quando percebi, já estava enrolada numa bola, soluçando como uma criança pequena. Ouvi a porta da sala se abrindo e Lucas entrou, me abraçando logo em seguida. Encostei a cabeça em seu peito e deixei minha tristeza sair.

Chorei por tudo o que aconteceu na minha vida e que não me permiti lamentar em anos: a morte dos meus pais, a indiferença da minha mãe, a dificuldade que foi criar meu irmão sozinha e todos os meus sonhos que foram deixados para trás, que nem me lembrava mais quais eram. Por uma menina que foi obrigada a virar mulher, pelos amores que não tive a oportunidade de ganhar e perder, e por esse homem que tanto mexeu com a minha vida e agora eu tinha possivelmente arruinado, por minha idiotice.

Lucas murmurava para que eu me acalmasse, mas meu coração estava muito pesado e parecia que iria explodir a qualquer momento. Não conseguia parar de me lamentar, algo que não me permiti em todos aqueles anos. Soluços dolorosos ecoavam em meu peito.

— Calma, Lala. Vai ficar tudo bem, vocês vão resolver tudo. Ele só está chateado, todo mundo pode ver o amor que ele sente por você.

Levantei a cabeça do peito do meu irmão e olhei em seus olhos verdes, tão parecidos com os meus.

— Como você sabe o que aconteceu?

Ele sorriu e acariciou o meu rosto, enxugando as minhas lágrimas.

— Bruno me ligou quando estava no hospital para falar que tinha conseguido a bolsa, e pediu para eu vir pra casa porque você precisaria do meu ombro.

Chorei ainda mais. Estava me sentindo como uma torneira vazando, nunca fiz aquilo na vida, nem mesmo quando meu pai faleceu, pois tive que consolar meu irmão, que estava assustado.

Agora, a situação se inverteu, era ele quem tentava tirar a tristeza de mim. Mas a única pessoa capaz disso não estava presente. Tentei me animar por Bruno ter a consideração de chamar o Lucas, mas não conseguia; eu só queria afundar as mãos em seus cabelos negros macios, beijar a sua boca, e dormir toda a noite em seus braços, mas não podia.

Entreguei minha alma a um homem e somente ele tinha o poder de trazê-la de volta.

Deitei no colo do Lucas e deixei o tempo passar; tentaria esquecer tudo e seguir com a minha vida. Se Bruno me amasse como dizia, ele voltaria. Era só o que eu pedia a Deus.

Capítulo 32
Bruno

É engraçado, quando você está apaixonado, tudo que faz e pensa tem que ser relacionado ao ser causador da sua alegria. Nada na minha vida seria igual depois da Layla. Eu enxergava tudo de uma maneira totalmente distinta. Não se passava um segundo sem que *flashes* dos momentos que passamos juntos não viessem à minha cabeça, me atormentando.

Em certo momento, me amaldiçoei totalmente por ter sido um tolo, deixando-me levar por um sentimento arrebatador que arrancou meu coração. Minha existência dependia do seu sorriso lindo, dos olhos brilhantes e da voz rouca que encantava a todos. Em outro momento, eu a amaldiçoava por acreditar tão fácil numa vagabunda como aquela. Devia ter tido mais confiança em mim do que numa desconhecida.

Sabia que estava num humor do cão, porém, não poderia fazer nada sobre isso. Um dia havia se passado e parecia uma eternidade. Ainda bem que tinha meus pacientes que me distraíam.

Resolvi procurar o chefe do conselho do hospital e ver qual seria sua posição quanto à Andressa, já que ele não estava presente no dia anterior. Os funcionários me observavam enquanto eu andava pelo corredor. Claro, o show que havia feito seria digno de fofocas por um bom tempo.

Bati levemente na porta do diretor e aguardei. Ela logo foi aberta pelo meu mestre na residência, Dr. Ricardo Vieira, que não tinha uma expressão muito boa.

— Bruno, que confusão você arrumou... Quem diria que seria por causa de um rabo de saia! — Seus olhos estavam brilhando, em reprovação.

O cara era um solteiro convicto, tinha por volta de cinquenta anos e nunca se envolvia com ninguém por mais de alguns dias. Nunca entenderia o que eu estava sentindo no momento. Ter Layla longe era a pior merda que poderia ter feito. Mesmo que tenha sido por decisão minha.

— Não fale assim dela... Porém, não vem ao caso, não foi por isso que vim. O assunto é sério. Andressa passou dos limites, tem que ser punida. —

Eu quase cuspia o nome daquela mulher. Não queria esbarrar com aquela víbora nunca mais.

Ricardo deu um suspiro profundo e me olhou com uma carranca que eu já conhecia bem. Ele estava chateado. Foda-se, eu também!

— Entra, Bruno. Não vamos fazer mais barraco no corredor.

Ele me deu passagem e entrei, me acomodando na cadeira em frente à sua mesa. Apoiei uma mão no queixo e observei meu antigo mentor se sentando e me observando atentamente.

— O que você quer exatamente que o conselho faça?

— Demita aquela vaca! — Para mim não havia outra opção.

Ele arqueou uma sobrancelha.

— Andressa é bonita. Tem certeza de que não quer repensar? Talvez você esteja apenas confuso. — Seu sorriso debochado quase me tirou do sério.

— Não, Ricardo. Preferia arrancar minhas mãos a tocar naquela mulher. E te aconselho a fazer o mesmo. Aquilo é chave de cadeia. A situação é a seguinte, como relatei para quem estava de plantão: ela provocou um surto numa mulher e recusou atendimento. Isso vai totalmente contra a nossa ética profissional. Quem me garante que ela não fará isso na UTI?

Ricardo cruzou as duas mãos, que estavam apoiadas na mesa, pensativo.

— Realmente é uma preocupação. Mas essa garota, pelo que soube, era sua namorada ou algo assim?

— Sim, era. — Engoli em seco, ante a perspectiva de Layla não ser mais minha.

— Era? Depois de ter feito todo aquele escândalo, você a dispensou?

— Não que seja da sua conta... mas eu não admito que duvidem de mim. Como ela pôde acreditar em alguém desconhecido?

— Cara, eu não te ensinei nada? Como ela ia acreditar? Uma desconhecida vem e fala da sua antiga fama. O que a garota iria pensar?

Sim, eu entendia. Mas meu orgulho filho-da-puta-masculino gritava alto em minha cabeça, fazendo-me prender os pés no chão e não ir correndo atrás dela como era a minha vontade.

— Tá, deixa minha vida pessoal de lado. Você vai tomar alguma providência em relação à Andressa?

Ele suspirou pesadamente, balançando a cabeça.

— Olha, vou ver o que fazer. O conselho vai se reunir em três dias para resolver. Enquanto isso, ela continua trabalhando.

Comprimi os lábios para não falar nenhuma merda. Iria tentar evitar ao máximo passar pela UTI. Se eu visse aquela mulher, nem sei o que faria.

— Agradeço, Ricardo. Vou aguardar seu retorno.

— Ok, se cuida.

Assenti e me levantei. Antes de sair, ele me parou com a mão.

— Só uma coisa, Bruno. Não espera muito tempo pra resolver essa merda de orgulho que tem aí dentro. A vida passa muito rápido.

Nem respondi, saí apressado da sala. O que tinham as pessoas de quererem dar conselhos quando estávamos na pior? Eu não queria ouvir ninguém, estava me afundando em mágoa e era ali que queria ficar.

Eu mais do que ninguém sabia como doía ficar longe do meu anjo. Nunca havia namorado sério e estava me sentindo um idiota por ter me entregado tão depressa. Não era uma coisa boa se achar um babaca total.

Fui me preparar para a minha próxima cirurgia. Coisa simples, porém minha cabeça estava a mil. No meio do caminho, um *flashback* me atingiu e quase me derrubou de joelhos. Revivi nossa primeira noite juntos. Tentei desviar a atenção daquilo, pois doía demais. Contudo, parecia ser algo fora do meu controle.

Senti suas mãos em mim novamente. Sua voz doce de anjo gritando meu nome enquanto eu afundava dentro do calor do seu corpo. E me maravilhei com tudo o que senti novamente.

Naquele dia, nós mal nos conhecíamos. Foi algo assustador e que não tive nenhum controle. Foi mais do que sexo, tenho certeza de que para Layla também foi. Depois, nos envolvemos tão rapidamente que nem tive como fugir, como estava acostumado. Na verdade, não quis me afastar. Pela primeira vez na vida, soube onde era o meu lugar. E ela tinha que desconfiar de mim tão facilmente?

Para mim, a base de um relacionamento é a confiança. Nem o benefício da dúvida eu tive. Foram acusações logo de cara.

Balancei a cabeça e tentei me concentrar no trabalho; era o melhor a ser feito no momento.

Entrei na sala de higienização e olhei minhas mãos sendo lavadas. Observei atentamente a água escorrendo entre meus dedos. Minha mente estava em outro lugar, especificamente em um par de olhos verdes brilhantes.

O que ela estava fazendo? Havia dado um descanso de, no mínimo, quatro dias para que ficasse em casa em repouso. Será que realmente tinha seguido minhas instruções?

Tentei controlar o impulso de telefonar e saber do seu bem-estar. Meu coração acelerou com a ideia. Decidi, então, terminar rapidamente a intervenção cirúrgica e ligar para o Lucas. Seria apenas algo profissional. Ok, sei que estou dizendo isso só para aplacar meu orgulho idiota. Mas era a única maneira.

Arrumei-me rapidamente e fiz o meu melhor. Era um procedimento relativamente rápido. Com a equipe ótima que eu tinha a meu dispor, terminei em meia hora.

Deixei as enfermeiras cuidando do paciente — mais tarde passaria para verificar a recuperação do mesmo —, me desfiz de toda a roupa descartável, lavei as mãos e caminhei até minha sala, onde havia deixado o celular.

Sentei-me na cadeira reclinável e encostei, fechando os olhos. Estava nervoso como um adolescente fazendo algo escondido.

Estendi a mão e peguei o telefone em cima da mesa. Olhei para a tela e passei o dedo, abrindo a agenda de contatos, até que localizei o número do Lucas, então apertei discar e aguardei. Dois toques depois, a voz grossa do irmão do meu amor atendeu com um *alô* de má vontade.

— Oi, Lucas.

— O que você quer, Bruno? — falou ríspido.

Não o culpava por estar sendo grosseiro, sabia que fiz Layla chorar e, como irmão preocupado que era, estava chateado comigo por isso.

— Desculpe estar te incomodando, imagino que esteja na faculdade.

— Não, pedi licença hoje. Layla não está nada bem, ela precisa de um ombro.

Porra, meu coração quase saiu pela boca de tanto que batia acelerado.

— Hum-hum, e como ela está? Nenhum sintoma que indique outro ataque?

— Não, apenas chafurdada no quarto gastando todas as lágrimas que não deixou rolar por quinze anos.

Engoli em seco. Sabia que ele estava jogando tudo na minha cara. E eu merecia.

— Sinto muito, Lucas. Não queria fazê-la sofrer.

— Então, não faça. Não seja idiota, Bruno, pensei que você fosse melhor do que isso. Será que me enganei com o cara que peguei como exemplo? Será que vou ter que reconsiderar minhas avaliações com as pessoas?

O garoto sabia como me fazer sentir uma merda.

— Lucas, não posso fazer nada agora. Ainda estou chateado com tudo. Liguei apenas para saber se ela está bem fisicamente. E para dizer que, se precisar, traga-a imediatamente ao hospital.

Ele ficou em silêncio do outro lado da linha, e achei que tinha desligado. Mas a estática indicava que não.

— Olha, Bruno. Imagino que você também esteja magoado, mas não demora muito pra engolir essa merda de orgulho. Minha irmã pode ser tão teimosa quanto. E ela está bem, não se preocupe. Tenho conhecimento suficiente para atendê-la se precisar. Agora vou indo, não quero incomodá-la se souber que você ligou pra mim e não pra ela. Tchau.

Desligou na minha cara, me deixando com a alma despedaçada.

Larguei o telefone de qualquer jeito e cobri o rosto com as mãos. Minha vontade era gritar e extravasar toda a dor em meu peito. Sentia como se meu coração estivesse em pedacinhos e não batesse mais, mesmo que fosse impossível, porque ainda estava vivo. Parecia que uma parte de mim se recusava a continuar.

Eu não existia mais sem ela.

Capítulo 33
Layla

Depois de ensopar meu irmão com litros de lágrimas, fui pra cama e dormi por uma eternidade. Passaram-se dois dias e não saí do quarto até que um sonho invadiu minha mente.

Eu tinha por volta de quinze anos e Lucas, uns oito. Estávamos deitados na rede da varanda e eu lia um livro, fazendo barulhos dos bichos e imitando vozes. Ele adorava, não tinha aquela coisa de, por estar crescido, tudo era mico. Sempre foi um menino doce e não ligava para modismos.

Já era tarde, por volta de onze da noite, e nossa mãe ainda não havia retornado do trabalho. Eu estava preocupada, mas não disse nada, para não alarmar meu irmão. Então, no meio da leitura, Lucas adormeceu. Apesar de ainda ser tão novo, era bem grande, mas mesmo assim eu o peguei e o levei para o quarto, retirei sua camisa e o cobri com um lençol leve; estava fresco e ele era bem calorento.

Voltei à cozinha para recolher o restante do nosso jantar, quando minha mãe entrou pela porta, cabisbaixa e parecendo extremamente cansada. Olheiras negras escondiam seus olhos verdes, outrora extremamente brilhantes. Em três anos de luto pelo meu pai, ela se tornou uma sombra do que já havia sido.

Olhou pra cima e pareceu surpresa em me ver ali. Às vezes, parecia que ela esquecia que nós existíamos.

— Oi, Layla. Ainda de pé? Já está tarde — falou num sussurro.

— Eu estava na varanda com o Lucas. Acabei de levá-lo para a cama.

Ela assentiu com a cabeça e parou em frente à geladeira, observando o seu conteúdo. Não pegou nada e fechou-a. Ela fazia essa rotina todos os dias, parecia que ia comer alguma coisa, mas nada. Depois, ia para a cama e chorava até dormir. Eu ficava morrendo de pena, mas ao mesmo tempo tinha raiva por ser tão fraca. Eu amava meu pai tanto quanto ela. Porém, continuei com a minha vida e não me deixei afundar em pura tristeza.

Achei que iria para o chuveiro, contudo, ela parou no meio do corredor e me olhou. Senti um frio na barriga. Por um instante, parecia a mãe que eu havia perdido há três anos. Um esboço de sorriso apareceu em seu rosto. Ela estendeu a mão, me chamando. Prontamente atendi. Assim que nossas mãos se tocaram, percebi o quanto havia emagrecido. Seus ossos estavam mais pronunciados do que nunca.

Minha mãe me puxou para um abraço que eu sentia falta. Fechei os olhos e apenas apreciei o conforto e o carinho que sabia que ainda tinha por nós, só não era forte o suficiente para demonstrar.

— Obrigada por tudo, minha filha. Sei que não está sendo fácil, mas você é mais forte do que eu. É mais parecida com seu pai do que imagina.

Fisicamente, eu era a cópia da minha mãe, mas, no restante, era quase idêntica ao meu pai. E adorava aquilo. Mas entendi o que ela quis dizer. Se fosse ao contrário, ele não estaria acabado e afundado em mágoa.

— Mãe, não foi nada, eu amo você e o Lucas, faço porque gosto.

— Eu sei. Perdoa sua mãe, vou tentar segurar até você estar com idade suficiente. E espero que não me odeie quando acontecer.

Acordei sobressaltada e chorando copiosamente com a lembrança. Deus, como meu coração estava cheio. Depois disso, minha mãe só me soltou e se trancou em seu quarto, nem se deu ao trabalho de tomar um banho. E chorou mais do que nunca. Fiquei sentada em frente ao seu quarto, esperando que acabasse. Só depois me juntei ao Lucas para dormir.

Fazia muito tempo que não sonhava com eles, nem ao menos tentava me lembrar. Doía demais. Contudo, sabia o que tinha me feito ter aqueles pensamentos: toda a confusão com o Bruno. Eu o amava tanto quanto minha mãe amava meu pai. Porém, nunca teria um final como o dela. Eu tinha pelo que viver. Meu irmão não dependia mais de mim, mas eu, sim, necessitava do seu ombro. Precisava de todo o seu amor naquele momento.

Era no meio da noite, então, imaginei que Lucas estava dormindo. Saí do meu quarto, me arrastando pelo corredor até chegar à sua porta. Era o mesmo de quando éramos pequenos. Abri a porta devagar e o avistei esparramado na cama.

Entrei e me aproximei, observando o quanto ele cresceu. Tantas vezes dei colo e agora era a minha vez. Deitei ao seu lado vagarosamente para não assustá-lo. Não demorou nem um segundo para ele despertar. Espantado, levantou-se nos cotovelos e me observou ao seu lado. Seu semblante estava preocupado e tive certeza de que ele viu as marcas de lágrimas em meu rosto.

— O que foi, Lala? – Sua voz rouca pelo sono soou extremamente preocupada.

— Eu sonhei com a mamãe.

Lucas arregalou os olhos e balançou a cabeça.

— Faz tempo que isso não acontece, né? — Assenti. — E por que agora?

— Eu não quero ficar igual a ela. — Um nó havia se formado em minha garganta e estava difícil falar.

Meu irmão deitou, acomodando sua cabeça ao meu lado no travesseiro. Passou a mão por meu rosto, enxugando as lágrimas remanescentes.

— E por que você diz isso?

— Eu amo o Bruno demais. Está doendo muito essa distância.

— Layla, não é porque você está sofrendo que vai ficar igual à mamãe. Você é forte, nada parecida com ela.

Fechei os olhos, não gostava de falar sobre isso, mas estava me sufocando.

— Será? Doí demais, irmão.

— Olha, eu sei que não. Você passou por tanta coisa e ainda assim permanece de pé. Cuidou de mim, e sei que não foi fácil. Desistiu de tudo, Lala. O que isso diz de você? Que é uma mulher fraca? Claro que não, há algo em você, minha irmã, que libera uma luz que envolve a todos nós, acalmando nossos corações. Sabe como me sentia quando criança? — Neguei com a cabeça. — Sempre senti como se você fosse um anjo de luz que Deus havia enviado somente para cuidar de mim.

Mais lágrimas transbordaram dos meus olhos. Meu irmão tinha um jeito todo doce de lidar com tudo.

— Estou sentindo muita falta dele.

Lucas suspirou e colocou uma mecha do meu cabelo atrás da orelha.

— Eu não ia te contar nada, mas já que você está sofrendo tanto... Ele me ligou hoje cedo para saber de você. Bruno está preocupado e creio que sofrendo com a distância entre vocês. Só é muito orgulhoso para admitir isso.

Sentei-me subitamente, assustando o Lucas.

— Ele te ligou? Por que não para mim?

— Disse que ainda estava muito chateado. Mas não estou contando para fazer fofoca, só para você saber que ele também sente sua falta.

Assenti. Um pouco da dor em meu coração se dissipou, me deixando mais leve.

— Será que ele vai demorar muito para perder esse "orgulho"?

Meu irmão sorriu.

— Layla, por que *você* não o procura?

— Ele disse que precisava de tempo. É o que vou dar a ele, mesmo que seja tão difícil.

Amar era difícil demais, por esse motivo me mantinha à distância das pessoas. Era mais fácil quando você não se importava. Porém, com o Bruno foi impossível controlar meu coração, ele o capturou com seu jeito sarcástico e sorriso safado. Sem falar naqueles olhos azuis que me enlouqueciam. A sensação de estar sufocada ainda permanecia fazendo meu peito comprimir.

— Posso dormir com você hoje?

— Claro, Lala. Trocar os papéis vai ser bom. Que tal se eu cantar uma música pra você dormir?

Concordei e me acomodei ao seu lado. Lucas deitou de barriga para cima com o braço estendido na minha direção. Acariciando meus cabelos, ele começou a cantarolar uma música que fez os meus olhos se encherem d'água. *Frisson*. Mas que droga, até assim ele queria me pegar.

Sua voz grave e rouca, ponto marcante que tínhamos em comum, me emocionou profundamente. Um soluço ameaçou subir quando ele cantou uma parte que denunciava totalmente o que tinha acontecido entre mim e Bruno.

> *"... Pra renovar meu ser*
> *Faltava mesmo chegar você*
> *Assim, sem me avisar*
> *Pra acelerar um coração*
>
> *Que já bate pouco*
> *De tanto procurar por outro*
> *Anda cansado..."*

Eu não sabia como iria seguir em frente caso Bruno resolvesse que nós não valíamos a pena.

Só com esse pensamento já sentia como se estivesse faltando algo. Era impressionante como ele fazia parte da minha vida agora. Voltaria para o trabalho em breve e estava numa depressão de dar dó.

Mas prometi a mim mesma que não iria continuar nessa. Permitiria chorar por mais essa noite e não mais. Eu não terminaria meus dias como minha mãe. Nem mesmo pelo amor da minha vida.

Só me restava esperar que o sentimento de Bruno por mim fosse tão grande e intenso quanto o que eu sentia por ele.

Capítulo 34
Bruno

Passaram-se quatro dias desde que deixei Layla em casa, e estava me afundando em tristeza. Sabrina ficou perguntando o porquê da minha cara de velório, mas eu não quis conversar. Despachei-a sem me importar com nada, não queria papo.

Nesse último dia, me sentia especialmente depressivo. Minha intenção era dormir e esquecer que aquilo tudo aconteceu.

O trabalho foi uma merda porque as pessoas vinham falar comigo e eu não tinha ânimo de bater papo com ninguém. Alberto viu meu rosto e deu meia-volta; sabia bem quando não me provocar, já tivemos nossa dose de brigas por causa do meu mau humor.

Eu trabalhei no automático, meu corpo estava presente, mas minha mente vagava. Ainda bem que não tive nenhuma cirurgia complicada. O ponto alto foi quando eu soube que, por causa da denúncia, Andressa havia sido suspensa para averiguação da sua conduta ética e moral. Tinha certeza de que, depois de toda a investigação, ela seria expulsa, afinal, a mulher era louca.

Depois de um plantão que parecia não ter fim, me arrastei de volta para casa, não conseguia pensar em nada melhor do que minha cama para chafurdar em tristeza e mágoa. Quando estacionei, logo vi que o esquadrão estava ali: tinha carro das três mulheres que gostavam de se envolver em minha vida na garagem. Droga, Sabrina era uma fofoqueira. Já fui me preparando para a intervenção das damas.

Desci do carro e bati a porta devagar, tentando não chamar atenção. Quanto mais adiasse o confronto, melhor seria para a minha paz. Porém, meu alívio foi momentâneo. Mal dei dois passos em direção à casa e Ana Luiza já veio em minha direção, com uma carranca de dar medo. Às vezes, eu me perguntava se ela tinha sido sempre assim. Eu me lembrava dela como uma menina doce e alegre.

— Você é um idiota, eu disse pra não estragar as coisas com a Layla. Aí o que você faz? Estraga tudo. — Jogou as mãos para o alto, frustrada.

Eu não estava a fim de falar do que aconteceu com a Layla. Mas, pelo visto, não teria escapatória. Eu iria parar no muro de fuzilamento.

— Eu não estraguei nada. Aconteceram algumas coisas que não me deixaram confortáveis e tive que dar um tempo pra pensar.

Ana riu e se aproximou com aquele andar que dizia que iria aprontar; eu parei no meio do caminho. Minha irmã era uma fera. Como tínhamos uma idade próxima, sempre fomos muito unidos, mas também brigamos como dois moleques; ela tinha um gancho de direita sinistro. E era daquele rosto que eu me lembrava.

— Ah, o senhor certinho. Agora ele é o correto da história... Quando você vai aprender que nós mulheres fazemos merda? E que contamos com a "frieza" de vocês homens para que possamos nos sentir seguras, sem termos que nos preocupar se estarão lá ou não. E agora o quê? Vai ficar em casa se lamentando como um bebê chorão? Bruno, acorda! Layla foi a melhor coisa que te aconteceu. Ela não te pressionou a nada, quem vê vocês juntos consegue entender o motivo de ter sido tão rápido. Vocês têm uma coisa que muita gente procura a vida toda e não encontra. Não desperdiça, não seja arrogante.

Tudo o que minha irmã estava dizendo era verdade, Layla foi a melhor coisa que aconteceu na minha vida. Só com um sorriso, ela podia aquecer meu coração. Nunca imaginei me importar tanto com alguém, a ponto de cuidar e amar. Era tudo tão novo e assustador.

Na varanda de casa, minhas outras irmãs, juntamente com minha mãe, estavam observando Ana acabar comigo. Olhei-a atentamente e vi muita dor em seus olhos, o que quer que tenha deixado-a daquele jeito não foi como uma visita ao parque. Ficaram cicatrizes profundas.

— Mas ela desconfiou de mim, Ana. Não acreditou quando eu disse que não fiz nada. Doeu saber que a mulher que eu amo me tinha como um estranho.

Minha irmã gargalhou e colocou as mãos nos quadris.

— E o que você queria? Uma mulher aleatória vem e fala que pegou o garanhão do hospital, coisa que você realmente era. Qual a reação que uma mulher apaixonada teria? Nós somos sentimentais, meu irmão. Você vai perder alguém especial por teimosia e orgulho?

— Foi isso que aconteceu com você e o Alberto, Ana? Você perdoou? — Minha irmã engoliu em seco e fez uma careta.

— Foi diferente, Bruno. Não foi tão simples quanto orgulho ferido. — Sorriu tristemente.

Assenti e me aproximei ao seu lado, olhando em seus olhos castanhos.

— Nem amizade? Ele sente sua falta. Talvez, se você o ouvisse, deixasse-o se explicar, acertaria as coisas.

— Não consigo. Só quero distância.

Ela veio até mim e se despediu com um beijo no rosto. Foi para seu carro e partiu. Larissa e minha mãe vieram em minha direção. Eu já estava caído mesmo, não faria mal que terminassem o serviço.

Larissa só sorriu e acenou, mamãe se aproximou e me abraçou.

— Vá buscar seu anjo, meu filho — sussurrou e partiu.

Deixaram-me ali com o coração apertado. Não tinha me referido a ela como meu anjo quatro noites atrás para evitar que doesse demais estar longe. Sabrina se aproximou e me olhou atentamente, ela tinha um sorriso no rosto.

— Você vai, né?

Assenti e corri pra casa, não poderia encontrá-la com cheiro de hospital. Fui direto para o banheiro, tirei todas as roupas de um dia cansativo e entrei debaixo do chuveiro. Enquanto a água lavava meu corpo, percebi o quanto era idiota. Acusei-a de ser insegura e não confiar em mim. Mas acabei fazendo pior: quando nossa relação teve problemas, fui o primeiro a sair.

Eu era um covarde. Iria compensar meu anjo de todas as lágrimas que sabia que ela tinha derramado por minha causa. Prometi algo a mim mesmo enquanto me preparava para ter minha mulher de volta: nunca iria fazê-la chorar novamente, não de tristeza.

Arrumei-me rapidamente, olhei a hora e vi que Layla já devia estar no bar. Corri para o carro e nem dei atenção a Sabrina, que estava na sala. Só peguei um vislumbre de uma dancinha desengonçada quando passei correndo.

Entrei e dei partida, queria chegar o mais rápido possível para pegar meu anjo de volta. Então, me bateu uma insegurança. Será que depois de tanto chorar e se lamentar, ela iria me querer de volta? Decidi não pensar muito.

Parei em frente ao bar, cantando pneu, nem me atreveria a olhar a qual velocidade dirigi. Mas tinha certeza de que chegariam multas em casa por ter sido pego por radares. Não estava nem ligando.

Do lado de fora, pude ouvir sua voz doce; ela já estava no palco. Entrei vagarosamente e meu peito se contorceu ao ver sua expressão: tinha o rosto abatido e em seus olhos, mesmo à distância, pude notar tristeza.

Amaldiçoei-me por ter feito aquilo. Eu e minha arrogância. Ela tinha acabado de cantar uma música e baixou a cabeça. Respirou fundo e mandou um sinal para o *DJ*.

— Bom, pessoal, como sabem, eu canto o que estou sentindo... *Metade*, de Adriana Calcanhoto.

Ela dedilhou a introdução e meu coração afundou com a letra da música que ouviria em sua voz rouca.

"Eu perco o chão,
Eu não acho as palavras
Eu ando tão triste,
Eu ando pela sala
Eu perco a hora,
Eu chego no fim
Eu deixo a porta aberta
Eu não moro mais em mim..."

Sua voz estava triste enquanto ela cantava. Permaneci longe para que não atrapalhasse sua apresentação. Quando tivesse uma oportunidade, a abordaria.

Senti um peso nas costas e olhei em volta, não vi ninguém, mas tinha certeza de que havia alguém me observando. Devia ser loucura da minha cabeça. Caminhei até o bar e Heitor tinha uma carranca em seu rosto.

— O que eu te falei, doutor? Não a faça sofrer. E você fez exatamente isso. — Deslizou uma garrafa de cerveja pelo balcão e a peguei.

Suspirei chateado, não precisava de ninguém me falando sobre meu erro. Eu já estava sentindo todo o peso por ter sido tão arrogante.

— Como você sabe?

Ele arqueou uma sobrancelha, que notei ter um *piercing*, e bufou.

— Todo mundo pode perceber, até agora ela só cantou músicas tristes.

232

E eu sei bem a causa.

Merda, a situação era pior do que eu imaginava.

— Eu vou consertar isso.

— Eu espero que conserte mesmo, senão eu vou quebrar a sua cara — Heitor falava sério, e eu gostava daquela superproteção. Sabia que ele a tinha como irmã.

Assenti e desviei meu olhar, não gostava da sensação de ser o babaca. Mesmo que fosse verdade, ainda podia sentir um olhar estranho em cima de mim, varri os olhos pelo bar e não encontrei ninguém. Aquilo estava ficando muito sinistro, não gostava de ser observado. Layla ainda cantava e não tinha me notado. Então, quem poderia ser?

Andressa não se atreveria a vir atrás de Layla, não depois do tapa que levou. Não pude evitar que surgisse um sorriso em meu rosto. Minha pequena era um furacão.

— Você fez alguma coisa errada, doutor?

Virei meu rosto para Heitor e ele ainda tinha a carranca no rosto, parecia que ele iria manter aquelas rugas até eu resolver toda a merda com Layla.

— Não, uma vadia armou pra mim, e Layla acreditou. Eu só fui estúpido por ficar chateado.

Ele balançou a cabeça e sorriu.

— As mulheres são assim mesmo, você tem que saber levar. Não pode ficar chateado a cada ataque, ou então sua vida vai ser um inferno. Tem que saber contornar a situação.

Heitor parecia saber com propriedade o que dizia. Olhei para sua mão e não vi nada que indicasse uma companheira.

— Como você sabe tanto? Está sempre sozinho.

Deu de ombros e olhou em meus olhos; percebi que, apesar de toda a pompa de cara mau, ele tinha sofrido na vida.

— Eu já fui casado. Sei como é lidar com ciúmes e insegurança. Não é um sentimento legal, eu te garanto. Pode ficar perigoso...

Uh, isso era novo. Não disse mais nada, mas pude perceber a tristeza em seu olhar.

— Então, Bruno... Valorize sua mulher e não deixe qualquer merda atrapalhar suas vidas. Ela é única, não a faça sofrer senão vou quebrar a sua cara feia. — Ele estava sorrindo, mas eu sabia que falava sério.

Assenti e continuei bebendo minha cerveja. Virei-me e observei meu anjo mais um pouco; em breve, tiraria aquela tristeza do seu olhar.

Ela se despediu e disse que iria para o intervalo. Percebi que tinha lágrimas nos olhos. Estávamos sofrendo à toa, por minha culpa, por eu ser tão idiota achando que poderia ficar longe dela.

Layla era minha. Algo que quis muito, mas não tinha percebido até ela aparecer. Não iria ficar longe nem mais um segundo. Preparei-me para ir ao seu encontro quando Heitor segurou meu braço. Olhei para ele confuso.

— Faz isso direito, cara. Não a perca. Eu sei o que é arrependimento. Não é algo que você quer para a sua vida.

— Pode deixar. Não tenho a menor intenção de perder o meu anjo.

Heitor balançou a cabeça e sorriu. Caminhei por entre as pessoas; o bar estava lotado. Meu anjo estava fazendo muito sucesso.

Quando me aproximei do camarim, pude ouvir vozes. Layla estava falando com alguém, então resolvi esperar um pouco, mas fiquei próximo à porta. Ouvi um baque e franzi a testa. Estava a ponto de entrar quando gritos desesperados me alarmaram.

Agi prontamente e arrebentei a porta. O que vi me fez ficar furioso.

O filho da puta do advogado estava tentando agarrá-la.

Capítulo 35
Layla

Minha apresentação foi muito difícil. Cheguei cedo ao bar como havia prometido ao Heitor e no palco derramei toda a minha tristeza. Podia jurar que senti alguém me observando, mas o *Beer* estava muito cheio, então não conseguia identificar ninguém, mesmo porque minha vista estava embaçada com lágrimas não derramadas.

Toquei músicas intensas e com letras que expressavam meu humor, que não estava nada bom. Não sabia se as pessoas gostavam, mas eu não conseguia ser diferente. Acostumei-me a demonstrar meus sentimentos nas canções.

Chamei o intervalo e fui para o camarim. Assim que desci do palco, minha visão ficou nublada. Como doía ficar sem ter notícias, ouvir sua voz e imaginar aqueles olhos azuis me observando com desejo. Como fiquei dependente de alguém tão rápido? Esse era o meu medo: perder. Meu peito doía demais.

Fechei a porta e me sentei em frente à penteadeira, baixei a cabeça entre as mãos e fechei os olhos. Estava muito cansada. Escutei um barulho da dobradiça rangendo e me assustei, olhei por sobre o ombro e o Dr. Silva estava ali. Acabado. Com a barba enorme e os olhos vidrados. Parecia bêbado.

— Ora, ora. A putinha está sozinha? Cadê o seu médico?

Eu li em algum lugar que, se você está numa situação difícil e sozinha, mantenha a calma e minta.

— Ele está lá fora. Já deve estar entrando a qualquer momento.

Ele cambaleou, se aproximando. Levantei-me para ficar mais fácil caso precisasse fugir. Não arriscaria minha integridade física confiando em sua falta de equilíbrio.

— Você acabou com a minha vida, sua vadia. Minha mulher me deixou e ainda descobriu as minhas falcatruas. Perdi tudo, meu registro da Ordem dos Advogados foi suspensa até terminarem as investigações. — Sua voz estava grossa e ele falava enrolando as palavras. — Tudo por sua causa, porque se doeu toda por eu te querer. O que você achava, Layla? Se insinuando toda pra mim; não se mexe com um homem e fica por isso mesmo.

Se não fosse trágico, seria cômico. Eu me insinuando para esse velho? Nem em sonho. E não queria entrar no departamento das suas fantasias, ou então era capaz de vomitar.

— Senhor, acho melhor você ir embora. Vamos deixar assim, tenho certeza de que sua vida vai se acertar.

Ele sorriu diabólico e se aproximou, perto demais para o meu gosto.

— Não, você vai me pagar agora. Vou te ter nem que seja à força.

Agarrou-me, tentando me beijar, e eu gritei; suas mãos nojentas já estavam em meu corpo. A porta foi aberta de súbito e Bruno entrou com os olhos arregalados. Quando viu a cena, pude ver seu rosto se transformar; nunca o tinha visto tão furioso. O doutor ainda não tinha notado, por estar tão bêbado. Tentava tapar minha boca com a mão livre.

Bruno disparou da porta e deu uma gravata no Dr. André, que não entendeu o que havia acontecido. O velho balbuciava e gritava, me xingando de todos os nomes horríveis. De repente, Heitor apareceu e viu a cena, ficando confuso. Eu não conseguia dizer nada, estava em choque. Por um minuto, achei que seria violentada sem poder fazer nada.

Encostei-me à parede, escorregando até o chão, e vi toda a cena se desenrolar. Bruno gritou querendo socar o velho, mas Heitor o puxou e jogou o advogado no sofá. Ele estava tão bêbado que nem mostrou resistência.

Bruno sacou o celular e gritou que chamaria a polícia. Ele estava descontrolado. Em minha mente nebulosa, não conseguia raciocinar muito bem, ficava me perguntando o que ele estava fazendo no *Beer*.

— Essa merda não vai ficar assim, seu filho da puta. Eu disse pra ficar longe dela. — Só faltava sair fumaça das orelhas dele.

Heitor se aproximou de mim e se agachou.

— Você está bem, Layla? Ele te machucou?

Estendi os braços onde tinha me segurado, estava vermelho, mas não ia ficar marca. Não como a anterior, pois, apesar de ter forçado, não foi por muito tempo.

— Não, estou bem.

— Quem é ele, Layla?

Eu sabia que levaria uma bronca por ter escondido a história do assédio, mas acabei me esquecendo totalmente depois que Bruno enfrentou o velho.

— Meu ex-chefe. Ele me assediou uns dias atrás e parece que teve alguns problemas com isso.

Heitor baixou a cabeça e coçou o queixo.

— E por que eu só estou sabendo disso agora? Ele te machucou da outra vez?

A marca que tinha no meu braço já havia sumido quase totalmente, só era possível ver se olhasse bem.

— Estou bem.

— Não esconda mais essas coisas... Bruno já chamou a polícia. Vou levar o velho pra fora. Pode ir pra casa, não precisa se apresentar mais hoje. — Ele olhou pra trás. — E acalme o seu médico, parece que quer matar o cara.

Bruno andava de um lado para o outro da sala, fulminando o doutor André. Meu coração apertou quando percebi o que havia acontecido. Ele tinha me salvado, estava ali. Isso queria dizer alguma coisa? Será que veio terminar de vez?

Minha respiração acelerou e comecei a ficar com a visão embaçada. Senti uma mão forte e quente em minhas pernas e abri os olhos, Bruno estava agachado à minha frente, preocupado.

— Calma, anjo. Você vai ter outro ataque, ficou pálida como papel. Vamos ter que ver isso, não pode ficar tendo colapsos todos os dias.

Oh, Deus. Ouvir sua voz grossa me chamando de anjo de novo era um bálsamo para o meu coração doído.

— Por que isso está acontecendo?

— Você afogou muito estresse e mágoa, é normal. Mas vamos aprender a controlar, você vai ficar bem. Eu vou cuidar de você. Aquele velho tocou em você?

Meus olhos se encheram de lágrimas com a lembrança. Bruno me abraçou, encostando minha cabeça em seu peito. Seu perfume me acalmou e minha visão começou a voltar ao normal. Mas não me afastei, estava sentindo falta do seu corpo quente.

— Desculpe, Layla. Por tudo. Eu não sei o que fazer para você me perdoar. Se eu estivesse aqui, não teria acontecido essa merda. Esse nojento nem teria chegado perto. Droga!

Sua voz estava rouca e olhei para cima; os olhos azuis que tanto amava estavam molhados de lágrimas. Não era bom ver um homem forte chorando.

— Não é sua culpa, Bruno. Eu também não o vi. E, além do mais, você me salvou de ter acontecido algo pior.

Ele fechou os olhos e lágrimas escorriam por seu rosto sem parar; me sentei melhor e passei a mão por sua bochecha.

— Eu sinto tanto por ter te deixado. Fui muito orgulhoso, mas percebi que não posso viver sem você, anjo. Não quero mais ficar longe. Por favor, diz que me perdoa. Que podemos retomar de onde paramos.

Sorri e assenti; foi o que mais desejei nesses dias que ficamos separados. Só levantei para o trabalho por mera força de responsabilidade. Algo que aparentemente em demasia me prejudicou, mas teria essas drogas de colapso para tratar. Ainda bem que namorava um médico.

— Claro que sim, meu amor. Eu te amo, fiquei muito mal por estar longe. E não havia ninguém melhor do que você para me salvar.

Ficamos ali mais algum tempo e escutamos o barulho da sirene. A polícia tinha chegado e eu daria meu depoimento. Agora teria certeza de que o velho nojento seria punido.

Não demorou e um policial bateu na porta. Bruno o convidou a entrar e respondi suas perguntas. Ele disse que, por ter sido flagrante, iria ficar preso, e, como estava sem nenhum tostão, não tinha como pagar fiança.

Ainda assim, seria um pouco chato, pois teria que comparecer num tribunal se fosse entrar com um processo, coisa que já havia decidido levar em frente. Já tinha sido ingênua uma vez, não seria mais.

Pedi ao Bruno para que me esperasse e fui ao banheiro. Lavei o rosto e as mãos; queria tirar o cheiro horroroso do velho de mim. Saí e fui ao seu encontro. Ele estava encostado na parede do lado de fora com as mãos nos bolsos. Quando me viu, abriu um sorriso lindo e pegou minha mão, levando-a aos lábios para um beijo carinhoso. Fomos de mãos dadas para a frente do bar. As pessoas me olhavam de forma estranha; devem ter visto e ouvido a confusão.

Passamos pelo balcão para nos despedirmos do Heitor.

— Estamos indo, obrigada por me deixar sair mais cedo.

Ele balançou a cabeça e estreitou os olhos para Bruno, que sorriu e assentiu como um soldado.

— Trate-a bem, seu idiota. E você, mocinha, se cuida. Pode tirar o resto da semana de folga.

— E como ficam as apresentações?

Ele deu de ombros, fazendo uma careta.

— Vou ver alguma coisa, não se preocupe, sei me virar. — Sorriu e se inclinou sobre o balcão para me dar um beijo no rosto. — Agora vai, estrela. Descansa.

Assenti, agradecida. Seria bom passar alguns dias de folga total.

Fomos para fora do *Beer* e Bruno me abraçou. Como sempre, me sentia agradecida por ele estar ao meu lado. Não imaginava minha vida sem a sua presença. Engraçado eu pensar nisso sem sentir medo.

Ele abriu a porta do carro e eu entrei. Fomos devagar pela cidade, parecia que ele estava com medo de que eu quebrasse a qualquer momento. Mas, apesar de tudo, eu estava bem, o que estava me doendo mais era ter ficado longe dele. O velho era louco, não tinha nem o que ficar lamentando.

E aconteceu tanta coisa para nos separar no pouco espaço de tempo em que estávamos juntos que não era engraçado.

Depois de um tempo, Bruno estacionou em frente à minha casa. A luz da sala estava acesa, sinal de que Lucas estava em casa. Suspirei resignada, ele iria querer explicações que eu não estava pronta para dar.

— Você vai ficar?

Bruno levou a mão até o meu rosto, acariciando-o levemente.

— Você tem certeza? Não quer descansar? — Apertou meu queixo.

— Eu não quero passar nem mais uma noite sem você. É muito doloroso.

Ele engoliu em seco e assentiu, saindo do carro. Deu a volta e abriu a porta para me dar passagem. Pegou minha mão e acionou o alarme, trancando tudo. Fomos abraçados até a varanda. Respirei fundo e abri a porta.

Lucas franziu a testa e levantou-se da mesa onde estava estudando. Sabia que ficaria preocupado ao ver meu rosto.

— O que foi, Lala?

Tentei disfarçar, mas podia perceber que seria impossível. Ele já havia visto que eu estava abatida.

— Vem, Lucas, tenho que te contar uma coisa.

Levei-o até o sofá e contei tudo que aconteceu, desde o assédio no escritório até o episódio de hoje. Meu irmão ficou louco, disse que eu tinha que ter lhe contado e queria ir bater no velho.

Mas Bruno o tranquilizou nessa parte, dizendo que já tinha resolvido tudo e não deixaria o homem impune. Eu nunca havia visto meu irmão tão bravo.

— Você não podia ter escondido isso de mim, Layla. Eu sou seu irmão, tenho que cuidar de você.

Sorri tristemente. Na verdade, era sempre eu que cuidava dele.

— Lucas, sempre fui eu por mim mesma. Está tudo bem.

Ele passou as mãos pelos cabelos e parou na minha frente.

— Layla, eu não sou mais criança. Entenda de uma vez por todas: se você continuar escondendo coisas importantes de mim para me "poupar", eu vou embora dessa casa. Não quero ser mais uma carga pra você.

Não me deu nem chance de retrucar qualquer outra coisa; saiu batendo a porta. Afundei a cabeça entre as mãos tentando entender o que eu fiz de errado. Lucas nunca tinha sido tão agressivo.

Senti Bruno se aproximando, sentou ao meu lado e me abraçou.

— Ele vai ficar bem, Layla. Só está frustrado por não ter feito nada. Eu entendo isso, fiquei exatamente assim quando soube que a Sabrina havia sido agredida.

— Como assim? — Franzi a testa.

— Ah, relacionamento conturbado e o cara forçou a barra. Não é legal para nós, irmãos, ouvirmos essas coisas e não podermos fazer nada.

Entendi o que ele quis dizer. Lucas estava bravo consigo mesmo, não comigo. Eu estava agradecida por estar ao seu lado. Abracei sua cintura e deitei minha cabeça em seu peito musculoso. Ele passava a mão em meus cabelos, murmurando palavras de conforto.

Devo ter adormecido, porque a próxima coisa que sabia era que estava na minha cama, nua. Braços fortes envolviam minha cintura, num aperto possessivo e seguro.

Acomodei-me um pouco mais no corpo do meu homem e fechei os olhos, agradecida por Deus tê-lo trazido de volta para mim.

Capítulo 36
Bruno

Sabe quando você está tão feliz e sereno que parece flutuar? Eu estava neste estado, depois que Layla dormiu em meus braços e a levei para a cama, deixando-a confortável. Voltei para a sala esperando Lucas voltar.

Demorou um bom tempo, e ele parecia muito chateado. Não quis conversar, passou por mim e foi direto para o quarto. Deixei o garoto esfriar a cabeça. Eu entendia bem o que é se sentir impotente, sem poder salvar ou cuidar de alguém que se ama. Layla se sentia a protetora, responsável, mas Lucas havia crescido e sentia que era sua obrigação proteger a irmã.

Voltei para o aconchego ao lado da Layla. Estar ao seu lado novamente era o paraíso para quem esteve no inferno por quatro dias inteiros. Encaixei meu corpo no dela e adormeci, mas não tive sonhos. Apenas desfrutei de estar com o amor da minha vida.

Senti-me despertar com mãos macias passeando pela minha pele, abri os olhos devagar e vi Layla com os cabelos desgrenhados admirando o meu corpo. Sentindo meu olhar, levantou a vista e sorriu, maliciosa. Eu já sabia aonde sua mente safada iria nos levar.

Desceu sua boca deliciosa traçando contornos em meus músculos abdominais. Seus lábios carnudos faziam mágica, e eu tive que me segurar para não puxá-la e afundar em seu corpo quente. Já estava duro e pronto; ficarmos separados havia cobrado seu preço. Levou a mão direita até minhas coxas, me torturando descaradamente. Suas unhas arranhavam, me deixando mais do que excitado. Com a mão esquerda, vagarosamente se aproximou do meu membro pulsante, e senti um arrepio na espinha em antecipação.

— O que você vai fazer, anjo? — Minha voz estava grossa pelo sono.

Ela sorriu de lado e lambeu os lábios.

— O que você acha? Ter um gostinho seu. — Achei que ia morrer ali mesmo.

Baixou a cabeça, capturando-me de boca aberta. Joguei a cabeça para trás e gemi ao primeiro contato com sua língua macia e quente. Caramba, ela era boa naquilo. Nunca havia recebido um oral daquela maneira; ela parecia com fome. Sugava-me avidamente, me fazendo contorcer para não machucá-la. O que eu queria mesmo era afundar naquela boca gostosa.

Layla levantou a cabeça e sorriu. Levei a mão até seu cabelo, fazendo carinho, e ela se inclinou ao meu toque e me olhou intensamente.

— Adorei seu gosto, quero mais...

Oh, cara. Que merda, eu estava perdido. Seu pedido foi literalmente uma ordem, ela me capturou novamente e eu me deixei levar. Gozei vigorosamente. Depois de espasmos repetidos e eu gritando como um garoto inexperiente, Layla chegou à altura dos meus olhos. Nem pensei duas vezes, beijei sua boca sem me importar se acharia resquícios do meu sêmen.

Ela gemeu e ficou com as pernas separadas em meu quadril. Correspondeu ao beijo com vontade; sua boca duelava com a minha num frenesi. Mordi seu lábio com força, fazendo-a gemer. Layla parecia ser uma mulher meiga — o que realmente era —, mas era um furacão na cama. Não deixava a desejar e acompanhava meu ritmo numa boa, mesmo quando eu não estava sendo gentil.

Tentei virar na cama, mas ela travou as coxas em mim e afastou sua boca; tinha um brilho ferino em seus olhos.

— Hoje eu estou por cima. — Sorriu lindamente.

Merda, a mulher ia acabar comigo, eu não conseguia dizer uma palavra coerente, só saíam murmúrios. Posicionou-se e ficou provocando meu pau com seu sexo molhado. Eu estava meio excitado quando ela começou, e, em menos de um segundo, já estava pronto para outra. Só não a interrompi porque estava hipnotizado com seus seios lindos balançando a cada movimento.

Layla encaixou meu membro em sua entrada e desceu com tudo, enterrando até o final em sua deliciosa carne. Gememos em uníssono. Ela era uma visão linda a se apreciar: sua cabeça jogada pra trás em êxtase, cabelos bagunçados, rosto transformado em puro prazer e seios fartos e deliciosos, que pediam para serem sugados e acariciados.

Desejo que prontamente atendi. Inclinei-me e apoiei meus cotovelos na cama. Capturei um bico intumescido na boca e suguei avidamente. Layla gemeu e começou a se movimentar para cima e para baixo. Passei a língua por seu seio delicioso; ela era tão sensível e delicada que eu poderia fazê-la gozar fácil se chupasse muito forte. Mas queria prolongar ao máximo aquele momento. Era nossa reconciliação, afinal.

Acariciei seu colo com minha barba por fazer e ela se arrepiou todinha. Imaginei que, se sua intenção de ficar por cima era me deixar louco, conseguiu, mas eu tinha muito mais liberdade para devorá-la como era devido.

— Vai, meu anjo. Rebola gostoso.

Layla gemeu e aumentou a velocidade, passei para o outro seio e fiz a mesma coisa, suguei, mordi, lambi. Ela era como uma droga pesada, quanto mais a tinha, mais a queria.

Puxei-a pelos cabelos para que pudesse beijar sua boca maravilhosa. Enquanto assaltava sua boca, ela mergulhava em meu pau repetidas vezes. De repente, ela desencaixou e eu protestei, mas logo vi sua intenção. Virou de costas, montando em mim como uma *cowgirl*. Sentei-me e abracei-a pela cintura. Mordi seu pescoço e soprei sua pele.

— Cavalga em mim. — Ela gemeu e se movimentou.

Apertei sua cintura com as duas mãos e ajudei-a, impulsionando para cima e para baixo.

— Ah, meu garanhão, me leva.

Senti meu clímax crescendo e grunhi, ainda não queria que acabasse. Levei ambas as mãos aos seus seios maravilhosos e massageei-os, o que só piorou minha situação. Porém, eu iria levá-la comigo. Desci uma mão até seu clitóris e apenas toquei. Ela explodiu em êxtase e gozou forte. Jogou a cabeça pra trás em meu ombro e capturei sua boca com fome. Ela gemeu meu nome docemente.

Só em ouvir sua voz rouca, eu fui junto; meu orgasmo fez espasmos em meu corpo todo. Era sempre assim com ela, muito forte e intenso.

— Oh, acho que fui pro céu e voltei. — Sorriu docemente e se inclinou, dando um beijo estalado na minha bochecha. Estávamos ofegantes. — Bom dia, meu garanhão.

— Essa é a melhor maneira de acordar, meu anjo. — Passei uma mão por seus cabelos enquanto a outra repousava em sua barriga suada. — Queria acordar todos os dias assim.

Desencaixei-me daquele corpo delicioso e deitei-a, puxando-a de encontro ao meu peito. Distraí-me acariciando suas costas, descendo por sua bunda redonda e subindo fazendo círculos em sua pele. Minha mente vagava e nem percebi que Layla havia ficado quieta.

Levei a mão até seu queixo e inclinei sua cabeça para trás, olhando em seus olhos, e percebi que havia dúvidas em sua cabeça; meu anjo não conseguia disfarçar quando estava preocupada. Franzi o cenho, apreensivo.

— O que foi, Layla? Por que essas ruguinhas na testa?

Ela torceu a boca numa careta bonitinha.

— É verdade isso que você disse? Sobre querer acordar todos os dias comigo?

Olhei em seus olhos e ela parecia uma menina assustada. Eu também ficava com a velocidade com que tudo estava caminhando, mas não imaginava passar um dia sequer longe dela. Esse pequeno espaço de tempo em que ficamos separados foi um inferno.

— Sim, anjo. O que você acha de morarmos juntos? — Observei sua reação. Seu queixo caiu, deixando-a com a boca semiaberta, mas um leve sorriso despontou em seus lábios vermelhos.

— Mas não é muito cedo?

Revirei os olhos. Quando houve cedo ou tarde para nós? Ficamos tão envolvidos que perdi totalmente a noção de quanto tempo estávamos juntos, mas para mim parecia uma eternidade. E não no mau sentido, ela foi a melhor coisa que aconteceu na minha vida.

— Layla, eu não ligo para essa coisa de cedo. A única coisa que sei com certeza é que quero estar ao seu lado. Mas, se você não se sentir confortável, eu entendo.

Ela mordeu o lábio inferior, provocando-me um arrepio. Sempre me sentia assim com aquela visão; já estava pronto novamente.

— Não é isso, só estou com medo. Mas onde vamos morar? — Parecia relutante com alguma coisa.

— Bom, a minha casa tem mais espaço, temos o banheiro no quarto, que melhora bastante as nossas vidas. O empecilho é o pé no saco da Sabrina, mas ela é adulta e pode aguentar ouvir seus gritos. — Sorri amplamente. Realmente, meu anjo não era nada silenciosa.

— Mas e o Lucas?

— Layla, se ele quiser vir conosco, será bem-vindo. Mas creio que irá querer ter seu próprio espaço. Está na hora de ele ser independente.

Ela baixou a cabeça, apoiando o queixo no meu peito; seus olhos verdes estavam angustiados.

— Eu sei, mas é tão difícil. Parece que estou abandonando um filho. Ontem, foi terrível o jeito que ele falou comigo, mas eu percebi que está na hora de deixá-lo voar.

Sua ligação com o irmão ia além de fraterna, era um amor de mãe. E eu entendia a sua relutância, mas chega uma hora na vida de um homem em que ele precisa do seu próprio espaço. O engraçado é que chegaria um momento em que ele estaria disposto a dividi-lo com alguém. Eu já não imaginava minha vida sem meu anjo.

— Ele vai ficar bem, Layla. Nós também. — Sorri e a joguei deitada na cama. Ela deu um grito de surpresa. — Agora é a minha vez de estar por cima, mas antes eu quero beijar esse corpo maravilhoso todinho.

— Hum, eu gosto de como isso soa.

Claro que ela gostava, e devia mesmo, iria me esbaldar em cada pedacinho delicioso. Desci minha boca em seu pescoço e mordisquei, fazendo-a se contorcer; já conhecia suas zonas erógenas. Lambi a pele atrás da sua orelha e sussurrei.

— Você é o meu doce favorito. Temos que repetir a dose da cozinha.

— Vamos ter muito tempo. — Ofegou, enquanto arranhava as unhas por minhas costas.

Sim, realmente teríamos. Era um grande passo, mas que se danasse, ela era minha. Afastei-me um pouco de joelhos na cama, peguei seus tornozelos e encaixei-os em meu ombro em uma posição diferente. Mas iria tão profundo que nós dois desfrutaríamos. Ela estava linda ali deitada, seus cabelos revoltos no travesseiro, lábios vermelhos e inchados que imploravam para serem beijados. Seus olhos brilhavam com desejo.

— Tá pronta? — Assentiu, sorrindo safada. Porra, só aquele olhar já me faria gozar.

Afundei de uma vez só. Layla era tão apertada que parecia um punho em meu pau. Com suas pernas em meus ombros, era impossível beijar sua boca, mas tinha uma visão privilegiada dos seus seios saltando a cada estocada.

Layla segurou em meus braços e começou a se movimentar no mesmo ritmo, me levando à loucura. Não fiz cerimônia, entrei em seu corpo como um homem faminto. Virou o rosto e mordeu meu braço. Porra, aquilo sempre me fazia delirar. Sentir seus dentes na minha carne era extremamente sensual. Esfreguei meu púbis em seu clitóris, criando um atrito quase intolerável. Estava dentro dela quase até as bolas. Parecia que ela estava adorando.

Tinha uma coisa na Layla que me encantava profundamente. Ela podia ser tanto doce quanto safada. Eu gostava das duas versões. Tem coisa melhor do que um pacote completo?

Levei as duas mãos às suas coxas e separei-as, acomodando-as na minha cintura. Prontamente, ela enlaçou os calcanhares, me prendendo numa chave de perna. Desci a boca no seu seio intumescido e suguei forte, mordendo sua carne no processo. O gemido que ecoou arrepiou todo o meu corpo. Ela gozou e fui atrás. O clímax que experimentava no corpo maravilhoso da minha mulher não chegava aos pés do que tive antes.

Adormecemos novamente, felizes e satisfeitos, onde pertencíamos: nos braços um do outro.

Capítulo 37
Layla

— Preciso conversar com você — falei assim que Lucas pisou na cozinha, já arrumado para a faculdade.

Ainda tinha uma carranca em seu rosto. Mas, se ele queria ser adulto e independente, iria tratá-lo como tal. Quando se tem responsabilidades, não importa se você está chateado ou com raiva, tem que encarar os problemas de frente.

— Pode falar. — Sentou no banquinho com um bufo audível.

— Você pode desamarrar essa tromba. Já aconteceu e acabou, não seja um menino mimado.

Lucas abriu a boca e fechou novamente. Não estava acostumado a me ouvir assim. Tentei ser sempre gentil, mas estava na hora de ele ficar ciente da realidade. Conversei muito com Bruno antes de ele ir para o hospital, e combinamos tudo o que faríamos. Decidi resolver as coisas primeiramente aqui e só depois iria para a casa dele.

— Bruno me convidou para morar com ele e eu aceitei. Nós gostaríamos muito que você viesse conosco.

A princípio, ele não esboçou nenhuma reação. Ficou parado me olhando, mas depois sorriu — algo que eu não esperava —, se postou ao meu lado e me abraçou carinhosamente. Eu só fiz o de sempre: envolvi meu irmãozinho nos meus braços.

— Estou feliz por você, Layla. Se há alguém que merece ser feliz é você; me desculpe por ontem. Fiquei magoado e chateado, mas foi comigo mesmo.

Lágrimas se formaram em meus olhos, estávamos juntos há anos. Só nós dois, sempre fomos muito unidos e cúmplices. Mas, há algum tempo, as coisas mudaram, e ele ficou mais fechado. Devia ser porque se tornou homem.

— Obrigada. Você vem conosco? — Tinha esperança de ele não querer se separar de mim, mas sabia que não seria possível.

Bruno disse que ele precisava de espaço e eu concordava. Arriscava o palpite de que, se eu não fosse sair, ele iria arrumar alguma maneira de ir por conta própria.

Lucas respirou fundo e encostou a cabeça sobre a minha.

— Não, Lala. Está na hora de viver por mim mesmo. Tenho que deixar você livre, já fui uma carga muito grande.

As lágrimas que estavam se formando desceram por meu rosto; meu coração estava oprimido antes da hora, só com a menção de me separar do meu irmão. Meu único amigo, companheiro de luta. Sim, porque nossa vida não foi nada fácil.

— Mas como você vai sobreviver? E a faculdade? — Ouvi sua risada e olhei para cima.

Meu irmão também estava chorando. Automaticamente, levei a mão para enxugar seu rosto bonito. Não gostava de vê-lo assim. Mas também havia um sorriso divertido em seu rosto.

— Só você, minha irmã, se preocupa com tudo. Eu vou ficar bem, a bolsa que Bruno conseguiu é integral e não vou mais precisar pagar a faculdade. Devido às boas notas que tirei nesses três períodos, não foi difícil conseguir que o reitor aceitasse. E foi oferecido um trabalho remunerado com ele, o hospital precisa de assistentes. Então, não precisa se preocupar.

Olhando para o rosto feliz do meu irmão, vi que havia feito a escolha certa. Ele precisava de uma vida própria. Admito que era superprotetora demais, mas, quando se tem uma criança de cinco anos sob seus cuidados, sendo que você ainda é muito jovem, acaba agindo com cautela.

E o amor que sentia pelo Bruno só aumentou; ele não só havia conseguido uma bolsa para o meu irmão — com merecimento —, mas também meios para que ele não ficasse sem remuneração. E mesmo não gostando muito da ideia, percebi que Lucas estava muito feliz.

— Você vai ficar bem, né? — Não ficamos separados desde o dia em que ele nasceu. Já sentia saudades demais.

— O que você acha? Vou poder trazer um monte de gatinhas pra cá. — Tinha um sorriso brincalhão em seu rosto.

Dei um soco de brincadeira em seu braço e balancei a cabeça, porém eu sabia que eventualmente isso iria acontecer. Ele era um garoto muito bonito, além de ser gentil. Caras assim não ficavam sozinhos por muito tempo. Teria que me acostumar como meu irmãozinho namorando.

— Me poupe, Lucas. Informação demais.

— Então... Quando você vai se mudar?

Uau, ele estava bem apressadinho. Enxuguei minhas lágrimas e sentei ereta novamente, voltando para o café. Lucas deu a volta e se acomodou, me acompanhando.

— Ele quer o mais breve possível. Fiquei de resolver com você sobre as contas e depois me mudar. Você não acha muito cedo?

Meu irmão sorriu por cima da xícara e a apoiou na bancada.

— Layla, vocês foram como duas dinamites. Fiquei até com medo de me tornar titio antes da hora.

Uh, me deu um frio na barriga. Mas não era uma coisa ruim, pensar em ter um bebê do Bruno com seus olhos azuis aquecia meu coração.

— Não conseguimos ficar separados. — Ainda ficava envergonhada de falar sobre essas coisas com meu irmão.

— Eu entendo o sentimento. Mas sobre as contas... O que precisa resolver?

— Eu vou receber um dinheiro bom da minha saída do escritório. Quero que fique com metade.

Lucas levantou-se subitamente, derrubando o banquinho no chão, fazendo um estrondo.

— Não, Lala. Eu não quero nada que venha daquele velho.

— Você não vai ter nada dele, o dinheiro é meu. Direitos que recebi porque trabalhei, e quero deixar você confortável por pelo menos alguns meses. Por favor, não me deixe mais preocupada. Preciso saber que você ficará bem. — Eu sabia que devia estar fazendo cara de pidona, mas era o único jeito de ele aceitar minha ajuda. Lucas havia se tornado um homem muito orgulhoso.

— Ok. Mas só dessa vez, porque depois eu vou viver às minhas custas.

Assenti e voltamos ao nosso café. Sentiria falta daquilo também. Então, lembrei que duas datas se aproximavam: uma de felicidade, meu irmão completaria vinte e um anos; e outra, que marcou minha vida pra sempre que, por incrível que pudesse parecer, eu havia esquecido.

— Estou querendo ir ver mamãe e papai hoje. Não quero ir próximo ao seu aniversário.

Lucas parou com a torrada a meio caminho da boca e me olhou surpreso.

Eu não tocava nesse assunto há muito tempo, nunca havia pedido para que me acompanhasse, pois era uma maneira de protegê-lo. Mas eu sabia que ele ia sozinho. Mesmo não se lembrando muito bem do nosso pai, fazia questão de levar flores todos os anos. Meu pai morreu dois dias antes do aniversario de seis anos do meu irmão.

— Quero fazer uma festa pra você. Já combinei com o Bruno, vai ser uma espécie de bota-fora. — Ele assentiu. — Hoje, você pode me acompanhar ao cemitério?

Ele olhou para mim com seus olhos brilhando, e eu sabia o que se passava por sua cabeça. A última vez que fomos juntos foi quando nos despedimos da nossa mãe. Era a única coisa que fazia sozinha, deixando-o de lado, não ficava confortável em chorar na sua frente.

— Claro. Você quer ir agora? Só tenho aula mais tarde.

— Vamos, então.

Levantei-me e peguei minha bolsa no quarto. Não estávamos num clima ameno de brincadeiras, agora era tenso. Melancólico. Lucas me esperava na sala com sua mochila nas costas, tinha a cabeça baixa e olhava o celular em sua mão.

Peguei sua mão e olhei naqueles mesmos olhos que quando menino eu quis proteger de todo o mal.

— Vamos ficar bem, ok? — Ele não ficava confortável indo lá.

Quem ficaria? Era um lugar que só havia tristeza. Decidi pegar um táxi, pois, já que não era longe, ficaria barato. Na esquina, havia um ponto. Caminhamos de mãos dadas e encontramos um carro disponível. Durante todo o percurso, ficamos em silêncio, apoiando um ao outro como sempre.

Paguei ao taxista e paramos em frente ao portão. Olhei meu irmão, que já tinha lágrimas em seu rosto. Lembrei-me do meu menininho debaixo daquela mesa e minha garganta apertou. Abracei sua cintura e o impulsionei para frente. Quanto mais cedo acabássemos com isso, mais rápido iríamos pra casa.

Lucas já estava soluçando quando chegamos à lápide dos nossos pais, que tinham o mesmo epitáfio: *Pais amados, que seu amor prevaleça por toda a eternidade. De seus filhos, Layla e Lucas.*

Há muito tempo não me deixava chorar por causa deles, como quando criança deveria ter feito e me segurei. Naquele momento, foi impossível, caí de joelhos na grama e baixei a cabeça, soluçando.

Lembrava-me do sorriso do meu pai ao me ver cantar. Da alegria da minha mãe quando ele nos trazia flores todos os domingos, dizendo que belas mulheres mereciam lindas rosas. Quando cismou de ensinar Lucas a jogar bola, foi um desastre, mas meu irmão ficou tão feliz que eu ainda podia ouvir suas gargalhadas de bebê.

Lucas se ajoelhou ao meu lado e me abraçou apertado, me aconcheguei em seus braços e deixei as lágrimas de saudade correrem livremente. Meu coração estava oprimido; meus pais se foram muito cedo, mas deixaram lembranças maravilhosas.

Houve um Natal em que meu pai se vestiu de Papai Noel e minha mãe, de Mamãe Noel. Fiquei assustada por acordar sozinha procurando por eles, mas logo que irromperam pela porta com brinquedos e doces tive a maior alegria. Meu irmão tinha três anos e ficou muito feliz por ganhar tanta coisa; ainda me lembrava de seus olhinhos brilhando e seus gritos a cada presente aberto.

Olhei para o lado e uma brisa levantou folhas pelo chão; senti alívio em meu peito, um aconchego que há muito não experimentava. Ouvi um leve murmúrio do meu pai cantando para eu dormir, sorri ao imaginar que talvez, por alguma obra de Deus, eles estavam ali nos vendo juntos, como tinha certeza que sempre desejaram. Deixei meu coração leve de toda a carga que levei, minha tristza foi junto com a brisa. Finalmente, eu estava feliz.

Roguei aos céus que um dia, quem sabe, encontrasse meus pais novamente. Sentia muitas saudades.

Fechei os olhos e fiz uma prece de agradecimento, não queria pedir nada.

— Layla, você lembra quando ganhou aquele concurso de canto na escola, que papai nos levou a uma pizzaria e disse que você seria incrível?

Fiquei surpresa que ele se recordasse, pois era muito jovem. Porém, meu pai era um homem difícil de esquecer.

— Lembro sim, mamãe ficou tão animada. E você comeu tanto que quase foi parar no hospital.

Ele sorriu em meio às lágrimas e acariciou meu braço, me confortando.

— Ele disse uma coisa que nunca vou me esquecer. Mesmo sendo tão pequeno, aquilo ficou gravado em minha memória. É uma das poucas lembranças que tenho dele. — Lucas tinha a voz embargada de emoção. E minhas lágrimas começaram a se formar em antecipação.

— O que foi?

— Quando eu tive que ir ao banheiro, ele me levou pela mão e, quando chegamos lá, ele se agachou à minha altura e disse: *"Meu filho, tenha a sua irmã sempre perto de você, nunca a deixe sofrer. Ela é uma menina muito doce, você é o homem da casa. Proteja-a, cuide dela para que seja feliz"*. Eu tomei aquilo como algo que nunca pude cumprir, afinal, foi você que sempre cuidou de mim. Por isso fiquei tão irado quando descobri sobre o seu ataque.

— É aí que você se engana, Lucas. Só por não me deixar sozinha, por me amar de volta, foi a maneira mais linda que poderia haver de cuidar de mim. Nosso pai estaria orgulhoso do homem que você se tornou. Não menospreze a confiança dele, você fez o seu melhor. Eu só tenho a agradecer pelo irmão maravilhoso que me deram.

Ele engoliu em seco e assentiu, abrindo um sorriso.

— Agora você não está mais sozinha. Está feliz, minha irmã? Com o Bruno?

— Eu nunca imaginei encontrar um amor, Lucas. Achava que me bastava ter você e a minha música. Mas realmente não imagino recompensa melhor do que o amor daquele homem.

Ele balançou a cabeça, e um sorriso agradecido se formou em seu rosto bonito.

— Eu nunca falei nada pra vocês porque acho que ele não me reconheceu, mas foi o Bruno que fez minha cirurgia. Ele foi o médico que salvou a minha vida. Não te disse antes porque você estava confusa e não queria te influenciar de maneira alguma. Contudo, achei que já estava na hora de você saber.

— Oh, Deus. E ele nunca te disse nada?

— Não, Lala. São muitos pacientes, é natural você confundir rostos. Mas o que eu quero que fique claro pra você é o quanto você acertou em cheio e não precisa ter medo. Bruno é um homem muito bom. Sem vocês saberem, o destino arrumou uma maneira de juntá-los. Fico feliz por minha irmã estar em tão boas mãos.

Minha alma estava cheia do mais puro amor. Estava louca para encontrar o causador de tanta alegria em minha vida.

Lucas sorriu e se levantou, estendendo a mão. Dei uma última olhada para onde jaziam meus pais e senti paz em meu coração. Levantei e fui em direção ao meu futuro; meu irmão estaria sempre ao meu lado. Mas agora era a minha vez de viver.

Capítulo 38
Bruno

— Meu filho, Sabrina disse que você vai fazer uma festa de aniversário para o Lucas na sua casa? Por que não faz aqui? É maior e mais perto para todo mundo. — A voz da minha mãe ao telefone era tão fina e alta que tive que desencostar o aparelho do ouvido um pouco. Ela gostava muito de fazer festa; eu sabia que quando soubesse iria querer tomar conta de tudo.

O aniversário do Lucas era no domingo e eu estaria de folga, então era a oportunidade perfeita para também comemorarmos a mudança da Layla para a minha casa. Não via a hora de ter meu anjo só pra mim, dava um frio na barriga com a aproximação do dia em que a teria em tempo integral. Porém, não ficaríamos em casas separadas, como muita gente faz, para aumentar a expectativa; eu não conseguiria. Iríamos dormir juntos todas as noites; já estava viciado em seu corpo quente.

— Mamãe, é uma boa ideia, até porque evita de dar trabalho a Layla logo no primeiro dia que ela vai se mudar.

— O quê?!

Droga, dei um tapa na testa automaticamente. Ainda não tinha falado com minha mãe sobre Layla estar indo morar comigo. Na verdade, ninguém sabia, estávamos curtindo a ideia primeiramente. Mas agora eu iria ouvir até o próximo ano.

— É, nós resolvemos juntar as escovas de dente. Mesmo sendo cedo, não conseguimos ficar separados.

— Oh, filho, que ótima notícia. — Sua voz doce não me enganava, sabia que a bronca estava por vir. — Mas você devia ter me contado, garoto. Não se esconde isso da sua mãe.

— Eu não escondi, mãe. É que ficamos tão empolgados com tudo que acabei esquecendo de avisar.

— Hum, tudo bem. Mas agora a festa vai ter que ser maior para comemorar vocês estarem juntando os trapos. — Deixei-a falar, não ia adiantar interromper mesmo. Em anos, aprendi a ficar quieto nas horas certas. — Temos que convidar seus primos e tios, eles vão querer estar presentes...

E por aí foi a ladainha de quem convidar, o que fazer para comer, se Layla iria cantar para alegrar a festa. Quando percebi, estava há meia hora no telefone com a minha mãe. Meu intervalo estava quase no fim e me despedi dizendo que retornaria mais tarde. Uma mentira deslavada.

A única coisa que faria mais tarde era correr para os braços do meu anjo. Joguei o celular em cima da mesinha e, com um suspiro, apoiei a cabeça no encosto do sofá. Estava pensando em todas as noites que teria ao lado dela quando Alberto entrou na sala. Ele não estava nada bem, mal-humorado, para dizer o mínimo.

— Que bicho te mordeu?

— O que você tem a ver com isso? E como sabe que tem alguma coisa errada? — explodiu.

Bom, fora o tempo em que eu o conhecia... Seus cabelos estavam tão bagunçados que parecia que ele tinha saído de um furacão, o sorriso que sempre estava presente — sua marca registrada — tinha dado lugar a uma carranca de dar medo, fora as roupas desalinhadas enquanto ele dava voltas pela sala como se estivesse nervoso com alguma coisa.

— Ah, nada... É porque estou com vontade de implicar com alguém hoje. Cara, larga de ser idiota, te conheço há anos. Desembucha, antes de eu ter que voltar pro plantão.

Com um suspiro, ele sentou ao meu lado e deitou a cabeça, olhando para o teto. Aguardei pacientemente; Alberto só falava quando tinha vontade.

— Eu estava no quartinho...

— Novidade — zombei, interrompendo. Ele virou para mim com uma careta. Levantei as mãos em sinal de rendição.

— Bom, continuando. Essa enfermeira nova estava atrás de mim há algum tempo, então decidi pegar. Mas... que droga! Eu não consegui.

— Como assim? Alguém pegou você antes? — Não seria nenhuma surpresa, Alberto não tinha cuidado nenhum. Parecia gostar de viver perigosamente

— Não, seu idiota. Eu não fiquei pronto, meu pau não subiu, entendeu? — Fez uma cara sofrida.

Eu fiquei olhando-o, atônito. Então comecei a rir, joguei a cabeça pra trás e segurei a barriga. Gargalhei até saírem lágrimas dos meus olhos. Como no mundo Alberto negava fogo?

— E por quê?

— Ah, foda-se. Se você for ficar rindo, não vou falar mais nada. A mulher saiu brava e disse que eu era uma porra de propaganda enganosa. — A cara dele só me fez rir mais. — É séria a minha situação, Bruno.

— Tá, vai, termina. Prometo não fazer mais nada. — Comprimi os lábios tentando segurar a risada, mas era cômico vê-lo daquele jeito.

— Desde a merda do dia em que Ana veio aqui, não consigo parar de pensar nela. E não pude estar com mulher nenhuma depois disso.

Uau, apesar de ser muita informação do que provavelmente ele fez após ver minha irmã, meu amigo estava um pouco ferrado. Se havia mulher teimosa como uma mula, era a minha irmãzinha.

— Então você não consegue foder ninguém porque fica pensando na minha irmã? — Fiz uma careta de nojo.

— É, cara, ela me irritou muito. E você sabe que com a gente sempre foi assim, entre brigas e namoros atrás do carro.

— Ah, droga, Alberto. Sem mais detalhes, cara. É minha irmã.

Ele sorriu com alguma merda de lembrança.

— Eu sei, mas o problema é que eu preciso me reconciliar com ela. Pelo menos para sermos amigos, não vou aguentar ficar assim por muito tempo.

Arqueei uma sobrancelha, curioso. Não entendia muito bem o raciocínio dele.

— Quer dizer, sem foder pelos cantos do hospital? Não está na hora de você encontrar alguém e sossegar?

Alberto me olhou como se eu estivesse louco. Há algum tempo, eu seria o primeiro a me internar por estar delirante, mas agora não me via mais ciscando por aí.

— Não tem ninguém pra mim, cara.

Meu amigo parecia desolado. Eu fiquei com um pouco de pena porque a separação de Ana quase o destruiu. Lembro-me muito bem do desespero em que ficou. Desde então, nunca mais se envolveu sério com ninguém. Só transava ocasionalmente sem se envolver emocionalmente.

— Por que você não vai à festa na casa da minha mãe, no domingo? É aniversário do irmão da Layla, mas também vamos comemorar nossa união.

De repente, ele levantou a cabeça.

— União? Você vai se casar?

— Ainda não. Vamos morar juntos; tenho certeza de que se eu pedir ela não vai aceitar. Layla é meio cautelosa.

— Pelo menos alguém é. — Bufou.

— E o que você quer dizer com isso, idiota?

Ele respirou fundo e acenou com a mão.

— Deixa pra lá, cara. Eu estou sendo um babaca. Fico feliz por você. Mas será que sua irmã não vai se chatear por me ver na festa? — Parecia preocupado.

— Com certeza. Mas você liga? — Ele sorriu, confirmando que não. — Ela não vai poder falar muito, é aniversário do garoto. E ele vai trabalhar como assistente aqui no hospital, então faz de conta que se conhecem. É uma oportunidade de conversar com ela em território neutro.

Ele pensou um pouco e um sorriso malicioso despontou em seu rosto. Eu não gostei muito, o que ele poderia estar pensando em aprontar poderia me colocar em maus lençóis.

— Até que você é inteligente, irmão. Vou sim, que horas vai ser?

— Por volta das 18h. — Me levantei porque já estava na hora de ir trabalhar. — Então, te vejo lá.

Ele assentiu e ficou com um sorriso travesso no rosto. Eu só esperava que Ana não me matasse depois daquilo. Já podia até ver as notícias nos jornais da minha execução. Mas tinha as melhores intenções, minha irmã foi muito feliz quando eles estavam juntos, agora era cheia de mágoas e ressentimentos. Tornou-se uma mulher amarga. E tanto ela quanto Alberto ficaram sozinhos todos esses anos. Nunca a vi com ninguém sério, apenas esporadicamente com caras manés e sem noção. Realmente não sabia o que tinha rolado. Mas será que não valia a pena perdoar?

Para mim, que sou um cara apaixonado, sempre dá pra ter mais uma chance.

Meu telefone tocou e olhei o visor. Era a Layla. Desviei para uma saleta perto do Centro de Unidade Intensiva e atendi, sentando na cadeira da sala de espera.

— Oi, meu anjo. Já está sentindo a minha falta?

Pude ouvir sua risada do outro lado da linha e meu corpo respondeu no mesmo instante. O que tinha naquela voz que me deixava tão louco?

— Claro, mas não é pra isso que estou ligando. Sua mãe me ligou com mil perguntas sobre quem eu vou convidar, mas não tenho a mínima ideia. Ela me deixou louca.

— Você vai ter que se acostumar com a ansiedade da dona Marisa. Ela adora tomar conta de tudo. — Layla não estava habituada a esse tipo de interesse maternal.

— É, eu sei, fiquei de perguntar ao Lucas. Eu só tenho o Heitor e a Elisa do bar, meus únicos amigos.

— Que bom, vai ser legal tê-los lá. — Mesmo tendo poucas pessoas com quem contar, Layla adorava o pessoal do *Beer*.

— Ah, e Sabrina também ligou.

— Ih, o que ela queria? — Não podia ser boa coisa.

— Me parabenizar e dar os pêsames por estar morando com você. Disse que é superdesorganizado.

Não pude evitar gargalhar com aquilo, era mesmo o estilo da caçulinha dar esse tipo de entusiasmo à minha mulher.

— E você acreditou, anjo?

— Sim, mas não me importo. Já estou acostumada a morar com um garoto. Vou gostar de cuidar de você.

— Mas não dessa vez. Quem vai cuidar de alguém nessa história serei eu. Você vai viver como uma princesa.

Layla ficou em silêncio e cheguei a olhar a tela para ver se havia desligado. Até que falou baixinho:

— Eu fui ver meus pais.

Droga, isso não era bom. Meu anjo ficava muito triste quando falava sobre sua família.

— E você está bem? — Fiquei realmente preocupado.

— Por incrível que pareça, sim. Libertei-me de muita coisa naquele lugar hoje. Sinto-me leve. É como se eles estivessem abençoando minha escolha e estivessem felizes por mim.

— Claro que estão, Layla. Onde quer que estejam acredito que estão muito orgulhosos de você e do Lucas. Mas... você foi sozinha? Devia ter me esperado para que eu fosse junto.

— Não, Lucas me acompanhou. Conversamos hoje cedo, ele não quer morar conosco. Vai ficar sozinho.

Eu já imaginava isso, mas não queria alarmá-la. Lucas já tinha idade de querer liberdade. Por mais que amasse a irmã, ainda assim precisava ter seu próprio espaço.

— E você está bem com isso? Não se arrependeu, né?

Ok, admito que estava soando como uma garotinha insegura. Mas não podia evitar quando se tratava do amor da minha vida. Ainda éramos muito recentes para eu ter certeza do que ela queria realmente.

— Claro que não, seu bobo. Eu estou bem, sim, já está na hora de ele viver sua própria vida e eu a minha. Na verdade, eu só troquei de companheiro de casa.

— Uh, mas esse aqui pode ser muito mais divertido.

— Ah, assim eu espero, Dr. Garanhão.

De início, eu não gostava desse apelido, me lembrava da minha época de galinha. Mas, depois da noite passada, acabei gostando da ideia de ela cavalgar em mim o quanto quisesse.

— Mal posso esperar para estar com você, meu anjo. Já terminou meu intervalo. Vejo você em casa à noite.

— Ok, te amo. Você sabe, né?

— Sei sim. Eu também amo você.

— Eu tenho uma coisa para te dizer, mas você vai ter que esperar até a festa do Lucas.

— Droga, vou ficar curioso. O que é?

— Espera, seu apressadinho. — Ouvi sua risada gostosa do outro lado da linha.

— Ok, até mais.

Desliguei o telefone com o peito cheio de felicidade. Minha vida ao lado dela não seria perfeita porque a de ninguém é, mas conseguiríamos contornar nossos problemas.

Agora era só esperar para chegar em casa e beijar Layla.

Capítulo 39
Layla

Estávamos a todo vapor com os preparativos da festa. Seria uma loucura. A mãe do Bruno — minha sogra, ainda não tinha acostumado ao título — estava quase me levando à insanidade total com tantas coisas pra fazer, o que era para ser uma festinha virou um acontecimento. Dona Marisa queria saber se tínhamos algum parente que queríamos convidar. Até havia alguns tios e primos, mas não valia a pena o incômodo. Como não tiveram a mínima consideração de nos procurar em anos, não os queria por perto num momento tão alegre.

Estava no processo de empacotar há dois dias; só tinha o resto da tarde para terminar, já que na manhã seguinte estaria em novo endereço. Deparei-me com um monte de coisas que não queria levar. Estava separando e resmungando — que ia ter que comprar um guarda-roupa inteiro se continuasse a achar só coisa velha —, quando Bruno entrou no quarto e me envolveu em seus braços fortes.

Imediatamente larguei tudo e me aconcheguei, respirando seu perfume delicioso. Seu hálito em meu pescoço provocava arrepios por toda a minha pele.

— Adivinha só, anjo? — falou, mordiscando o lóbulo da minha orelha.

— Hum... — gemi, me sentia muito bem com seus carinhos.

— Eu fiz uma pequena loucura.

— O quê? — Minha voz já havia ficado rouca àquela altura, também pudera, né? Entre mordidas, Bruno dava uma lambida em cada ponto sensível que eu tinha no pescoço.

— Comprei um carro novo.

— Hum-hum... — Inclinei minha cabeça para o lado, dando-lhe um acesso melhor. Bruno deu uma risadinha e me virou de frente pra ele.

— Você não está prestando atenção, mulher. — Seus olhos brilhavam, divertidos.

— Ah, e o que você queria? Distraindo-me desse jeito, só dá pra pensar em uma coisa. — Coloquei as mãos na cintura em frustração por ele ter interrompido algo que estava tão bom.

— E o que a minha safadinha estava pensando?

— Não interessa, você perdeu o direito de saber, já que me interrompeu.

Ele abriu um sorriso amplo, mostrando todos aqueles dentes brancos; não me cansava de admirar como ficava bonito descontraído. Desde o início, o que me mais me chamou atenção foi esse ar de menino travesso que carregava.

— Ok, sinto muito, te compenso mais tarde. Mas escuta, eu comprei um carro novo.

Arqueei uma sobrancelha em confusão. Para que ele precisava de outro carro?

— Por quê? O seu *Honda* está novinho. — Olhei em seus olhos, que estavam cheios de expectativa.

— Não é pra mim.

— Como assim?

— Vem. — Pegou minha mão, me arrastando quarto afora. Chegamos à entrada e tinha um carro vermelho lindo estacionado ao lado do *Civic* do Bruno.

— Ué, resolveu trocar de carro?

— Claro que não, nem fale isso na frente do meu bebê. — Revirei os olhos. *Homens e seus carros. Humpf!* — Esse carro aqui é um *Renault Clio*, e é seu.

Juro que não captei logo de primeira, fiquei olhando seu rosto sorridente e olhos brilhantes. Parecia um menino. Me apaixonei mais uma vez, somente por olhar aquela expressão de puro contentamento. Foi aí que me dei conta do que ele disse.

— Pra mim? Bruno, você ficou louco? É muito caro.

Ele se aproximou e me abraçou apertado, apoiando o queixo no topo da minha cabeça.

— Não, Layla. Eu só não quero você andando de ônibus tarde da noite após sair do *Beer*. Não vou ficar tranquilo fazendo plantão sabendo que você está desamparada.

Afastei-me para olhar em seus olhos. Percebi que ele falava a verdade, não era um capricho, mas uma necessidade para que ficasse em paz.

— Você é louco, Bruno. — Apesar da minha relutância, fiquei entusiasmada em ter meu próprio carro. — Mas eu amei... Posso entrar?

— Claro. — Tirou a chave do bolso e me entregou.

Dei pulinhos de felicidade e fui em direção ao carro. Entrei e me sentei, sentindo o cheirinho de novo. Olhei para cima e Bruno estava parado no mesmo lugar com as mãos enfiadas nos bolsos, sorrindo. Levantei o dedo e o chamei com malícia no olhar. Ele arqueou uma sobrancelha e deu a volta, sentando no banco do carona.

— Temos que estrear esse carro — disse, lambendo os lábios em antecipação daquela boca maravilhosa sobre a minha.

— Ah, é? E o que você está pensando fazer?

Aproximei-me e rocei levemente minha boca na dele. Ouvi um gemido fraco e sorri. Falei em seus lábios.

— Podemos começar com um beijo. — Nem dei tempo de ele responder.

Levei uma mão até seu pescoço e ataquei sua boca frenética. Espalmei a mão livre em seu peito. Mordisquei seus lábios e acariciei sua língua macia. Bruno tinha um gosto maravilhoso, era como um afrodisíaco. Toda vez que sentia o calor de sua boca, ficava em brasa.

Mas logo interrompi nosso beijo e me afastei, deixando-o atônito. Ainda de olhos fechados, ele sorriu.

— Acho que vou te dar mais presentes. Se receber um agradecimento desses, você vai ter mais coisas do que a rainha da Inglaterra.

Aproximei meus lábios de sua orelha e sussurrei:

— Espere até à noite pra ver o que é agradecimento.

Bruno gemeu e jogou a cabeça para trás no encosto do banco.

— Cara, eu acho que vou morrer antes de completar trinta anos. Você já é insaciável, imagina morando juntos, vamos ficar igual coelhos.

— Não exagera, foi você quem me transformou num monstro guloso por sexo. O que eu posso fazer? Toda vez que vejo esses olhos lindos e o corpo musculoso, eu só quero te lamber todinho.

— Porra, Layla. Se você ainda quer levar suas coisas pra minha casa é melhor parar de falar isso. Ou então eu vou ter que estrear seu carro novo em outras modalidades.

Não era uma má ideia. Mas eu tinha toneladas de tralhas para carregar. Íamos ter tempo de sobra.

— Ok, seu chato. Vamos recolher aquele monte de coisa e encher seu quarto masculino de flores.

Bruno arregalou os olhos e abriu a boca.

— Droga, meu quarto vai virar de mulherzinha.

— Está se arrependendo? Ainda dá tempo...

— Nunca, anjo. Quero ficar ao seu lado todos os dias da minha vida. — Acariciou meu rosto com o dorso dos dedos.

— Bom, porque senão eu teria que te bater até voltar à razão.

— Você ficou bem atrevida depois que nos conhecemos, né?

— Aprendi com o melhor...

Saí do carro, rindo da cara dele. Eu tinha mudado muito ao longo do nosso relacionamento. Não que eu fosse uma garota chata que ficava se lamentando pelos cantos, mas estava mais confiante e então tinha liberdade de brincar.

Bruno me seguiu para o quarto para terminarmos de arrumar as malas. Trabalhamos entre brincadeiras e beijos roubados. Em uma hora, terminamos e carregamos aquele monte de bagagem, dividindo entre os dois carros.

Fazia tempo que não dirigia, mas era como andar de bicicleta. Dei partida e o ronco do motor me deu uma excitação estranha. Estava louca para correr com ele. Bruno me observava do outro carro com um sorriso largo no rosto. Dei sinal para que saísse e o acompanhei. Decidi não abusar, afinal, nem conhecia o carro direito.

Fomos numa velocidade razoável até sua casa, quer dizer, nossa. Era engraçado, ainda demoraria um pouco até me acostumar. Bruno desceu e foi descarregar o porta-malas; eu fiz o mesmo. Por fim, teríamos que fazer umas duas viagens cada para podermos colocar tudo dentro de casa.

Assim que abrimos a porta, escutamos um burburinho vindo da cozinha. Sabrina e Ana estavam montando pizzas e falando pelos cotovelos; seria legal tê-las em casa para me animar.

— O que as gralhas estão fazendo aqui? — Bruno tinha uma maneira engraçada de tratar as irmãs, podia ser sarcástico, mas eu percebia seu amor por elas.

Ana o fuzilou com os olhos.

— Ah, não seja babaca. Estamos aqui para receber nossa cunhada com pizza e nada pra você. — Sorrindo, me aproximei e abracei cada uma.

— Meninas, vocês são demais.

— Espera até começarem a te importunar com seus problemas de mulherzinha. — Tinha a leve impressão de que Bruno era traumatizado com as "coisas de mulherzinha".

— Se você não percebeu, irmão, Layla também é mulher e não vai se importar de ouvir nossas lamúrias, não é, cunhada? — Sabrina tinha um jeito todo característico de falar, sempre gesticulava muito. Muita empolgação num corpo tão pequeno.

— Ok, sou minoria. O que me resta é carregar as malas. — Se aproximou e deu um beijo estalado no meu rosto. — Fica aí, anjo, que eu levo as malas pro quarto. Divirta-se com essas loucas.

Observei-o subir as escadas, tinha uma bundinha de dar água na boca. Prendi os lábios nos dentes para não correr atrás e me trancar no quarto o dia todo.

Ouvi um pigarro e algumas risadinhas. Olhei pra trás, percebendo que havia cometido uma gafe, e corei envergonhada. Estava cobiçando o irmão delas na maior cara dura.

— O que eu posso fazer, ele me deixa louca! — Dei de ombros.

— Urgh, sem informações. Não é legal. — Ana Luiza fez uma careta e abanou a mão à sua frente. — Mas diz aí, está animada? Amanhã vai ser uma festa e tanto. Mamãe está preparando muita coisa, parece que vem um monte de primos ver o Bruno se enforcar. Ops, foi mal.

Tive que rir, Ana não tinha nenhuma trava na língua. E aquele era o seu maior atrativo; eu adorava pessoas sinceras e que falavam o que queriam.

— Tudo bem, entendo o que quer dizer. Então, o que vocês têm pra fazer?

— Vai picando o queijo e o presunto; mamãe e Larissa virão mais tarde. Elas querem que você fique à vontade com a gente. Ah, seu irmão também foi convidado. — Ana indicou Sabrina com o polegar.

Engraçado, ela estava em relativo silêncio e parecia pensativa.

— Sabrina, o que foi? — Me aproximei com o material nas mãos para começar a trabalhar. — Você está quietinha, tem alguma coisa acontecendo? Está desconfortável por eu vir morar aqui?

Ela se assustou com a minha pergunta e sorriu.

— Claro que não, Layla. Adoro você. Mas é que estou pensativa. Acho que vou arrumar um lugar pra morar, não quero incomodar vocês, vai ser como se estivessem recém-casados.

— Imagina, Sabrina. Não vai nos incomodar.

— Está na hora de me desligar da minha família. Eu vou procurar uma casa ainda hoje. Tenho algumas amigas que moram sozinhas, apesar de não achar uma boa ideia, já que sempre tem vários caras circulando por lá.

Pensei um pouco e uma ideia surgiu na minha cabeça. Poderia ser uma furada, pois via o interesse evidente nos olhos do meu irmão.

— Por que você não fala com o Lucas? Ele vai ficar sozinho na casa, e não precisa pagar aluguel, vão ser somente as despesas diárias. Fica leve para os dois.

Ela arregalou os olhos e mordeu o lábio inferior, pensativa.

— Não sei se é uma boa ideia.

— Está com medo de quê? Meu irmão é um cara legal, nem é muito bagunceiro. Vocês não são amigos? — Arqueei uma sobrancelha.

Todos podiam perceber a energia que rolava entre os dois, mas se fosse acontecer algo ia ser natural.

— Sim, mas...

— Nada de mas, vou falar com ele quando chegar. Vai ser bom para ambos, vão ter a independência que desejam e ainda não ficarão sozinhos.

Ela ficou quieta e continuou a picar os tomates e as azeitonas. Pela quantidade de coisas que já estavam prontas, e ainda a fazer, seria um batalhão de pizzas.

Aproximei-me da Ana para montarmos os recheios nas massas. Ela estava concentrada e levou um susto quando me viu ao seu lado.

— Desculpa, estava concentrada. — Sorriu, me empurrando com o quadril.

— O que foi? Parece preocupada?

— Não, é que fiquei sabendo que o Alberto vai na festa e não gostei da notícia. — Desviou o olhar, observando o molho de tomate.

— Hum, por quê? Acho-o tão legal.

— Ah, nós namoramos na faculdade e não deu certo. Não gosto de estar próxima a ele. Foi algo bem sério e que me magoou muito.

Assenti, surpresa. Eu sabia que eles tinham se envolvido, mas imaginei que tivesse acabado bem. Pelo jeito não. Ela estava realmente chateada com aquilo.

Bruno desceu após alguns minutos, resmungando o quanto mulher fala.

— Dava pra ouvir vocês lá de cima. Caramba!

— Pode se acostumar, maninho, vamos estar sempre por aqui agora que tem uma presença estimulante. — Arregalou os olhos, provocando-o.

Era muito engraçado ver Ana Luiza e Bruno interagindo. Eram iguais em tudo; o que um dizia, o outro rebatia.

E a desordem se completou quando Larissa chegou trazendo os gêmeos e o marido a tiracolo. Lucas veio logo depois e se postou ao lado de Sabrina. A mãe do Bruno não viria, pois estava enrolada com os preparativos para a festa; me ofereci para ir ajudar, mas as meninas me pararam dizendo que ela não gostava de ninguém interferindo em sua cozinha.

Colocamos as pizzas no forno e aguardamos, tomando uma cerveja. Bruno sentou ao meu lado na longa mesa que havia na copa. Ficamos conversando, contando casos da infância; eles tinham cometido muitas traquinagens.

Por um instante, parei e observei minha nova família. Lucas estava com Sabrina rindo de alguma coisa que ela dizia. Ana estava entretida, brigando com Bruno, pra variar. Larissa e o marido estavam sempre ocupados com os gêmeos para que não fizessem muita bagunça. Um sorriso despontou em meus lábios.

Ali era onde eu pertencia: numa família grande, barulhenta e louca.

Capítulo 40
Bruno

O domingo havia chegado, graças a Deus. Layla não quis dormir comigo na noite anterior. Disse querer passar a última noite com o irmão. E que esperá-la até o dia em que estaria se mudando seria uma espécie de ritual. Eu não entendi muito bem, devia ser coisa de mulher. Já havia desistido de compreendê-las há muito tempo.

Layla ficou de me encontrar na festa. Como todas as suas coisas já estavam guardadinhas na minha casa, só tinha uma mochila com ela. Queria vir de carro com o irmão, aproveitar o tempo que restava para ficarem juntos. Não que fossem se separar de vez, mas eu sabia a diferença entre morar com sua família e ir viver sua própria vida.

Quando fui dar o carro de presente, fiquei superapreensivo com sua reação. Ela era toda orgulhosa, e realmente achei que não aceitaria. Porém, a felicidade de vê-la entrar e dar partida foi sem igual. Adoro fazer minha mulher feliz.

Mas meu anjo estava demorando. Tinha chegado um monte de parentes e amigos que queriam conhecê-la e nada. Nem uma mensagem. Será que ela desistiu? Merda, eu estava uma pilha.

E pra completar, Alberto havia chegado há uns dez minutos, e Ana ainda não o tinha visto. Quando o visse, iria querer me matar, mesmo já sabendo que ele viria.

Estava a ponto de ligar quando tive um vislumbre de um vestido azul-turquesa vindo em minha direção. Olhei por cima do celular e quase caí pra trás. Layla estava maravilhosa, suas pernas lindas estavam à vista para a minha apreciação.

Ela sorria lindamente enquanto caminhava. Dei um passo à frente e terminei a distância que nos separava. Enlacei sua cintura com um braço e levei minha mão até seu rosto.

— Já ia chamar o bombeiro pra te buscar. Achei que tinha desistido.

— Claro que não, seu bobo. Estava me arrumando pra você. Gostou do vestido novo? — Balançou as sobrancelhas, divertida. Adorava vê-la descontraída.

— Amei, mas tem uma coisa que é prioridade aqui — disse com a voz rouca de desejo.

— Ah, e o que é? — Ela já tinha uma noção do que seria. Seus olhos verdes brilhavam; me conhecia muito bem para saber as minhas intenções.

— Essa sua boca gostosa me chamando.

Capturei sua boca num beijo saudoso. Parecia que estávamos separados há uma eternidade. Seus lábios, sempre tão macios, tinham um gosto de cereja que me deixou ainda mais inebriado. Layla encostou seu corpo no meu, me proporcionando um tesão no meio do quintal da minha mãe. Ouvi um pigarro chato e me afastei um pouco sem soltá-la.

O inconveniente do Alberto estava com um sorriso divertido em seu rosto e não desgrudava o olhar da minha mulher. O monstro do ciúme mostrou sua cara feia novamente.

— Eu acho que não vou visitá-los por um bom tempo... — Sempre o engraçadinho. — Quero dar os parabéns e não se desgrudam.

Ele se aproximou e abraçou Layla apertado. Ela era muito tímida com os outros; seu rostinho lindo estava corado num vermelho brilhante.

— Ei, seu idiota. Já chega de abraçar a minha mulher.

Alberto se separou e veio para o meu lado, me dando tapas de "homem" nas costas.

— Parabéns, seu babaca. Apesar de tudo, estou feliz por você.

— Obrigado, cara. Fico feliz em tê-lo aqui.

Mal tive tempo de dizer mais alguma coisa quando Ana apareceu, desenterrada de algum lugar dentro da casa. Ela estava sorrindo, esquadrinhando o quintal. Encolhi-me para o lado da Layla automaticamente, como se ela pudesse me proteger. Quando nos encontrou, seu sorriso morreu. Foi como ver uma flor murchar. Estreitou os olhos e caminhou furiosa em nossa direção.

— É melhor se segurar, meu amigo, aí vem bomba!

Alberto, sem entender muito bem, se virou e viu Ana Luiza marchando para nós. Instintivamente, deu um passo atrás. Tinha que rir, dois marmanjos com medo de uma garota... Porém, ela assustava até o homem mais bravo, aquela carinha de menina doce era só fachada.

— O que ele está fazendo aqui? — soltou logo que nos alcançou.

— Como assim, Ana? Alberto é amigo do Lucas, ele o convidou. Você sabia — tentei amenizar.

Ana bufou e comprimiu os lábios, sem tirar seu olhar furioso do rosto do meu amigo.

— Fique longe de mim, seu idiota. — Pude perceber a força que ela fez para não fazer um escândalo. Provavelmente, mamãe já a havia alertado.

— Calma, Ana, não vou me aproximar. Só vim por causa dos meus amigos. E acho bom se acostumar porque vamos nos ver muito daqui pra frente. — Alberto não sabia se calar. A mulher já estava soltando fogo, e ele provocava ainda mais. Ele se aproximou e se abaixou na altura do seu ouvido. — Acho que vai gostar de me ter por aqui, *Ann Baby*. — Passou a língua pelo pescoço da minha irmã. Mas que merda, eu não precisava ver aquilo!

Ela deu um grito de frustração e saiu pisando duro. Parecia ter ficado extremamente furiosa.

— Cara, eu amo mais essa mulher a cada dia.

Arqueei uma sobrancelha e olhei para o Alberto, que tinha um ar sonhador em seu rosto, estava admirado. Conhecia bem aquilo, eu ficava daquele jeito cada vez que ouvia meu anjo cantar.

— Mesmo depois de tantos anos, Alberto? — Layla parecia surpresa com aquela declaração. E eu não sabia que ela estava ciente do passado dos dois, deve ter se inteirado num daqueles encontros que teve com minhas irmãs.

— Sim, Layla. Nunca esqueci Ana Luiza. O que tivemos não se apaga de uma hora pra outra e tenho certeza que ela gosta de mim, só é teimosa demais para admitir.

Tive que concordar, minha irmã podia sofrer por estar longe, mas acho que nunca daria o braço a torcer.

Ficamos rindo e conversando amenidades, até que avistei Lucas sentado ao lado de Sabrina, outro louco apaixonado. Mas minha irmã estava fechada pra balanço.

— Vou ali falar com Sabrina um minuto, ok? — Layla franziu a testa, mas logo concordou.

Caminhei, observando os dois. Lucas não fazia nenhum movimento brusco em direção a ela enquanto conversavam, apenas carícias ocasionais. Sabrina tentava se esquivar, mas sempre voltava para perto. Nunca entenderia esse tipo de coisa. Quando eu queria algo, lutava por isso, apesar dos pesares. Tempo não é uma coisa a se perder.

Alcancei a espreguiçadeira ao lado deles e me joguei, colocando a mão atrás da cabeça, e ainda assim não tinham me visto. Estavam muito focados um no outro, em sua conversa interessante. Pigarreei forte e Lucas olhou pra mim assustado.

— Porra, Bruno. Você quase me mata do coração.

— Ué, me sentei aqui e nem me notaram. Tinha que chamar a atenção de alguma maneira.

Sabrina torceu a boca pra mim numa careta e mostrei a língua pra ela. Adorava provocar minha irmãzinha.

— Então, o que os dois estão aprontando?

— Nada, só estava desejando feliz aniversário para o Lucas. — Era impressionante ver a caçulinha corando.

— Oh, é mesmo. Parabéns, cunhado, agora que começa a diversão. Independência total. Morando sozinho, vai ter um monte de gatinhas ao seu redor.

Lucas fez uma careta de dor e fechou os olhos. Não demorou um segundo para Sabrina levantar e sair bravinha, grunhindo pra mim.

— Merda, agora terei que ir atrás dela. Obrigado, cunhado.

Antes que ele pudesse se afastar, eu o segurei pelo braço.

— Dá uma dura nela, Lucas. Não pode continuar assim. Minha irmã é difícil de lidar, mas esse chove não molha não é legal.

— Eu sei. Decidi conversar com ela hoje. Obrigado.

Saiu disparado para onde Sabrina tinha sumido. Fiquei com pena do garoto. Ia ter um tremendo trabalho em mãos.

Percorri o quintal com o olhar, observando as pessoas que amava. Heitor estava com Elisa, flertando numa das espreguiçadeiras da piscina; pelo que percebi, eles tinham algum rolo, porém nada sério. O cara era muito misterioso e fechado. Desde que conversamos no bar sobre casamento, notei que ele tinha muita mágoa guardada por trás da imagem de *bad boy*. Só podia torcer para que o futuro reservasse um amor tão lindo quanto o que eu tinha.

E meu anjo vinha em minha direção, linda.

— Acho que você está fugindo de mim — falou, deitando-se ao meu lado na cadeira da piscina.

— Claro que não, nunca vou fugir de você, meu amor. Queria só ver o que aqueles dois estavam aprontando.

— Hum, e conseguiu alguma coisa? — Levantou os olhos verdes preocupados para mim.

— Não. Só irritar a Sabrina, mas alertei Lucas para que dê um chega pra lá nela. Não pode ficar nessa enrolação. Mas mudando de assunto... Tem uma coisa que queria te mostrar.

— Ah, é? E o que seria?

— Meu antigo quarto. — Sorri malicioso.

Layla levantou a cabeça do meu peito e me olhou nos olhos.

— Você quer me levar pro seu abatedouro?

— Não, meu anjo, nunca levei nenhuma garota pro quarto. Na verdade, nunca trouxe ninguém pra casa da minha mãe. Achava falta de respeito com ela. Por isso quero estrear essa tradição com você.

— Hum, isso é um pouco tentador demais. Não vou conseguir resistir.

Levantei de supetão, quase a derrubando da cadeira, mas, antes que ela pudesse levantar, senti uma mão forte em meu ombro. Olhei pra trás e Heitor estava ali com seu jeito mau.

— Então, tem uma pequena tradição na minha casa quando alguém junta os trapinhos... — Havia um sorriso travesso em seu rosto, então, já fiquei desconfiado.

Mas era um idiota. Tinha que me interromper pra falar de tradição?

— E qual é, careca? — Nós tínhamos nos tornado bons amigos.

— Ah, uma espécie de batizado...

E antes que pudesse pensar em qualquer coisa, estava sendo levantado por Heitor e meu cunhado — marido da Larissa — e arremessado na piscina com roupa e tudo. Não podia acreditar naquela merda.

Emergi, xingando e cuspindo água.

— Porra, podiam ter avisado. Engoli um monte de água aqui.

— Ah, e qual seria o divertimento disso? Agora a mocinha ali. — Heitor caminhou para o lado de Layla, que estava atônita, e pediu licença, pegando-a no colo.

Tive que reprimir um pouco minha reação a outro cara pegar meu anjo. Mas logo em seguida ela foi arremessada na piscina também. Layla voltou sorrindo, porque já estava esperando e não engoliu um monte de cloro. Todos na festa estavam gargalhando às nossas custas. Nem liguei, nadei até ela e tirei o cabelo molhado do seu rosto.

— Agora vamos ter que subir para o meu quarto mesmo. Você vai ter que vestir minhas roupas.

Ela sorriu lindamente e se aproximou, sussurrando.

— E quem disse que quero me vestir?

Merda, como eu iria sair da piscina naquele estado? Balancei a cabeça e mergulhei pra longe dela, gritei pela minha mãe para que trouxesse toalhas, voltei e abracei-a.

— Você vai pagar por me deixar duro em plena festa.

— Hum, isso é bom. E qual vai ser seu modo de punição?

— Espere e verá...

Mamãe voltou com as toalhas e ajudei Layla a subir. Enrolamo-nos com elas e corremos para dentro de casa. Pretendia tomar um banho quente com minha mulher.

— Vem, anjo, vou te dar um banho. Aqueles caras são uns idiotas. — Estendi a mão, tentando levá-la para o banheiro.

— Não podemos, Bruno, o pessoal está nos esperando.

— Que se dane, eu quero aproveitar que tem uma garota no meu quarto de adolescência.

Ela sorriu e caminhou para o banheiro, fechando a porta. Encostei-me na parede e fechei os olhos.

— Layla, não faz isso comigo. Eu preciso estar aí com você. — Estava sofrendo de verdade.

— Não, seja um bom menino e arrume uma roupa para eu vestir.

Droga, caminhei até meu antigo guarda-roupa e puxei uma camiseta e uma calça de moletom. Minha mãe mantinha-as sempre limpas e cheirosas.

Bati na porta e ela pegou por uma fresta aberta.

Layla sabia como me torturar, mas teríamos muito tempo para banhos juntos. Se queria voltar para a festa, eu respeitaria sua vontade. Era incrível como eu tinha me ligado a ela. Sentia-me super à vontade ao seu lado. Tínhamos uma ligação incrível, éramos amigos, amantes, companheiros e namorados.

Eu pretendia aumentar esse patamar, mas não por enquanto. Ela ainda tinha muito que viver antes de tomar uma decisão tão importante.

Só a certeza de que Layla era minha acalmava meu coração ansioso.

Retirei toda a roupa molhada e fui até o quarto da minha mãe tomar um banho quente. Fui o mais rápido possível, pois não queria que ela saísse do banheiro e não me encontrasse. Voltei com uma calça de moletom velha e a toalha enrolada no pescoço, secando os cabelos. Deparei-me com a visão mais linda que poderia ter.

Layla estava com a minha camisa, deitada na minha cama antiga e olhando para o teto. Quando ouviu minha aproximação, desviou a atenção para mim e sua boca abriu. Eu não sabia o que estava tão legal que merecia uma reação daquelas, mas não ia reclamar.

— Você sabe que pode matar um homem assim, né, anjo?

— E você, nessa calça? Deixa-me um pouco louca também.

Sorri de lado e me aproximei. Deitei em cima dela e me acomodei entre suas pernas, que prontamente me deram passagem. Apoiei os cotovelos na cama e colei nossos lábios num beijo carinhoso. Adorava sentir a textura de sua boca gostosa. Ela era toda deliciosa, na verdade.

— Você sabe o quanto eu amo tê-la em meus braços?

— Ah, é? Quanto?

— Muito, desde que te vi naquele palco. Mesmo tendo uma abordagem muito "homem das cavernas", não conseguia parar de pensar em tê-la. Na cama, no chuveiro... Na minha vida.

— Hum, eu me lembro dessa abordagem que está falando. Quase morri de raiva naquela hora. Quando me beijou, lutei contra meus sentimentos. Queria te bater e beijar mais.

Sorri, aquela atitude foi a que mais me encantou. Eu estava cansado de mulheres fáceis.

273

— Me lembro bem das suas reações nos nossos encontros, senti você totalmente entregue.

— E eu estava, Bruno. Totalmente entregue a você. Eu tenho que lhe contar aquela coisa, lembra o que te disse ao telefone?

— Oh, é mesmo! Havia me esquecido. O que é?

Layla olhou bem dentro dos meus olhos com tanta intensidade que, se não estivesse deitado, teria caído desmaiado no chão. Lágrimas escorriam por seu rosto e comecei a ficar preocupado.

— Você sabe que a pessoa mais importante na minha vida sempre foi meu irmão, certo? — Assenti e ela continuou. — Há alguns meses, Lucas precisou de uma cirurgia de emergência e fiquei sabendo que meu plano de saúde não cobria, e me desesperei. Não tínhamos dinheiro para arcar e eles iriam transferi-lo para um hospital público, com o risco de ter mais alguma complicação. Mas um médico decidiu fazer a operação assim mesmo, sem custo algum. Eu nunca fiquei tão agradecida por uma pessoa existir até aquele momento. E imagina a minha surpresa quando o Lucas me contou no dia em que fomos visitar a lápide dos nossos pais que o tal médico era você.

Arregalei os olhos com a lembrança do paciente que eu havia bancado todo o procedimento cirúrgico. Eu não identifiquei o irmão da minha mulher como aquele garoto que estava sofrendo de dor enquanto falava comigo que era estudante de medicina. Então, entendi o porquê do Lucas ter aquela reação na primeira vez que o vi no bar; ele me reconheceu e não disse nada.

Observei meu anjo e mais lágrimas desciam por seu rosto.

— Eu não o reconheci, anjo...

— Eu sei, Lucas me disse que são muitos pacientes e que confundem rostos. Você fez por amor à sua profissão. E acabou que salvou a pessoa que mais me importava na vida. Acho que, afinal, você recebeu sua recompensa.

Sorri e capturei sua boca num beijo que abalou meu coração. Essa mulher tinha toda a minha vida em suas mãos. Não haveria Bruno sem Layla. Pertencíamos um ao outro de uma forma que nunca imaginei ser possível.

Só poderia aguardar o que o resto de nossas vidas reservava.

Capítulo 41
Lucas

A garota tinha sumido!

Procurei por Sabrina em cada canto e não encontrei. Eu estava como um cachorro babão atrás dela desde que a vi a primeira vez no *Beer*. Toda aquela pinta de sou a *boazona* era só disfarce, no fundo, tinha certeza de que era uma menina meiga e doce. Só não havia achado esse lado ainda. Mas teríamos tempo.

Estava ficando nervoso, até que a avistei sentada num banco, escondida atrás da árvore. Aproximei-me devagar e notei sua expressão sofrida e seus olhos marejados. Eu não a entendia. Deixei bem claro desde o início o meu interesse. Ela se mostrava esquiva, tentava disfarçar. Mas, quando alguma garota se aproximava ou alguém insinuava que eu teria algum encontro, ou algo parecido, entrava em desespero.

A única vez em que deixou seus sentimentos sobressaírem a teimosia em não me querer foi no nosso primeiro beijo, que ficou gravado em mim como brasa. Nunca havia me sentido daquele jeito. Quando ela havia jogado a vizinha na piscina, fui atrás dela e saímos de carro. Paramos numa praça e sentamos para conversar, ali nossa amizade se firmou e acabei roubando-lhe um beijo que abalou minhas estruturas. Senti que ela também ficou mexida, só não rolou mais porque percebi que ela estava receosa. Porém, foi a melhor boca que provei na minha vida.

Aquela maneira atrevida de ser me encantava e, ao mesmo tempo, me irritava. Tinha a impressão de que teríamos uma relação seja de amizade ou não, de altos e baixos.

— Sabrina, o que você está fazendo aqui? — Minha voz saiu mais grossa do que eu pretendia.

Ela se assustou e deu um pulo, quase caindo do banco.

— Droga, Lucas, quase tive um ataque cardíaco!

Sorri e me aproximei, sentando ao seu lado. Seu perfume inebriava meus sentidos, e quase não resisti ao impulso de respirar em seu pescoço aquele aroma maravilhoso.

— O que aconteceu lá dentro? Por que ficou tão chateada com o que o Bruno disse?

— Eu não fiquei. — Desviou o olhar, cravando-o em algum ponto entre as árvores que cercavam a residência.

Peguei sua mão e fiz círculos com o polegar, meio que hipnotizado. Sabrina era um contraste total. Sua pele era branca e macia, seus olhos azuis eram muito claros e os cabelos negros como a noite. Tudo nela me chamava a atenção.

— Não minta pra mim. O que está acontecendo entre a gente? O que você quer de mim?

Ela olhou em meus olhos, e, se não estivesse sentado, cairia pra trás com a força daquele olhar. Havia muita dor dentro dela, e eu não sabia o que poderia ter acontecido para ela ficar daquela maneira. Mas se eu descobrisse o responsável por isso, não pensaria duas vezes: acabaria com a raça do desgraçado.

— O que você quer dizer?

Droga! Respirei fundo e tomei coragem para abrir meu coração, coisa que não estava acostumado a fazer, pois era um cara muito reservado. As mulheres que tive foram poucas e discretas, nunca fiz alarde nenhum, não precisava provar nada para ninguém.

— Ok, eu gosto de você de verdade, Sabrina. Nunca senti isso por mulher nenhuma, eu quero você na minha vida em todos os sentidos. Totalmente minha.

Ela baixou os olhos para nossas mãos unidas, e pude ver uma lágrima solitária descendo por seu rosto. Já ia levar a mão para enxugá-la quando as palavras dela me interromperam.

— Eu não posso, Lucas. Eu só considero você como meu amigo. Não sinto outras coisas.

Quando você estuda medicina, aprende que o coração não dói. Mas, cara, ele parecia estar sendo arrancado do meu peito. Podia sentir todas as cavidades secando; meu sangue não pulsava em minhas veias, quente; estava frio e vazio.

— Por favor, não fica chateado comigo. Gosto muito da sua amizade.

Seria masoquismo se eu continuasse amigo dela. E ainda mais depois que eu fizesse o convite que havia decidido. Mas não podia evitar.

— Não, tudo bem. Deve ser um lapso meu. Vai passar logo. — Desviei o olhar, não queria demonstrar fraqueza. — Layla disse que você está procurando uma casa? Por que não vem morar comigo? Só precisamos dividir as despesas básicas.

— Acho que talvez não seja uma boa ideia.

— Por que não? Somos *amigos*! — frisei bem a parte do "amigos", já que era o que ela queria.

Sabrina engoliu em seco e recolheu a mão que eu ainda estava segurando.

— É, então pode ser. Se estiver tudo bem pra você, quero ir hoje mesmo. Alguma coisa me diz que não vai ser um bom ambiente naquela casa. — Tentou fazer piada com a situação dos nossos irmãos.

Assenti e sorri amarelo, não estava no clima para brincadeiras no momento. Previ que, durante muito tempo, permaneceria sem muita animação.

— Ok, te espero lá, então. Layla já recolheu todas as coisas mesmo... — Dei de ombros. — O quarto está liberado. Eu vou voltar para a festa. Você vem?

Ela sacudiu a cabeça, sorrindo tristemente.

— Não, vou ficar por aqui mais um pouco.

Prendi os lábios e concordei, caminhando de volta para a área da piscina. Alguma coisa mudou em mim naquele momento. A recusa e a indiferença que demonstrou pelo que eu sabia que sentia abriram uma brecha no meu peito. Nunca entendi o que as pessoas diziam sobre desilusões amorosas... Que elas te modificam, mudam seu jeito de pensar e agir.

Depois daquela conversa, tomei uma decisão.

Não precisava mais ser o menino bom para dar orgulho para minha irmã. Eu era independente e ninguém tinha nada a ver com o que fazia. E a minha primeira presa estava em minha linha de visão. A tal garota que Sabrina empurrou na piscina outro dia. Aproximei-me, decidido, e a enlacei pela cintura.

— Vem pra casa comigo? — sussurrei em seu ouvido.

A garota ficou surpresa, mas logo amoleceu em meus braços e assentiu.

Saímos da festa sem nem ao menos nos despedirmos de ninguém, mas também só havia uma pessoa no mundo que eu não magoaria. E ela não estava ali pra ver seu irmão caminhar para outro estilo de vida.

    Dei as costas para a mulher que amava e abri os braços para a diversão que me esperava, sem olhar para trás.

Capítulo 42
Layla

Estar no palco era um dos meus maiores prazeres. Não o único, não mais. Finalmente, estava vivendo meu sonho, sem saber que o tinha.

Estávamos morando juntos há quase um ano. De vez em quando, nos estranhávamos. Muito normal entre um casal tão diferente, mas a nossa reconciliação era a melhor parte, pois não havia invenção mais deliciosa do que sexo para fazer as pazes.

E fizemos em todas as superfícies da casa. Já que Sabrina realmente tinha se mudado para morar com Lucas, tínhamos liberdade total para andarmos nus quando quiséssemos.

Eu nem queria saber como eles estavam levando a convivência. Mas a última notícia que tive era de que Lucas havia se tornado um galinha de carteirinha. Não iria me envolver, mas não achava legal essa atitude dele. Bruno disse que já previa essa atitude do meu irmão, ainda mais se fosse rejeitado, o que parecia ser o caso.

A galera toda estava presente: Larissa com os gêmeos e o marido, sempre muito apaixonados e os meninos encantadores. Ana Luiza tinha vindo com uma amiga enfermeira e, às vezes, lançava olhares furtivos na direção de Alberto, que por sua vez estava desacompanhado, coisa inédita de se ver. Não havia mais tentado nenhuma investida para cima de Ana após a festa do meu irmão, mas estava sempre forçando sua presença. Parecia ser sua estratégia de combate.

Heitor estava no bar servindo os pedidos dos clientes e sorrindo secretamente para o meu lado, ele era o único que sabia do meu plano. Lucas tinha trazido uma garota com ele — da qual não gostei. Sabrina parecia querer sufocar a garota no próprio copo de refrigerante. A relação daqueles dois era muito complicada de entender. Minha sogra estava linda, tinha saído de casa só para presenciar aquele momento. Disse ser o dia mais feliz de sua vida, pois seu filho estava completando um ano de juízo. Eu não podia discordar; pelas histórias, Bruno não tinha sido nada fácil.

Eu estava planejando fazer essa coisa há dias. Ainda não tinha tido coragem. Mas depois de uma tentativa dele que eu fracassei há três meses— por uma trapalhada, como sempre, quando ele ia fazer o pedido, eu disse que queria esperar —, decidi tomar a frente. Afinal, era uma mulher moderna. Minhas inseguranças tinham ficado anos-luz atrás. Levantei-me da mesa em que estávamos com os amigos e fui me preparar.

Tive uma espécie de *déjà vu* enquanto estava no camarim vestindo minha roupa de "estrela", preparando-me para o show. Sentia uma euforia bem característica, similar àquele primeiro dia em que o vi. Entendi o que era somente depois de um tempo refletindo: era o destino arrumando um jeito de me avisar que minha vida iria mudar. E realmente mudou.

Só que agora era por um motivo bem diferente. Caminhei para o palco e me acomodei, dando sinal para o DJ. Teria acompanhamento eletrônico, mesmo não sendo muito meu estilo, mas para aquela música em especial precisaria.

— Boa noite, meu nome é Layla Bonatti, e hoje vou cantar uma música muito especial para alguém igualmente importante. Peço que prestem atenção à letra tão sensível. Como sabem, quem me conhece, canto o que meu coração manda, não sou compositora. Mas, às vezes, acho que certas músicas foram feitas exatamente para certos tipos de situações. Vou cantar especialmente para uma pessoa aqui presente. *Halo,* de Beyoncé.

"Se lembra daquelas paredes que construí?
Bem, querido, elas estão desmoronando
E elas nem sequer resistiram à queda
Elas nem sequer fizeram barulho

Encontrei uma maneira de te deixar entrar
Mas na verdade nunca tive dúvida
De pé em frente da luz da sua auréola
Consegui o meu anjo agora"

Esquadrinhei meu olhar pelo bar e encontrei aqueles olhos azuis que tanto ocupavam meus sonhos, que me encantaram e modificaram meu interior no momento em que cruzaram com os meus. E agora o tinha para apreciar quando quisesse. Bruno estava sorrindo; eu adorava vê-lo sorrir. Era como um bálsamo para o meu coração, desde o início. Estar ao seu lado me deixava flutuando.

> *"É como se eu tivesse sido acordada*
> *Cada regra que tive que quebrar*
> *É o risco que estou correndo*
> *Nunca vou te deixar de lado*
>
> *Em todos os lugares que estou olhando agora*
> *Você me cerca com o seu abraço*
> *Amor, posso ver sua auréola*
> *Você sabe que é a minha graça salvadora"*

  Tudo o que eu havia sonhado se resumia a uma só pessoa. Era impressionante como ele havia se tornado tão importante em tão pouco tempo. O amor que sentia cada vez mais crescia em meu peito. Eu cantava com todo o meu coração e alma. *Ele* era meu anjo.

> *"Me atingiu como um raio de sol*
> *Queimando pela noite mais escura*
> *Você é o único que quero*
> *Acho que estou viciada na sua luz"*

  Cada muro que eu erguia ele derrubava. E sempre seria assim. Aquele homem foi feito para mim. Me levaria em seus braços e cuidaria de mim. Nunca me deixaria sozinha, nunca mais sentiria saudade de algo que não tive.

> *"Em todos os lugares que estou olhando agora*
> *Você me cerca com o seu abraço*
> *Amor, posso ver sua auréola*
> *Você sabe que é a minha graça salvadora"*

  Demonstrei várias vezes todo o meu amor por todo esse tempo; tinha tanta gratidão por Deus ter separado alguém tão certo. Não havia pessoa melhor destinada a estar ao meu lado. Eu não era muito boa com palavras, mas, através da música, eu conseguia expressar tudo o que sentia.

  A canção continuou e não desgrudei os olhos do meu garanhão. Seu sorriso tinha esmorecido, e ele estava sério e emocionado. Tinha entendido tudo o que eu queria dizer. Lágrimas desciam por seu rosto bonito e senti minha garganta apertando com tanta emoção que sentia. Com minha voz ainda mais rouca, demonstrei todo o amor que sentia por aquele homem maravilhoso.

Quando terminei, respirei fundo e me preparei para o que viria a seguir. Esperei os aplausos terminarem; sabia que iriam gostar, era uma música conhecida, badalada nas rádios. Porém, não foi por isso que a cantei, mas pela emoção que a letra me trouxe.

— Obrigada, pessoal. Fico feliz que tenham gostado. Mas o motivo de estar aqui desnudando minha alma é que hoje é um dia muito especial para mim: faz um ano que conheci uma pessoa que virou minha vida totalmente pelo avesso. E eu adorei. Ele me irritou, me deu vontade de socar aquela cara presunçosa. — Bruno sorria com os olhos brilhantes. Sabia bem do que eu estava falando. — Mas me amou como nunca fui amada. Eu tinha um sonho que nem mesmo sabia. Você diz que sou seu anjo? Mas é o contrário. Foi em você que vi meu protetor, minha salvação. Vivia uma vida vazia e nem sabia.

Levantei-me e apoiei o violão na caixa de som. Peguei o microfone e caminhei até o meio do bar. Prontamente, ele veio em minha direção. Lindo, seu andar não me deixava esquecer que era um predador. E meu!

— Eu nunca tive ambição. Para conseguir sobreviver, cada dia foi uma luta. E me sentia realizada quando terminava e deitava a cabeça no travesseiro. Ao seu lado, me libertei e pude conhecer a mim mesma. Tive a chance de me amar. Você é a minha inspiração. Acho que cada um tem a sua. A minha é inevitavelmente o homem lindo de olhos azuis que me encantou numa noite no bar. Agora preciso que me responda uma coisa... — A essa altura, conseguia ver muitas pessoas chorando, principalmente eu. Olhei naqueles olhos que tanto me perturbaram e que agora me acalmavam. — Casa comigo?

Engoli em seco. Bruno, que estava sorrindo, ficou sério de repente, e balançou a cabeça, parecendo chateado ou desconfortável. Não saberia dizer por que, estava muito nervosa.

— Você tinha que estragar minha surpresa, né, mulher? O que eu vou fazer com você?

Meu Deus, ele vai dizer não. Mas Bruno se ajoelhou e tirou uma caixinha do bolso.

— Quando eu digo que você é meu anjo, não estou mentindo. Quero todos os dias ouvir sua voz doce cantando no meu ouvido. Sentir seu corpo quente e macio junto ao meu quando acordo. Ter sua luz natural me envolvendo. Agora, quem tem que pedir alguma coisa aqui sou eu. Eu sou o homem nessa relação, poxa! — Sorriu como um menino, lindo e feliz. — Quer casar comigo, amor da minha vida?

Ele abriu a caixinha e duas alianças lindas estavam presas na almofadinha. Uma era lisa, e na outra havia três diamantes cravados. Ele estendeu a mão e se levantou.

— E então, o que me diz? — Seus olhos azuis brilhavam em expectativa.

Apaixonei-me por ele novamente, como acontecia todos os dias. Observei atentamente e vi que tinha uma gravação por dentro. Em cada uma, tinha a mesma frase: *Você é meu Anjo*. Meus olhos se encheram de lágrimas. E só havia uma resposta a ser dita.

— Sim. Eu quero passar todos os dias ao seu lado, meu garanhão. — Escutei uma risada coletiva e percebi que ainda segurava o microfone.

Larguei-o em uma mesa qualquer e enlacei o pescoço do meu futuro marido. Beijei sua boca com fome. Como sempre, parecia ser a primeira vez. Não me cansava do gosto maravilhoso que tinha. Ele me levantou pela cintura e rodou, fazendo-me ficar tonta. Nossa alegria era tão grande que me esqueci das pessoas em volta.

Afastamo-nos em meio a aplausos e assovios. Recebemos os parabéns de todos do bar. Demorou bastante até que conseguíssemos falar com todas as pessoas que ali se encontravam em meio à nossa felicidade.

Enfim, fomos liberados e caminhamos para o lado de fora de mãos dadas. Bruno encostou-se no carro e me chamou para que me acomodasse entre seus braços. Aproximei-me e aspirei seu perfume. Ele era o único que me tirava do sério. Ficava desnorteada só em ouvir sua voz grave e rouca.

— Feliz, anjo? — Acariciou meu rosto com o dorso dos dedos.

Ele sempre me tratou com muito carinho. Não tinha do que reclamar.

— O que você acha? Meu garanhão finalmente resolveu fazer de mim uma mulher honesta. — Dei de ombros, como se não me importasse. Ele sorriu e beliscou a ponta do meu nariz.

— E quer dizer que você não era honesta? Será que fui enganado? E você me frustrou três meses atrás.

— Não sei bem, por todas as traquinagens que fizemos todo esse tempo. Não posso dizer que sou uma santa. — Sorri maliciosamente.

Ele pegou meu queixo e levantou-o até seu rosto, roçando a boca na minha levemente.

— Eu te amo muito, Layla — falou em meus lábios.

— Eu também, meu anjo. — Nos beijamos com todo o amor que havia em nossos corações.

Todos têm um sonho. O meu se resumia a encontrar um amor. Ser feliz. Ser cuidada... Nunca havia almejado fama ou nada parecido. Apenas a alegria de estar com aqueles que amava me deixava satisfeita.

Porém, Bruno me mostrou outro patamar de felicidade. Tornou-me plena. Fui mulher completamente em seus braços, conheci o prazer da carne e da alma. Naquele momento de júbilo, lembrei-me da senhora que encontrei no ônibus que me disse que eu teria uma escolha a fazer. Não foi nada material.

A minha escolha foi interior: continuar sendo uma mulher retraída, insatisfeita, insegura, medrosa e sozinha; ou abrir os braços para um amor sem limites, entregando-me totalmente, mergulhando de cabeça e confiando?

Minha escolha estava bem na cara.

Encontrei minha inspiração. Abri os braços e pulei em um sentimento que tanto ansiava. Permiti-me viver o amor que eu merecia. Não existe meio termo quando se ama. Quando te faz bem, não há nada a temer. Bruno me inspira a ser alguém melhor do que eu achava que poderia ser. Ele me fez acreditar que eu merecia muito mais do que me permitia ter.

E você? O que te inspira?

Epílogo
Bruno

Depois de um ano vivendo com a Layla, você poderia imaginar que eu estava acostumado com seu corpo, que não tínhamos tanto fogo um pelo outro, que relacionamentos com o tempo se desgastam. Engano seu, totalmente. A mulher era um furacão. Saíamos do quarto porque éramos obrigados.

Ela costumava brincar que toda a sua libido adolescente aflorou assim que me viu e não sossegou até conseguir me ter em sua cama. Eu era um filho da puta sortudo mesmo. Realizamos mais fantasias do que eu poderia contar. Menos uma...

Após o meu pedido de casamento frustrado, porque a bonita decidiu passar na frente, bolei um plano totalmente louco, que estava colocando em prática naquele momento.

Disse a Layla que não a acompanharia ao bar porque tinha algumas coisas a fazer, prontuários a examinar e blá-blá-blá. Tudo conversa fiada, eu planejava surpreendê-la da melhor maneira possível. Já estava quase na hora de o meu anjo retornar; com seu carro novo, ela chegava em casa rapidinho.

Terminei de ajeitar os últimos detalhes. Eu estava num estado de excitação antecipado. Meu pau latejava só de imaginar o que faria com aquela mulher.

Ouvi o barulho do seu carro estacionando na garagem, então apaguei as luzes e caminhei até o balcão da cozinha. Recostei-me com os braços cruzados, queria ver a reação do meu anjo assim que ela entrasse.

O barulho de chave chamou minha atenção. Meu coração parecia uma escola de samba. Murmúrios doces ecoaram pela sala enquanto ela falava com Elvis, nosso cachorro. O babão havia me abandonado e adotado Layla como dele.

Assim que Layla abriu a porta, eu comecei a suar como louco. Claro, aquele jaleco de médico não ajudava em nada numa noite quente. Assim que ela levantou o olhar, ficou estática na porta. Seus lindos olhos verdes estavam arregalados e a bolsa pendurada em seu ombro caiu no chão, fazendo um barulho relativamente alto. A música suave que tocava estava bem baixinha, apenas para criar um clima. Com a quebra da iluminação, pude ver cada nuance que seu rosto expressava.

Lábios vermelhos e carnudos eram mordiscados por dentes brancos, e um sorrisinho safado surgiu entre eles. Ela largou a chave na mesinha ao lado da porta e caminhou em minha direção.

Ela não disse nada, apenas grudou os olhos nos meus. Porra, eu estava com um tesão danado! Layla torceu a cabeça um pouco e me observou de cima a baixo. Não me movi de onde estava. Queria que ela tomasse a iniciativa. Porém, já estava na hora de encarnar o personagem.

— Então, senhorita, já brincou de médico? — Arqueei uma sobrancelha e sorri.

Layla abria a boca e fechava.

— Não, mas estou muito disposta a começar agora. Porra, Bruno! Quase tive um ataque cardíaco. O que você estava pensando, vestido todo gostoso desse jeito?!

Layla

Minha apresentação no bar havia sido cansativa. No dia anterior, tinha acontecido o pedido de casamento ao homem da minha vida. E ainda tinham amigos que queriam me parabenizar. Ouviram falar e resolveram aparecer, achando que Bruno também estaria presente.

Eu não entendi bem por que ele não quis me acompanhar. Só esperava que não fosse nada sério. Elvis estava na garagem me esperando quando desci do carro. Eu amei o cachorro assim que pus meus olhos sobre ele. Brincamos um pouquinho e entrei. Estava louca por um banho.

Abri a porta e notei coisas diferentes. Uma música suave, baixinha, tocava no ambiente, que estava com a luz baixa. Estranho, se Bruno tinha trabalho, ele não estaria ouvindo mú... Levantei os olhos e quase morri.

Ele estava encostado na bancada da cozinha com um jaleco branco aberto, mostrando seu peitoral definido e nu; cueca branca, pelo amor de Deus, eu já disse a ele que aquilo me matava; e um sorriso mais do que safado no rosto. Minha bolsa caiu e logo joguei a chave na mesinha. Pude perceber sua respiração acelerando, e o volume na cueca, que eu iria arrancar com os dentes. Meu amor estava animadinho.

Olhei em seus olhos e me aproximei. Inclinei a cabeça de lado e literalmente comi meu "garanhão" com os olhos. Porra, o cara era gostoso! Quando ele me perguntou se já havia brincado de médico, percebi o que estava fazendo: realizando a maior fantasia que tive com ele.

E acabei respondendo com a maior sinceridade.

— Não, mas estou muito disposta a começar agora. Porra, Bruno! Quase tive um ataque cardíaco. O que você estava pensando, vestido todo gostoso desse jeito?!

— Ah, anjo. Sou todo seu.

Descruzou os braços, abrindo-os. Sorri e me aproximei devagar.

— Então, você quer brincar? Hum, acho que já sei por onde começar...

Levei as mãos até seu peito musculoso e lisinho, e o acariciei sem medo. Desci pelo seu estômago, fingindo que iria mais ao sul, mas arranhei sua cintura, provocando arrepios em sua pele, tirando um gemido rouco dos seus lábios gostosos.

— Anjo, para de me provocar.

Arqueei uma sobrancelha e observei sua mandíbula forte; ele era testosterona pura.

— Não estou provocando, garanhão. Apenas apreciando meu médico gostoso. Eu já te disse que você fica uma delícia de cueca branca, né? Com esse jaleco, então... Acho que vou morrer de tanto gozar, vamos ter que mantê-lo.

— Ah, não. Tá muito calor com ele. — Fez uma careta.

— Cala a boca. Você está falando demais. Depois a gente se refresca no chuveiro. O que acha?

Um gemido sofrido ecoou em seu peito e sorri ao constatar o quanto ele estava se segurando.

— O que acha de a gente pular essa parte de encenação, e ir logo para a parte em que ficamos nus, suados e saciados?

Bruno era uma tentação. Nem respondi, fiquei nas pontas dos pés e capturei sua boca num beijo molhado e gostoso. Ele não perdeu tempo. Enlaçou minha cintura com um braço e com o outro apertou forte a minha bunda. Gememos juntos.

Seus lábios se moveram contra os meus, firmes e insaciáveis. A língua quente me provocava espasmos antecipados. O homem fazia sexo com a boca. Nunca me cansaria disso.

Mordi seu lábio com força, puxando e fazendo-o se afastar um pouco. Abriu os olhos, que já estavam do jeito que eu gostava: de um azul escuro e brilhante.

— Layla, eu quero você agora!

Assenti, porque não aguentava mais esperar. Bruno me levantou pela cintura e me deitou em cima da mesa de jantar. Já não tinha nada ali em cima. Imaginei que ele tinha planejado isso.

— Estava pensando em me comer no jantar?

— Pensando, não. Vou comer.

Como eu estava de saia jeans curta, foi fácil para ele. Subiu as mãos pelas minhas coxas, fazendo-me contorcer em desejo. Pegou as tiras da minha calcinha e puxou. Levantou minha saia, amontoando-a na cintura, e me arrastou para a beirada da mesa. Quando percebi, já tinha sua ereção pulsante apontada para mim.

— Agora, mulher, eu vou te examinar. — Deslizou as mãos por minhas coxas e apertou suavemente. — Começando por essa pele maravilhosa, acho que está tudo bem, mas sinto um calor emanando de você que está me deixando preocupado, acho que está com febre. Vou ter que colocar um termômetro.

Se fosse outra hora, seria engraçado, mas, naquele momento, eu só queria gritar de prazer. Bruno entrou em mim numa investida só. Arqueei as costas na mesa, segurando nas beiradas para me impulsionar. Bruno enlaçou minha cintura, me dando apoio e se movimentando. Ele me fodia sem pena. Eu adorava isso. Movimentamo-nos juntos. Meu corpo suava; eu não tinha nem retirado a regata que estava usando. Fomos um pouco apressadinhos, mas com ele era sempre assim.

Levantei a cabeça e observei Bruno no auge do prazer. Ele ainda estava com o jaleco aberto, que agora grudava em seu peito suado. Mordia a boca enquanto observava nossos sexos juntos. Ele era a realização de todas as minhas fantasias.

Bruno levou a mão livre até meu clitóris e me olhou com puro desejo.

— Goza pra mim, agora!

288

Porra, com uma ordem daquelas, que mulher resistiria?! Desci num êxtase total. Pude sentir minha vagina apertando seu pau e ele foi logo depois. Quando gritou, caiu por cima de mim. Seu peso era uma delícia para o prazer remanescente do meu corpo.

— Anjo, você me enlouquece, sabia? — murmurou, deitado em meu peito.

— Digo o mesmo. Como soube dessa minha fantasia?

Ele riu, um som que fez meu coração se encher de felicidade.

— Porque você fala dormindo. — Levantou uma mão, beliscando meu nariz. — E pra finalizar nosso pedido de casamento mútuo, resolvi te surpreender. Funcionou?

Apoiei-me nos cotovelos, olhando seus olhos azuis bonitos.

— E você ainda pergunta? Quase caí sentada quando te vi todo lindo.

— Eu te amo demais, não consigo imaginar minha vida sem você. É como o ar que preciso para respirar. Quanto tempo você vai me fazer esperar para ser minha esposa? — Ele soava desesperado, mas eu não estava com pressa.

— Ah... Quero tudo muito lindo e certinho. Nada de pressa, vamos curtir um ao outro. Quem sabe, realizar outras fantasias?

— Você sabe que nasceu pra mim, né? Espero o tempo que for, mas te dou o prazo de três anos.

— Ok, posso viver com isso...

Tínhamos toda a vida pela frente. Bruno me transformou numa mulher completa. Deitei a cabeça na mesa e acariciei seus cabelos negros. Bruno levantou os olhos e sorriu.

Apaixonei-me novamente pelo meu médico garanhão.

Extra Inspiração

Gisele Souza

Bruno

    Morar com a Layla era maravilhoso. Acordar ao lado da mulher que eu amava tão intensamente se tornou um dos meus maiores prazeres na vida. Ficava até difícil levantar para ir trabalhar.

    Os finais de semana eram perfeitos, passávamos horas conversando, deitados, na enorme cama que eu adorava e que agora era preenchida de muito amor e, claro, muito sexo delicioso.

    Mas, infelizmente, meu anjo teve que ir resolver umas coisas no *Beer* e eu fiquei sozinho em casa, entediado da vida, sem saber o que fazer. Então, como fui criado por mulheres mexeriqueiras, você pode imaginar que eu me tornei um pouco assim. Confesso que, às vezes, me envergonhava dessa fraqueza da minha personalidade. Enfim, não tinha nada pra fazer e fui mexer nas coisas que a Layla trouxe da casa dela. E, caramba, não lembrava que eram tantas bugigangas.

    Tinha caixas, fotos e muitos caderninhos, que, depois de algum tempo fuxicando, percebi serem diários. Muitos! Desde quando ela era uma menina até a atualidade. Layla tinha um *hobby* secreto que escondia muito bem.

    Fiquei sem saber se era correto ler aqueles cadernos, talvez estivesse ultrapassando limites que não deveria. Afinal, estávamos juntos há pouco tempo. Contudo, minha curiosidade estava ganhando de qualquer outra coisa. Então, abri o primeiro caderno, e nele pude perceber a letra adolescente do meu anjo.

    Ela falava de alguns sonhos e peguei uma parte até de uma paixonite por um garoto. Sabia que era irracional, mas não pude evitar o ciúme que se apossava de mim ao ler aquelas palavras. Pulei logo para o final e foi quando a vida da família começou a ser destruída.

    Meu coração sangrou pela menina que ela teve que se tornar. Tinha palavras tristes, de dor e saudade; algumas de revolta; outras, não conseguia ler, pois estavam machadas, provavelmente de lágrimas que ela derramou enquanto escrevia.

    A vida dela com o irmão não foi fácil e eu sabia muito bem de tudo, porém, ler aquelas palavras de uma Layla jovem, exatamente quando estava passando por tudo, foi duro. Me viciei e queria ver logo quando tudo se tornaria melhor para eles, mesmo eu sabendo como tudo aconteceu.

Contudo, esse momento parecia nunca chegar; a vida dos irmãos aparentava cada vez afundar mais.

Pensei em desistir e não ler mais, estava invadindo a privacidade dela. Não era nem para eu ter mexido nas suas coisas.

Coloquei tudo dentro da caixa de novo e peguei a tampa para fechar quando um caderno em especial me chamou a atenção. Parecia bem mais novo e nele estava escrito o ano em que estávamos. Era recente... e devia ter coisas sobre mim, sobre nós.

Droga! Por que eu era tão curioso? Isso era culpa das minhas irmãs, que não me deixavam em paz; acabei ficando exatamente igual. Devia ser algum tipo de praga pela quantidade de vezes que as entreguei.

Peguei o caderno e tinha muitas folhas em branco, outras de anos antes, e percebi que ela havia parado de escrever, parecia sem vontade ou motivação. Notei alguns rabiscos de sentimentos em forma de música. Desvendei outro segredo: meu anjo compunha músicas de amor e não revelava a ninguém.

Meu coração disparou quando vi que a primeira vez que ela havia voltado a escrever no caderno falava sobre mim. Eu queria mesmo saber tudo que ela pensou e escreveu sobre nós?

Olhei para o meu reflexo no enorme espelho que tinha do lado esquerdo da cama e fiquei encarando meus olhos por ele. Pensei e quebrei a cabeça, tentando decidir; estava parecendo um louco com aquele monte de coisas dela espalhadas pela cama. Respirei fundo e abri o caderno de novo. Se não lesse pelo menos uma página, iria ter um ataque nervoso.

As primeiras palavras quase me fizeram desistir.

"Faz um bom tempo que não escrevo nada, andei um pouco desanimada com a vida, realmente não via motivos pra escrever nada. Minha vida é tão sem graça e vazia. Vivo somente para ver meu irmão crescer e se tornar o homem lindo que nasceu para ser, que, aliás, está me orgulhando cada vez mais. Com certeza, será um médico de sucesso.

Bom, mas o motivo de voltar a relatar os meus dias é que minha vida foi virada de cabeça para baixo. Nunca me senti tão vulnerável e nem tão insegura. Tudo por causa de um cara arrogante que acha que pode me ter da maneira que ele quiser. Mas ele teria uma novidade muito engraçada: eu nunca fui alguém de fácil convivência e mostraria para aquele babaca com quantas notas musicais se compõe uma música."

Confesso que tive que sorrir, apesar do medo de ler as próximas páginas. Eu mexi com ela da mesma maneira que ela mexeu comigo. Tudo bem que foi por motivos distintos, mas o que importava era que no final estávamos juntos.

"Eu, sinceramente, não entendo o motivo de ficar tão ansiosa para que ele voltasse ao Beer, nem gostei do cara. Apesar de ser lindo demais, preferia distância de tipos como ele."

Tinha algumas páginas que preferi pular, pois irritei bastante a garota antes de conquistá-la. Mas cada parte daquelas frases e pensamentos trilhava a estrada que construímos. Layla estava com medo desde o primeiro momento. Engoli em seco quando ela começou a divagar sobre seus sentimentos.

"Tive um medo terrível quando percebi que sentia algo por ele, alguém que não conhecia. É uma angústia sem fim estar ao lado do Bruno, olhar pra ele, ver o seu sorriso lindo e não conseguir dizer nada.

Ele é como um ar fresco em minha vida, que sempre foi em chamas. Meu coração bate tão acelerado quando ele me chama de anjo; é um carinho maravilhoso para alguém que apenas se doou. Apesar de Lucas ser um irmão perfeito, não era a mesma coisa.

Mesmo sabendo que sou correspondida, tenho receio. E se acontecer alguma coisa? Não mandamos no destino. As catástrofes acontecem independentemente da nossa vontade e amor. Ela costuma atingir nossa estrutura para nos testar. Consegui me manter de pé quando perdi meus pais, mesmo querendo cair, mas não sabia se eu conseguiria resistir se perdesse o Bruno ou o Lucas.

Ele me olha com tanto amor que sei que posso apenas viver sem me preocupar com nada que, ainda assim, estarei segura."

Ler aquelas palavras, sobre os medos da Layla, era um misto de sentimentos e não soube muito bem o que pensar sobre tudo. Eu tinha raiva do que a vida fez com ela, e mais ainda da mãe que os abandonou, mas, no fundo, eu entendia bem.

Olhei mais algumas páginas e logo pulei para o final; ela tinha escrito aquela parte na noite passada. Meu coração acelerou, pois era muito recente.

"Mesmo depois de algum tempo já morando com o Bruno, é difícil para eu me acostumar a dividir tudo com alguém. Ele tem umas manias que, às vezes, tenho vontade de socar a cabeça dele, mas respiro fundo e fico cantarolando uma música. E isso é bem engraçado porque faz com que ele se aproxime e me envolva pela cintura, me incentivando numa dança enquanto eu canto. E a raiva passa. Simplesmente se desvanece como fumaça. É como se nunca tivesse existido.

Bruno encosta os lábios em meu pescoço enquanto eu canto a canção de amor que fala tanto do que sentimos. Sempre foi assim comigo. Eu gosto de usar a música para me expressar. E ele entende cada palavra e sentimento!

Acho que nunca vou me acostumar com a ligação que temos.

Ele fica insistindo para casar logo comigo, mas eu preciso esperar. Preciso estar mais segura quanto à vida. Não tem nada a ver com o que sinto por ele, na verdade sim, mas não da forma que ele pensa. Sei que está se sentindo rejeitado, e, na próxima noite, vou fazer o possível para que ele entenda o quanto o amo e o quanto é importante para mim."

Sabia bem que eu era insistente, mas não via a hora de tê-la em meus braços, sendo minha esposa, ter nossos filhos, criar uma família linda e feliz.

Porra, quem diria que eu teria pensamentos românticos e faria planos para o futuro?

Decidi guardar tudo antes que ela chegasse. Estava afobado colocando a caixa de volta no guarda-roupa quando escutei o barulho do carro sendo estacionado na garagem. Rapidamente, deitei na cama e fechei meus olhos fingindo que estava dormindo. Senti quando ela entrou no quarto e o peso do seu olhar me incomodou um pouco. Ouvi barulhos de roupas e algumas coisas sendo deixadas no chão. Fiquei com uma vontade louca de olhar quando o colchão ao meu lado afundou.

Layla deitou a cabeça em meu peito e suspirou pesadamente enquanto fazia um carinho em minha barriga, achando que eu ainda estava dormindo.

— Acho que é irreversível o que sinto por você, meu garanhão. Eu só não posso te perder. Sou mais parecida com a minha mãe do que gostaria.

Senti que o tecido da minha camisa estava ficando molhado e abri os olhos, virando-a subitamente na cama, e pairei sobre seu rosto. Meu anjo parecia triste, seus olhos verdes estavam apagados e ela me encarava com muito medo. Encostei meus lábios nos dela e sorri.

— Não pense nessas coisas, meu amor. A vida é para ser vivida intensamente. Sem medo ou culpa. Você precisa parar de temer cada passo que dá, o que temos não pode ser assombrado por esses fantasmas.

Ela assentiu, mas virou a cabeça para o outro lado.

— Eu sei, mas é que não consigo evitar ficar com medo. Não suportaria te perder.

— Ei, olha pra mim! — Ela se virou, mordendo os lábios, e respirei fundo. — Vamos fazer um trato? Você não pode viver assim, com medo. Então, cada vez que isso acontecer, quero que se lembre de quando nos conhecemos, o que sentiu e a raiva que te fiz. Veja tudo o que passamos para chegar aqui e, se ainda estiver com medo, me liga que eu vou te dizer o quanto te amo e que estaremos juntos eternamente. Eu também não sou ninguém sem você, meu anjo.

Layla levantou uma mão e colocou sobre o meu rosto, sorrindo delicadamente.

— Eu te amo tanto, meu garanhão.

— Eu sei disso, meu amor! Eu sei...

Encostei a testa na dela e fiquei olhando em seus olhos, tentando imaginar nosso futuro juntos. Era uma vida de tanto amor que meu coração ficava apertado em expectativa. Só podia aguardar os próximos capítulos da nossa história.

Layla

Já estava tudo preparado. Aperitivo, bebidas, jantar e sobremesa, que era a melhor parte, por sinal. Bruno estava em um plantão prolongado, devia estar cansado. Tinha que fazê-lo relaxar.

Para preparar tudo, tive cúmplices e ajudantes, mas claro que elas não sabiam o que eu iria aprontar. Ana conseguiu as bebidas preferidas do irmão. Larissa ficou encarregada dos aperitivos, salaminhos e queijinhos para beliscar, enquanto assistíamos a um filme. O jantar ficou por conta da sogra, já que dona Marisa era uma cozinheira de mão cheia. E, por fim, Sabrina trouxe os ingredientes para o creme de chocolate. Ah, como eu estava ansiosa por esta parte. Contudo, iria me segurar para não estragar a surpresa.

Claro que quem ganharia mais seria eu. Porém, Bruno também desfrutaria. Teria certeza disso.

Eu havia preparado tudo em sua casa para não ter que combinar nada. A surpresa seria melhor se meu amor fosse pego desprevenido. E, pelo adiantado da hora, Bruno já devia estar chegando. Não estava nervosa, mas ansiosa. Ah, teria que me aguentar.

O barulho do seu carro me chamou a atenção. Varri a sala com o olhar para verificar se estava tudo preparado. As velas espalhadas pelo ambiente davam um clima romântico, juntamente com o som suave de Kenny G. Respirei fundo e caminhei até a porta. A surpresa começaria por ali.

Aguardei na varanda enquanto Elvis cumprimentava o Bruno com sua costumeira animação. Cruzei os braços e aguardei que ele me visse. Ainda brincou com o cão e se levantou. Quando seus olhos azuis cruzaram com os meus, ofeguei sem querer.

Acho que nunca iria me acostumar com minha reação ao me deparar com aquele homem maravilhoso à minha frente. Quando sorria, eu sabia exatamente o que ele queria. Bruno já estava de banho tomado e roupa trocada. Que pena, adoraria tê-lo só de jaleco. Bom, mas essa fica pra próxima.

Ele caminhou vagarosamente em minha direção. Tinha segundas intenções no olhar; eu o conhecia muito bem para reconhecer suas reações.

— Oi, anjo. — Se aproximou sorrindo e beijou meu pescoço.

Deus, que perfume maravilhoso! O homem era feito para o pecado, lindo, sedutor, gostoso e cheiroso.

— E aí, meu garanhão, muito cansado?

Bruno se afastou, me olhando nos olhos.

— Não pra você, meu anjo. — Sorriu maliciosamente.

Hum, isso era muito, mas muito bom.

— Tenho uma surpresa pra você.

— Melhor do que você aqui todinha pra mim?

— Com certeza.

Ele arqueou uma sobrancelha e me agarrou pelos quadris.

— Se isso envolve você e uma cama, sofá, bancada da cozinha ou até um chuveiro, eu estou dentro.

Tinha que rir, Bruno era insaciável. Quando estávamos juntos, não queríamos saber de hora nem tempo, o negócio era curtir um ao outro. Puxei meu garanhão pela mão e, quando pisamos na sala, ele estacou, me dando um puxão.

— Anjo, o que é isso tudo?

Virei-me e coloquei a mão em seu rosto, fazendo-o baixar a cabeça para me olhar. Aproveitei e dei-lhe um beijo na boca.

— Um jantar especial.

— Pra comemorar o quê? Não vai me dizer que esqueci de alguma data importante? — perguntou entre meus lábios.

Balancei a cabeça, negando.

— Não, só algo que me deu vontade de fazer.

— Entendi. Gostei da surpresa. Vamos ao trabalho, então.

Eu já disse como ele era apressadinho? Logo levou a mão à blusa que eu estava usando, tentando tirá-la. Dei um tapa em sua mão e Bruno fez uma careta.

— Calma aí, garanhão. Tudo ao seu tempo. Tenho todo um cronograma preparado.

Ele fez biquinho e sorriu. Foi se aproximando do sofá e se jogou de qualquer jeito. Colocou os cotovelos para trás, fazendo sua camisa de linho grudar em seu peito musculoso. E daí eu já fiquei salivando com vontade de jogar tudo para o alto. Mas, às vezes, em um relacionamento, precisamos de romantismo, fazer um carinho e curtir uma noitada apenas largados no sofá comendo pipoca. Não só sexo. Claro que, no final de um bom cafuné, teria um bônus pra complementar.

— O que você está aprontando, hein?

— Ah, nada de mais. Apenas vamos beber, ver um filme romântico, comer uns aperitivos, jantar e dormir. — Se minha cara não delatou minhas intenções é porque ele estava muito distraído.

— Só isso? Sério? — Sua expressão de decepção era hilária. Os olhos azuis arregalados me encaravam e o biquinho congelado em seu rosto me deu vontade de morder.

Não me fiz de rogada, caminhei lentamente e ajoelhei no meio de suas pernas. Peguei seu rosto entre minhas mãos e puxei-o para que ficasse da minha altura. Mordi sua boca com vontade. Ele me puxou pela cintura, colocando-me sentada em seu colo. Agarrei seu pescoço e aprofundei nosso beijo. Línguas, lábios e dentes se entrelaçavam numa dança que conhecíamos de cor e sabíamos para onde nos levaria.

Resolvi interromper logo o beijo antes que meus planos fossem por água abaixo, porque eu estava a ponto de sucumbir à luxúria que me arrebatava quando estava nos braços do meu garanhão.

— Calma, calma... — Tentei me desvencilhar das mãos insistentes e me levantei.

Bruno ficou me olhando desconfiado e suspirou; parecia realmente frustrado. Fui à cozinha e peguei as bebidas e os aperitivos. Faria tudo conforme o planejado. Retornei e ele havia retirado a camisa.

Porra, Bruno não iria aliviar! E seu sorriso amplo demonstrou que sabia muito bem que estava provocando. Fingi não ter percebido e me sentei ao seu lado.

Como o filme já estava engatilhado, apenas apertei o *play* e me acomodei. Bruno suspirou e se recostou no sofá, passando o braço pelos meus ombros.

— Não está com frio? — falei, olhando para a TV.

— Não. E você? Se quiser, pode tirar a blusa, não me importo. — Pude ouvir a diversão em sua voz.

— Tô tranquila.

O filme começou e sabia que ele ficaria entediado. Não gostava de romance, mas o escolhi exatamente por isso. Ele tinha que ser torturado antes de tudo. Bruno tentava a todo o momento me distrair fazendo cosquinhas. Acabou que nem assisti ao filme. Conversamos sobre o nosso dia e o coloquei a par do que fiz no bar.

Adorava dividir minhas experiências com ele. Era alguém muito bom de conversar e suas brincadeiras me divertiam demais. Amar alguém que te fazia sorrir era essencial.

Nem comemos muito no jantar, pois me empanturrei com salame e queijinho. Estava chegando a tão esperada hora da sobremesa. Fui até a geladeira sob o olhar atento do Bruno, peguei a travessa e me virei. Ele observou minhas mãos e sorriu tão safado que me deu vontade de esquecer tudo e me jogar em seus braços. Ele se aproximou e pegou a travessa, colocando-a de lado na bancada.

— Esse era o seu plano, anjo? Chocolate?

— E tem coisa melhor? Bruno com chocolate. Delícia.

Ele lambeu os lábios e se aproximou. Mordiscou do meu queixo até o pescoço, fazendo minha pele se arrepiar.

— Sou todo seu, meu anjo.

Caramba, que voz rouca a desse homem! Estava perdida com chocolate, e ele de recheio. Empurrei-o e olhei em seus olhos azuis brilhantes.

— Vem, vamos para o quarto.

— Você que manda!

Adorei conduzir a situação. Muitas vezes, tentei ser assim e não consegui. Seu magnetismo e sedução eram fortes, e eu quase não conseguia tomar as rédeas, pois era subjugada pelo meu desejo.

Bruno era uma presença às minhas costas. O calor que emanava do seu corpo colado ao meu era um prelúdio do que estava por vir. Chegamos ao quarto principal e abri a porta. Dei um passo adiante e aguardei-o entrar.

Ele ficou de pé à minha frente, só com a calça cargo preta que usava. Eu já disse que homem só de calça sem camisa é uma perdição? Pelo menos, o meu era tudo de bom.

— Tire a calça e deite na cama.

Bruno arqueou uma sobrancelha e sorriu.

— Mandona? Gosto disso! — Retirou os sapatos e as meias e, por fim, a calça, ficando só de cueca branca.

Poxa, meu autocontrole estava por um fio. Com um sorriso safado, ele se estendeu na cama e colocou os braços atrás da cabeça. Nossa, ver aquele homem delicioso à minha espera estava me matando. Peguei a travessa e me aproximei. Coloquei-a na cabeceira e retirei minha roupa lentamente, ficando apenas de lingerie vermelha. Sabia que ele gostava. Bruno ofegou e sorri internamente. Voltei minha atenção para o chocolate. As possibilidades eram enormes.

— Vou lamber cada pedacinho de chocolate em seu corpo.

— Estou gostando da ideia.

Mordi o lábio inferior e peguei a travessa, depositando-a na beirada da cama. Observei seu tórax definido e bronzeado; iria começar por ali. Com a colher, peguei boa parte do chocolate e coloquei em cima do seu peito, fazendo-o se arrepiar. Aproximei-me da sua orelha e mordi levemente.

— Minha sobremesa preferida, acho que vou me viciar — sussurrei.

Não dei tempo para ele pensar. Baixei a cabeça e lambi todo o chocolate em sua pele. Que delícia! O perfume dele invadiu meus sentidos e o gosto doce em minha boca me fez fechar os olhos em êxtase.

Levantei o olhar e me deparei com uma visão maravilhosa. Seus olhos azuis estavam semicerrados e os lábios, entreabertos enquanto ele respirava pesadamente. Adorei provocar aquela reação nele. Senti-me com a coragem renovada.

Passei o doce por seu abdômen e lambi cada pedacinho, arranhando sua cintura levemente. Bruno não me tocou em nenhum momento, apenas me observou. Podia sentir sua excitação crescente em cada gemido rouco que emitia. Montei em seu quadril e quase enlouqueci com o contato dos nossos sexos. Ele estava completamente excitado. Resisti à vontade de me mover e me inclinei. Passei chocolate por seus lábios deliciosos e provei a coisa mais gostosa no mundo todo.

Bruno enfiou a língua em minha boca e gemeu forte. Devorei sua boca num beijo faminto e saboroso. Acho que foi demais para ele aguentar. Soltou as mãos de trás da cabeça e me puxou pela cintura. Apesar de limpo, seu corpo estava melado, mas nem liguei quando ele me grudou em seu peito, porque relaxei e continuei apreciando o gosto do homem que me fazia perder o juízo.

Ele estendeu a mão e desabotoou meu sutiã sem soltar a minha boca. Era um pecado deixar de beijá-lo, mas ainda bem que estávamos acostumados a nos amar assim. Passei as alças por cada braço. O contato de pele com pele era eletrizante e só aumentava nossa loucura um pelo outro. Rapidamente, ele se desfez da minha calcinha e da sua cueca.

Estávamos quase interligados. Com muita força de vontade, desgrudei nossas bocas e me levantei. Bruno levou as mãos fortes aos meus seios e os massageou, fazendo-me jogar a cabeça para trás. Seu toque era forte e gentil ao mesmo tempo. Passou o polegar por meu mamilo túrgido, me enlouquecendo, e minha pele se arrepiou. Gemi e o observei com vontade de devorá-lo.

Percebendo minha intenção, Bruno desceu a mão do meu corpo e pegou seu membro ereto, roçando-o na minha entrada. Desci em sua carne quente e fechei os olhos para a delícia que sentia.

Os sons que fazíamos eram praticamente idênticos; tínhamos sintonia até no desespero que sentíamos em nos amar. Abri os olhos e percebi que ele estava me observando.

— Você é linda, Layla. Não canso de me surpreender com isso. Acho que sempre será assim. Quando se entrega, é a visão mais impressionante jamais vista. Vem, meu anjo, toma o que é seu.

Caramba, eu já disse que ele era perfeito? Sempre dizendo as coisas certas. Movimentei meu corpo e nos elevei a um novo patamar de prazer. Bruno prendeu minha cintura, intensificando a cavalgada.

Senti-lo e amá-lo era o meu paraíso particular. Tinha a impressão de que nunca me cansaria de aproveitar essa química que descobrimos juntos. Quando não estava aguentando mais, tive que levar meu garanhão junto.

— Estou quase lá. Vem comigo, Bruno.

— Eu só estava te esperando, meu amor. Você é deliciosa demais, tenho que me segurar.

Sorri e fechei os olhos. Entrei num turbilhão de sensações que arrancou um grito da minha garganta. Ouvi meu nome sendo urrado e abri os olhos. Bruno tinha a cabeça jogada para trás, parecendo com dor, mas o prazer gravado em seu rosto me mostrou que ele estava em seu nirvana.

Com a adrenalina sugada do meu corpo, caí em seu peito, exausta. Nossos encontros eram sempre intensos. Fiquei ali deitada e, enquanto Bruno acariciava meus cabelos, eu escutava as batidas fortes do seu coração.

Ficamos nos curtindo por um bom tempo. Até que senti seu peito sacudir e o som da sua risada me chamou a atenção.

— Do que você está rindo?

— Nada, é que estamos melecados e grudados. Acho que não desgruda não.

Tentei me levantar e constatei que realmente estávamos melecados de doce. Olhei meu amado e o seu sorriso de menino me deixou completamente apaixonada.

— Eu não me importo de ficar grudada em você.

Bruno levantou a mão, entrelaçando os dedos em meus cabelos e fazendo um carinho delicioso.

— Eu também não, anjo. Ficarei grudado em você para sempre.

Sorri e deitei em seu peito. Para sempre era pouco para a dimensão do meu sentimento pelo meu garanhão.

Infinito estaria bom, para começar.

Inspire
Como tudo começou...

Esse conto é uma premissa do livro *Inspiração*. Um gostinho da história da protagonista Layla e seu irmão Lucas quando eram crianças. O *prequel* tanto inicia quanto fecha o relacionamento deles.

Espero que apreciem e se emocionem assim como aconteceu comigo.

Layla

Eu estava abaixada atrás do sofá aguardando-o se aproximar. Mas, caramba, ele estava demorando a me encontrar. Normalmente, era mais rápido. Percebi um vulto atrás de mim e olhei cautelosa. Papai sorriu, colocando o dedo nos lábios, pedindo silêncio.

— Fica quietinha, Layla. Ele está bem próximo.

Assenti e me estiquei para olhar por cima do encosto do sofá. Lucas vinha em nossa direção com os olhinhos atentos e arregalados. Abaixei-me e sorri. Meu pai me observou e contou até três com os dedos. E então saímos correndo e gritando.

Lucas riu e nos atacou.

— Ah, eu vou pegar vocês. Sou o maior herói de todo o mundo e vou salvar a mocinha em perigo.

Partiu para cima da gente com seu escudo e espada em mãos. Eu tentava brincar sem rir, mas era meio complicado. A cara que meu irmão fazia era muito engraçada.

Papai se adiantou e agachou, tentando ficar à sua altura.

— Ah, mas não vai. Ela é minha e vou mantê-la em cativeiro. — Imitou uma risada maléfica e partiu para cima do Lucas.

Pegou-o no colo e deitou no sofá, brincando e fazendo cosquinha em sua barriga. Lucas ria e tentava fugir, então era a minha vez de agir.

Armei minha melhor cara de fada — que, segundo Lucas, era o que eu representava na brincadeira — e subi em cima das costas do meu pai.

— Você não vai se safar dessa, oh, grande vilão!

Papai, sabendo do "roteiro", se levantou, dando a volta e me jogando ao lado de Lucas. Estreitou os olhos, sorrindo.

— Eu vou acabar com os dois e manter minha vítima.

Lucas deu um pulo do meu colo e bradou a espada, que estava esquecida no sofá, com os bracinhos gordinhos, e fez uma cara furiosa.

— Fica longe da minha fadinha, seu malvado. Eu sou o herói e salvarei a todos. — Saltou do sofá e "acertou" papai no meio da barriga. Ele, por sua vez, fez uma cara dramática e deitou-se no chão.

— Oh, mundo cruel! Despeço-me desse plano para que em outra vida eu seja alguém melhor. Você venceu, pequeno herói, as prisioneiras são suas.

Lucas se postou ao lado do meu pai deitado e afastou as perninhas, levantando a espada.

— Eu venci!

Caí no chão de tanto rir e então me lembrei da mamãe amarrada no quarto. Levantei-me enquanto Lucas tentava reanimar sua vítima.

Quando cheguei ao quarto, ela estava com as mãos soltas, arrumando o cabelo. Percebendo minha presença, levantou os olhos e sorriu.

— Lucas já acabou com o vilão? — Assenti e ela sorriu. — Seu pai estava animado para o drama que faria.

— E ele fez, mãe! Tinha que ver, até a mão no coração ele colocou.

— Ai, meu Deus! Vamos lá, agora é a minha vez. Pronta para o show?

— Com certeza!

Fomos caminhando abraçadas pelo corredor e ouvimos risadas do Lucas.

— Mas, papai, era brincadeira, não é pra morrer de verdade. Preciso de você!

Paramos ao lado da mesa e observamos Lucas em cima do papai, rindo, mas ao mesmo tempo com a expressão preocupada. Minha mãe balançou a cabeça e resolveu interferir; conhecíamos bem nosso pequeno. Ele estava à beira das lágrimas achando que era verdade o que acontecia com papai.

— Fábio, levanta, ele está ficando triste.

Prontamente, papai abriu os olhos e enlaçou Lucas em seus braços. Meu irmão apertou-o e ficaram conversando por um tempo. Logo o mal-estar sumiu e estávamos sentados à mesa jantando o prato preferido do pequeno: espaguete com almôndegas.

Estar entre minha família era a melhor coisa que existia. Olhei ao redor da mesa e observei cada um deles. Éramos unidos e só tínhamos um ao outro. Eles eram tão importantes para mim que eu trocava fácil uma saída com as amigas — a mim era permitido algumas saídas às vezes, pois, mesmo sendo jovem, era responsável — por uma noite de diversão ao lado do meu pequeno Lucas e meus pais.

Depois de uma prova exaustiva, saímos da sala de aula conversando e gesticulando muito. Estávamos animadas para a apresentação: uma competição de jovens talentos que teríamos no final de semana na escola, que nos deixou em grande expectativa. Teria de tudo um pouco, e, claro, eu não perderia a chance de cantar.

Olhei curiosa para a minha amiga Suzanne quando ela me cutucou, tentando chamar minha atenção. Ela apontou com a cabeça o corredor à nossa frente. Quando me virei, dei de cara com aqueles olhos azul-piscina que me deixavam de pernas bambas.

Eu tinha doze anos e estava naquela fase de se encantar por um garoto bonitinho e parecer estar apaixonada. Corei envergonhada e baixei a cabeça. Felipe era o mais gatinho da escola. Cabelos escuros e olhos tão azuis que pareciam ser de mentira.

— Ele tá vindo pra cá, Layla. Fala com ele, hein?

Assenti e me despedi das meninas com um aceno. Senti-o ao meu lado e levantei a cabeça.

— Oi, Layla. Você vai cantar nesse fim de semana?

— Vou sim!

— Estou louco para assistir você no palco. Me disseram que é muito boa.

Sorri e não o corrigi. Cantar era uma das coisas que eu sabia fazer muito bem e tinha absoluta certeza do quanto era boa.

— Obrigada, te encontro lá. Vai apresentar alguma coisa?

Ele balançou a cabeça negativamente e sorriu com todos aqueles dentes brancos alinhados aparecendo.

— Não, sou um zero à esquerda nessas coisas. Mas estarei lá como seu fã número um. Bom, agora vou indo que minha mãe deve estar esperando.

— Ok, tchau.

E então aconteceu algo que eu nunca esqueceria: ganhei meu primeiro beijo. Felipe encostou seus lábios nos meus e foi maravilhoso, e olha que não durou nem um segundo. Quando ele se afastou, senti minhas bochechas queimando e sorri, colocando o dedo sobre minha boca, que formigava.

Caminhei para fora da escola porque minha mãe também já devia estar me aguardando; ela pegava meu irmão na creche primeiro e então me buscava. E não deu outra, ela estava estacionada próxima à calçada, dentro do carro e distraída com Lucas sentado no seu colo, enquanto eles brincavam de *adoleta*. Sorri e me aproximei.

— Então, vocês começaram sem mim, seus danadinhos?

Lucas me olhou com doçura e gritou:

— Lala, eu morri de saudades. Mamãe disse que você devia estar fazendo dever, mas eu acho que estava de castigo.

Corei envergonhada. A verdade estava longe de qualquer das opções. Não que minha mãe fosse ficar brava ou coisa parecida, mas eu era muito tímida para admitir que tinha ganhado meu primeiro beijo.

Quando me sentei, Lucas logo se jogou em cima de mim, enlaçando meu pescoço num abraço apertado. Era sempre assim quando voltava da escola. Ele se recusava a sentar e afivelar o cinto. Dizia que não conseguia ficar longe de mim e queria matar as saudades.

Percebi minha mãe me observando pelo espelho retrovisor e sorri.

— Lucas, não vai contar para sua irmã sobre o seu aniversário?

Ele deu um pulo no meu colo e ficou agitado.

— Eba, tá chegando. Vai ser a festa do Homem Aranha. Eu serei o herói

308

de todo mundo e vou acabar com os vilões.

Abracei seu corpo gordinho e respirei fundo. Meu pequenino estava crescendo. Em um mês, ele faria cinco anos e esticava cada dia mais. Logo perderíamos o nosso bebê.

— Mas você será para sempre o meu menininho, viu? Ou vai ter vergonha da sua irmã mais velha aqui?

Ele se afastou e segurou meu rosto entre suas mãozinhas.

— Nunca, Lala. Sempre serei seu menininho.

Um sorriso feliz se apossou de meu rosto e tentei imaginar meu irmão como um homem crescido. Iria arrasar corações, afinal, um garotinho lindo e doce só podia se tornar um adulto formidável.

Quando chegamos em casa, ela estava toda perfumada e arrumada. Mamãe franziu a testa, pois havia trabalhado o dia todo e não tivera tempo de ajeitar tudo antes de sair de manhã. E, ao adentrarmos ainda mais, percebemos outras coisas interessantes.

Uma música baixinha estava tocando e do corredor meu pai saiu todo arrumado e sorrindo.

— Esqueceu que dia é hoje, né, esposa?

Mamãe arregalou os olhos e ofegou.

— Sinto muito, Fábio. Foi tanta coisa que esqueci mesmo do nosso aniversário de casamento.

Ele balançou a cabeça e se aproximou, segurando o rosto dela entre as mãos.

— Eu sei, querida. Por isso resolvi vir pra casa mais cedo. Nós vamos sair pra comemorar com as crianças, que são nosso maior tesouro. E te amo com tudo o que tenho, Laiane. Sem você, não sou ninguém e nada mais me importa. O maior presente que poderia ganhar era essa família maravilhosa. Muito obrigado por tudo!

Ao observar meus pais tão apaixonados e as lágrimas de emoção escorrendo pelo rosto da minha mãe, eu percebi que desejava aquilo. Um amor como o deles. Puro e bonito.

Eles se pertenciam e não viviam um sem o outro.

Estava sentada na minha cama afinando o violão quando Lucas gritou do quarto ao lado.

— Lala, você viu minha espada e escudo?

Ri baixinho, meu irmão estava aficionado com coisas de super-heróis. Dizia ser o mais bravo de todos e que protegeria a todos nós. Na sua idade, era comum esse tipo de atitude e eu achava bonitinho.

— Não vi, Luquinha, vê se não está na despensa.

Escutei-o correndo pela casa e me levantei, caminhando para a sala. Mas ele demorou mais do que o esperado.

— Anda logo, Lucas. Vamos acabar chegando atrasados.

Eu estava animada para a competição na escola e meu irmão estava atrasando tudo com a mania de carregar brinquedos para onde quer que fosse. Mas logo ouvi seus passos e o rostinho gordinho lindo apareceu no corredor com um sorriso enorme no rosto. Lucas estava quase completando cinco anos e era um garotinho encantador com seus cabelos loiros e olhos verdes como os meus.

— Ah, aí está o nosso garotinho. Demorou, rapaz!

Olhei para trás e dei de cara com o meu pai. Meu herói e maior incentivador, um homem calmo e apaixonado pela família. Costumava sonhar em encontrar um príncipe encantado que tivesse a sua personalidade. Papai tinha os cabelos escuros e olhos castanhos, além de ser alto e magro. Eu era parecida com a mamãe em tudo, assim como Lucas. Mas herdei do papai a minha personalidade e o dom da música.

Sorri para ele, que logo passou a mão por meu rosto, num carinho suave.

— E você, minha estrela, preparada para arrasar?

Eu tinha doze anos e, às vezes, me sentia muito adulta para certos gestos afetivos dos meus pais, mas logo deixava essa bobeira pra lá, pois os amava muito. Sei lá por que me sentia assim, coisa da minha individualidade. Era muito responsável e preocupada, precisava relaxar de vez em quando. Só era diferente quando o assunto era cantar, aí eu me perdia e não me importava com nada a não ser viajar na música.

— Estou sim, papai. Muito ansiosa!

Ele balançou a cabeça e sorriu.

— Normal, já escolheu a música?

Estreitei os olhos, analisando se contava ou não; com certeza estavam curiosos. Tínhamos o costume de discutir a *playlist* antes da apresentação, só que dessa vez queria fazer diferente.

— Sim, mas é surpresa.

— Ok, sua danadinha. E depois de você arrasar, iremos para uma pizzaria. O que acha?

Antes que eu pudesse concordar ou dizer qualquer coisa, um furacão passou por nós gritando:

— Oba, adoro pizza!

Lucas saiu correndo e cantarolando que gostava de pizza e amava pizza. Eu e meu pai ficamos rindo dele; meu irmão era barulhento e extrovertido. Não seria fácil controlá-lo quando crescesse, ainda bem que nos apoiávamos mutuamente.

— Vamos, Rouxinol?

Meu coração deu um solavanco com meu apelido de criança. Sorri para o meu pai e abracei sua cintura. Mamãe nos aguardava no carro e prendia Lucas no banco de trás com o cinto. Acomodei-me ao lado dele e sorri para mamãe, que piscou, transmitindo seu apoio com o olhar.

Ao se virar, ela deu um beijo em papai e se acomodou corretamente. Era lindo ver o amor e o companheirismo entre os dois.

O trânsito até a escola foi tranquilo e regado a muitas gracinhas do meu irmão. Quando chegamos, me encaminhei logo para a parte de trás da escola onde estavam organizando as apresentações. Eu era a última e isso me deixava um pouco nervosa, pois encerrar um show é muita responsabilidade; tem que ser perfeito e sem furos.

Alguns amigos cantaram, tocaram instrumentos, dançaram e encenaram uma peça de teatro. E, enfim, chegou a minha vez.

Aguardei a minha chamada e entrei com meu violão nos braços. Um frio na barriga me tomou, mas foi reduzido ao ver os rostos lindos e os olhos lacrimosos dos meus pais e irmão.

Direcionei-me para o centro do palco e sentei no banquinho, ajeitando o violão no braço. Peguei o microfone do suporte e sorri.

— Olá, pessoal. Meu nome é Layla Bonatti, sou aluna do ensino fundamental e minha apresentação será a música de Belchior, que foi eternizada na voz de Elis Regina: *Como Nossos Pais*. Dedico especialmente aos meus pais, que estão presentes. Obrigada por tudo que fizeram por mim e Lucas. Amo vocês!

Eles sorriram e mandaram beijos no ar.

Toquei a introdução e logo veio a letra linda e expressiva da música. Fechei os olhos e me deixei levar. A intensidade de tudo que eu sentia fez-me chorar já no início. Abri os olhos e encarei minha família.

"Eu sei que o amor
É uma coisa boa
Mas também sei
Que qualquer canto
É menor do que a vida
De qualquer pessoa..."

Minha mãe sorria e acenava para mim, e Lucas parecia orgulhoso, porque ele adorava tocar piano. Mesmo sendo tão jovem, era muito bom com as teclas. Dizia que um dia cantaríamos juntos. E então chegou a parte em que eu me emocionava na música.

"Minha dor é perceber
Que apesar de termos
Feito tudo o que fizemos
Ainda somos os mesmos
E vivemos
Ainda somos os mesmos
E vivemos
Como os nossos pais..."

Terminei a apresentação com lágrimas escorrendo por meu rosto e me levantei. Assim que abaixei o violão, uma salva de palmas e gritos soou no auditório, me deixando emocionada. Saí para os bastidores e todos me parabenizavam. Sei que a música era muito difícil, mas eu era uma pessoa muito intensa e queria cantar algo diferente. E consegui meu intento.

Foi anunciado o vencedor e eu subi ao palco para receber o prêmio do primeiro lugar. Nunca estive tão feliz em minha vida, a não ser no dia em que meu irmãozinho nasceu.

Quando, enfim, pude sair dos bastidores, encontrei meus pais do lado de fora pulando e brincando, felizes por minha realização.

— Que coisa linda, minha menina. — Corri para os braços da minha mãe e senti conforto em seu abraço.

Sentia-me tão bem ali, o amor dos meus pais era algo que irradiava e penetrava em minha pele. Eu sentia como se fosse algo palpável. Meu coração estava repleto de ternura. Minha família era linda e perfeita.

Afastei-me e recebi beijos dela, mas logo dois bracinhos gordinhos envolveram meu pescoço e apertei Lucas em meu peito e sorri, porque ele era o meu maior orgulho. Como alguém tão pequeno pode provocar tanta emoção e amor?

— Lala, quero cantar um dia com você no palco. Sua voz é linda.

Olhei em seus olhos e sorri.

— Prometo a você, Luquinha, um dia faremos um dueto lindo. Ok?

Ele assentiu e pediu para descer; não parava quieto por muito tempo. Meu pai aguardava com os olhos rasos de água e abriu os braços. Envolvi-me em seu alento e agradeci a Deus pela família que tinha. Afastamo-nos e ele enxugou as lágrimas, parecendo envergonhado.

— Agora, nossa pizza!

— Eba! — Lucas gritou, correndo para o carro.

Coloquei meu violão no banco de trás e me acomodei ao lado do meu irmão. Chegamos à pizzaria e estava cheia, mas, para minha surpresa, tinha uma mesa reservada para nós com congratulações e bolas festivas, como se já soubessem que eu venceria.

Meu pai passou o braço por meu ombro e sorriu. Como se adivinhasse meus pensamentos, disse:

— Sabíamos que você venceria, Rouxinol!

Engoli em seco e me sentei. Minha mãe se acomodou ao meu lado.

— Filha, que coisa linda, sua voz é de uma cantora de sucesso. Vai seguir carreira, né?

— Não sei, mãe. Fico feliz somente com as pessoas me escutando. Gosto de cantar o que está em meu coração. O que me faz feliz.

— Ah, mas tem tanto potencial em sua voz. Merece que o país todo conheça.

Meu pai pegou a minha mão e o olhei. Percebi que ele parecia estranho, pois ficou triste de repente. Franzi a testa confusa e já ia perguntar o que estava acontecendo, quando Lucas pediu para ir ao banheiro e papai o acompanhou. Eu e mamãe ficamos sozinhas na mesa, depois ela se virou e disse, segurando minhas mãos.

— Filha, quero que você tenha um futuro lindo, que consiga realizar todos os seus sonhos. Você é muito boa no que faz, siga seus desejos e não os deixe por ninguém.

Olhei para ela e assenti.

— Tenho tudo o que preciso, mamãe. Você, o papai e meu irmãozinho lindo.

Ela segurou meu queixo e roçou o nariz no meu.

— Mas eu digo suas realizações pessoais, se divertir e brincar. Não a vejo fazendo essas coisas e vai chegar uma hora, minha menina, que aparecerá alguém em sua vida que vai mudar tudo. Deixe-se levar, se entregue. Encontre sua inspiração e faça dela o seu maior trunfo!

Senti tanta coisa naquele momento que não saberia explicar direito. Se não fosse a interrupção de Lucas ao retornar do banheiro, provavelmente eu teria perguntado. Mas nunca soube bem o que minha mãe quis dizer.

Meu irmão se aproximou e me abraçou apertado, e me assustei com sua intensidade. Quando ele me largou, olhou em meus olhos e sorriu.

— Eu vou cuidar de você, Lala. Sou um super-herói.

Franzi a testa e sorri. Meu irmão gostava de brincar e não dei importância ao que disse. Naquele momento, não soube identificar o quanto aquilo era importante. Divertimo-nos e observei meus pais, tão apaixonados, verdadeiras almas gêmeas. Quando chegasse a hora de encontrar alguém, queria que fosse assim, intenso e lindo!

Mas eu estava bem com o jeito que tudo se encaixava. Nossa vida era perfeita, eu tinha minha família e a música, que fazia parte de mim. Do que mais eu precisava?

Em minha inocência de menina, não percebi o que vinha pela frente. O quanto nossa vida mudaria e o quanto perderíamos.

Ainda não é o FIM...

Espero que tenham se emocionado com esse *prequel*. Eu fiquei completamente apaixonada por escrever um pouco sobre Layla e Lucas quando eram crianças.

Agradecimentos

Inspiração é e sempre será o meu xodó, porque dele nasceu a Gisele escritora. Depois desse livro, minha vida mudou muito, eu mudei como pessoa e conquistei uma carreira profissional. Sou grata aos lindos personagens que me fizeram alguém melhor. Além de ter sido um grande desafio, foi uma linda realização. Ver meu livro sendo lido e cativando tantos leitores me deixa muito feliz.

Agradeço a Deus pela força e inspiração. Por ter me dado esse dom e me abençoado para que tudo desse certo.

Ao meu eterno namorado, minha alma gêmea, meu marido lindo, por estar sempre ao meu lado, apoiando e incentivando, sentindo orgulho de cada degrau que alcanço em minha vida. Amor, sem você, eu não teria conseguido chegar onde cheguei. Te amo por todas as nossas vidas!

Ao meu filho amado, meu menino doce e carinhoso. Obrigada pela paciência em esperar que eu termine mais um capítulo. Foi por você que decidi ser melhor, é por você que continuo em frente. Te amo, meu pequeno príncipe!

À minha família, meus pais e irmã, por estarem sempre presentes e orgulhosos. Amo vocês!

Às amigas que conquistei e estão comigo sempre, apesar de qualquer coisa. Muito obrigada pelo apoio e incentivo, por estarem ao meu lado em meus momentos de bloqueio, meus surtos loucos e meus dias de estresse: Lenny Silva, Carla Fernanda, Babi Barreto, Biia Rozante, Vanessa Marques, Débora Favoreto, Natalia Souza, Shirlei Ramos. Adoro vocês, garotas!

Um agradecimento superespecial aos blogueiros que estão sempre comigo, me ajudando e apoiando. Desde o começo, contei com essas pessoas lindas que estão sempre dispostas a me ajudar com a divulgação do meu trabalho. Sou eternamente grata a cada um de vocês e espero poder retribuir sempre esse carinho imenso. Muito obrigada!

À Equipe da Editora Charme, muito obrigada pelo trabalho e carinho incrível com meus livros e comigo. De coração, vocês são demais, meninas!

Agradeço infinitamente à minha amiga e revisora querida, Carla Fernanda, meu anjinho em forma de pessoa linda. Amiga, não preciso dizer o quanto você é especial em todos os âmbitos da minha vida, você sabe, porém, nunca posso deixar de mencioná-la em meus agradecimentos. Você é linda por dentro e por fora. Muito obrigada por cada puxão de orelha, por cada elogio, por cada incentivo. Sem você, minha amiga, nem sei o que seria de mim. Dizer obrigada é pouco para te agradecer.

Enfim, agradeço a todos que estão nessa estrada comigo. Aos que já foram, aos que permanecem e aos que chegam, sejam bem-vindos ao meu mundo louco. Obrigada por cada carinho e apoio!

Aos leitores lindos, meu muitíssimo obrigada, cada carinho de vocês é um combustível para que eu siga em frente. Sou abençoada por tê-los em minha vida.

Espero que curtam muito a história linda da Layla e do Bruno, e que eles possam inspirar vocês de alguma forma.

Milhares de beijos,

Gisele Souza

Entre em nosso site e viaje no nosso mundo literário.
Lá você vai encontrar todos os nossos
títulos, autores, lançamentos e novidades.
Acesse www.editoracharme.com.br

Além do site, você pode nos encontrar em
nossas redes sociais.

https://www.facebook.com/editoracharme

https://twitter.com/editoracharme

http://www.pinterest.com/editoracharme

http://instagram.com/editoracharme